Só o Tempo Dirá

Do autor:

O Quarto Poder
O Décimo Primeiro Mandamento
O Crime Compensa
Filhos da Sorte
Falsa Impressão
O Evangelho Segundo Judas
Gato Escaldado Tem Nove Vidas
As Trilhas da Glória
Prisioneiro da Sorte

As Crônicas de Clifton
Só o Tempo Dirá

JEFFREY ARCHER

Só o Tempo Dirá

AS CRÔNICAS DE CLIFTON
(VOLUME 1)

Tradução:
Marcello Lino

Rio de Janeiro | 2015

Copyright © Jeffrey Archer 2011
Publicado originalmente por Macmillan, um selo da Pan Macmillan, divisão da Macmillan Publisher Limited

Título original: Only Time Will Tell

Editoração: Futura

Texto revisado segundo o novo
Acordo Ortográfico da Língua Portuguesa

2015
Impresso no Brasil
Printed in Brazil

Cip-Brasil. Catalogação na publicação.
Sindicato Nacional dos Editores de Livros, RJ.

A712s   Archer, Jeffrey

Só o tempo dirá / Jeffrey Archer; tradução Marcello Lino. — 1. ed. —
Rio de Janeiro: Bertrand Brasil, 2015.
420 p.; 23 cm.

Tradução de: Only time will tell
ISBN 978-85-286-1822-8

1. Ficção inglesa. I. Lino, Marcello. II. Título.

15-25740   CDD: 823
                                                                 CDU: 821.111-3

Todos os direitos reservados pela:
EDITORA BERTRAND BRASIL LTDA.
Rua Argentina, 171 — 2º andar — São Cristóvão
20921-380 — Rio de Janeiro — RJ
Tel.: (0xx21) 2585-2076 — Fax: (0xx21) 2585-2084

Não é permitida a reprodução total ou parcial desta obra, por
quaisquer meios, sem a prévia autorização por escrito da Editora.

Atendimento e venda direta ao leitor:
mdireto@record.com.br ou (0xx21) 2585-2002

ALAN QUILTER
1927-1998

Agradeço às seguintes pessoas por seus
inestimáveis conselhos e pesquisa:

John Anstee, Simon Bainbridge, John Cleverdon,
Eleanor Dryden, George Havens, Alison Prince,
Mari Roberts, Susan Watt, David Watts e Peter Watts.

OS BARRINGTON

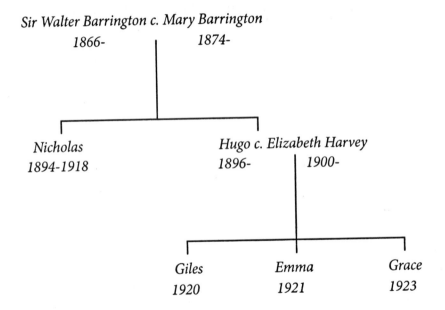

OS CLIFTON

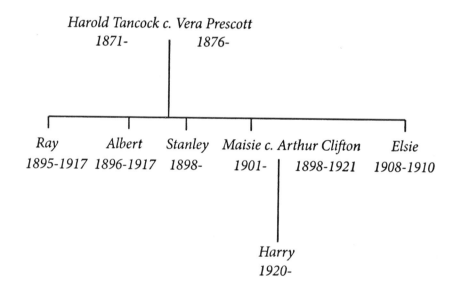

MAISIE CLIFTON

1919

MAISIE CLIFTON

1919

PRELÚDIO

Esta história nunca teria sido escrita se eu não tivesse engravidado. Atenção: eu sempre havia planejado perder minha virgindade na excursão dos trabalhadores a Weston-super-Mare, mas não com aquele homem.

Arthur Clifton nasceu em Still House Lane, assim como eu; até frequentamos a mesma escola, a Escola Elementar Merrywood, mas, como eu era dois anos mais nova, ele não sabia da minha existência. Todas as meninas da minha turma se apaixonaram por ele, e não apenas porque era o capitão do time de futebol da escola.

Embora Arthur nunca tivesse demonstrado interesse algum por mim nos tempos da escola, isso mudou logo após ele ter voltado do Front Ocidental. Nem tenho certeza de que soubesse quem eu era quando me pediu para dançar naquela noite de sábado no Palais, mas, para ser sincera, tive de olhar duas vezes até reconhecê-lo, pois ele havia deixado crescer um bigodinho e usava os cabelos penteados para trás como Ronald Colman. Arthur não olhou para outra garota naquela noite e, depois de termos dançado a última valsa, eu sabia que seria apenas uma questão de tempo até ele me pedir em casamento.

Ele segurou minha mão enquanto voltávamos a pé para casa e, quando paramos em frente à minha porta, tentou me beijar. Eu me virei. Afinal de contas, o reverendo Watts havia me dito várias vezes que eu deveria me manter pura até o dia em que estivesse casada, e a srta. Monday, a chefe do nosso coro, alertou-me que os homens só queriam uma coisa e, depois de consegui-la, perdiam rapidamente o interesse. Eu costumava me perguntar se a srta. Monday falava por experiência própria.

No sábado seguinte, Arthur me convidou para ir ao cinema para assistir a Lilian Gish em *Lírio Partido*, e, embora eu tenha permitido que ele pusesse um braço em volta do meu ombro, ainda não deixei que me beijasse. Ele não reclamou. Na verdade, Arthur era bastante tímido.

No sábado seguinte, permiti que ele me beijasse, mas, quando Arthur tentou pôr a mão dentro da minha blusa, empurrei-o. Na verdade, só deixei que fizesse isso depois de ter me pedido em casamento e comprado um anel, e depois de o reverendo Watts ter lido os proclamas duas vezes.

Meu irmão Stan me disse que eu era a última virgem conhecida do nosso lado do rio Avon, embora eu suspeite que a maioria das suas conquistas fossem imaginárias. Mesmo assim, decidi que era chegada a hora e qual momento era mais propício do que a excursão dos trabalhadores até Weston-super-Mare na companhia do homem com o qual eu me casaria dali a algumas semanas?

No entanto, assim que desceram do charabã, Arthur e Stan foram direto para o pub mais próximo. Eu havia passado um mês planejando aquele momento. Então, quando saltei da carruagem, como uma boa bandeirante, estava preparada.

Eu estava caminhando na direção do píer, sentindo-me bastante entediada quando percebi que alguém estava me seguindo. Olhei em volta e fiquei surpresa ao ver quem era. Ele me alcançou e perguntou se eu estava sozinha.

— Estou — respondi, ciente de que, àquela altura, Arthur já estaria na terceira cerveja.

Quando ele pôs a mão na minha bunda, eu deveria ter lhe dado um tapa na cara, mas, por vários motivos, não o fiz. Para começo de conversa, pensei sobre as vantagens de fazer sexo com alguém que eu provavelmente jamais voltaria a ver. E tenho de admitir que fiquei lisonjeada pela sua ousadia.

No momento em que Arthur e Stan deviam estar cada um tomando a oitava cerveja, ele reservou um quarto para nós em uma hospedaria em frente ao mar. Aparentemente, eles tinham uma tarifa especial para visitantes que não planejavam pernoitar. Ele começou a me beijar antes mesmo que chegássemos ao primeiro andar e, assim que a porta do quarto se fechou, desabotoou rapidamente minha blusa. Obviamente, não era a sua primeira vez. Na verdade, tenho quase certeza de que não fui a primeira garota que ele pegou em uma excursão de fábrica. Senão, como ele saberia da tarifa especial?

Devo confessar que não esperava que tudo fosse acabar assim tão rápido. Depois que saiu de cima de mim, embrenhei-me no banheiro enquanto ele acendia um cigarro sentado à beira da cama. Talvez a segunda vez fosse melhor, pensei. Mas, quando voltei, ele havia desaparecido. Tenho de admitir que fiquei decepcionada.

Talvez tivesse me sentido mais culpada por ter sido infiel a Arthur se ele não tivesse vomitado em cima de mim na viagem de volta a Bristol.

No dia seguinte, contei a minha mãe o que havia acontecido, sem revelar quem era o sujeito. Afinal de contas, ela não o conhecera e provavelmente jamais o conheceria. Mamãe me disse para ficar de boca fechada, pois ela não queria ser obrigada a cancelar o casamento e, mesmo que eu tivesse ficado grávida, ninguém desconfiaria de nada, uma vez que Arthur e eu já estaríamos casados quando alguém percebesse algo.

HARRY CLIFTON

1920-1933

1

Disseram-me que meu pai havia morrido na guerra.

Toda vez que eu perguntava sobre a morte dele, minha mãe dizia apenas que ele havia servido no regimento Royal Gloucestershire e morrido lutando no Front Ocidental dias antes de o armistício ter sido assinado. Minha avó dizia que meu pai havia sido um homem corajoso e, assim que ficávamos sozinhos em casa, ela me mostrava suas medalhas. Meu avô raramente emitia opiniões sobre o que quer que fosse, mas, afinal de contas, ele era surdo como uma porta; portanto, talvez nem tivesse ouvido a pergunta.

O único outro homem de que consigo me lembrar era o tio Stan, que costumava se sentar em cima da mesa no café da manhã. Quando ele saía de manhã, eu muitas vezes o seguia até as docas da cidade, onde trabalhava. Todo dia que eu passava no porto era uma aventura. Navios de carga chegando de terras distantes e descarregando suas mercadorias: arroz, açúcar, bananas, juta e muitas outras coisas das quais eu nunca tinha ouvido falar. Depois que os porões eram esvaziados, os estivadores os carregavam com sal, maçãs, estanho e até carvão (o que eu menos gostava porque era uma pista óbvia do que estivera fazendo o dia inteiro, o que aborrecia minha mãe) antes que os navios zarpassem novamente não sabe-se lá para onde. Eu sempre queria ajudar meu tio Stan a descarregar qualquer navio que tivesse atracado naquela manhã, mas ele só ria e dizia:

— Tudo a seu tempo, meu garoto.

Eu mal podia esperar, mas, sem avisar, a escola se intrometeu em meus planos.

Fui mandado para a Escola Elementar Merrywood aos seis anos de idade e achei que fosse uma total perda de tempo. De que servia a escola se eu podia aprender tudo o que precisava nas docas? Não teria me dado ao trabalho de voltar no dia seguinte se minha mãe não tivesse me arrastado até o portão, me deixado lá e voltado às quatro da tarde para me levar para casa.

Eu não percebia que mamãe tinha outros planos para mim, que não incluíam juntar-me ao tio Stan no porto.

Depois que mamãe me deixava na escola de manhã, eu ficava no pátio até ela estar fora de vista e, depois, fugia para as docas. Cuidava para estar de volta ao portão quando passasse para me pegar à tarde. No caminho para casa, eu contava para ela tudo o que havia feito na escola naquele dia. Eu era bom em inventar histórias, mas ela logo descobriu que se tratava apenas de histórias.

Um ou dois outros meninos da minha escola também costumavam ficar nas docas, mas eu me mantinha longe deles. Eles eram mais velhos e maiores, e costumavam me bater se eu os atrapalhasse. Eu também tinha de ficar de olho no sr. Haskins, o capataz, porque, se ele me encontrasse vadiando, para usar sua palavra favorita, me mandava embora com um chute no traseiro e com a seguinte ameaça:

— Se eu pegar você vadiando aqui novamente, menino, vou contar para o diretor da sua escola.

Ocasionalmente, Haskins decidia que estava me vendo demais e me denunciava para o diretor da escola, que me batia com um pedaço de couro e me mandava de volta para a sala de aula. Meu professor, o sr. Holcombe, nunca alcaguetava que eu não havia aparecido na aula, mas ele era meio molenga. Toda vez que descobria que eu havia matado aula, minha mãe não conseguia esconder sua raiva e suspendia minha mesada semanal de meio *penny*. Mas, apesar do eventual soco de um garoto mais velho, das açoitadas do diretor e da suspensão da mesada, eu não conseguia resistir à atração das docas.

Só fiz um amigo de verdade enquanto "vadiava" pelo porto. Seu nome era Jack Tar. O sr. Tar morava em um vagão de trem abandonado no final dos barracões. O tio Stan me disse para ficar longe do Velho Jack porque ele era um vagabundo burro, velho e sujo. Para mim, não parecia tão sujo assim, certamente não tão sujo quanto Stan, e eu logo descobriria que tampouco era burro.

Depois de almoçar com meu tio Stan, uma mordida do seu sanduíche de Marmite, o miolo da maçã que ele jogava fora e um gole de cerveja, eu voltava para a escola em tempo para uma partida de futebol; a meu ver, a única atividade pela qual valia a pena aparecer por lá. Afinal de contas, quando eu saísse da escola, seria o capitão do Bristol City ou construiria um navio que daria a volta ao mundo. Se o sr. Holcombe ficasse de boca calada e o capataz não me denunciasse para o diretor da escola, eu podia ficar dias sem ser descoberto e, contanto que evitasse as marcas de carvão e estivesse ao lado do portão da escola às quatro da tarde todo dia, minha mãe nunca saberia de nada.

A cada dois sábados, o tio Stan me levava para assistir ao Bristol City em Ashton Gate. Nas manhãs de domingo, mamãe costumava me carregar para a igreja Holy Nativity, algo de que não conseguia me livrar. Assim que o reverendo Watts dava a bênção final, eu corria até o pátio e me juntava aos colegas para uma partida de futebol antes de voltar para casa em tempo para o jantar.

Aos sete anos, estava claro para qualquer pessoa que conhecesse alguma coisa de futebol que eu nunca entraria para o time da escola e muito menos seria o capitão do Bristol City. Mas foi aí que descobri que Deus havia me dado um pequeno dom que não estava nos meus pés.

Para começo de conversa, não percebia que qualquer pessoa que se sentasse ao meu lado na igreja na manhã de domingo parava de cantar toda vez que eu abria a boca. Eu jamais teria pensado em entrar para o coro se mamãe não tivesse me dado essa sugestão. Ri com desdém; afinal, todos sabiam que o coro era apenas para garotas e mariquinhas. Eu teria descartado a ideia imediatamente se o reverendo Watts não tivesse me dito que os meninos do coro ganhavam um *penny* por funeral e dois *pence* por casamento; minha primeira experiência de suborno.

Mas, mesmo após eu ter relutantemente concordado em fazer um teste de voz, o diabo resolveu pôr um obstáculo no meu caminho na pessoa da srta. Eleanor E. Monday.

Eu nunca teria conhecido a srta. Monday se ela não fosse a diretora do coro na igreja Holy Nativity. Embora só tivesse um metro e sessenta de altura e parecesse prestes a ser carregada por uma rajada de vento, ninguém se metia a zombar dela. Tenho uma sensação de que até o diabo sentiria medo da srta. Monday, porque o reverendo Watts certamente sentia.

Concordei em fazer o tal teste de voz, mas não antes que minha mãe me desse um mês adiantado de mesada. No domingo seguinte, fiquei na fila junto a um grupo de outros meninos que esperavam para serem chamados.

— Você sempre será pontual nos ensaios do coro — anunciou a srta. Monday, encarando-me com um olhar penetrante. Retribuí desafiadoramente o olhar. — Você nunca falará, a menos que alguém lhe dirija a palavra — acrescentou, e eu, de alguma maneira, consegui permanecer em silêncio. — E, durante o culto, você estará sempre concentrado.

Assenti relutante. E depois, que Deus a abençoe, ela me forneceu uma escapatória.

— Mas, sobretudo — declarou, pondo as mãos nas cadeiras —, daqui a doze semanas, você deverá ser aprovado em uma prova de leitura e escrita para que eu tenha certeza de que você é capaz de enfrentar um novo hino ou um salmo desconhecido.

Eu estava feliz por ter caído no primeiro obstáculo. Mas, como eu viria a descobrir, a srta. Eleanor E. Monday não desistia facilmente.

— Que peça você escolheu para cantar, menino? — perguntou ela quando cheguei à frente da fila.

— Não escolhi nada — respondi.

Ela abriu um hinário, entregou-o a mim e sentou-se ao piano. Sorri pensando que talvez ainda pudesse pegar o segundo tempo da nossa partida de futebol dominical. Ela começou a tocar uma melodia conhecida e, quando vi minha mãe olhando fixamente para mim da primeira fileira dos bancos da igreja, decidi que era melhor seguir em frente só para fazê-la feliz.

— *Todas as coisas brilhantes e belas, todas as criaturas grandes e pequenas. Todas as coisas sábias e maravilhosas...*

Um sorriso surgiu no rosto da srta. Monday muito antes de eu ter chegado a *o Senhor criou todas elas.*

— Qual o seu nome, menino? — perguntou.

— Harry Clifton — respondi.

— Harry Clifton, você se apresentará para os ensaios do coro às segundas, quartas e sextas às seis horas em ponto — sentenciou. Em seguida, virou-se para o menino que estava em pé atrás de mim e disse:

— Próximo!

Prometi à minha mãe que chegaria na hora para o primeiro ensaio do coro, embora eu soubesse que seria o último, pois a srta. Monday logo perceberia que eu não sabia ler nem escrever. E teria mesmo sido o último se não fosse evidente para qualquer pessoa que me ouvisse cantar que minha voz estava em um outro patamar em relação à de qualquer outro menino do coro. Na verdade, assim que abri a boca, todos ficaram em silêncio, e os olhares de admiração, e até de espanto, que eu havia procurado desesperadamente no campo de futebol, surgiram na igreja. A srta. Monday fez de conta que não percebeu.

Depois que ela nos dispensou, não fui para casa, mas corri até as docas para perguntar ao sr. Tar o que deveria fazer a respeito do fato de não saber ler nem escrever. Ouvi atentamente o conselho do velho e, no dia seguinte, voltei à escola e assumi meu lugar na turma do sr. Holcombe. O diretor não conseguiu esconder sua surpresa quando me viu sentado na primeira fila e ficou ainda mais surpreso quando me viu prestar muita atenção à aula pela primeira vez.

O sr. Holcombe começou me ensinando o alfabeto e, dias depois, eu já sabia traçar todas as 26 letras, mas nem sempre na ordem. Minha mãe teria me ajudado quando chegava em casa à tarde, mas, como toda a minha família, ela também não sabia ler nem escrever.

O tio Stan mal conseguia rabiscar a própria assinatura e, apesar de saber a diferença entre um maço de Wills's Star e outro de Wild Woodbines, eu tinha quase certeza de que, na verdade, ele não sabia ler as embalagens. Apesar dos seus resmungos inúteis, comecei a escrever o alfabeto em qualquer pedaço de papel que encontrasse. O tio Stan parecia não notar que o jornal rasgado no banheiro estava sempre coberto de letras.

Depois de dominar o alfabeto, o sr. Holcombe me mostrou algumas palavras simples: "tio", "tia", "mãe" e "pai". Foi a primeira vez em que perguntei a ele sobre meu pai, esperando que pudesse me dizer algo a seu respeito. Afinal de contas, parecia saber tudo. Mas ele ficou confuso por eu saber tão pouco a respeito do meu próprio pai. Uma semana mais tarde, ele escreveu minha primeira palavra de quatro letras no quadro--negro: "casa", depois cinco, "livro", depois seis, "escola". No final do mês, consegui escrever minha primeira frase: "Gazeta publica hoje breve nota de faxina na quermesse", que, como o sr. Holcombe indicou, continha todas as letras do alfabeto. Verifiquei que tinha razão.

No final do período eu sabia soletrar "hino", "salmo" e até "cântico", embora o sr. Holcombe ficasse me lembrando de algumas regras de ortografia e pronúncia. Mas aí chegaram as férias e comecei a ficar preocupado achando que nunca passaria na difícil prova da srta. Monday sem a ajuda do sr. Holcombe. E talvez eu não tivesse passado mesmo, se o Velho Jack não o tivesse substituído.

Cheguei meia hora adiantado ao ensaio de sexta-feira à tarde quando soube que teria de fazer uma segunda prova se quisesse continuar a ser integrante do coro. Fiquei sentado em silêncio torcendo para que a srta. Monday escolhesse outra pessoa antes de me chamar.

Eu já havia passado na primeira prova com louvor, segundo a srta. Monday. Todos nós tivemos de recitar o *Pai-Nosso*. Não foi um problema para mim, pois, desde sempre, minha mãe se ajoelhava ao lado da minha cama todas as noites e repetia as palavras conhecidas antes de me cobrir. Todavia, a prova sucessiva da srta. Monday se revelaria muito mais difícil.

Àquela altura, no final do nosso segundo mês, devíamos ler um salmo em voz alta perante o resto do coro. Escolhi o Salmo 121, que eu também sabia de cor, pois já o tinha cantado muitas vezes. *Ergo os olhos para as montanhas: de onde virá meu socorro?* Só me restava torcer para que meu socorro viesse do Senhor. Embora eu fosse capaz de achar a página certa no livro dos salmos, eu só sabia contar de um até cem. Estava com medo de que a srta. Monday notasse que eu não era capaz de acompanhar todos os versos, linha por linha. Se ela notou, não deu a perceber, pois permaneci no coro por mais um mês enquanto dois outros ímpios — palavra usada por ela, da qual só fui saber o significado no dia seguinte, após perguntar ao sr. Holcombe — foram despachados de volta para a congregação.

Quando chegou a hora de fazer a terceira e última prova, eu estava pronto. A srta. Monday pediu aos que haviam sobrado para escrever os Dez Mandamentos na ordem certa sem consultar o Livro do Êxodo.

A diretora do coro fez vista grossa para o fato de eu ter colocado roubo na frente de assassinato, não ser capaz de soletrar *adultério* e, certamente, não saber o que significava. Só depois de outros dois ímpios terem sido sumariamente dispensados por ofensas menores foi que percebi como minha voz devia ser excepcional.

No primeiro domingo do Advento, a srta. Monday anunciou que havia selecionado três novos sopranistas — ou "anjinhos", como o reverendo Watts estava acostumado a nos descrever — para participarem do coro; os outros haviam sido rejeitados por cometer pecados tão imperdoáveis quanto conversar durante o sermão, chupar uma bala e, no caso de dois meninos, serem pegos brincando durante o *Nunc Dimittis*.

No domingo seguinte, vesti uma longa sotaina azul com um colarinho branco franzido. Só a mim foi permitido o uso de um medalhão de bronze da Virgem Maria em volta do pescoço para mostrar que eu fora selecionado como o sopranista solista. Eu teria usado com orgulho o medalhão no caminho de volta para casa, e até mesmo na escola no dia seguinte, para me vangloriar diante do resto dos meninos, mas a srta. Monday o recolhia ao final de cada cerimônia.

Aos domingos, eu era transportado para outro mundo, mas temia que aquele momento de delírio não pudesse se perpetuar.

2

Ao se levantar de manhã, o tio Stan conseguia, de alguma maneira, acordar a casa toda. Ninguém reclamava, pois ele é quem punha comida na mesa da família e, de qualquer maneira, era mais barato e confiável do que qualquer despertador.

O primeiro ruído que Harry ouvia era a porta do quarto batendo. Em seguida, vinha o rangido do tio caminhando pelo patamar de madeira, descendo a escada e saindo da casa. Depois, outra porta era batida enquanto desaparecia no banheiro. Se alguém ainda estivesse dormindo, o barulho da água corrente enquanto o tio Stan puxava a descarga, seguido de mais duas portas sendo batidas antes de voltar para o quarto, serviria para lembrar que Stan esperava que o café da manhã estivesse sobre a mesa quando entrasse na cozinha. Ele só se lavava e se barbeava nas noites de sábado antes de ir para o Palais ou o Odeon. Tomava banho quatro vezes por ano. Ninguém podia acusar Stan de jogar fora seu suado dinheiro em sabonetes.

Maisie, a mãe de Harry, era a segunda a se levantar, pulando da cama instantes após a primeira porta ter sido batida. Já havia uma tigela de mingau no fogão quando Stan saía do banheiro. Vovó vinha logo depois e se juntava à filha na cozinha antes que Stan ocupasse seu lugar à cabeceira da mesa. Harry precisava descer no máximo cinco minutos depois de a primeira porta ter sido batida se quisesse tomar algum café da manhã. O último a chegar na cozinha era o Vovô, que era tão surdo que muitas vezes conseguia dormir durante o ritual matinal de Stan. A rotina diária no lar dos Clifton nunca variava. Quando você só tem um banheiro externo, uma pia e uma toalha, a ordem se torna uma necessidade.

Quando Harry estava molhando o rosto com um filete de água fria, sua mãe estava servindo o café da manhã na cozinha: duas fatias grossas de pão cobertas de banha para Stan e, para o resto da família, quatro fatias finas, que ela torrava se houvesse carvão sobrando no saco deixado fora da porta toda segunda-feira. Depois que Stan terminava o mingau, Harry recebia permissão para lamber a tigela.

Uma grande chaleira marrom estava sempre no fogo, e Vovó despejava o chá em várias canecas usando um coador vitoriano chapeado de prata herdado da sua mãe. Enquanto os outros membros da família tomavam uma caneca de chá não adoçado — o açúcar era apenas para dias importantes e feriados —, Stan abria sua primeira garrafa de cerveja, geralmente tomada de um só gole. Em seguida, ele se levantava da mesa e soltava um arroto alto antes de pegar a marmita que Vovó havia preparado enquanto ele tomava o café da manhã: dois sanduíches de Marmite, uma salsicha, uma maçã, duas outras garrafas de cerveja e um maço com cinco cigarros. Depois que Stan ia para as docas, todos começavam a falar ao mesmo tempo.

Vovó sempre queria saber quem havia estado na casa de chá na qual sua filha trabalhava como garçonete: o que comeram, o que estavam usando, onde se sentaram, detalhes de refeições que eram cozinhadas em um fogão que ficava em um cômodo iluminado por lâmpadas elétricas que não pingavam cera, isso para não falar dos clientes que às vezes deixavam gorjetas de três *pence* que Maisie tinha de dividir com a cozinheira.

Maisie se preocupava mais em descobrir o que Harry havia feito na escola no dia anterior. Ela exigia um relatório diário que, aparentemente, não interessava a Vovó, talvez por que ela jamais estivera em uma escola. Pensando bem, também nunca estivera em uma casa de chá.

Vovô raramente fazia algum comentário porque, após quatro anos carregando e descarregando um canhão de campanha pela manhã, ao meio-dia e à noite, ele ficara tão surdo que tinha de se contentar em observar os lábios em movimento dos outros e assentir com a cabeça vez por outra, o que podia dar aos estranhos a impressão de que era idiota, o que o resto da família sabia, às próprias custas, que não era.

A rotina matinal da família só variava nos fins de semana. Aos sábados, Harry saía da cozinha atrás do tio, sempre mantendo distância enquanto ele caminhava até as docas. Aos domingos, a mãe de Harry sempre acompanhava o menino à igreja Holy Nativity, onde, na terceira fila, ela se deixava envolver pela glória do sopranista solista do coro.

Mas aquele era um sábado. Durante a caminhada de vinte minutos até as docas, Harry nunca abria a boca, a menos que o tio falasse. Toda vez que ele o fazia, a conversa invariavelmente se revelava a mesma do sábado anterior.

— Quando você vai largar a escola e trabalhar, garoto? — era sempre a frase de abertura do tio Stan.

— Não tenho permissão para largar a escola até os 14 anos — Harry lembrava a ele. — É a lei.

— Uma lei estúpida, na minha opinião. Com 12, eu já tinha deixado a escola e estava trabalhando nas docas — Stan anunciava como se Harry nunca tivesse ouvido aquela observação profunda. Harry não se dava ao trabalho de responder, pois já sabia qual seria a frase seguinte do tio: — E não é só isso, eu já tinha me alistado no exército de Kitchener antes de completar 17 anos.

— Fale da guerra, tio Stan — dizia Harry, ciente de que isso o manteria ocupado por algumas centenas de metros.

— Eu e seu pai nos alistamos no regimento Royal Gloucestershire no mesmo dia — Stan disse naquele sábado como em todos os outros, tocando o boné como se estivesse saudando uma lembrança distante. — Depois de 12 semanas de treinamento básico no quartel Taunton, fomos mandados para Wipers para combater os boches. Chegando lá, passamos a maior parte do tempo amontoados em trincheiras infestadas de ratos, esperando que algum oficial de nariz empinado nos dissesse que, quando o clarim soasse, sairíamos dali com as baionetas em riste e os rifles disparando à medida que avançássemos na direção das linhas inimigas — prosseguia o relato, interrompido então por uma longa pausa. — Fui um dos sortudos. Voltei para casa em perfeito estado.

Harry poderia ter previsto cada palavra da frase seguinte, mas permaneceu calado.

— Você não sabe a sorte que tem, meu garoto. Perdi dois irmãos, seu tio Ray e seu tio Bert, e seu pai perdeu não apenas um irmão, mas o pai dele também, o avô que você nunca conheceu. Um homem de verdade, que era capaz de virar uma caneca de cerveja mais rápido do que qualquer estivador que eu já conheci.

Se Stan tivesse olhado para baixo, teria visto o garoto dublando silenciosamente suas palavras, mas naquele dia, para a surpresa de Harry, o tio Stan acrescentou uma frase nunca antes pronunciada.

— E seu pai ainda estaria vivo hoje se a gerência tivesse me dado ouvidos.

De repente, Harry ficou alerta. A morte do pai sempre fora o assunto de conversas sussurradas e vozes abafadas. Mas o tio Stan voltou a se fechar, como se tivesse percebido que já fora longe demais. Talvez na próxima semana, pensou Harry, alcançando o tio e mantendo o mesmo passo dele como se os dois fossem soldados em uma parada.

— Então, contra quem o City vai jogar hoje à tarde? — perguntou Stan, voltando ao roteiro.

— Charlton Athletic — respondeu Harry.

— Um bando de sapateiros velhos.

— Eles nos deram uma surra na última temporada — relembrou Harry ao tio.

— Pura sorte, na minha opinião — disse Stan, e não abriu mais a boca.

Quando eles chegaram à entrada do porto, Stan bateu o ponto antes de se encaminhar para o recinto em que estava trabalhando com um bando de outros estivadores, dos quais nenhum podia se dar ao luxo de se atrasar um minuto sequer. O desemprego havia atingido o ponto mais alto de todos os tempos e havia jovens demais do lado de fora do portão esperando para tomar o lugar deles.

Harry não seguiu o tio porque sabia que se o sr. Haskins o pegasse perto dos armazéns, levaria um puxão de orelha, seguido de um chute no traseiro dado pelo tio, por perturbar os estivadores. Em vez disso, ele se dirigiu para a direção oposta.

A primeira parada de Harry nas manhãs de sábado era o Velho Jack Tar, que morava em um vagão da ferrovia na outra extremidade do porto. Harry nunca havia contado a Stan sobre suas visitas regulares porque o tio o avisara para ficar longe do velho a qualquer custo.

— Ele provavelmente não toma banho há anos — disse aquele homem que se lavava uma vez por trimestre e só depois de a mãe de Harry reclamar do fedor.

Mas fazia tempo que a curiosidade já havia tomado conta de Harry e, uma manhã, ele se aproximou do vagão engatinhando, levantou-se e espreitou através de uma janela. O velho estava sentado na primeira classe lendo um livro.

O Velho Jack virou-se para olhá-lo e disse:

— Pode entrar, menino.

Harry saltou do vagão e só parou de correr quando chegou no portão de casa.

No sábado seguinte, Harry mais uma vez subiu sorrateiramente no vagão e espiou lá dentro. O Velho Jack parecia estar ferrado no sono, mas, de repente, Harry o ouviu dizer:

— Por que você não entra, meu garoto? Eu não mordo.

Harry girou a pesada maçaneta de latão e abriu vacilante a porta, mas não pôs os pés lá dentro. Ficou simplesmente observando o homem sentado no meio do vagão. Era difícil dizer quantos anos ele tinha porque seu rosto estava coberto por uma bem cuidada barba grisalha, que o deixava parecido com o marinheiro do maço de Player Please. Mas ele fitou Harry com um afeto nos olhos que o tio Stan nunca conseguira expressar.

— Você é o Velho Jack Tar? — arriscou Harry.

— É assim que me chamam — o velho respondeu.

— E é aqui que você mora? — perguntou Harry, correndo os olhos pelo vagão e se detendo em uma pilha alta de jornais velhos no assento oposto.

— É, sim — respondeu. — Esta é minha casa há vinte anos. Por que você não fecha a porta e se senta, meu jovem?

Harry pensou um pouco na oferta antes de voltar a saltar do vagão e sair correndo novamente.

No sábado seguinte, Harry fechou a porta, mas ficou segurando a maçaneta, pronto para sair em disparada caso o velho movesse um músculo o que fosse. Eles se observaram por um tempo antes que o Velho Jack perguntasse:

— Qual é o seu nome?

— Harry.

— E qual é a sua escola?

— Não vou à escola.

— Então, o que você pretende fazer da sua vida, meu jovem?

— Trabalhar nas docas com meu tio, é claro — respondeu Harry.

— Por que você quer fazer isso? — indagou o velho.

— Por que não? — Harry retrucou. — Você não me acha bom o suficiente?

— Você é bom demais — respondeu o Velho Jack. — Quando eu tinha a sua idade — continuou —, queria me alistar no exército, e nada que meu velho pudesse dizer ou fazer me faria mudar de ideia.

Durante a hora que se seguiu, Harry permaneceu atônito enquanto o Velho Jack Tar rememorava as docas, a cidade de Bristol e as terras de além-mar sobre as quais não poderia ter aprendido nas aulas de geografia.

No outro sábado e durante mais sábados do que seria capaz de se lembrar, Harry continuou a visitar o Velho Jack Tar. Mas nunca revelou tal fato nem ao tio nem à mãe, receoso de que o obrigassem a deixar de ver seu primeiro amigo de verdade.

Quando Harry bateu à porta do vagão da ferrovia naquela manhã de sábado, o Velho Jack claramente o esperava, pois a costumeira Cox's Orange Pippin havia sido colocada no assento à sua frente. Harry a pegou, deu uma mordida e se sentou.

— Obrigado, sr. Tar — agradeceu Harry, enquanto limpava um filete de suco do queixo. Ele nunca perguntava de onde vinham as maçãs, o que apenas aumentava o mistério de um grande homem.

Como ele era diferente do tio Stan, que repetia o pouco que sabia o tempo todo, ao passo que o Velho Jack mostrava a Harry novas palavras, novas experiências até mesmo novos mundos, a cada semana! Muitas vezes, ele se perguntava por que o sr. Tar não era um diretor de escola — ele parecia saber mais até do que a srta. Monday e ter tanto conhecimento quanto o sr. Holcombe. Harry estava convencido de que o sr. Holcombe sabia um pouco de tudo, pois nunca deixava de responder a nenhuma pergunta que Harry fazia. O Velho Jack sorriu para ele, mas só falou quando Harry terminou de comer a maçã e de jogar o miolo pela janela.

— O que você aprendeu na escola esta semana que não sabia uma semana antes? — perguntou o velho.

— O sr. Holcombe me disse que existem outros países além-mar que fazem parte do Império Britânico e que todos são governados pelo nosso rei.

— Ele tem razão — disse o Velho Jack. — Você sabe o nome de algum desses países?

— Austrália, Canadá, Índia e, acrescentou hesitante os Estados Unidos.

— Não, os Estados Unidos, não — replicou o Velho Jack. — Antigamente, sim, mas não mais, graças a um primeiro-ministro fraco e a um rei doente.

— Quem era o rei e quem era o primeiro-ministro? — perguntou Harry irritado.

— O rei Jorge III estava no trono em 1776 — respondeu o Velho Jack —, porém, para ser justo, era um homem doente, enquanto Lord North, seu primeiro-ministro, simplesmente ignorou o que estava acontecendo nas colônias e infelizmente, no final, nossos amigos e parentes levantaram armas contra nós.

— Mas nós os vencemos, não? — observou Harry.

— Não, não vencemos — disse o Velho Jack. — Eles não apenas tinham razão, embora esse não seja um pré-requisito para a vitória...

— O que quer dizer "pré-requisito"?

— Necessário como condição prévia — disse o Velho Jack, que continuou como se não tivesse sido interrompido. — Mas também foram liderados por um general brilhante.

— Qual era o nome dele?

— George Washington.

— Semana passada, você me disse que Washington era a capital dos Estados Unidos. O nome dele era em homenagem à cidade?

— Não, o nome da cidade foi uma homenagem a ele. A capital americana foi construída em uma região pantanosa conhecida como Columbia, atravessada pelo rio Potomac.

— Bristol também recebeu o nome de um homem?

— Não — respondeu o Velho Jack soltando uma risadinha, impressionado com a velocidade com que a mente inquisitiva de Harry conseguia pular de um assunto para outro. — Bristol originalmente se chamava Brigstown, que significa "o local de uma ponte".

— Então, quando se tornou Bristol?

— Os historiadores têm opiniões diferentes — disse o Velho Jack —, embora o castelo de Bristol tenha sido construído por Roberto de Gloucester em 1109, quando viu a oportunidade de comerciar lã com os irlandeses. Depois disso, a cidade se desenvolveu e se tornou um porto comercial. Desde então, tem sido um centro de construção naval há séculos e cresceu mais rápido ainda quando a Marinha precisou se expandir em 1914.

— Meu pai lutou na Grande Guerra — disse Harry orgulhoso. — Você também?

Pela primeira vez, o Velho Jack hesitou antes de responder uma das perguntas de Harry. Ele ficou lá sentado, sem dizer uma palavra.

— Desculpe, sr. Tar — disse Harry. — Eu não queria bisbilhotar.

— Não, não — disse o Velho Jack. — É só que ninguém me faz essa pergunta há alguns anos.

Sem dizer outra palavra, ele abriu a mão para mostrar uma moeda de seis *pence*.

Harry pegou a pequena moeda de prata e a mordeu, algo que havia visto o tio fazer.

— Obrigado — disse, antes de colocá-la no bolso.

— Vá comprar peixe com batatas fritas no café do porto, mas não diga ao seu tio, porque vai perguntar onde você arrumou o dinheiro.

Na verdade, Harry nunca dissera ao tio nada a respeito do Velho Jack. Uma vez, ele ouviu Stan dizer à irmã: "Aquele tantã deveria ser internado." Harry perguntou à srta. Monday o que era um tantã, pois não conseguia achar a palavra no dicionário e, quando ela disse, ele percebeu pela primeira vez até que ponto o tio Stan devia ser burro.

— Não necessariamente burro — observou a srta. Monday — simplesmente mal-informado e, portanto, preconceituoso. Tenho certeza, Harry — acrescentou — de que você encontrará muitos homens desse tipo durante a sua vida, alguns até em posições muito mais importantes do que a do seu tio.

3

Maisie esperou até ouvir a porta da frente bater, confiante de que Stan estivesse a caminho do trabalho quando anunciou:

— Recebi uma oferta de emprego como garçonete no Royal Hotel.

Ninguém sentado em volta da mesa reagiu, visto que as conversas no café da manhã deveriam seguir um padrão regular sem surpreender ninguém. Harry tinha uma dúzia de perguntas que gostaria de fazer, mas esperou a avó falar primeiro. Ela simplesmente se manteve ocupada servindo outra xícara de chá, como se nem tivesse ouvido a filha.

— Alguém poderia dizer alguma coisa, por favor? — disse Maisie.

— Eu nem sabia que a senhora estava procurando outro emprego — arriscou Harry.

— Eu não estava — observou Maisie. — Mas, semana passada, um tal sr. Frampton, gerente do Royal, apareceu lá na loja da Tilly para tomar café. Voltou várias vezes e, depois, me ofereceu um emprego!

— Achei que você estivesse contente na casa de chá — disse Vovó, finalmente se manifestando. — Afinal de contas, a srta. Tilly paga bem e o horário é conveniente.

— Estou contente — disse a mãe de Harry —, mas o sr. Frampton me ofereceu cinco libras por semana e metade de todas as gorjetas. Eu poderia trazer para casa até seis libras às sextas-feiras.

Vovó ficou sentada boquiaberta.

— A senhora vai ter de trabalhar à noite? — perguntou Harry depois de terminar de lamber a tigela de mingau de Stan.

— Não — respondeu Maisie, agitando os cabelos do filho. — E mais: vou ter uma folga a cada duas semanas.

— Suas roupas são suficientemente elegantes para um grande hotel como o Royal? — perguntou Vovó.

— Vão me dar um uniforme e um avental branco limpo a cada manhã. O hotel tem até uma lavanderia própria.

— Não duvido — disse Vovó —, mas consigo imaginar um problema com o qual teremos de conviver.

— E qual seria, mamãe? — perguntou Maisie.

— Você poderia acabar ganhando mais do que Stan, e ele não vai gostar disso nem um pouquinho.

— Então, ele vai precisar aprender a se acostumar, não? — disse Vovô, dando uma opinião pela primeira vez em semanas.

O dinheiro extra cairia muito bem, especialmente depois do que havia acontecido na Holy Nativity. Maisie estava prestes a sair da igreja depois da missa quando a srta. Monday atravessou resoluta o corredor em sua direção.

— Podemos conversar em particular, sra. Clifton? — ela perguntou antes de dar meia-volta e percorrer o caminho inverso rumo à sacristia. Maisie a seguiu como uma criança no rastro do Flautista de Hamelin. Estava temendo o pior. O que Harry tinha aprontado daquela vez?

Maisie entrou na sacristia seguindo a diretora do coro e sentiu as pernas cederem quando viu o reverendo Watts, o sr. Holcombe e outros cavalheiros lá reunidos. À medida que a srta. Monday fechava silenciosamente a porta atrás de si, Maisie começou a tremer incontrolavelmente.

O reverendo Watts abraçou seu ombro.

— Não há nada com o que se preocupar, minha querida — tranquilizou-a. — Pelo contrário, espero que você sinta que somos os portadores de boas-novas — acrescentou, oferecendo-lhe uma cadeira. Maisie sentou-se, mas não conseguia parar de tremer.

Após todos se sentarem, a srta. Monday tomou a frente.

— Queríamos falar sobre Harry, sra. Clifton.

Maisie franziu os lábios; o que o garoto poderia ter feito para reunir aquelas três pessoas tão importantes?

— Não vou fazer rodeios — a diretora do coro continuou. — O diretor musical de St. Bede's me abordou e perguntou se Harry contemplaria a possibilidade de se candidatar a uma das bolsas de estudos destinadas ao coral.

— Mas ele está muito feliz na Holy Nativity — disse Maisie. — E onde fica a igreja St. Bede's? Nunca ouvir falar.

— St. Bede's não é uma igreja — esclareceu a srta. Monday. — É uma escola que fornece coralistas para St. Mary Redcliffe, que foi notoriamente descrita pela rainha Elizabeth como a mais bela e sacra igreja de todo o país.

— Então, ele teria de deixar a escola e também a igreja? — indagou Maisie incrédula.

— Tente encarar isso como uma oportunidade que poderá mudar toda a vida dele, sra. Clifton — disse o sr. Holcombe, falando pela primeira vez.

— Mas ele não teria de se misturar com meninos ricos e inteligentes?

— Duvido que haja muitas crianças em St. Bede's mais inteligentes do que Harry — disse o sr. Holcombe. — Ele é o aluno mais esperto que já tive. Até conseguimos mandar vez por outra um menino para uma escola secundária, mas a chance de uma vaga em St. Bede's nunca foi oferecida a um dos nossos alunos.

— Tem mais uma coisa que a senhora precisa saber antes de tomar uma decisão — interveio o reverendo Watts. Maisie parecia ainda mais ansiosa. — Harry teria de ficar longe de casa durante o período letivo, pois St. Bede's é um internato.

— Isso está fora de cogitação — retrucou Maisie. — Eu não poderia arcar com as despesas.

— Isso não deverá ser um problema — disse a srta. Monday. — Se Harry ganhar uma bolsa de estudos, a escola, além de isentá-lo de qualquer despesa, também dará uma ajuda de custo de dez libras por período.

— Mas essa é uma daquelas escolas em que os pais usam terno e gravata e as mães não trabalham? — perguntou Maisie.

— É pior do que isso — respondeu a srta. Monday, tentando tornar as coisas mais leves. — Os mestres usam longas togas pretas e chapéus que mais parecem desempenadeiras de pedreiros.

— Mesmo assim — acrescentou o reverendo Watts —, Harry pelo menos não seria mais açoitado. Eles são muito mais refinados na St. Bede's. Apenas dão vergastadas nos garotos.

Só Maisie não riu.

— Mas por que ele ia querer sair de casa? — perguntou. — Ele está bem adaptado à Escola Elementar Merrywood e não gostaria de deixar de ser o coralista principal da Holy Nativity.

— Devo confessar que minha perda seria maior do que a dele — observou a srta. Monday. — Mas tenho certeza de que o nosso Senhor não gostaria que eu atrapalhasse o caminho de uma criança tão talentosa simplesmente por causa de meus desejos egoístas — acrescentou baixinho.

— Mesmo que eu concorde — disse Maisie, usando seu último trunfo —, isso não significa que Harry concordará.

— Falei com o menino semana passada — admitiu o sr. Holcombe. — É claro que ele ficou apreensivo diante de tal desafio, mas, se bem me lembro, as suas palavras exatas foram: "Eu gostaria de tentar, mas apenas se o senhor me julgar suficientemente bom." Todavia — o diretor acrescentou antes que Maisie pudesse reagir —, ele também deixou claro que tampouco levaria a ideia em consideração se a mãe não concordasse.

Harry estava ao mesmo tempo aterrorizado e empolgado com a ideia de fazer a prova de admissão, tão ansioso com a possibilidade de fracassar e também de decepcionar muitas pessoas quanto com a possibilidade de passar e ter de ir embora de casa.

Durante o período que se seguiu, não faltou a uma aula sequer na Escola Merrywood e, quando voltava para casa à tarde, subia direto para o quarto que dividia com o tio Stan, no qual, com a ajuda de uma vela, estudava durante horas que, até então, jamais percebera que existiam. Houve até algumas ocasiões em que a mãe encontrou Harry ferrado no sono, deitado no chão, com vários livros abertos espalhados à sua volta.

Todo sábado de manhã, ele continuava a visitar o Velho Jack, que parecia saber muito a respeito de St. Bede's e continuava a ensinar a Harry muitas outras coisas, quase como se soubesse onde o sr. Holcombe havia parado.

Nas tardes de sábado, para grande desgosto do tio Stan, Harry não o acompanhava mais a Ashton Gate para assistir ao Bristol City, mas voltava a Merrywood, onde o sr. Holcombe lhe dava aulas suplementares. Passaram-se anos antes que Harry percebesse que o sr. Holcombe também estava se privando de suas idas regulares ao estádio para torcer para os Robins com o intuito de lhe dar aulas.

À medida que o dia da prova se aproximava, Harry foi ficando mais assustado com a possibilidade de fracasso do que com a chance de sucesso.

No dia indicado, o sr. Holcombe acompanhou seu aluno de maior destaque até Cobston Hall, onde a prova de duas horas aconteceria. Ele deixou Harry na entrada do edifício com as seguintes recomendações:

— Não se esqueça de ler cada pergunta duas vezes antes de pegar na caneta — um conselho que fora repetido várias vezes durante a semana anterior.

Harry deu um sorriso nervoso e apertou a mão do sr. Holcombe como se fossem velhos amigos.

Entrou na sala de provas e se deparou com cerca de sessenta outros meninos dispersos em pequenos grupos, conversando. Ficou claro para Harry que muitos já se conheciam, ao passo que ele não conhecia ninguém. Apesar disso, um ou dois deles pararam de falar e ficaram olhando para Harry à medida que avançava até a frente da sala tentando parecer confiante.

— Abbot, Barrington, Cabot, Clifton, Deakins, Fry...

Harry foi para o seu lugar em uma carteira na primeira fila e, momentos antes de o relógio dar dez horas, vários professores em longas togas negras e chapéus em formato de desempenadeiras de pedreiros adentraram a sala e distribuíram as provas sobre as carteiras na frente de cada candidato.

— Cavalheiros — disse um professor que estava em pé na frente da sala e não havia participado da distribuição dos papéis —, meu nome é Frobisher e sou seu inspetor. Vocês têm duas horas para responder cem perguntas. Boa sorte!

Um relógio que ele não conseguia enxergar soou dez horas. Por toda parte à sua volta, canetas foram mergulhadas em tinteiros e começaram a rabiscar furiosamente os papéis, mas Harry simplesmente cruzou os braços, apoiou-se na carteira e leu cada pergunta lentamente. Ele foi um dos últimos a pegar a própria caneta.

Harry não tinha como saber que o sr. Holcombe estava andando para a frente e para trás na calçada do lado de fora da escola, sentindo-se muito mais nervoso do que seu aluno. Ou que sua mãe olhava para cima em direção ao relógio no saguão do Royal Hotel a cada intervalo de poucos minutos enquanto servia o café da manhã. Ou que a srta. Monday estava ajoelhada em prece silenciosa perante o altar da Holy Nativity.

Instantes após o relógio marcar meio-dia, as provas foram recolhidas e os meninos receberam permissão para deixar a sala, alguns rindo, alguns de cenho franzido, alguns pensativos.

Quando o sr. Holcombe viu Harry, seu coração parou.

— Foi tão ruim assim? — perguntou.

Harry só respondeu após ter certeza de que nenhum outro garoto poderia ouvir suas palavras.

— Absolutamente nada do que esperava — disse.

— Como assim? — indagou o sr. Holcombe ansioso.

— As perguntas foram fáceis demais — respondeu Harry.

O sr. Holcombe sentiu que jamais fora alvo de um elogio desse.

— Dois ternos, madame, cinza. Um paletó azul-marinho. Cinco camisas brancas. Cinco colarinhos rígidos, brancos. Seis pares de meias três-quartos, cinza. Seis conjuntos de roupas de baixo, brancos. E uma gravata de St. Bede's — disse o atendente da loja, verificando a lista cuidadosamente. — Acho que isso é tudo. Ah, não, o menino também vai precisar de um boné da escola.

Ele esticou as mãos até embaixo do balcão, abriu uma gaveta, pegou um boné vermelho e preto, e colocou-o na cabeça de Harry.

— Uma perfeição — pronunciou.

Maisie sorriu para o filho com considerável orgulho. Harry parecia em tudo e por tudo um garoto da St. Bede's.

— São três libras, dez xelins e seis *pence*, madame.

Maisie tentou não parecer muito desconcertada.

— É possível comprar algum desses itens de segunda-mão? — ela sussurrou.

— Não, madame, esta não é uma loja de artigos de segunda-mão — disse o vendedor, que já havia decidido que aquela cliente não poderia abrir uma conta.

Maisie abriu a bolsa, entregou quatro notas de uma libra e esperou o troco. Estava aliviada por St. Bede's ter pagado a ajuda de custo do primeiro período antecipadamente, especialmente porque ela precisava comprar dois pares de sapatos de couro, pretos, com cadarços, dois pares de calçados de ginástica, brancos, com cadarços, e um par de chinelos, para o quarto de dormir.

O atendente tossiu.

— O menino também vai precisar de dois pares de pijamas e um roupão.

— Sim, claro — disse Maisie, esperando ter dinheiro suficiente sobrando na bolsa para cobrir o custo.

— E devo deduzir que o menino é um bolsista que faz parte do coral? — perguntou o vendedor, examinando com mais atenção a lista.

— Isso mesmo — Maisie respondeu orgulhosa.

— Então, ele também vai precisar de uma sotaina, vermelha, duas sobrepelizes, brancas, e um medalhão da St. Bede's — o atendente informou e Maisie teve vontade de sair correndo da loja. — Esses itens serão fornecidos pela escola quando do primeiro ensaio do coral — o vendedor acrescentou antes de entregar a ela o troco. — Vai precisar de mais alguma coisa, madame?

— Não, obrigado — disse Harry, que pegou as duas bolsas, segurou a mãe pelo braço e a acompanhou rapidamente para fora da T.C. Marsh, Alfaiates de Requinte.

Harry passou a manhã do sábado anterior à sua apresentação em St. Bede's com o Velho Jack.

— Está nervoso porque vai para uma nova escola? — perguntou o Velho Jack.

— Não, não estou — respondeu Harry em tom desafiador. O Velho Jack sorriu. — Estou aterrorizado — o garoto admitiu.

— Assim como todos os calouros, que é como você será chamado. Tente imaginar que você está iniciando uma nova aventura em um novo mundo, onde todos começam em pé de igualdade.

— Mas, no momento em que me ouvirem falar, vão perceber que não sou igual a eles.

— Possivelmente, mas, no momento em que ouvirem você cantar, vão perceber que não são iguais a *você*.

— A maioria deles deve ter vindo de famílias ricas com criados.

— Isso será apenas um consolo para os mais idiotas — disse o Velho Jack.

— E alguns deles devem ter irmãos na escola e até pais e avós que estiveram lá antes.

— Seu pai era um bom homem — disse o Velho Jack — e garanto que nenhum deles tem uma mãe melhor do que a sua.

— O senhor conheceu meu pai? — perguntou Harry, incapaz de esconder a própria surpresa.

— Dizer que o conheci seria um exagero — disse o Velho Jack—, mas observei-o de longe, como fiz com muitos outros que trabalharam nas docas. Ele era um homem decente, corajoso e temente a Deus.

— Mas o senhor sabe como ele morreu? — perguntou Harry, encarando o Velho Jack, esperando obter pelo menos uma resposta sincera para a pergunta que o perturbava havia tanto tempo.

— O que disseram a você? — perguntou o Velho Jack com cautela.

— Que ele morreu na Grande Guerra. Mas, como nasci em 1920, até mesmo eu posso deduzir que isso não é possível.

O Velho Jack ficou algum tempo sem falar. Harry ficou na beirada do assento.

— Ele certamente sofreu ferimentos graves na guerra, mas você tem razão, essa não foi a causa da sua morte.

— Então, como morreu? — perguntou Harry.

— Se eu soubesse, contaria a você — respondeu o Velho Jack. — Mas havia tantos boatos circulando na época que eu não sabia ao certo em quem acreditar. Todavia, há vários homens, três em especial, que, sem dúvida, conhecem a verdade sobre o que aconteceu naquela noite.

— Meu tio Stan deve ser um deles — disse Harry —, mas quem são os outros dois?

O Velho Jack hesitou antes de responder.

— Phil Haskins e o sr. Hugo.

— O sr. Haskins? O capataz? — perguntou Harry. — Ele não me diria uma palavra. E quem é o sr. Hugo?

— Hugo Barrington, o filho de Sir Walter Barrington.

— A família que é dona da companhia marítima?

— A própria — respondeu o Velho Jack, temendo ter ido longe demais.

— E também são homens decentes, corajosos e tementes a Deus?

— Sir Walter está entre os melhores que conheci.

— Mas e o filho dele, o sr. Hugo?

— Não é farinha do mesmo saco, temo — disse o Velho Jack sem ulteriores explicações.

4

O menino elegantemente vestido sentou-se ao lado da mãe no banco traseiro do bonde.

— Este é o nosso ponto — ela disse quando o bonde parou. Eles saltaram e começaram a subir lentamente a colina em direção à escola, desacelerando a cada passo.

Harry agarrava uma mala gasta com uma mão e segurava-se à mãe com a outra. Nenhum dos dois falava enquanto observavam vários táxis, bem como alguns poucos carros com chofer, encostarem do lado de fora do portão da escola.

Pais apertavam as mãos dos filhos enquanto mães enroladas em peles abraçavam a prole antes de lhes dar um beijinho no rosto, como uma ave que finalmente precisava admitir que os filhotes estavam prestes a sair voando do ninho.

Harry não queria que a mãe o beijasse na frente dos outros meninos. Então, soltou a mão dela quando ainda estavam a cinquenta metros do portão. Maisie, percebendo o desconforto do filho, abaixou-se e deu-lhe um beijo rápido na testa.

— Boa sorte, Harry. Seja um orgulho para nós.

— Até logo, mamãe — disse ele, refreando as lágrimas.

Maisie se virou e começou a descer a colina, lágrimas escorrendo pelo seu rosto.

Harry continuou caminhando, lembrando-se da descrição do tio da subida ao topo de Ypres antes do ataque às linhas inimigas. *Nunca olhe para trás ou você será um homem morto.* Harry queria olhar para trás, mas sabia que, se o fizesse, só pararia de correr quando estivesse a salvo no bonde. Cerrou os dentes e continuou a caminhar.

— Suas férias foram boas? — um dos meninos estava perguntando a um amigo.

— Magníficas — respondeu o outro. — Papai me levou ao Lord's para o Varsity Match.

Será que Lord's era um templo?, Harry ficou imaginando. Se fosse, que tipo de partida podia acontecer em uma igreja? Ele atravessou resoluto o portão da escola e só parou quando reconheceu o homem que estava em pé ao lado da porta de entrada com uma prancheta.

— E quem é você, meu jovem? — o homem perguntou, abrindo um sorriso de boas-vindas para Harry.

— Harry Clifton, senhor — respondeu Harry, retirando o boné exatamente como o sr. Holcombe o instruíra a fazer toda vez que um professor ou uma dama lhe dirigisse a palavra.

— Clifton — disse o homem, correndo o dedo por uma longa lista de nomes. — Ah, sim — e ticou o nome de Harry. — Primeira geração, aluno coralista. Meus parabéns e bem-vindo a St. Bede's. Sou o sr. Frobisher, o coordenador do seu alojamento, e esta é Frobisher House. Se você deixar sua mala no saguão, um prefeito o acompanhará ao refeitório, onde falarei com todos os novos garotos antes do jantar.

Harry nunca havia jantado. "Lanche" era sempre a última refeição na casa dos Clifton, antes de ele ser mandado para a cama assim que escurecia. A eletricidade ainda não chegara a Still House Lane e raramente havia dinheiro suficiente para ser gasto com velas.

— Obrigado, senhor — Harry disse antes de passar pela porta principal e entrar em um saguão grande com painéis de madeira muito bem lustrados.

Ele largou a mala e levantou a cabeça para observar o quadro de um homem idoso, grisalho, com costeletas crespas e brancas, trajando uma longa toga negra com um capuz vermelho dobrado sobre os ombros.

— Qual é o seu nome? — gritou uma voz atrás dele.

— Clifton, senhor — respondeu Harry, virando-se e vendo um garoto alto de calças compridas.

— Não me chame de senhor, Clifton. Deve me chamar de Fisher. Sou um prefeito, e não um professor.

— Desculpe, senhor — disse Harry.

— Deixe sua mala ali e me acompanhe.

Harry pôs a mala gasta e de segunda mão ao lado de uma fileira de baús de madeira. A sua era a única que não tinha iniciais gravadas. Seguiu o prefeito por um longo corredor repleto de fotografias de velhos times da escola e vitrines cheias de taças de prata para lembrar às novas gerações as suas glórias. Quando chegaram ao refeitório, Fisher disse:

— Você pode se sentar onde quiser, Clifton. Só trate de fechar a boca assim que o sr. Frobisher entrar no refeitório.

Harry hesitou por algum tempo antes de decidir em qual das quatro longas mesas se sentaria. Vários meninos já se reuniam em grupos, conversando baixinho. Harry caminhou lentamente até o outro canto do salão e sentou-se no final da mesa. Levantou os olhos e viu vários meninos entrando no salão, aparentemente tão perplexos quanto ele. Um deles foi e se sentou ao lado de Harry enquanto outro se sentou à sua frente. Continuaram a conversar entre si como se ele não estivesse ali.

Sem aviso prévio, uma campainha soou e todos pararam de falar enquanto o sr. Frobisher adentrava o refeitório. Ele assumiu seu lugar atrás de um púlpito que Harry não havia notado e puxou as lapelas da toga.

— Bem-vindos — iniciou, tocando o chapéu com formato de desempenadeira em sinal de cumprimento para a assembleia ali reunida — a este primeiro dia do período letivo em St. Bede's. Em alguns instantes, vocês farão sua primeira refeição na escola e garanto que não poderia ser melhor — acrescentou — e um ou dois meninos sorriram nervosamente. — Após o jantar, vocês serão levados para os dormitórios, onde poderão desfazer as malas. Às oito horas, ouvirão outra campainha. Na verdade, trata-se da mesma campainha que soará em um momento diferente.

Harry sorriu, embora a maioria dos meninos não tivesse entendido a pequena piada do sr. Frobisher.

— Trinta minutos mais tarde, a mesma campainha soará novamente e, então, vocês irão para a cama, mas não antes de se lavarem e escovarem os dentes. Em seguida, terão trinta minutos para ler antes que as luzes sejam apagadas. Depois disso, vocês irão dormir. Qualquer criança que for pega conversando após as luzes serem apagadas será punida pelo prefeito de plantão. Vocês não ouvirão nenhuma outra campainha — prosseguiu o sr. Frobisher — até as seis e meia de amanhã, quando irão se levantar e se vestir em tempo para se apresentar novamente no refeitório antes das sete horas. Qualquer criança que se atrasar ficará sem o café da manhã.

"A assembleia matutina será realizada às oito horas no grande auditório, onde o diretor falará conosco. Em seguida, vocês terão a primeira aula às oito e meia. Haverá três aulas de sessenta minutos durante a manhã, com intervalos de dez minutos para que vocês tenham tempo de mudar de sala. Após as aulas, será a hora do almoço, ao meio-dia.

"À tarde, haverá apenas mais duas aulas antes da educação física, quando vocês jogarão futebol — informou o sr. Frobisher e Harry sorriu pela segunda vez. — Isso é obrigatório para todos aqueles que não fazem parte do coro — e Harry franziu a testa. Ninguém havia dito que os integrantes do coro não jogavam futebol. — Depois da educação física ou do ensaio do coro, vocês voltarão a Frobisher House para o jantar, que será seguido de uma hora de estudos antes de vocês irem para a cama, quando, mais uma vez, poderão ler até que as luzes sejam apagadas, mas apenas se o livro tiver sido aprovado pela governanta — acrescentou o sr. Frobisher. — Tudo isso pode parecer muito atordoante para vocês — Harry fez uma anotação mental para procurar a palavra no dicionário que o sr. Holcombe lhe dera de presente. O sr. Frobisher mais uma vez puxou as lapelas da toga antes de continuar. — Mas, não se preocupem, vocês logo se acostumarão às nossas tradições em St. Bede's. Isso é tudo o que vou dizer por enquanto. Vou deixá-los apreciar o jantar. Boa noite, meninos.

— Boa noite, senhor — alguns garotos tiveram a coragem de responder enquanto o sr. Frobisher saía do refeitório.

Harry não mexeu um músculo enquanto várias mulheres de avental marchavam ao longo das mesas pondo tigelas de sopa na frente de cada menino. Observou com atenção o menino à sua frente pegar uma colher com um formato estranho, mergulhá-la na sopa e levantá-la antes de colocá-la na boca. Harry tentou imitar o movimento, mas só conseguiu espirrar algumas gotas de sopa na mesa e, quando conseguiu transferir o conteúdo restante para a boca, a maior parte escorreu pelo seu queixo. Ele limpou a boca com a manga. Isso não atraiu muita atenção, mas, quando produziu ruídos altos ao sorver cada colherada, muitos dos meninos pararam de comer e o fitaram. Constrangido, Harry pôs de volta a colher sobre a mesa e deixou que a sopa esfriasse.

O segundo prato foi uma torta de peixe, e Harry só se mexeu após ter visto qual o garfo que o menino à sua frente pegou. Ficou surpreso ao notar que o menino apoiava a faca e o garfo sobre o prato entre cada porção, enquanto Harry segurava as suas firmemente, como se fossem forcados.

O menino à sua frente e o outro ao seu lado começaram a conversar sobre caça de raposas a cavalo. Harry não se manifestou, em parte porque sua experiência mais próxima a uma cavalgada havia sido uma volta de meio *penny* em um burrico em uma tarde durante uma excursão a Weston-super-Mare.

Depois de retirados, os pratos foram substituídos por sobremesas, que sua mãe chamava de agrados, pois não eram algo frequente. Mais uma colher, mais uma prova, mais um erro. Harry não percebeu que uma banana não era como uma maçã; então, para o espanto de todos à sua volta, ele tentou comê-la com casca. Para o resto dos garotos, a primeira aula talvez fosse no dia seguinte às 8h30 mim, mas, a de Harry já estava acontecendo.

Depois que o jantar foi retirado, Fisher voltou e, como prefeito de plantão, subiu com os meninos sob seus cuidados uma larga escadaria de madeira que levava até os dormitórios no primeiro andar. Harry entrou em um aposento com trinta camas perfeitamente alinhadas em três filas de dez. Cada uma tinha um travesseiro, dois lençóis e dois cobertores. Harry nunca tivera dois de nada.

— Este é o dormitório dos calouros — disse Fisher com desdém. — É onde ficarão até se tornarem civilizados. Encontrarão seus nomes em ordem alfabética ao pé das camas.

Harry ficou surpreso ao descobrir sua mala sobre a cama e ficou se perguntando quem a havia posto lá. O menino ao seu lado já estava desfazendo a sua.

— Meu nome é Deakins — disse, empurrando os óculos mais para cima do nariz a fim de poder observar Harry mais de perto.

— Meu nome é Harry. Sentei ao seu lado durante as provas no verão passado. Não pude acreditar que você respondeu todas as perguntas em pouco mais de uma hora.

Deakins corou.

— É por isso que é um bolsista — disse o garoto do outro lado de Harry. Harry se virou.

— Você também é um bolsista? — perguntou.

— Pelo amor de Deus, não! — respondeu o menino enquanto continuava a desfazer a mala. — O único motivo para terem me admitido na St. Bede's é porque meu pai e meu avô estiveram aqui antes de mim. Sou a terceira geração a frequentar a escola. Os pais de vocês estiveram aqui, por acaso?

— Não — responderam Harry e Deakins em uníssono.

— Parem de conversar! — gritou Fisher. — E continuem a desfazer as malas.

Harry abriu sua mala e começou a pôr as roupas ordenadamente em duas gavetas ao lado da cama. Sua mãe pusera uma barra de chocolate Fry's Five Boys entre as camisas. Ele a escondeu embaixo do travesseiro.

Uma campainha soou.

— Hora de tirar a roupa! — declarou Fisher.

Harry nunca se despira na frente de outro menino, muito menos em um quarto cheio deles. Virou-se para a parede, tirou as roupas lentamente e vestiu depressa o pijama. Depois de ter amarrado o cinto do roupão, entrou no banheiro atrás dos outros meninos. Mais uma vez, observou-os cuidadosamente enquanto lavavam o rosto com flanelas antes de escovarem os dentes. Ele não tinha nem flanela nem escova de dente. O menino da cama ao lado vasculhou sua bolsa e entregou a Harry uma escova nova e um tubo de pasta de dente. Harry não queria aceitar, mas o menino disse:

— Minha mãe sempre põe tudo em dobro na mala.

— Obrigado — disse Harry.

Embora tivesse limpado os dentes rapidamente, ele ainda foi um dos últimos a voltar ao dormitório. Subiu na cama: dois lençóis limpos, dois cobertores e um travesseiro macio. Olhou para o lado e viu que Deakins estava lendo o *Manual Kennedy de latim* quando o outro garoto disse:

— Este travesseiro é duro como um tijolo.

— Quer trocar comigo? — perguntou Harry.

— Acho que você vai descobrir que são todos iguais — o menino respondeu com um sorriso —, mas obrigado.

Harry tirou a barra de chocolate de debaixo do travesseiro e a partiu em três pedaços. Deu um pedaço a Deakins e outro ao menino que havia lhe dado a escova e a pasta de dente.

— Vejo que sua mãe é muito mais sensata do que a minha — disse ele depois de dar uma mordida. Outra campainha. — A propósito, meu nome é Giles Barrington. Qual é o seu?

— Clifton. Harry Clifton.

Harry só dormiu durante intervalos de alguns minutos, e não foi apenas porque a cama era muito confortável. Será que Giles tinha algum parentesco com um dos três homens que conheciam a verdade sobre a morte do seu pai? E, caso tivesse, será que ele havia puxado ao pai ou ao avô?

De repente, Harry se sentiu muito sozinho. Retirou a tampa da pasta de dente que Barrington lhe dera e começou a chupá-la até pegar no sono.

Quando a campainha, já familiar, tocou às 6h30 mim na manhã seguinte, Harry desceu lentamente da cama, sentindo-se enjoado. Seguiu Deakins até o banheiro e viu Giles testando a água.

— Você acha que este lugar alguma vez ouviu falar de água quente? — perguntou.

Harry estava prestes a responder quando o prefeito berrou:

— Nada de conversa no banheiro!

— Ele é pior do que um general prussiano — disse Barrington, batendo os calcanhares. Harry começou a rir.

— Quem foi? — Fisher perguntou, encarando os dois meninos.

— Eu — disse Harry imediatamente.

— Nome?

— Clifton.

— Abra sua boca novamente, Clifton, e vai levar uma cacholeta.

Harry não sabia o que significava "levar uma cacholeta", mas pressentia que não era algo agradável. Depois de escovar os dentes, voltou em silêncio para o dormitório e se vestiu sem dar mais um pio. Após ter dado o nó na gravata — outra coisa que ele não sabia fazer muito bem —, juntou-se a Barrington e Deakins, que já estavam descendo a escada que dava para o refeitório.

Ninguém abriu a boca, pois eles não sabiam se tinham permissão para falar enquanto estavam na escada. Quando se sentaram para o café da manhã no refeitório, Harry se esgueirou entre os dois novos amigos e observou enquanto as tigelas de mingau era postas à frente de cada menino. Ficou aliviado ao descobrir que só havia uma colher à sua frente, de maneira que não poderia cometer nenhum erro daquela vez.

Harry tomou o mingau muito rápido; parecia que estava com medo que o tio Stan fosse aparecer e tirá-lo das suas mãos. Ele foi o primeiro a terminar e, sem pensar duas vezes, pôs a colher sobre a mesa, pegou a tigela e começou a lambê-la. Vários outros meninos ficaram olhando incrédulos para ele. Alguns o apontaram e outros soltaram risinhos. Harry corou intensamente e pôs a tigela de volta sobre a mesa. Ele teria caído em prantos se Barrington não tivesse pegado a própria tigela e começado a lambê-la.

5

O reverendo Samuel Oakshott, graduado pela Universidade de Oxford, estava em pé, com as pernas afastadas, no centro do palco. Olhou com benevolência para o seu rebanho, pois certamente era assim que o diretor de St. Bede's via seus pupilos.

Harry, sentado na primeira fila, fitava de cabeça levantada a assustadora figura que se erguia à sua frente. O dr. Oakshott tinha bem mais do que um metro e oitenta e cinco de altura, sua cabeça era coberta por cabelos grossos e grisalhos que terminavam em costeletas longas e crespas, tornando sua aparência ainda mais amedrontadora. Seus olhos, de um azul profundo, transpassavam os interlocutores e ele nunca parecia piscar, ao passo que as rugas que cruzavam sua testa indicavam grande sabedoria. Ele pigarreou antes de se dirigir aos meninos.

— Irmãos bedeanos — iniciou —, estamos mais uma vez aqui reunidos no início de um novo ano letivo, prontos, sem dúvida, para enfrentar qualquer desafio que venha a surgir à nossa frente. Os veteranos — disse, dirigindo a própria atenção para os fundos do auditório — não têm um segundo a perder se desejam que lhes seja oferecida uma vaga na escola de sua escolha. Nunca se contentem com uma segunda opção.

"Para os jovens das séries intermediárias — continuou, desviando os olhos para o centro do auditório —, este será o momento em que descobriremos quais de vocês estão destinados a coisas mais importantes. Ao voltarem no próximo ano, vocês serão prefeitos, monitores, capitães do alojamento ou capitães esportivos? Ou será que estarão simplesmente entre os desqualificados? — perguntou, e vários meninos abaixaram a cabeça.

"Nossa próxima tarefa é dar as boas-vindas aos novos garotos e fazer todo o possível para que se sintam em casa. Eles estão recebendo o bastão pela primeira vez ao iniciar a longa corrida da vida. Se o ritmo se revelar intenso demais, um ou dois de vocês talvez fiquem pelo caminho — advertiu, baixando o olhar para as três primeiras fileiras. — St. Bede's não é uma escola para os fracos. Portanto, tratem de não esquecer as palavras do grande Cecil Rhodes: *Se você teve a sorte de nascer inglês, tirou o primeiro prêmio na loteria da vida.*

A assembleia reunida explodiu em um aplauso espontâneo enquanto o diretor deixava o palco, seguido por uma fila de professores, atravessando o corredor central e saindo do auditório para o sol matinal.

Harry, com o moral alto, estava determinado a não decepcionar o diretor. Seguiu os veteranos e saiu do auditório, mas, assim que pisou no pátio, sua exuberância foi abafada. Um grupo de meninos mais velhos estava reunido em um canto com as mãos no bolso para indicar que eram prefeitos.

— Lá está ele — disse um deles, apontando para Harry.

— Então é assim que são os moleques de rua — disse outro.

Um terceiro, que Harry reconheceu como Fisher, o prefeito que estava de serviço na noite anterior, acrescentou:

— Ele é um animal e é nosso dever devolvê-lo ao seu hábitat o mais rápido possível.

Giles Barrington correu atrás de Harry.

— Se você os ignorar — disse —, logo ficarão entediados e escolherão outro para implicar.

Harry não estava convencido e correu na frente para a sala de aula, onde ficou esperando que Barrington e Deakins se juntassem a ele.

Logo em seguida, o sr. Frobisher entrou na sala. O primeiro pensamento de Harry foi: "Será que ele também acha que sou um moleque de rua que não merece estar em St. Bede's?"

— Bom dia, meninos — disse o sr. Frobisher.

— Bom dia, senhor — responderam os garotos enquanto o professor assumia seu lugar na frente do quadro-negro.

— A primeira aula esta manhã — disse — será de história. Como estou ansioso para conhecer vocês, iniciaremos com um teste simples para descobrir quanto, ou quão pouco, vocês já aprenderam. Quantas mulheres teve Henrique VIII?

Várias mãos se levantaram.

— Abbot — disse o mestre, olhando para uma pauta em sua mesa e apontando para um menino na primeira fila.

— Seis, senhor — foi a resposta imediata.

— Muito bem, mas será que alguém poderia nomeá-las? — perguntou, e menos mãos se levantaram. — Clifton?

— Catarina de Aragão, Ana Bolena, Joana Seymour, depois, outra Ana, acho — disse ele antes de parar.

— Ana de Cleves. Alguém poderia citar as duas que faltam? — prosseguiu e apenas uma mão continuou levantada. — Deakins — disse Frobisher depois de verificar a pauta.

— Catarina Howard e Catarina Parr. Ana de Cleves e Catarina Parr sobreviveram a Henrique.

— Muito bem, Deakins. Agora, vamos avançar o relógio dois séculos. Quem comandou nossa frota na batalha de Trafalgar? — perguntou, e todas as mãos na sala foram levantadas. — Matthews — disse Frobisher, indicando com a cabeça uma mão particularmente insistente.

— Nelson, senhor.

— Correto. E quem era o primeiro-ministro na época?

— O duque de Wellington, senhor — disse Matthews, não soando tão confiante.

— Não — disse Frobisher — não era Wellington, embora ele fosse um contemporâneo de Nelson — complementou. Correu os olhos pela turma, mas apenas as mãos de Clifton e Deakins ainda estavam levantadas. — Deakins.

— Pitt, o Novo, de 1783 a 1801 e de 1804 a 1806.

— Correto, Deakins. E quando o Duque de Ferro foi primeiro-ministro?

— De 1828 a 1830 e, novamente, em 1834 — respondeu Deakins.

— E alguém é capaz de me dizer qual foi sua vitória mais famosa?

A mão de Barrington foi levantada pela primeira vez.

— Waterloo, senhor! — gritou ele antes que o sr. Frobisher tivesse tempo de escolher outra pessoa.

— Sim, Barrington. E quem Wellington derrotou em Waterloo?

Barrington ficou em silêncio.

— Napoleão — sussurrou Harry.

— Napoleão, senhor — disse Barrington confiante.

— Correto, Clifton — disse Frobisher, sorrindo. — E Napoleão também era um duque?

— Não, senhor — disse Deakins após ninguém mais ter se oferecido para responder. — Ele fundou o primeiro Império Francês e se autodesignou imperador.

O sr. Frobisher não ficou surpreso pela resposta de Deakins, pois ele era um bolsista por aproveitamento, mas ficou impressionado com o conhecimento de Clifton. Afinal, ele era um bolsista do coro e, ao longo dos anos, Frobisher aprendera que bons integrantes do coro, assim como desportistas talentosos, raramente se distinguiam fora do próprio ramo de atividade. Clifton já estava se revelando uma exceção à regra. O sr. Frobisher gostaria de saber quem havia instruído o menino.

Quando a campainha tocou no final da aula, o sr. Frobisher anunciou:

— Sua próxima aula será de geografia com o sr. Henderson, e ele é um mestre que não gosta de ficar esperando. Recomendo que, durante o intervalo, vocês descubram onde fica a sala dele e se sentem em seus lugares bem antes de ele chegar na sala de aula.

Harry ficou perto de Giles, que parecia saber onde ficava tudo. Enquanto caminhavam pelo pátio juntos, Harry notou que alguns dos meninos baixavam a voz quando eles passavam, e um ou dois até se viraram para observá-lo.

Graças aos inúmeros sábados passados com o Velho Jack, Harry fez bonito na aula de geografia, mas, na de matemática, a aula final da manhã, ninguém chegou nem perto de Deakins, e até o professor teve de permanecer atento.

Quando os três se sentaram para almoçar, Harry sentiu que havia centenas de olhos observando cada um de seus movimentos. Fingiu não notar e, simplesmente, copiou tudo o que Giles fazia.

— É bom saber que tem alguma coisa que posso ensinar a você — disse Giles enquanto descascava uma maçã com a faca.

Harry gostou da primeira aula de química naquela tarde, especialmente quando o professor permitiu que acendesse um bico de Bunsen. Mas Harry não se destacou em estudos naturais, a última aula do dia, pois sua casa era a única que não tinha um jardim.

Quando a campainha final tocou, o restante da turma saiu para a educação física enquanto Harry se apresentava na capela para seu primeiro ensaio no coro. Mais uma vez, ele percebeu que todos o observavam, mas, daquela vez, pelos motivos certos.

Porém, foi só ele sair da capela que, mais uma vez, foi alvo dos mesmos sussurros por parte dos meninos que voltavam das quadras.

— Aquele não é o nosso moleque de rua? — perguntou um deles.

— Pena ele não ter uma escova de dente — disse outro.

— Ele dorme lá nas docas à noite, pelo que me disseram — comentou um terceiro.

Deakins e Barrington não estavam por perto enquanto Harry se encaminhava apressado para o alojamento, evitando qualquer reunião de meninos no caminho.

Durante o jantar, os olhos escrutadores eram menos óbvios, mas só porque Giles deixara claro para aqueles que pudessem ouvi-lo que Harry era seu amigo. Mas Giles não pôde ajudar quando todos subiram para o dormitório depois da hora de estudos e encontraram Fisher em pé na frente da porta, evidentemente esperando Harry.

Quando os meninos começaram a se despir, Fisher anunciou em voz alta:

— Lamento pelo mau cheiro, cavalheiros, mas um aluno da turma de vocês vem de uma casa sem banheiro.

Um ou dois meninos soltaram risinhos, esperando cair nas graças de Fisher. Harry os ignorou.

— Esse menino de rua, além de não ter um banheiro, nem sequer tem um pai.

— Meu pai foi um homem honesto que lutou por seu país na guerra — Harry disse com orgulho.

— Por que você acha que eu estava falando de você, Clifton? — perguntou Fisher. — A menos que você também seja o garoto cuja mãe trabalha — fez uma pausa — como garçonete em hotéis.

— Hotel — Harry o corrigiu.

Fisher pegou um chinelo.

— Nunca me corrija, Clifton — disse com raiva. — Incline-se e toque a extremidade da sua cama.

Harry obedeceu e Fisher desferiu seis chineladas com tanta ferocidade que Giles teve de se virar. Harry arrastou-se para a cama, lutando para refrear as lágrimas.

Antes de apagar as luzes, Fisher acrescentou:

— Estou ansioso para revê-los amanhã à noite, quando continuarei a história dos Clifton de Still House Lane. Esperem até ouvir o relato sobre o tio Stan.

Na noite seguinte, Harry soube pela primeira vez que o tio ficara 18 meses na prisão por furto qualificado. Essa revelação foi pior do que levar chineladas. Ele esgueirou-se para a cama imaginando que o pai talvez ainda estivesse vivo, mas na cadeia, e se perguntando qual era o verdadeiro motivo para ninguém falar dele em casa.

Harry mal dormiu pela terceira noite seguida e, por maior que fosse o sucesso na sala de aula ou a admiração na capela, ele não conseguia parar de pensar sobre o próximo e inevitável encontro com Fisher. A mais tola desculpa — uma gota d'água espirrada no chão do banheiro, um travesseiro que não estivesse reto, uma meia um pouco embolada no calcanhar — era suficiente para que Harry pudesse esperar seis pancadas do prefeito de plantão; uma punição que era administrada na frente do resto do dormitório e sempre depois de Fisher narrar mais um episódio das Crônicas dos Clifton. Na quinta noite, Harry estava farto, e nem mesmo Giles ou Deakins era capaz de consolá-lo.

Durante a hora de estudos na tarde de sexta-feira, enquanto os outros meninos estavam virando as páginas do *Manual Kennedy de latim*, Harry ignorou César e os gauleses, e revisou um plano que garantiria que Fisher nunca mais o perturbaria. Quando foi se deitar naquela noite, depois de Fisher ter descoberto uma embalagem do chocolate Fry's ao lado da sua cama e de ter lhe dado umas chineladas, o plano de Harry estava pronto para ser posto em ação. Depois que as luzes foram apagadas, ficou deitado, mas acordado, por um bom tempo e só se mexeu quando teve certeza de que todos os outros meninos estavam dormindo.

Harry não fazia ideia de que horas eram quando saiu da cama. Vestiu-se sem fazer barulho, depois, esgueirou-se por entre os leitos até alcançar a extremidade do quarto. Abriu a janela, e a lufada de ar frio fez com que o menino na cama mais próxima se virasse. Harry pulou para a saída de incêndio e fechou lentamente a janela antes de descer até o chão. Caminhou em torno da beirada do gramado, aproveitando qualquer sombra para evitar o forte luar que parecia iluminá-lo como se fosse um holofote.

Harry ficou horrorizado ao descobrir que o portão da escola estava trancado. Esgueirou-se ao longo do muro, procurando a menor das rachaduras ou mossas que lhe permitisse escalar até o topo, pular o muro e fugir para a liberdade. Por fim, viu que havia um tijolo faltando e conseguiu se soerguer até se sentar sobre o muro. Baixou o corpo do outro lado, segurando-se com as pontas dos dedos, fez uma prece silenciosa e se soltou. Aterrissou todo desconjuntado, mas parecia não ter fraturado nada.

Quando se recuperou, começou a correr pela estrada, lentamente de início, mas, depois, ganhou velocidade e só parou quando chegou às docas. O turno da noite estava terminando e Harry ficou aliviado ao ver que o tio não estava entre os trabalhadores.

Depois de o último estivador ter desaparecido do seu campo de visão, Harry caminhou lentamente ao longo do porto, ao lado de uma fila de navios ancorados que se estendia até onde a vista alcançava. Ele notou que uma das chaminés ostentava orgulhosamente a letra B e pensou no amigo que deveria estar ferrado no sono. Será que algum dia ele... Os pensamentos de Harry foram interrompidos quando ele parou diante do vagão do Velho Jack.

Ele ficou se perguntando se o velho também estaria ferrado no sono. A pergunta foi respondida quando uma voz disse:

— Não fique aí parado, entre antes que você morra congelado.

Harry abriu a porta do vagão e viu o Velho Jack riscando um fósforo e tentando acender uma vela. O garoto se jogou no assento à sua frente.

— Você fugiu? — perguntou o Velho Jack.

Harry ficou tão espantado com aquela pergunta direta que não respondeu de imediato.

— Sim, fugi — finalmente desembuchou.

— E, sem dúvida, veio aqui me dizer por que tomou essa importante decisão.

— Não tomei a decisão — disse Harry. — Alguém a tomou por mim.

— Quem?

— O nome dele é Fisher.

— Um professor ou um garoto?

— O prefeito do meu dormitório — respondeu Harry, encolhendo-se. Depois, contou ao Velho Jack tudo o que havia acontecido durante a primeira semana em St. Bede's.

Mais uma vez, o velho o surpreendeu. Quando Harry chegou ao fim da história, Jack disse:

— A culpa é minha.

— Por quê? — indagou Harry. — O senhor não poderia ter feito mais para me ajudar.

— Poderia, sim — disse o Velho Jack. — Eu deveria ter preparado você para um tipo de esnobismo que nenhum outro país no mundo pode copiar. Eu deveria ter gastado mais tempo explicando o significado da gravata da velha escola e menos tempo falando de geografia e história. Eu tinha esperança de que as coisas pudessem ter mudado depois da guerra que deveria pôr fim a todas as guerras, mas, obviamente, nada mudou em St. Bede's — declarou. Caiu em um silêncio pensativo antes de finalmente perguntar: — Então, o que você vai fazer em seguida, meu garoto?

— Fugir para o mar. Embarco em qualquer navio que me aceite — respondeu Harry, tentando parecer entusiasmado.

— Que ótima ideia! — disse o Velho Jack. — Por que não se entrega logo para Fisher?

— Como assim?

— Nada dará mais prazer a Fisher do que poder dizer aos amigos que o moleque de rua não tinha coragem, mas, afinal de contas, o que esperar do filho de um estivador cuja mãe é garçonete?

— Mas Fisher tem razão. Eu não estou à altura dele.

— Não, Harry, o problema é que Fisher já percebeu que ele não está à sua altura, e nunca estará.

— O senhor está dizendo que eu deveria voltar para aquele lugar horrível? — perguntou Harry.

— No final das contas, só você pode tomar essa decisão — disse o Velho Jack. —, mas, se você fugir toda vez que se deparar com os Fishers do mundo, vai acabar igual a mim, um dos desqualificados da vida, para citar o diretor.

— Mas o senhor é um grande homem — disse Harry.

— Eu poderia ter sido — rebateu o Velho Jack —, se não tivesse fugido no momento em que me deparei com o meu Fisher. Mas escolhi a saída mais fácil e só pensei em mim mesmo.

— Mas em quem mais devo pensar?

— Na sua mãe, para começo de conversa — respondeu o Velho Jack. Não se esqueça de todos os sacrifícios que ela fez para proporcionar a você um começo de vida melhor do que ela jamais sonhou ser possível. E também tem o sr. Holcombe, que, quando descobrir que você fugiu, vai se culpar. E não se esqueça da srta. Monday, que pediu favores, enfrentou pessoas e gastou inúmeras horas para ter certeza de que você estaria à altura da bolsa de estudos como membro do coral. E, ao pesar os prós e os contras, Harry, sugiro que você ponha Fisher de um lado da balança e Barrington e Deakins do outro, pois suspeito que Fisher logo se tornará insignificante, ao passo que Barrington e Deakins certamente se tornarão amigos íntimos para o resto da sua vida. Se você fugir, eles serão obrigados a ouvir Fisher o tempo todo dizendo que você não era a pessoa que imaginavam.

Harry permaneceu em silêncio por algum tempo. Finalmente, levantou-se lentamente e ficou em pé.

— Obrigado, senhor — disse. Sem proferir outra palavra, abriu a porta do vagão e saiu.

Caminhou lentamente pelo cais, mais uma vez olhando para os grandes navios de carga que logo zarpariam para portos distantes. Continuou andando até chegar ao portão das docas, onde começou a correr rumo à cidade. Quando chegou à escola, o portão já estava aberto e o relógio no auditório estava prestes a tocar oito vezes.

Apesar do telefonema, o sr. Frobisher teria de ir até a casa do diretor e relatar que um dos seus meninos havia sumido. Quando olhou pela janela do estúdio, entreviu Harry correndo por entre as árvores enquanto avançava cautelosamente em direção ao alojamento. Harry abriu sorrateiramente a porta principal quando o último sino soou e deu de cara com o coordenador do alojamento.

— É melhor você se apressar, Clifton — disse o sr. Frobisher —, senão vai perder o café da manhã.

— Sim, senhor — respondeu Harry e cruzou apressado o corredor. Chegou ao refeitório pouco antes de as portas serem fechadas e escorregou para o seu lugar entre Barrington e Deakins.

— Por um instante, pensei que eu seria o único a lamber minha tigela esta manhã — disse Barrington. Harry caiu na risada.

Ele não encontrou Fisher naquele dia e ficou surpreso ao descobrir que outro prefeito o havia substituído em suas tarefas no dormitório naquela noite. Harry dormiu pela primeira vez naquela semana.

6

O Rolls-Royce cruzou o portão de Manor House e seguiu por uma longa alameda ladeada por carvalhos altos que pareciam sentinelas. Harry conseguiu contar seis jardineiros antes mesmo de ver a casa.

Durante o tempo que passaram em St. Bede's, Harry pescou algumas informações de como Giles vivia quando voltava para casa durante as férias, mas nada o havia preparado para aquilo. Quando viu a casa pela primeira vez, Harry ficou boquiaberto, e assim permaneceu.

— Início do século dezoito seria o meu palpite — disse Deakins.

— Nada mal — comentou Giles —, construída por Vanbrugh em 1722. Mas aposto que você não consegue dizer quem projetou o jardim. Vou dar uma pista: é posterior à casa.

— Eu só ouvi falar de um paisagista em minha vida — disse Harry, ainda olhando para a casa. — Capability Brown.

— Foi exatamente por isso que o escolhemos — declarou Giles —, simplesmente para que meus amigos já tivessem ouvido falar do sujeito duzentos anos mais tarde.

Harry e Deakins riram enquanto o carro parava na frente de uma mansão de três andares construída com pedras douradas de Cotswold. Giles saltou antes do chofer e teve a oportunidade de abrir a porta traseira. Subiu correndo os degraus com os dois amigos, um pouco menos seguros, seguindo seu rastro.

A porta principal foi aberta bem antes que Giles alcançasse o último degrau, e um homem alto, trajando uma elegante e comprida casaca preta, calças risca-de-giz e uma gravata também preta, fez uma ligeira mesura quando o jovem patrão passou correndo.

— Feliz aniversário, sr. Giles — disse.

— Obrigado, Jenkins. Venham, meus camaradas — gritou Giles enquanto desaparecia casa adentro. O mordomo segurou a porta aberta para que Harry e Deakins o seguissem.

Assim que Harry pisou no saguão, ficou paralisado diante do retrato de um velho que parecia estar olhando diretamente para ele. Giles herdara o nariz adunco, os ferozes olhos azuis e o maxilar quadrado daquele homem. Harry olhou os outros retratos que adornavam as paredes à sua volta. Até então, ele só vira pinturas a óleo em livros: *Mona Lisa*, *Cavaleiro Sorridente* e *Ronda Noturna*. Harry estava olhando para uma paisagem pintada por um artista chamado Constable quando uma mulher adentrou o saguão trajando o que Harry só poderia ter descrito como um vestido de baile.

— Feliz aniversário, meu querido — disse ela.

— Obrigado, mamãe — disse Giles enquanto ela se curvava para beijá-lo. Era a primeira vez que Harry via o amigo parecer constrangido. — Esses são meus dois melhores amigos, Harry e Deakins.

Enquanto Harry apertava sua mão, a mulher, que não era muito mais alta do que ele, abriu um sorriso tão acolhedor que o garoto se sentiu imediatamente à vontade.

— Por que não vamos todos para o salão — ela sugeriu — e tomamos um chá?

A mãe de Giles atravessou o corredor com os meninos e entrou em um amplo aposento que dava para o gramado na frente da casa.

Quando entrou, Harry não queria se sentar, mas ficar olhando as pinturas que cobriam todas as paredes. Todavia, a sra. Barrington já o acompanhava rumo ao sofá. Ele afundou nas almofadas macias e não conseguiu evitar ficar olhando através da janela saliente para o gramado bem cortado que era suficientemente grande para servir de campo de críquete. Deakins sentou-se no sofá ao lado de Harry.

Nenhum dos dois falou enquanto outro homem, vestido com um curto paletó preto, entrava no cômodo seguido por uma jovem mulher em um elegante uniforme azul, parecido com o que a mãe de Harry usava no hotel. A criada carregava uma grande bandeja de prata, que foi colocada em uma mesa oval diante da sra. Barrington.

— Indiano ou chinês? — perguntou a sra. Barrington, olhando para Harry.

Ele não sabia ao certo o que ela queria dizer.

— Vamos todos tomar indiano. Obrigado, mamãe — respondeu Giles.

Harry achou que Giles já devia ter lhe ensinado tudo a respeito de etiqueta em situações formais, mas, de repente, a sra. Barrington elevou o nível para um novo patamar.

Logo após o submordomo ter servido três xícaras de chá, a criada as colocou na frente dos meninos, junto com uma travessa. Harry ficou olhando para uma montanha de sanduíches sem ousar tocá-los. Giles pegou um e pôs no próprio prato. Sua mãe franziu o cenho.

— Quantos vezes eu já disse, Giles, que sempre devemos esperar que os convidados escolham o que gostariam antes de nos servirmos?

Harry queria dizer à sra. Barrington que Giles sempre se antecipava para que ele soubesse o que fazer e, sobretudo, o que não fazer. Deakins escolheu um sanduíche e o pôs em seu prato. Harry fez o mesmo. Giles esperou pacientemente até Deakins pegar o próprio sanduíche e dar uma mordida.

— Espero que vocês gostem de salmão defumado — disse a sra. Barrington.

— Supimpa — Giles disse antes que seus amigos tivessem uma oportunidade de admitir que jamais haviam comido salmão. — Na escola, só temos sanduíches de pasta de peixe — acrescentou.

— Então, contem-me como vocês estão se saindo na escola — perguntou a sra. Barrington.

— Ainda posso melhorar, é como acho que Frob descreve meus esforços — respondeu Giles enquanto pegava outro sanduíche. — Mas Deakins é o primeiro da classe em tudo.

— A não ser em inglês — interveio Deakins, falando pela primeira vez. — Harry me passou nessa matéria por uns dois décimos.

— E você passou alguém em alguma coisa, Giles? — indagou a mãe.

— Ele ficou em segundo lugar em matemática, sra. Barrington — disse Harry, socorrendo Giles. — Ele tem um dom natural para números.

— Igual ao avô — observou a sra. Barrington.

— Aquele é um belo retrato seu, ali em cima da lareira, sra. Barrington — comentou Deakins.

Ela sorriu.

— Não sou eu, Deakins, é minha querida mãe — explicou. Deakins abaixou a cabeça antes que a sra. Barrington acrescentasse: — Mas que elogio encantador. Ela era considerada uma grande beleza no seu tempo.

— Quem o pintou? — perguntou Harry, socorrendo Deakins.

— László — respondeu a sra. Barrington. — Por que você pergunta?

— Porque eu estava imaginando se o retrato do cavalheiro no saguão não era do mesmo artista.

— Muito observador de sua parte, Harry — disse a sra. Barrington. — O quadro que você viu no saguão retrata meu pai e, de fato, foi pintado por László.

— O que seu pai faz? — indagou Harry.

— Harry nunca para de fazer perguntas — disse Giles. — É preciso se acostumar.

A sra. Barrington sorriu.

— Ele importa vinhos, especialmente xerez da Espanha.

— Como o pai de Harvey — disse Deakins com a boca cheia de sanduíche de pepino.

— Como o pai de Harvey — repetiu a sra. Barrington. Giles sorriu. — Coma mais um sanduíche, Harry — acrescentou, notando que os olhos do menino estavam fixos na travessa.

— Obrigado — disse Harry, incapaz de escolher entre salmão defumado, pepino ou ovo com tomate. Acabou se decidindo por salmão, perguntando-se como seria o gosto.

— E quanto a você, Deakins?

— Obrigado, sra. Barrington — respondeu ele, pegando outro sanduíche de pepino.

— Não posso continuar a chamar você de Deakins — disse a mãe de Giles. — Parece que estou chamando um dos criados. Qual é seu nome de batismo?

Deakins abaixou novamente a cabeça.

— Prefiro ser chamado de Deakins — disse.

— É Al — interveio Giles.

— Um lindo nome — disse a sra. Barrington —, embora sua mãe provavelmente o chame de Alan.

— Não, não é assim que ela me chama — observou Deakins ainda com a cabeça abaixada. Os outros dois meninos pareceram surpresos com a revelação, mas nada disseram. — Meu nome é Algernon — finalmente desembuchou.

Giles caiu na risada.

A sra. Barrington não prestou atenção ao acesso de riso do filho.

— Sua mãe deve ser uma admiradora de Oscar Wilde — disse.

— De fato, é — confirmou Deakins. — Mas eu preferiria que ela tivesse me chamado de Jack ou até de Ernest.

— Eu não me preocuparia com isso — disse a sra. Barrington. — Afinal, Giles padece de uma infâmia semelhante.

— Mamãe, você prometeu que não...

— Vocês devem pedir para ele dizer qual é seu segundo nome — disse ela, ignorando o protesto. Diante da falta de reação de Giles, Harry e Deakins olharam esperançosos para a sra. Barrington. — Marmaduke — declarou ela com um suspiro. — Como o pai e o avô.

— Se algum dos dois contar isso a alguém quando voltarmos à escola — ameaçou Giles, olhando para os dois amigos —, juro que mato vocês, estou falando sério.

Os dois meninos riram.

— Você tem um segundo nome, Harry? — perguntou a sra. Barrington.

Harry estava prestes a responder quando a porta do salão se abriu e um homem que não poderia ser confundido com um criado entrou a passos largos carregando um grande embrulho. Harry ficou olhando para aquele que só podia ser o sr. Hugo. Giles levantou-se com um pulo e correu em direção ao pai, que lhe entregou o embrulho e disse:

— Feliz aniversário, meu garoto.

— Obrigado, papai — Giles agradeceu e, imediatamente, começou a desamarrar a fita.

— Antes que você abra o presente, Giles — observou a mãe —, talvez você devesse apresentar os convidados a seu pai.

— Desculpe, papai. Esses são meus dois melhores amigos: Deakins e Harry — disse Giles, pondo o presente sobre a mesa. Harry notou que o pai de Giles tinha o mesmo porte atlético e a mesma energia inquieta que ele achava que fosse uma característica singular do filho.

— Muito prazer, Deakins — disse o sr. Barrington, apertando a mão do menino. Depois, virou-se para Harry. — Boa tarde, Clifton — acrescentou antes de se sentar em uma cadeira vazia perto da esposa.

Harry ficou intrigado pelo fato de o sr. Barrington não ter apertado sua mão. E como sabia que seu sobrenome era Clifton?

Depois de o submordomo ter servido uma xícara de chá ao sr. Barrington, Giles desembrulhou o presente e teve uma sensação de prazer quando viu o rádio Roberts. Enfiou a tomada na parede e começou a sintonizar diversas estações no aparelho. Os meninos aplaudiam e riam a cada novo som emitido pela grande caixa de madeira.

— Giles me disse que ficou em segundo lugar em matemática nesse período — comentou o sra. Barrington, virando-se para o marido.

— O que não compensa o fato de ser o último colocado em quase todas as outras matérias — retorquiu o sr. Barrington. Giles tentou não parecer constrangido enquanto continuava a procurar outra estação no rádio.

— Mas o senhor precisava ter visto o ponto que ele marcou contra Avonhurst — disse Harry. — Todos nós esperamos que ele seja o capitão no próximo ano.

— Jogadas brilhantes não o farão entrar em Eton — observou o sr. Barrington sem olhar para Harry. — Está na hora de o menino se esforçar e trabalhar com mais afinco.

Ninguém abriu a boca por algum tempo, até a sra. Barrington quebrar o silêncio.

— Você que é o Clifton que canta no coro em St. Mary Redcliffe? — perguntou s sra. Barrington.

— Harry é o sopranista solista — disse Giles. — De fato, ele é bolsista do coro.

Harry percebeu que o pai de Giles o estava observando.

— Achei que o tivesse reconhecido — comentou a sra. Barrington. — O avô de Giles e eu fomos a uma apresentação do *Messiah* na St. Mary's na qual o coro de St. Bede's se juntou ao da Bristol Grammar School. Seu *I Know That My Redeemer Liveth* foi magnífico, Harry.

— Obrigado, sra. Barrington — disse Harry, corando.

— Você espera entrar para a Bristol Grammar School depois de St. Bede's, Clifton? — perguntou o sr. Barrington.

Clifton novamente, pensou Harry.

— Só se eu ganhar uma bolsa de estudos, senhor — respondeu ele.

— Mas por que isso é importante? — perguntou a sra. Barrington. — Certamente vão lhe oferecer uma vaga, como a todos os outros garotos.

— Porque minha mãe não poderia arcar com os custos, sra. Barrington. Ela é garçonete no Royal Hotel.

— Mas seu pai...

— Ele já faleceu — atalhou Harry. — Morreu na guerra.

Ficou observando cuidadosamente para ver como o sr. Barrington reagiria, mas, como um bom jogador de pôquer, ele não deixou que nada transparecesse.

— Sinto muito — disse a sra. Barrington. — Eu não sabia.

A porta se abriu atrás de Harry e o submordomo entrou, carregando um bolo de aniversário de dois andares sobre uma bandeja de prata, que foi colocada no centro da mesa. Depois de Giles ter conseguido soprar as doze velinhas de uma só vez, todos aplaudiram.

— E quando é o seu aniversário, Clifton? — perguntou o sr. Barrington.

— Foi no mês passado, senhor — respondeu Harry.

O sr. Barrington desviou o olhar.

O submordomo retirou as velinhas antes de entregar ao jovem patrão uma grande faca de bolo. Giles enfiou-a no bolo e pôs cinco fatias desiguais nos pratinhos que a criada havia colocado sobre a mesa.

Deakins devorou os grumos de glacê que caíram no seu prato antes de comer um bocado do bolo. Harry seguiu os gestos da sra. Barrington. Pegou o garfinho de prata que estava ao lado do prato e o usou para retirar um pequeno pedaço do bolo antes de colocá-lo novamente sobre o prato.

Só o sr. Barrington não tocou no bolo. De repente, sem qualquer aviso, ele se levantou e saiu sem dizer palavra.

A mãe de Giles não tentou esconder a própria surpresa pelo comportamento do marido, mas nada disse. Harry não tirou os olhos do sr. Hugo enquanto ele deixava o aposento, ao passo que Deakins, tendo terminado o bolo, voltou novamente a atenção para os sanduíches de salmão defumado, claramente alheio ao que estava acontecendo à sua volta.

Quando a porta se fechou, a sra. Barrington continuou a conversar como se nada de insólito tivesse acontecido.

— Tenho certeza de que você conseguirá uma bolsa de estudos para a Bristol Grammar School, Harry, especialmente tendo em vista tudo o que Giles me contou a seu respeito. Você, obviamente, é um menino muito inteligente, além de um cantor talentoso.

— Giles tem uma tendência ao exagero, sra. Barrington — disse Harry. — Posso lhe assegurar que, com certeza, só Deakins ganhará uma bolsa de estudos.

— Mas a escola secundária não oferece bolsas para estudantes de música? — ela perguntou.

— Não para sopranistas — disse Harry. — Eles não querem se arriscar.

— Não sei se entendi bem — disse a sra. Barrington. — Nada pode eliminar os anos da formação em corais que você teve.

— É verdade, mas, infelizmente, ninguém pode prever o que acontece quando os meninos mudam de voz. Alguns sopranistas acabam como baixos ou barítonos e os realmente sortudos se tornam tenores, mas não há como saber de antemão.

— Por que não? — perguntou Deakins, mostrando interesse pela primeira vez na conversa.

— Há muitos sopranistas solistas que sequer conseguem uma vaga no coro local depois de mudarem de voz. Pergunte ao mestre Ernest Lough. Toda família na Inglaterra o ouviu cantar *Oh, for the wings of a dove*, mas, depois que ele mudou de voz, ninguém soube mais dele.

— Você só vai precisar trabalhar com mais afinco — disse Deakins entre bocados de sanduíche. — Não se esqueça de que a escola secundária concede 12 bolsas de estudos anualmente, e eu só posso ganhar uma delas — acrescentou com um tom trivial.

— Mas esse é o problema — argumentou Harry. — Para trabalhar com mais afinco, terei de deixar o coro e, sem minha bolsa, eu teria de deixar St. Bede's, portanto...

— Você está entre a cruz e a caldeirinha — disse Deakins.

Harry nunca ouvira tal expressão e decidiu perguntar mais tarde a Deakins o que significava.

— Bem, uma coisa é certa — interveio a sra. Barrington —, é improvável que Giles ganhe uma bolsa de estudos para alguma escola.

— Talvez não — disse Harry. — Mas é improvável que a Bristol Grammar School recuse um rebatedor canhoto do calibre dele.

— Então, só nos resta esperar que Eton tenha a mesma opinião — observou a sra. Barrington —, pois é para lá que o pai quer que vá.

— Eu não quero ir para Eton — disse Giles, largando o garfo. — Quero ir para a Bristol Grammar School e ficar com meus amigos.

— Tenho certeza de que você fará muitas novas amizades em Eton — disse a mãe. — E seria uma grande decepção para o seu pai se você não seguisse os passos dele.

O submordomo tossiu. A sra. Barrington olhou pela janela e viu um carro se aproximando do sopé da escada.

— Acho que está na hora de todos vocês voltarem para a escola — anunciou. — Não quero ser responsável pelo atraso de ninguém para a hora de estudo.

Harry lançou um olhar desejoso para a travessa de sanduíches e para o bolo de aniversário pela metade, mas, relutante, levantou-se e começou a caminhar rumo à porta. Virou-se para trás uma vez e poderia jurar ter visto Deakins pôr um sanduíche no bolso. Olhou pela janela uma última vez e ficou surpreso ao notar, pela primeira vez, uma menina desengonçada, com longas marias-chiquinhas, encolhida em um canto, lendo um livro.

— Essa é minha terrível irmã, Emma — disse Giles. — Ela nunca para de ler. Ignore-a, simplesmente.

Harry sorriu para Emma, mas ela não levantou os olhos. Deakins não lhe dirigiu um segundo olhar.

A sra. Barrington acompanhou os três meninos até a porta, onde apertou as mãos de Harry e Deakins.

— Espero que vocês voltem em breve — disse. — Vocês são uma ótima influência para Giles.

— Muito obrigado por nos convidar para o chá, sra. Barrington — agradeceu Harry. Deakins apenas acenou com a cabeça. Ambos os garotos desviaram o olhar quando ela abraçou o filho e o beijou.

Enquanto o chofer os levava pela longa alameda até o portão, Harry olhou para a casa pelo vidro traseiro do carro. Não notou Emma na janela olhando para o carro que ia se afastando.

7

A loja de doces da escola abria de quatro às seis todas as terças e quintas à tarde.

Harry raramente visitava o "Empório", como era conhecida pelos garotos, pois só recebia dois xelins de mesada a cada período letivo e sabia que a mãe não gostaria de ver pequenas despesas extras aparecendo na sua conta de final de período. Todavia, no aniversário de Deakins, Harry abriu uma exceção a essa regra, pois tinha intenção de comprar uma barra de chocolate de um *penny* para o amigo.

Apesar das raras visitas de Harry à loja de doces, uma barra de chocolate Fry's Five Boys podia ser encontrada sobre sua carteira todas as terças e quintas à noite. Embora houvesse uma regra da escola que dizia que nenhum garoto podia gastar mais do que seis *pence* por semana na loja de doces, Giles também comprava um pacote de alcaçuz Allsorts para Deakins, deixando claro para os amigos que não esperava nada em troca.

Ao chegar à loja de doces naquela terça-feira, Harry entrou em uma longa fila de meninos que esperavam para serem servidos. Sua boca aguava enquanto ele olhava para as fileiras bem arrumadas de chocolates, caramelos, gelatinas, balas de alcaçuz Allsorts e, a última novidade, batatas fritas Smiths. Ele havia pensado em comprar um saco para si mesmo, mas, depois de uma recente preleção ao sr. William Micawber, não havia dúvidas em sua cabeça acerca do valor de seis *pence*.

Enquanto observava os tesouros do Empório, Harry ouviu a voz de Giles e notou que estava alguns lugares à sua frente na fila. Estava prestes a chamar o amigo quando viu Giles retirar uma barra de chocolate de uma prateleira e enfiá-la no bolso das calças. Alguns instantes mais tarde, o mesmo aconteceu com um pacote de chicletes. Quando

Giles chegou à frente da fila, pôs sobre o balcão uma caixa de balas de alcaçuz Allsorts, dois *pence* e um saco de batatas fritas, 1 *penny*, que o sr. Swivals, o mestre responsável pela loja, anotou cuidadosamente no livro-caixa ao lado do nome Barrington. Os dois outros itens ficaram no bolso de Giles, escondidos.

Harry ficou horrorizado e, antes que Giles se virasse, saiu sorrateiramente da loja para que o amigo não o visse. Deu a volta lentamente no prédio da escola, tentando imaginar por que Giles roubaria alguma coisa quando, obviamente, tinha dinheiro suficiente para pagar. Deduziu que deveria haver alguma explicação simples, embora não conseguisse imaginar qual pudesse ser.

Harry subiu para o seu estúdio pouco antes da hora de estudo e encontrou a barra de chocolate surrupiada sobre sua carteira, com Deakins atacando uma caixa de balas de alcaçuz Allsorts. Teve dificuldade para se concentrar nas causas da Revolução Industrial enquanto tentava decidir o que fazer, se é que fosse o caso de fazer algo, a respeito da sua descoberta.

Ao final da hora de estudo, ele havia tomado uma decisão. Pôs a barra de chocolate intacta na gaveta superior da carteira, tendo decidido devolvê-la à loja de doces na quinta-feira sem dizer nada a Giles.

Harry não dormiu naquela noite e, depois do café da manhã, puxou Deakins de lado e explicou por que não conseguira lhe dar um presente de aniversário. Deakins não conseguiu esconder sua incredulidade.

— Meu pai está tendo o mesmo problema na loja dele — disse Deakins. — O *Daily Mail* está pondo a culpa na Depressão.

— Acho que a família de Giles não deve ter sido muito afetada pela Depressão — rebateu Harry.

Deakins assentiu pensativo.

— Talvez você devesse falar com o Frob.

— Dedurar meu melhor amigo? — perguntou Harry. — Nunca.

— Mas, se Giles for pego, poderá ser expulso — disse Deakins. — O mínimo que você pode fazer é alertá-lo de que descobriu o que ele anda aprontando.

— Vou pensar a respeito — disse Harry. — Mas, enquanto isso, vou devolver à loja de doces qualquer coisa que Giles me der sem que ele saiba.

Deakins inclinou-se para a frente.

— Você poderia devolver as minhas coisas também? — sussurrou. — Nunca vou à loja de doces; portanto, não saberia o que fazer.

Harry concordou em assumir a responsabilidade e, depois disso, passou a ir à loja de doces duas vezes por semana e a recolocar os presentes indesejados de Giles nas prateleiras. Concluíra que Deakins tinha razão e que teria de confrontar o amigo antes que ele fosse pego, mas decidiu adiar as coisas até o final do período.

— Bom lance, Barrington — disse o sr. Frobisher enquanto a bola cruzava os limites do campo. Uma onda de aplausos eclodiu em volta do gramado. — Escreva o que estou dizendo, diretor: Barrington vai jogar para Eton contra Harrow no Lord's.

— Não se Giles fizer valer sua vontade — Harry sussurrou para Deakins.

— O que você vai fazer nas férias de verão, Harry? — perguntou Deakins, aparentemente ignorando tudo o que estava acontecendo à sua volta.

— Não tenho planos de visitar a Toscana este ano, se é o que você está perguntando — Harry respondeu com um sorriso.

— Acho que Giles também não quer ir — disse Deakins. — Afinal, os italianos nunca entenderam o críquete.

— Bem, eu ficaria feliz de trocar de lugar com ele — observou Harry.

— Não me incomoda o fato de Michelangelo, Da Vinci e Caravaggio nunca terem sido apresentados às sutilezas das bolas com efeito, para não falar de todas as massas que ele será obrigado a comer.

— Então, aonde você vai? — perguntou Deakins.

— Uma semana na Riviera do Oeste — respondeu Harry em tom de bravata. — O grande píer de Weston-super-Mare é geralmente o ponto alto, seguido de peixe com batatas fritas no café Coffins. Gostaria de me acompanhar?

— Não tenho tempo — disse Deakins, que, obviamente, pensou que Harry estava falando sério.

— E qual seria o motivo? — indagou Harry, continuando a brincadeira.

— Coisas demais para estudar.

— Você pretende continuar estudando durante as férias? — perguntou Harry incrédulo.

— Os estudos *são* férias para mim — respondeu Deakins. — Gosto tanto de estudar quanto Giles gosta de jogar críquete ou você gosta de cantar.

— Mas onde você estuda?

— Na biblioteca municipal, seu bobo. Eles têm tudo de que preciso.

— Posso ir com você? — perguntou Harry, parecendo muito sério. — Preciso de toda a ajuda que conseguir para ter alguma chance de ganhar uma bolsa de estudos para a Bristol Grammar School.

— Só se você concordar em ficar calado o tempo todo — disse Deakins. Harry teria rido, mas sabia que o amigo não considerava os estudos motivo de risada.

— Mas eu preciso desesperadamente de ajuda com a gramática latina — comentou Harry. — Ainda não entendo as orações consecutivas, isso para não falar das subjuntivas, e, se eu não conseguir uma nota suficiente no trabalho de latim, será o fim da linha, mesmo que eu me saia bem em todas as outras matérias.

— Estou disposto a ajudar você em latim — disse Deakins — se você fizer um favor para mim.

— É só falar — concordou Harry —, embora eu não ache que você queira fazer um solo na apresentação do coral este ano.

— Boa jogada, Barrington — o sr. Frobisher elogiou novamente. Harry uniu-se aos aplausos. — É a terceira vez que ele marca cinquenta pontos na temporada, diretor — acrescentou o sr. Frobisher.

— Não seja frívolo, Harry — retomou Deakins. — A verdade é que meu pai precisa de alguém para entregar o jornal matutino durante as férias de verão e eu sugeri você. A remuneração é de um xelim por semana e, se você se apresentar na loja às seis horas toda manhã, a vaga é sua.

— Às seis horas? — disse Harry com desdém. — Quando você tem um tio que acorda a casa toda às cinco, esse é o menor dos problemas.

— Então, você está disposto a fazer o trabalho?

— Mas é claro — respondeu Harry. — Por que você não quer? Um xelim por semana não é de se jogar fora.

— Nem me fale — disse Deakins —, mas não sei andar de bicicleta.

— Ai, diabos! — lamentou-se Harry. — Eu nem tenho uma bicicleta.

— Eu não disse que não *tinha* uma bicicleta — suspirou Deakins. — Só disse que não sabia andar nela.

— Clifton — chamou o sr. Frobisher enquanto os jogadores de críquete deixavam o campo para tomar chá. — Eu gostaria que você fosse à minha sala depois da hora de estudo.

Harry sempre gostou do sr. Frobisher, que era um dos poucos mestres que o tratava com igualdade. Ao que parecia, ele não tinha favoritismos, ao passo que alguns dos outros professores deixavam bem claro que nunca deveria ser permitido que o filho de um estivador cruzasse os portões sagrados de St. Bede's, por melhor que sua voz fosse.

Quando a campainha tocou ao final da hora de estudo, Harry largou a caneta e atravessou o corredor até a sala do sr. Frobisher. Ele não fazia ideia do motivo para o coordenador do alojamento querer falar com ele, e não havia pensado muito a respeito.

Harry bateu à porta da sala.

— Entre — disse a voz de um homem que nunca desperdiçava palavras. Harry abriu a porta e ficou surpreso por não ser recebido pelo costumeiro sorriso do Frob.

O sr. Frobisher levantou os olhos para Harry enquanto o menino parava diante da sua mesa.

— Foi-me relatado, Clifton, que você tem roubado da loja de doces.

A mente de Harry deu branco enquanto tentava pensar em uma resposta que não condenasse Giles.

— Você foi visto por um prefeito enquanto removia produtos das prateleiras — continuou Frobisher no mesmo tom intransigente — e, depois, saindo sorrateiro da loja antes de chegar ao início da fila.

Harry queria dizer "Removendo, não, senhor, devolvendo", mas tudo o que conseguiu dizer foi:

— Nunca tirei nada da loja de doces, senhor.

Apesar de estar dizendo a verdade, ele sentiu as bochechas corarem.

— Então, como você explica suas visitas duas vezes por semana ao Empório quando não há uma única anotação em seu nome no livro--caixa do sr. Swivals?

O sr. Frobisher esperou pacientemente, mas Harry sabia que, se dissesse a verdade, Giles certamente seria expulso.

— E esta barra de chocolate e este pacote de balas de alcaçuz Allsorts foram encontradas na gaveta superior da sua escrivaninha logo após o fechamento da loja de doces.

Harry baixou a cabeça e olhou para os doces, mas continuou sem dizer nada.

— Estou esperando uma explicação, Clifton — disse o sr. Frobisher. Depois de uma longa pausa, acrescentou: — Obviamente, estou ciente de que você dispõe de muito menos dinheiro para pequenos gastos do que qualquer outro menino da sua turma, mas isso não é desculpa para roubar.

— Nunca roubei nada em toda a minha vida — disse Harry.

Era a vez de o sr. Frobisher parecer desconcertado. Ele se levantou de trás da mesa.

— Se é assim, Clifton, e quero acreditar em você, após o ensaio do coro, você virá me procurar com uma explicação minuciosa de como você estava de posse de doces pelos quais claramente não pagou. Caso sua explicação não me satisfaça, faremos uma visita ao diretor e não tenho dúvida de qual será a recomendação dele.

Harry saiu da sala. Assim que fechou a porta, sentiu-se enjoado. Voltou para o estúdio com a esperança de que Giles não estivesse lá. Ao abrir a porta, a primeira coisa que viu foi outra barra de chocolate sobre a sua escrivaninha.

Giles levantou a cabeça.

— Você está se sentindo bem? — perguntou quando viu o rosto rubro de Harry. O amigo não respondeu. Pôs a barra de chocolate em uma gaveta e saiu para o ensaio do coro sem dizer palavra a nenhum dos dois amigos. Giles não tirou os olhos dele e, assim que a porta se fechou, virou-se para Deakins e perguntou casualmente: — O que ele tem?

Deakins continuou escrevendo como se não tivesse ouvido a pergunta.

— Você não me ouviu, orelhas de pano? — insistiu Giles. — Por que Harry está emburrado?

— Só sei que ele tinha sido chamado pelo Frob.

— Por quê? — perguntou Giles, parecendo mais interessado.

— Não faço ideia — respondeu Deakins, sem parar de escrever.

Giles se levantou e atravessou o cômodo até o lado de Deakins.

— O que você está me escondendo? — perguntou, puxando a orelha do amigo.

Deakins largou a caneta, tocou nervosamente a ponte dos óculos, empurrando-os mais para cima do nariz, antes de acabar dizendo:

— Ele está em apuros.

— Que tipo de apuros? — indagou Giles, torcendo a orelha do amigo.

— Acho que ele até pode ser expulso — sussurrou Deakins.

Giles soltou a orelha dele e caiu na risada.

— Harry expulso? É mais fácil que o Papa seja exonerado — zombou Barrington, que teria voltado para a própria escrivaninha se não tivesse notado gotas de suor brotando na testa de Deakins. — Por quê? — perguntou com voz mais baixa.

— O Frob acha que ele anda roubando da loja de doces.

Se Deakins tivesse olhado para cima, teria visto que Giles ficara branco como uma folha de papel. Um instante mais tarde, ele ouviu a porta se fechar. Pegou a caneta e tentou se concentrar, mas, pela primeira vez na vida, não terminou o dever.

Uma hora mais tarde, ao sair do ensaio do coro, Harry viu Fisher encostado na parede, incapaz de dissimular um sorriso. Foi então que ele percebeu quem devia tê-lo denunciado. Harry ignorou Fisher e encaminhou-se de volta para o alojamento como se nada o estivesse preocupando, quando, na verdade, estava se sentindo como um homem subindo o cadafalso, ciente de que, a menos que dedurasse o melhor amigo, uma suspensão da execução seria impossível. Ele hesitou antes de bater à porta do coordenador do alojamento.

O "entre" foi muito mais gentil do que o anterior, mas, quando Harry entrou na sala, foi recebido pelo mesmo olhar intransigente. O menino abaixou a cabeça.

— Devo-lhe sinceras desculpas, Clifton — disse Frobisher, levantando-se atrás da mesa. — Agora entendo que você não era o culpado.

O coração de Harry ainda estava batendo em disparada, mas sua ansiedade naquele momento era em relação a Giles.

— Obrigado, senhor — disse, a cabeça ainda baixa. Ele gostaria de fazer muitas perguntas ao Frob, mas sabia que nenhuma delas seria respondida.

O sr. Frobisher saiu de trás da mesa e apertou a mão de Harry, algo que nunca fizera.

— É melhor se apressar, Clifton, se quiser jantar.

Após sair da sala do coordenador, Harry se encaminhou devagar para o refeitório. Fisher estava em pé ao lado da porta com uma expressão de surpresa no rosto. Harry passou direto por ele e sentou-se no final do banco, ao lado de Deakins. O lugar à sua frente estava vazio.

8

Giles não apareceu no jantar e sua cama não foi desarrumada naquela noite. Se St. Bede's não tivesse perdido a partida anual contra Avonhurst por 31 *runs*, Harry suspeitaria que poucos meninos, ou até mesmo mestres, teriam dado pela sua falta.

Mas, infelizmente para Giles, eles estavam jogando em casa e tinham uma opinião a respeito do motivo para o principal rebatedor da escola não ter assumido seu posto no campo, especialmente Fisher, que estava dizendo para quem quisesse ouvir que o homem errado fora suspenso.

Harry não estava muito ansioso pelas férias, não apenas porque não sabia se voltaria a ver Giles novamente, mas também porque aquilo significava voltar para o número 27 de Still House Lane e, mais uma vez, ter de dividir o quarto com o tio Stan, que, na maioria das vezes, voltava para casa bêbado.

Depois de passar a noite revisando velhas provas, Harry costumava ir para a cama por volta das dez horas. Ele logo adormecia, mas era acordado por volta da meia-noite pelo tio, que muitas vezes estava tão bêbado que nem conseguia encontrar a própria cama. O som de Stan tentando urinar em um penico, e nem sempre acertando o alvo, era algo que ficaria impresso na mente de Harry pelo resto da vida.

Depois que Stan desmoronava na cama — ele raramente se dava ao trabalho de tirar a roupa —, Harry tentava pegar no sono pela segunda vez, mas costumava ser acordado alguns minutos mais tarde por altos roncos embriagados. Ele ansiava por voltar a St. Bede's e dividir o dormitório com outros 29 meninos.

Harry ainda esperava que, em um momento de distração, Stan deixasse escapar mais detalhes sobre a morte do pai, mas, na maior parte do tempo, ele era incoerente demais para responder até as perguntas mais simples. Em uma das raras ocasiões em que estava suficientemente sóbrio para falar, Stan mandou Harry parar com aquilo e avisou que, se ele tocasse novamente naquele assunto, levaria uma surra.

A única coisa boa de dividir o quarto com Stan era que não havia a chance de ele se atrasar para a entrega dos jornais.

Os dias de Harry em Still House Lane obedeciam a uma rotina bem ordenada: despertar às cinco, uma fatia de torrada no café da manhã — ele não lambia mais a tigela do tio —, apresentação ao sr. Deakins na banca de jornal às seis, empilhamento dos jornais na ordem correta e entrega. Todo o exercício durava cerca de duas horas, permitindo que ele voltasse para casa em tempo para uma xícara de chá com a mãe antes de ela sair para trabalhar. Por volta das 8h30, Harry ia para a biblioteca, onde se encontrava com Deakins, que estava sempre sentado no degrau superior, esperando que alguém abrisse as portas.

À tarde, Harry se apresentava para o ensaio do coro em St. Mary Redcliffe, como parte das obrigações de St. Bede's. Ele nunca considerou aquilo uma obrigação, pois gostava muito de cantar. De fato, ele mais de uma vez sussurrou:

— Por favor, Deus, quando minha voz mudar, permita que eu seja um tenor e nunca mais pedirei nada.

Depois de voltar para casa para o chá da tarde, Harry estudava na mesa da cozinha por algumas horas antes de ir para a cama, temendo a volta do tio tanto quanto temera a presença de Fisher na primeira semana em St. Bede's. Fisher pelo menos tinha ido embora para a Escola Secundária Colston e Harry deduziu que seus caminhos nunca mais se cruzariam.

Harry estava ansioso para cursar o último ano em St. Bede's, embora não tivesse dúvida de quanto sua vida mudaria se ele e seus dois amigos se separassem: Giles indo sabe-se lá para onde, Deakins seguindo para a Bristol Grammar School, enquanto, no seu caso, se ele não conseguisse obter uma bolsa de estudo, provavelmente teria de voltar para a Escola Elementar Merrywood e, aos 14 anos, deixar a escola para procurar um emprego. Harry tentou não pensar sobre as consequências do fracasso, embora Stan nunca perdesse uma oportunidade para lembrar que ele sempre poderia arrumar um emprego nas docas.

— Para começo de conversa, nunca deveriam ter permitido que o menino fosse para aquela escola esnobe — dizia regularmente a Maisie quando ela punha a tigela de mingau na sua frente. — Ele fica tendo ideias acima das suas condições — acrescentava, como se Harry não estivesse presente. Segundo Harry, uma opinião com a qual Fisher concordaria de bom grado, mas já havia tempo que ele chegara à conclusão de que o tio Stan e Fisher tinham muito em comum.

— Mas, sem dúvida, Harry deve ter uma oportunidade para se aprimorar — retorquia Maisie.

— Por quê? — dizia Stan. — Se as docas servem para mim e serviram para o pai dele, por que não vão servir para ele? — perguntava com um tom tão categórico que eliminava toda a possibilidade de qualquer argumentação.

— Talvez o menino seja mais inteligente do que nós dois — sugeria Maisie.

Isso calava Stan por um instante, mas, depois de mais uma colherada de mingau, ele declarava:

— Depende do que você chama de inteligência. Afinal de contas, isso varia.

Ele comia outra colherada, mas não acrescentava mais nada à sua profunda observação.

Harry cortava sua fatia de torrada em quatro pedaços enquanto ouvia o tio tocar o mesmo disco como uma vitrola quebrada toda manhã. Ele nunca se defendeu, pois Stan já havia decidido qual seria o futuro de Harry e nada o faria mudar de ideia. O que Stan não percebia era que suas zombarias constantes só inspiravam Harry a estudar ainda mais.

— Não posso ficar aqui o dia todo — era o comentário final de Stan, especialmente se ele sentia que estava perdendo a discussão — Alguns de nós têm trabalho a fazer — acrescentava enquanto se levantava da mesa. Ninguém se dava ao trabalho de responder. — E mais uma coisa — acrescentava ao abrir a porta da cozinha —, nenhum de vocês percebeu que o menino está ficando frouxo. Ele nem lambe mais minha tigela de mingau. Sabe lá Deus o que andam ensinando para ele naquela escola.

A porta batia atrás dele.

— Não ligue para o seu tio — disse a mãe de Harry uma manhã. — Ele só está com ciúme. Não gosta do fato de estarmos muito orgulhosos de você. E até ele vai precisar mudar a ladainha quando você, como o seu amigo Deakins, ganhar a bolsa de estudos.

— Mas esse é o problema, mãe. Eu não sou como Deakins e estou começando a me perguntar se tudo isso vale a pena.

O resto da família ficou olhando para Harry em silêncio, incrédula, até que o Vovô abriu a boca pela primeira vez em dias.

— Quem dera eu ter tido uma oportunidade de ir para a Bristol Grammar School!

— Por que isso, Vovô?

— Porque, se isso tivesse acontecido, não teríamos de morar com o seu tio Stan há tantos anos.

Harry gostava de entregar os jornais de manhã, e não apenas porque saía de casa. Com o passar das semanas, ele acabou conhecendo muitos dos clientes regulares do sr. Deakins. Alguns já o tinham ouvido cantar na St. Mary's e acenavam quando ele entregava o jornal, ao passo que outros lhe ofereciam uma xícara de chá ou até mesmo uma maçã. O sr. Deakins o avisara sobre dois cães que deviam ser evitados; depois de duas semanas, ambos abanavam o rabo quando Harry descia da bicicleta.

Harry ficou extasiado ao descobrir que o sr. Holcombe era um dos clientes regulares do sr. Deakins e, muitas vezes, conversavam quando o menino entregava a cópia do *The Times* a cada manhã. O professor não deixou dúvidas de que não queria ver Harry de volta em Merrywood e acrescentou que, se o menino precisasse de aulas particulares, ele estaria livre na maioria das noites.

Quando Harry voltava à loja depois das entregas, o sr. Deakins sempre punha uma barra de chocolate Fry's de um *penny* dentro da sua sacola antes de se despedir. Isso fazia com que Harry se lembrasse de Giles. Com frequência, ele ficava imaginando o que havia acontecido com o amigo. Nem ele nem Deakins tiveram notícias de Giles após o dia em que o sr. Frobisher pediu para falar com Harry depois da hora de estudo. Em seguida, depois de sair da loja para voltar para casa, Harry sempre parava na frente da vitrine para admirar um relógio que ele sabia que nunca teria dinheiro para comprar. Ele nem se dava ao trabalho de perguntar o preço ao sr. Deakins.

Só havia duas pausas regulares na rotina semanal de Harry. Ele sempre tentava passar a manhã de sábado com o Velho Jack, levando para ele cópias de todas as edições do *The Times* da semana anterior, e, na manhã de domingo, depois de ter cumprido seus deveres na St. Mary, ele cruzava a cidade às pressas para chegar à Holy Nativity em tempo para a oração cantada da tarde.

Uma frágil srta. Monday sorria com orgulho durante o solo do sopranista. Ela só esperava viver tempo suficiente para ver Harry ir para Cambridge. Tinha planos para falar com ele sobre o coro no King's College, mas só depois que ele conquistasse uma vaga na Bristol Grammar School.

— O sr. Frobisher vai nomear você prefeito? — perguntou o Velho Jack antes mesmo que Harry afundasse em seu assento costumeiro do outro lado do vagão.

— Não faço ideia — respondeu Harry. — Veja bem, o Frob sempre diz: "Clifton, na vida, você recebe o que merece, nada a mais e, certamente, nada a menos."

O Velho Jack riu e só parou quando disse:

— Uma boa imitação do Frob. Então, aposto que você está prestes a se tornar um prefeito.

— Eu preferiria ganhar uma bolsa de estudos para a Bristol Grammar School — disse Harry, soando repentinamente muito maduro para a própria idade.

— E quanto aos seus amigos, Barrington e Deakins? — o Velho Jack perguntou, tentando aliviar a atmosfera. — Eles também estão destinados a posições importantes?

— Eles nunca nomearão Deakins prefeito — disse Harry. — Ele não consegue tomar conta nem de si mesmo, quanto mais dos outros. De qualquer maneira, ele espera se tornar monitor da biblioteca e, como ninguém mais quer esse cargo, o sr. Frobisher não vai perder muito sono pensando nessa nomeação.

— E Barrington?

— Não tenho certeza se ele vai voltar no próximo período — respondeu Harry com um tom melancólico. — Mesmo que volte, tenho certeza de que não vão nomeá-lo prefeito.

— Não subestime o pai dele — observou o Velho Jack. — Aquele homem sem dúvida encontrará uma maneira para garantir a volta do filho no primeiro dia do período letivo. E eu não apostaria que Barrington não se tornará prefeito.

— Tomara que o senhor tenha razão — disse Harry.

— E, se eu tiver, presumo que ele depois seguirá os passos do pai e irá para Eton.

— Não por vontade própria. Giles preferiria ir para a Bristol Grammar School comigo e com Deakins.

— Se ele não entrar para Eton, é pouco provável que ofereçam uma vaga para ele na escola secundária. A prova de admissão deles é uma das mais difíceis do país.

— Ele me disse que tem um plano.

— Tomara que seja bom, se ele pretende enganar tanto o pai quanto os examinadores.

Harry não fez nenhum comentário.

— Como está sua mãe? — perguntou o Velho Jack, mudando de assunto, já que estava claro que o menino não queria se adentrar mais por aquele caminho.

— Ela acabou de ser promovida. Agora, é a encarregada por todas as garçonetes no salão Palm Court e se reporta diretamente ao sr. Frampton, o gerente do hotel.

— Você deve estar muito orgulhoso dela.

— Estou, sim. E vou provar que estou.

— O que você está matutando?

Harry revelou seu segredo. O velho ouviu com atenção, demonstrando sua aprovação de tempos em tempos com um aceno da cabeça. Ele via um pequeno problema, mas que não era intransponível.

Quando Harry retornou à loja após completar sua última entrega de jornais antes da volta às aulas, o sr. Deakins lhe deu um xelim de bonificação.

— Você é o melhor entregador de jornais que já tive — disse.

— Obrigado, senhor — agradeceu Harry, embolsando o dinheiro. — Sr. Deakins, posso fazer uma pergunta?

— Claro, Harry.

Harry foi até a vitrine, na qual dois relógios estavam à mostra, lado a lado, na prateleira superior.

— Quanto custa aquele ali? — perguntou, apontando para o Ingersoll.

O sr. Deakins sorriu. Ele estava esperando que Harry fizesse aquela pergunta havia algumas semanas e já tinha uma resposta preparada.

— Seis xelins.

Harry não podia acreditar. Ele tinha certeza de que um objeto tão magnífico custaria mais do que o dobro daquele valor. Porém, apesar de ter poupado metade do que ganhava toda semana, e mesmo com a bonificação do sr. Deakins, ainda lhe faltava um xelim.

— Você sabe que se trata de um relógio feminino, não é, Harry? — perguntou o sr. Deakins.

— Sim, senhor — respondeu Harry. — Eu queria dar de presente para a minha mãe.

— Então, você pode pagar cinco xelins.

Harry não conseguia acreditar na própria sorte.

— Obrigado, senhor — disse enquanto entregava quatro xelins, uma moeda de seis *pence*, outra de três *pence* e mais três de um *penny*, ficando com os bolsos vazios.

O sr. Deakins tirou o relógio da vitrine, removeu discretamente a etiqueta com o preço de 16 xelins e, em seguida, o colocou em uma caixa elegante.

Harry saiu da loja assobiando. O sr. Deakins sorriu e pôs uma nota de dez xelins na caixa registradora, feliz por ter contribuído para aquela barganha.

9

A campainha tocou.

— Hora de tirar a roupa — disse o prefeito de plantão no dormitório dos calouros na primeira noite do novo período letivo. Todos pareciam muito pequenos e assustados, Harry pensou. Um ou dois deles estavam claramente segurando as lágrimas, enquanto outros estavam olhando em volta, incertos sobre o que fazer em seguida. Um menino estava de frente para a parede, tremendo. Harry foi rapidamente até ele.

— Qual é o seu nome? — perguntou com gentileza.

— Stevenson.

— Bem, eu sou Clifton. Bem-vindo a St. Bede's.

— E eu sou Tewkesbury — disse o garoto que estava em pé do outro lado da cama de Stevenson.

— Bem-vindo a St. Bede's, Tewkesbury.

— Obrigado, Clifton. Na verdade, meu pai e meu avô estudaram aqui antes de irem para Eton.

— Não duvido — disse Harry. — E aposto que eles foram os capitães do time de críquete de Eton contra Harrow no Lord's — acrescentou, arrependendo-se imediatamente das próprias palavras.

— Não, meu pai era remador — disse Tewkesbury sem se alterar — e não jogador de críquete.

— Remador? — perguntou Harry.

— Foi o capitão de Oxford contra Cambridge na regata.

Stevenson caiu em prantos.

— O que foi? — perguntou Harry, sentando-se na cama ao seu lado.

— Meu pai é motorneiro.

Todo mundo parou de desfazer as malas e ficou olhando para Stevenson.

— É mesmo? — disse Harry. — Então, vou contar um segredo para você — acrescentou em um tom suficientemente alto para que todos os meninos no dormitório pudessem ouvir suas palavras. — Eu sou filho de um estivador. Não ficaria surpreso se descobrisse que você é o novo bolsista do coro.

— Não — disse Stevenson —, sou um bolsista comum.

— Meus parabéns — cumprimentou Harry, apertando a mão do menino. — Você perpetua uma longa e nobre tradição.

— Obrigado. Mas tenho um problema — o menino sussurrou.

— E qual seria, Stevenson?

— Não tenho pasta de dente.

— Não se preocupe com isso, meu camarada — disse Tewkesbury —, minha mãe sempre põe uma a mais na minha mala.

Harry sorriu enquanto a campainha tocava novamente.

— Todos na cama — disse com firmeza enquanto atravessava o dormitório ruma à porta.

Então, ouviu um murmúrio.

— Obrigado pela pasta de dente.

— De nada, meu camarada.

— Agora, não quero ouvir nem mais um pio até a campainha tocar às seis e meia amanhã de manhã — anunciou Harry enquanto apagava a luz. Esperou alguns instantes antes de ouvir alguém sussurrando. — Estou falando sério, nem mais um pio.

Desceu a escada sorrindo para se juntar a Deakins e Barrington no estúdio dos prefeitos.

Harry ficara surpreso com duas coisas ao retornar a St. Bede's no primeiro dia do período letivo. Assim que cruzou a porta de entrada, o sr. Frobisher o puxou para um canto.

— Parabéns, Clifton — disse suavemente. — Só vai ser anunciado na assembleia matutina de manhã, mas você será o novo capitão da escola.

— Deveria ter sido o Giles — disse Harry sem pensar.

— Barrington será o capitão esportivo e...

Harry deu um pulo no momento em que ouviu a notícia de que o amigo voltaria a St. Bede's. O Velho Jack tinha razão quando disse que o sr. Hugo daria um jeito para que o filho estivesse de volta à escola no primeiro dia de aula.

Quando Giles entrou no saguão alguns instantes mais tarde, os dois meninos trocaram um aperto de mãos e Harry não tocou uma vez sequer no assunto em que os dois deviam estar pensando.

— Como são os calouros? — perguntou Giles, enquanto Harry entrava no estúdio.

— Um deles me lembra você — respondeu Harry.

— Tewkesbury, sem dúvida.

— Você o conhece?

— Não, mais papai esteve em Eton na mesma época que o pai dele.

— Eu disse a ele que eu era filho de um estivador — disse Harry enquanto se jogava na única cadeira confortável do cômodo.

— É mesmo? — disse Giles. — E ele disse que é filho de um ministro? Harry não disse nada.

— Devo ficar de olho em algum outro calouro? — perguntou Giles.

— Stevenson — respondeu Harry. — Ele é uma mistura de Deakins comigo.

— Então, é melhor trancarmos a porta da saída de incêndio antes que ele fuja correndo.

Harry muitas vezes pensava onde estaria se o Velho Jack não o tivesse convencido a voltar para St. Bede's naquela noite.

— Qual é nossa primeira aula amanhã? — indagou Harry, verificando o horário.

— Latim — disse Deakins. — E é por isso que estou repassando a Primeira Guerra Púnica com Giles.

— De 264 a 241 a.C. — complementou Giles.

— Aposto que você está adorando.

— Estou, sim — disse Giles —, e não vejo a hora da continuação, a Segunda Guerra Púnica.

— De 218 a 201 a.C. — completou Harry.

— Sempre fico perplexo de como os gregos e romanos pareciam saber exatamente quando Cristo nasceria — disse Giles.

— Ha, ha, ha — ironizou Harry.

Deakins não riu, mas disse:

— E, por fim, teremos de estudar a Terceira Guerra Púnica. De 149 a 146 a.C.

— Precisamos mesmo conhecer todas as três? — perguntou Giles.

A igreja de St. Mary Redcliffe estava apinhada de moradores e membros da comunidade acadêmica reunidos para celebrar a cerimônia do Advento, com oito leituras e oitos canções. O coro entrou pela nave e avançou lentamente pelo corredor cantando *O Come All Ye Faithful* e depois ocupou suas cadeiras.

O diretor da escola leu o primeiro trecho da Bíblia, seguido de *O Little Town of Bethlehem*. O diretório do culto indicava que o solista do terceiro verso seria Harry Clifton.

How silently, how silently, the wondrous gift is given, while God... A mãe de Harry, orgulhosa, estava sentada na terceira fila, e a senhora sentada ao seu lado queria dizer a todos na congregação que era o neto dela que eles estavam ouvindo. O homem sentado do outro lado de Maisie não conseguia ouvir uma palavra, mas ninguém nunca saberia disso a julgar pelo sorriso de satisfação em seu rosto. O tio Stan não estava presente.

O capitão esportivo leu o segundo trecho da Bíblia e, quando Giles voltou ao seu lugar, Harry notou que ele se sentara ao lado de um homem de aparência distinta e cabeça branca, e deduziu que aquele devia ser Sir Walter Barrington. Giles dissera uma vez que o avô morava em uma casa ainda maior do que a dele, mas Harry achava que isso não era possível. Do outro lado de Giles estavam sentados os pais. A sra. Barrington sorriu para Harry, mas o sr. Barrington não olhou na sua direção nem uma vez.

Quando o órgão tocou as primeiras notas do prelúdio de *We Three Kings*, a congregação se levantou e cantou ardentemente. O próximo trecho da Bíblia foi lido pelo sr. Frobisher. Depois, chegou o momento que a srta. Monday previa como o ponto alto do culto. A congregação de cerca de mil pessoas nem piscava enquanto Harry cantava *Silent Night* com tal clareza e confiança a ponto de fazer até o diretor da escola sorrir.

O monitor da biblioteca leu a passagem seguinte. Harry já o treinara a ler as palavras de São Marcos várias vezes. Deakins tentou se livrar daquela cruz, que foi como ele descreveu a tarefa a Giles, mas o sr. Frobisher insistiu: a quarta passagem era sempre lida pelo monitor da biblioteca. Deakins não era Giles, mas não se saiu mal. Harry piscou para o amigo enquanto ele voltava para o lugar ao lado dos pais.

O coro então se levantou para cantar *In Dulci Jubilo*, enquanto a congregação permanecia sentada. Harry considerava aquela canção uma das mais difíceis do repertório por causa das harmonias insólitas.

O sr. Holcombe fechou os olhos para ouvir com mais clareza o bolsista do coro. Harry estava cantando *Let All Hearts Be Singing* quando o sr. Holcombe achou que tivesse ouvido uma leve, quase imperceptível, falha na voz. Deduziu que Harry devia estar resfriado. A srta. Monday tinha mais experiência. Já ouvira aqueles sinais precoces muitas vezes. Rezou para estar enganada, mas sabia que sua prece não seria atendida. Harry chegaria ao final do culto e apenas um punhado de pessoas perceberia o que havia acontecido. O menino conseguiria seguir adiante por mais algumas semanas, meses talvez, mas, na Páscoa, outra criança cantaria *Rejoice That The Lord Has Arisen*.

Um senhor que aparecera poucos instantes após o início do culto era uma das pessoas que não tinha dúvidas sobre o que havia acontecido. O Velho Jack foi embora pouco antes da bênção final do bispo. Ele sabia que Harry só conseguiria ir visitá-lo no sábado seguinte, o que lhe daria tempo suficiente para pensar em como responder à inevitável pergunta.

— Posso falar com você em particular, Clifton? — perguntou o sr. Frobisher enquanto a campainha que indicava o final da hora de estudo soava. — Você poderia ir à minha sala?

Harry nunca se esqueceria da última vez em que havia ouvido aquelas palavras.

Quando Harry fechou a porta da sala, o coordenador do alojamento o chamou para se sentar em uma poltrona perto da lareira, algo que jamais fizera.

— Eu só queria confirmar, Harry — outra novidade —, que o fato de você não poder mais cantar no coro não vai afetar sua bolsa de estudos. Nós, em St. Bede's sabemos que a contribuição que você dá para a vida escolar vai muito além da capela.

— Obrigado, senhor — disse Harry.

— No entanto, temos de pensar no seu futuro. O professor de música me disse que vai demorar um pouco até que sua voz se recupere plenamente, o que significa que temos de ser realistas em relação às suas chances de obter uma bolsa de estudos musical para a Bristol Grammar School.

— Não há chance alguma — disse Harry calmamente.

— Tenho de concordar com você — afirmou Frobisher. — Fico aliviado por você entender a situação. Porém — prosseguiu —, seria um prazer para mim inscrever seu nome para uma bolsa de estudos por aproveitamento. Todavia — acrescentou antes que Harry tivesse tempo de reagir —, em vista das circunstâncias, talvez você devesse levar em consideração o fato de talvez ter mais chances de conseguir uma bolsa na Colston School, digamos, ou no King's College Gloucester, cujas provas de admissão são menos rigorosas.

— Não, obrigado, senhor — disse Harry. — Minha primeira opção continua sendo a Bristol Grammar School.

Ele havia dito a mesma coisa, com a mesma firmeza, ao Velho Jack no sábado anterior, quando seu mentor murmurou alguma coisa sobre não fechar portas.

— Então, que assim seja — disse o sr. Frobisher, que não esperava outra resposta, mas achava que, mesmo assim, era seu dever apresentar uma alternativa. — Agora, vamos transformar esse revés em uma vantagem.

— Como o senhor sugere que eu faça isso, senhor?

— Bem, agora que você foi liberado do ensaio diário no coro, terá mais tempo a fim de se preparar para a prova de admissão.

— Sim, senhor, mas ainda tenho minhas responsabilidades como...

— E farei tudo ao meu alcance para garantir que suas tarefas como capitão da escola passem a ser menos onerosas.

— Obrigado, senhor.

— A propósito, Harry — disse Frobisher enquanto se levantava da poltrona. — Acabei de ler o seu trabalho sobre Jane Austen e fiquei fascinado com a sua sugestão de que, caso a srta. Austen tivesse tido a oportunidade de ir para a universidade, talvez ela jamais tivesse escrito um romance, e, mesmo que o tivesse escrito, sua obra provavelmente não teria sido tão perspicaz.

— Às vezes, ter uma desvantagem pode ser uma vantagem — afirmou Harry.

— Isso não parece ter sido dito por Jane Austen — observou Frobisher.

— Não foi — respondeu Harry. — Mas foi dito por outra pessoa que não frequentou uma universidade — acrescentou sem explicar.

Maisie olhou para o relógio novo e sorriu.

— Preciso ir embora agora, Harry, senão vou chegar atrasada no trabalho.

— Claro, mãe — disse Harry, levantando-se da mesa. — Vou com você até a parada do bonde.

— Harry, você já pensou no que vai fazer se não ganhar a bolsa de estudos? — perguntou a mãe, fazendo finalmente uma pergunta que ela estava evitando havia semanas.

— Penso nisso o tempo todo — respondeu Harry enquanto abria a porta para ela. — Mas não vou ter muita escolha. Vou ter de voltar para Merrywood e, quando completar 14 anos, vou sair e procurar um emprego.

10

— Está se sentindo pronto para encarar os examinadores, meu garoto? — perguntou o Velho Jack?

— Acho que nunca estarei tão pronto — respondeu Harry. — A propósito, segui seu conselho e verifiquei as provas dos últimos dez anos. O senhor tinha razão, existe sem dúvida um padrão, com algumas perguntas se repetindo regularmente.

— Muito bem. E como anda o seu latim? Nós não podemos nos dar ao luxo de fracassar logo nisso, por mais que os resultados das outras provas sejam bons.

Harry sorriu quando o Velho Jack disse "nós".

— Graças a Deakins, consegui tirar 69 nos simulados da semana passada, embora tenha posto Aníbal para cruzar os Andes.

— Um errinho de apenas dez mil quilômetros — riu o Velho Jack. — Então, qual você acha que será seu maior problema?

— Os quarenta garotos de St. Bede's que também vão fazer as provas, para não falar dos 250 de outras escolas.

— Esqueça-os — disse o Velho Jack. — Se você fizer o que é capaz de fazer, eles não serão um problema.

Harry ficou em silêncio.

— Então, como anda sua voz? — perguntou o Velho Jack, que sempre mudava de assunto toda vez que Harry ficava em silêncio.

— Nada de novo a relatar — respondeu Harry. — Pode demorar semanas até eu saber se sou um tenor, um barítono ou um baixo, e, ainda assim, não há garantias de que vou prestar para alguma coisa. Uma coisa é certa, a BGS não vai me oferecer uma bolsa para o coral enquanto eu soar como um cavalo que quebrou uma perna.

— Pare com isso — disse o Velho Jack. — Não está tão ruim assim.

— Está pior — retorquiu Harry. — Se eu fosse um cavalo, eles me matariam e acabariam com o meu sofrimento.

O Velho Jack riu.

— Então, quando são as provas? — indagou, embora soubesse a resposta.

— Na quinta-feira daqui a duas semanas. Começamos com conhecimentos gerais às nove horas e haverá mais cinco provas durante o dia, terminando com inglês às quatro da tarde.

— É bom terminar com a sua matéria favorita — observou Jack.

— Tomara — disse Harry. — Mas reze para que haja uma pergunta sobre Dickens porque há três anos que não tem nenhuma. Por isso é que estou lendo os livros dele depois que as luzes são apagadas.

— Wellington escreveu em suas memórias — disse o Velho Jack — que o pior momento de qualquer campanha é esperar o sol raiar na manhã da batalha.

— Concordo com o Duque de Ferro, o que significa que não vou dormir muito nas próximas duas semanas.

— Mais uma razão para não vir me ver no próximo sábado, Harry. Você precisa usar melhor seu tempo. De qualquer maneira, se me lembro bem, hoje é seu aniversário.

— Como o senhor sabia disso?

— Confesso que não li nas páginas do *The Times*. Mas, como cai no mesmo dia do ano passado, me arrisquei e comprei um presentinho para você — disse, pegando um pacote embrulhado em uma das páginas do jornal da semana anterior e entregando-o a Harry.

— Obrigado, senhor — agradeceu Harry enquanto desamarrava o barbante. Removeu o jornal, abriu a caixinha azul-marinho e ficou olhando incrédulo para o relógio Ingersoll masculino que ele vira na vitrine da loja do sr. Deakins.

— Obrigado, repetiu Harry enquanto punha o relógio no pulso. Não conseguiu tirar os olhos do objeto por um tempo e ficou se perguntando como o Velho Jack pôde se dar ao luxo de gastar seis xelins.

Harry já estava desperto bem antes de o sol raiar na manhã das provas. Pulou o café da manhã para revisar algumas anotações de conhecimentos gerais, verificando as capitais de países desde a Alemanha até o Brasil, as datas dos primeiros-ministros de Walpole até Lloyd George e dos monarcas desde o rei Alfredo até Jorge V. Uma hora mais tarde, sentiu-se pronto para encarar o examinador.

Mais uma vez, ele estava sentado na primeira fila, entre Barrington e Deakins. Ficou se perguntando se aquela seria a última vez. Quando o relógio na torre soou dez horas, vários mestres marcharam por entre as fileiras de carteiras distribuindo a prova de conhecimentos gerais para quarenta garotos nervosos. Bem, 39 garotos nervosos mais Deakins.

Harry leu as perguntas lentamente. Quando chegou à de número cem, permitiu que um sorriso cruzasse seu rosto. Pegou a caneta, mergulhou a ponta no tinteiro e começou a escrever. Quarenta minutos mais tarde, ele estava de volta à pergunta número cem. Olhou para o relógio: ainda tinha mais dez minutos para verificar novamente as respostas. Parou por um instante na pergunta 34 e reconsiderou sua resposta original. Foi Oliver Cromwell ou Thomas Cromwell que foi mandado para a Torre de Londres por traição? Ele se lembrava do destino do cardeal Wolsey e escolheu o homem que tomara seu lugar como Lord Chancellor.

Quando o relógio começou a soar novamente, Harry havia chegado na pergunta 92. Revisou rapidamente as últimas oito antes que a sua folha fosse arrancada de suas mãos com a tinta da sua última resposta ainda secando: Charles Lindbergh.

Durante o intervalo de vinte minutos, Harry, Giles e Deakins caminharam lentamente em volta do campo de críquete no qual Giles marcara um *century* uma semana antes.

— *Amo, amas, amat* — disse Deakins enquanto lembrava aos dois as conjugações sem fazer referência ao *Manual Kennedy de latim* nenhuma vez.

— *Amamus, amatis, amant* — repetiu Harry enquanto voltavam para a sala de provas.

Quando entregou a prova de latim uma hora mais tarde, Harry estava confiante de que havia conseguido acertar mais do que os 60% exigidos, e até Giles parecia satisfeito. Enquanto os três se encaminhavam para o refeitório, Harry pôs um braço em volta do ombro de Deakins e disse:

— Obrigado, meu camarada.

Depois de ler a prova de geografia mais tarde naquela manhã, Harry agradeceu silenciosamente sua arma secreta. O Velho Jack havia lhe transmitido muito conhecimento ao longo dos anos sem jamais fazer com que ele se sentisse em uma sala de aula.

Harry não tocou no almoço. Giles conseguiu comer metade de uma torta de carne de porco, e Deakins não parou de comer.

História era a primeira prova da tarde e não causou nenhuma ansiedade a Harry. Henrique VIII, Elisabeth, Raleigh, Drake, Napoleão, Nelson e Wellington marcharam todos para o campo de batalha, e Harry os tirou de lá novamente.

A prova de matemática foi bem mais fácil do que ele esperava, e Giles até achou que podia tê-la gabaritado.

Durante o intervalo final, Harry voltou para seu estúdio e revisou um trabalho que escrevera sobre *David Copperfield*, confiante de que se destacaria em sua matéria favorita. Voltou caminhando lentamente para a sala de provas, repetindo sem parar a palavra favorita do sr. Holcombe: *concentração*.

Olhou para a última prova do dia e descobriu que aquele ano seria dedicado a Thomas Hardy e Lewis Carroll. Ele havia lido *O Prefeito de Casterbridge* e *As Aventuras de Alice no País das Maravilhas*, mas não estava tão familiarizado com o Chapeleiro Maluco, Michael Henchard e o Gato de Cheshire quanto com Peggotty, o dr. Chillip e Barkis. Sua caneta arranhou lentamente a página e, quando o relógio soou, ele não tinha certeza de ter escrito o bastante. Saiu da sala e foi para o sol vespertino, sentindo-se um pouco deprimido, embora estivesse claro, pelos olhares dos seus rivais, que ninguém achara a prova fácil. Isso o fez questionar se ainda tinha alguma chance.

Seguiu-se o que o sr. Holcombe muitas vezes descrevera como a pior parte de qualquer prova: os dias de espera infinita antes da divulgação oficial dos resultados no quadro de avisos da escola; um período no qual os meninos acabam fazendo algo que será motivo de arrependimento mais tarde, quase como se quisessem ser suspensos em vez de conhecer o próprio destino. Um menino foi pego bebendo sidra atrás do bicicletário, outro estava fumando um Woodbine no banheiro, já um terceiro foi visto saindo do cinema local depois de as luzes já terem sido apagadas.

Giles não fez ponto algum na partida de críquete do sábado seguinte, a primeira da temporada. Enquanto Deakins voltou a frequentar a biblioteca, Harry dava longas caminhadas, rememorando cada resposta repetidamente, o que não melhorou as coisas.

Na tarde de domingo, Giles fez um longo treino; na segunda-feira, Deakins passou relutante suas responsabilidades para o novo monitor da biblioteca e, na terça-feira, Harry leu *Longe desse Insensato Mundo* e xingou em voz alta. Na quarta-feira à noite, Giles e Harry conversaram até de madrugada enquanto Deakins dormia pesado.

Muito antes de o relógio na torre soar dez horas naquela manhã de quinta-feira, quarenta garotos já estavam circulando pelo pátio, mãos nos bolsos, cabeças baixas, enquanto esperavam que o diretor aparecesse. Apesar de todos eles saberem que o dr. Oakshott não se adiantaria nem se atrasaria um minuto sequer, às 21h55m a maioria dos olhos estavam fixos no outro lado do pátio, esperando que a porta da casa do diretor se abrisse. Os outros olhavam para o relógio no alto do grande saguão, esperando que o ponteiro dos minutos se mexesse um pouco mais depressa.

Quando o primeiro toque soou, o reverendo Samuel Oakshott abriu a porta de casa e encaminhou-se pela alameda. Carregava uma folha de papel em das mãos e quatro tachinhas de metal na outra. Ele não era homem de deixar nada ao acaso. Quando chegou ao final da alameda, abriu o pequeno portão e cruzou o pátio no seu ritmo de sempre, sem dar atenção a ninguém à sua volta. Os meninos rapidamente abriram caminho, criando um corredor para que o progresso do diretor não fosse interrompido. Ele se deteve na frente do quadro de avisos quando o décimo toque soou. Afixou o resultado das provas no quadro e saiu sem proferir nenhuma palavra.

Quarenta meninos correram, fazendo um bololô em torno do quadro de avisos. Ninguém ficou surpreso ao constatar que Deakins estava no topo da lista, com 92, conquistando a bolsa de estudos Peloquin para a Bristol Grammar School. Giles deu um salto de alegria, sem tentar disfarçar o próprio alívio ao ver 64 ao lado do seu nome.

Ambos se viraram para procurar o amigo. Harry estava em pé, sozinho, longe daquele insensato mundo.

MAISIE CLIFTON

1920-1936

MAISIE CLIFTON

1920-1935

11

Quando Arthur e eu nos casamos, não houve muita pompa; afinal, nem os Tancock nem os Clifton jamais tiveram um tostão furado. O maior gasto se revelou o coro, que custou meia coroa, mas que valeu cada centavo. Eu sempre quis fazer parte do coro da srta. Monday e, embora ela tenha me dito que minha voz era suficientemente boa, nunca levei a oportunidade em consideração porque não sabia ler nem escrever.

A recepção, se é que podemos chamá-la assim, aconteceu na casa geminada dos pais de Arthur em Still House Lane: um barril de cerveja, alguns sanduíches de manteiga de amendoim e uma dúzia de tortas de carne de porco. Meu irmão Stan até comprou sua própria porção de peixe e batatas fritas. E, para completar, tivemos de sair cedo para pegar o último ônibus para nossa lua de mel em Weston-super-Mares. Arthur reservou um quarto em uma estalagem de frente para o mar na noite de sexta-feira e, como choveu na maior parte do fim de semana, raramente saímos do quarto.

Achei estranho o fato de a minha segunda experiência sexual ter acontecido também em Weston-super-Mares. Fiquei impressionada quando vi Arthur nu pela primeira vez. Uma cicatriz vermelha e mal suturada atravessava sua barriga. Malditos alemães. Ele nunca disse que havia sido ferido durante a guerra.

Não fiquei surpreso por Arthur ter ficado excitado assim que tirei a combinação, mas devo admitir que eu esperava que ele tirasse as botas antes de fazermos amor.

Deixamos a estalagem na tarde de domingo e pegamos o último ônibus de volta para Bristol, já que Arthur tinha de se apresentar no porto às seis da manhã de segunda-feira.

Depois do casamento, Arthur se mudou para a nossa casa — só até termos condições de ir para um lugar só nosso, ele disse ao meu pai, o que geralmente significava até que um de nossos pais morresse. De qualquer maneira, nossas duas famílias moravam em Still House Lane desde sempre.

Arthur ficou felicíssimo quando contei que estávamos prestes a constituir família, já que ele queria pelo menos seis filhos. Minha preocupação era se o primeiro seria dele, mas, como só minha mãe e eu conhecíamos a verdade, não havia motivo para Arthur desconfiar.

Oito meses mais tarde, dei à luz um menino e, graças a Deus, não houve nada que sugerisse que ele não era filho de Arthur. Nós o batizamos com o nome de Harold, o que agradou meu pai, pois assim seu nome sobreviveria mais uma geração.

A partir de então, eu dei por certo, como mamãe e vovó, que ficaria presa em casa, tendo um filho a cada dois anos. Afinal de contas, Arthur vinha de uma família com oito crianças e eu era a quarta de cinco. Mas Harry acabou sendo filho único.

Arthur geralmente voltava direto para casa depois do trabalho no final da tarde. Assim podia passar algum tempo com o bebê antes de eu colocá-lo na cama. Quando ele não apareceu naquela noite de sexta-feira, deduzi que tinha ido ao pub com o meu irmão. Porém, quando Stan entrou cambaleando pouco depois da meia-noite, bêbado como um gambá e ostentando um maço de notas de cinco, não havia sinal de Arthur. Na verdade, Stan me deu uma das notas de cinco, o que me fez questionar se ele havia roubado um banco. Mas, quando perguntei onde Arthur estava, ele se calou.

Não fui para a cama naquela noite, fiquei sentada no último degrau da escada, esperando meu marido voltar para casa. Desde o dia em que nos casamos, Arthur nunca havia ficado fora a noite toda.

Embora já estivesse sóbrio quando desceu para a cozinha no dia seguinte, Stan não disse uma palavra durante o café da manhã. Quando perguntei novamente onde Arthur estava, ele disse que não o via desde quando os dois bateram o ponto na saída do trabalho na tarde anterior. Não é difícil dizer quando Stan está mentindo porque ele não olha nos seus olhos. Eu estava prestes a pressioná-lo mais quando ouvi batidas fortes à porta da frente. Meu primeiro pensamento foi que devia ser Arthur; então, saí correndo para atender.

Quando abri a porta, dois policiais adentraram a casa, correram para a cozinha, pegaram Stan, o algemaram e disseram que ele estava preso por furto qualificado por arrombamento. Naquele momento, entendi de onde tinha vindo o bolo de notas de cinco.

— Não roubei nada — protestou Stan. — O sr. Barrington me deu o dinheiro.

— Uma história muito plausível, Tancock — disse o primeiro policial.

— Mas é a mais pura verdade — Stan estava dizendo quando o arrastaram para o xadrez. Daquela vez, eu sabia que Stan não estava mentindo.

Deixei Harry com a minha mãe e corri até o cais, esperando descobrir que Arthur havia se apresentado para o turno da manhã e me diria por que Stan tinha sido preso. Tentei não pensar sobre a possibilidade de Arthur também estar atrás das grades.

O homem no portão me disse que não havia visto Arthur naquela manhã. Mas, após ter consultado a escala de serviço, ficou intrigado, pois Arthur não havia batido o ponto de saída na noite anterior. Tudo o que ele tinha a dizer era:

— Não ponha a culpa em mim. Eu não estava no portão ontem à noite.

Foi só mais tarde que me perguntei por que ele havia usado a palavra *culpa*.

Entrei no cais e falei com alguns colegas de Arthur, mas todos repetiram a mesma coisa, como se fossem papagaios:

— Não o vejo desde que parou de trabalhar ontem à noite.

Depois, rapidamente se afastavam. Eu estava prestes a ir até a prisão para ver se Arthur também tinha sido preso quando vi um velho passar com a cabeça baixa.

Fui atrás dele, esperando que ele me mandasse embora ou dissesse que não sabia do que eu estava falando. Mas, quando me aproximei, ele parou, tirou o boné e disse:

— Bom dia.

Fiquei surpresa com seus bons modos, o que me deu confiança para perguntar se ele tinha visto Arthur naquela manhã.

— Não — respondeu ele. — Eu o vi pela última vez ontem à tarde, no último turno com o seu irmão. Talvez você devesse perguntar a ele.

— Não posso — falei. — Ele foi preso e levado para o xadrez.

— Do que eles o acusaram? — perguntou o Velho Jack, parecendo intrigado.

— Não sei — respondi.

O Velho Jack balançou a cabeça.

— Não posso ajudá-la, sra. Clifton — disse. — Mas há pelo menos duas pessoas que conhecem toda a história.

Ele indicou com a cabeça o grande edifício de tijolos que Arthur sempre chamava de "gerência".

Tremi quando vi um policial saindo da porta principal do edifício e, quando olhei para trás, o Velho Jack tinha desaparecido.

Pensei em ir até a "gerência", ou Barrington House, para usar o nome correto, mas desisti. Afinal de contas, o que eu diria se ficasse cara a cara com o chefe de Arthur? No final, comecei a caminhar sem rumo de volta para casa, tentando dar um sentido aos fatos.

Vi Hugo Barrington prestar seu testemunho. A mesma autoconfiança, a mesma arrogância, as mesmas meias-verdades declamadas convincentemente para o júri, da mesma maneira que ele as havia sussurrado para mim na privacidade de um quarto. Quando ele desceu da tribuna das testemunhas, eu sabia que Stan não tinha chance alguma de sair dali livre.

No sumário, o juiz descreveu meu irmão como um ladrão comum que havia tirado partido da própria posição para roubar seu empregador.

Terminou dizendo que não tinha outra opção a não ser condená-lo a três anos de prisão.

Assisti a todos os dias do julgamento, esperando captar algum pedacinho de informação que pudesse me dar uma pista do que tinha acontecido com Arthur naquele dia. Mas, quando o juiz finalmente declarou o caso encerrado, eu sabia tanto quanto antes, embora não tivesse dúvida de que meu irmão não estava falando tudo o que sabia. Algum tempo se passaria até eu descobrir por quê.

A única outra pessoa que presenciou todos os dias do julgamento foi o Velho Jack Tar, mas não nos falamos. Na verdade, talvez nunca mais o visse, se não fosse por causa de Harry.

Demorei até conseguir aceitar que Arthur nunca voltaria para casa.

Stan estava preso havia apenas alguns dias quando descobri o verdadeiro significado de "se virar". Com um dos provedores da casa preso e o outro sabe lá Deus onde, logo nos vimos literalmente na fila das doações de comida. Por sorte, havia um código informal que vigorava em Still House Lane: se alguém estava "de férias", os vizinhos faziam o possível para ajudar a sustentar sua família.

O reverendo Watts nos visitava regularmente e até ressarciu algumas das moedas que colocamos na cesta de doações ao longo dos anos. A srta. Monday aparecia irregularmente e nos dava muito mais do que bons conselhos, saindo sempre com a cesta vazia. Mas nada podia compensar a perda do meu marido, a prisão de um irmão inocente e um filho que não tinha mais pai.

Harry estava dando seus primeiros passos, mas eu já tinha medo de ouvir sua primeira palavra. Será que ele se lembraria de quem costumava se sentar à cabeceira da mesa e perguntaria por que ele não estava mais lá? Foi o Vovô que achou uma solução para o que deveríamos dizer caso Harry começasse a fazer perguntas. Todos nós fizemos um pacto para dizer a mesma coisa; afinal de contas, era bem pouco provável que Harry se deparasse com o Velho Jack.

Mas, na época, o problema mais urgente da família Tancock era como evitar a fome ou, ainda mais importante, como evitar o cobrador do aluguel e o oficial de justiça. Depois de gastar as cinco libras de Stan, empenhei o coador de chá chapeado de prata da minha mãe, meu anel de noivado e, por fim, minha aliança. Eu temia que fôssemos despejados em breve. Mas isso foi adiado por algumas semanas graças a uma outra batida à nossa porta. Daquela vez, não era a polícia, mas um homem chamado sr. Sparks, que me disse que era o representante do sindicato de Arthur e que tinha ido saber se eu havia recebido alguma indenização da empresa.

Depois de acomodar o sr. Sparks na cozinha e servir uma xícara de chá, eu disse:

— Nem um tostão. Eles dizem que ele foi embora sem avisar; portanto, não são responsáveis pelas suas ações. E eu ainda não sei o que realmente aconteceu com ele.

— Nem eu — disse o sr. Sparks. — Todos se calaram, não apenas a gerência, mas os trabalhadores também. Não consigo tirar uma palavra deles. "Tenho apreço à vida", um deles me disse. Mas todas as ajudas de custo do seu marido foram pagas — acrescentou —, portanto, a senhora tem direito à indenização do sindicato.

Fiquei ali em pé sem ter a mínima ideia do que ele estava falando.

O sr. Sparks sacou um documento da pasta, colocou-o sobre a mesa da cozinha e foi direto até a última página.

— Assine aqui — disse ele, pondo o indicador sobre a linha tracejada.

Depois de eu ter posto um X no local que ele estava indicando, o sr. Sparks tirou um envelope do bolso.

— Lamento que seja tão pouco — disse ele enquanto o entregava para mim.

Só abri o envelope quando ele terminou a xícara de chá e foi embora.

Sete libras, nove xelins e seis *pence* era o valor que tinham atribuído à vida de Arthur. Fiquei sentada sozinha atrás da mesa da cozinha e acho que foi naquele momento que me dei conta de que nunca mais veria meu marido.

Naquela tarde, voltei à casa de penhores do sr. Cohen e resgatei minha aliança; era o mínimo que eu podia fazer pela memória de Arthur.

Na manhã seguinte, paguei os aluguéis atrasados e também a conta do açougue, da padaria e, sim, da loja de velas. Só sobrou o suficiente para comprar algumas roupas de segunda mão no bazar da igreja, a maioria para Harry.

Porém, menos de um mês se passou até o giz estar rabiscando novamente o quadro de fiado do açougue, da padaria e da loja de velas, e não demorou muito até eu ter de voltar à casa de penhores e entregar novamente minha aliança ao sr. Cohen.

Depois que o cobrador de aluguéis bateu à porta do número 27 sem obter resposta, acho que ninguém da família deveria ter ficado surpreso caso a visita seguinte fosse a do oficial de justiça. Foi então que decidi que estava na hora de procurar um emprego.

12

As tentativas de Maisie encontrar um emprego não se revelaram muito fáceis, ainda mais porque o governo emitira pouco antes uma diretriz para todos os empregadores, aconselhando-os a contratar, antes de levar em consideração outros candidatos, homens que tivessem servido nas Forças Armadas, o que estava de acordo com a promessa de Lloyd George de que os soldados britânicos voltariam para uma terra digna de heróis.

Embora tivessem conquistado o direito de votar nas últimas eleições, após seu valoroso serviço nas fábricas de munições durante a guerra, as mulheres com mais de trinta anos foram deslocadas de volta para o fim da fila quando o assunto era emprego em tempo de paz. Maisie decidiu que sua melhor oportunidade de encontrar trabalho era se candidatando a empregos que os homens não levavam em consideração porque achavam que eram degradantes demais ou que tinham uma remuneração irrisória. Com isso em mente, Maisie fez fila do lado de fora da W.D. & W.O. Wills, o maior empregador da cidade. Ao chegar à frente da fila, ela perguntou ao supervisor:

— É verdade que vocês estão procurando empacotadoras para a fábrica de cigarros?

— É, mas você é jovem demais, meu amor.

— Tenho 22 anos.

— Jovem demais — repetiu ele. — Volte daqui a dois ou três anos.

Maisie voltou para Still House Lane em tempo para dividir uma tigela de caldo de galinha e uma fatia do pão da semana anterior com a mãe e Harry.

No dia seguinte, ela entrou em uma fila ainda mais comprida do lado de fora da Harvey's, a firma de comércio de vinhos. Quando chegou à frente, três horas mais tarde, um homem com um colarinho branco engomado e uma gravata preta fininha disse que só estavam admitindo candidatos com experiência.

— Então, como eu ganho experiência? — Maisie perguntou, tentando não parecer desesperada.

— Entrando para o nosso programa de aprendizes.

— Quero entrar — disse ela ao colarinho engomado.

— Quantos anos você tem?

— Vinte e dois.

— Velha demais.

Maisie repetiu para a mãe todas as palavras da entrevista de sessenta segundos enquanto tomava uma tigela de caldo ainda mais ralo da mesma panela e comia a casca do mesmo pão.

— Você sempre pode tentar as docas — sugeriu a mãe.

— O que tem em mente, mamãe? Devo me candidatar a estivadora?

A mãe de Maisie não riu; na verdade, Maisie não se lembrava de quando fora a última vez que isso havia acontecido.

— Eles sempre têm trabalho para faxineiras — disse a mãe. — E Deus é testemunha de que aquela gente tem uma dívida com você.

Maisie já estava de pé e vestida bem antes do o sol raiar na manhã seguinte, e, como não havia café da manhã suficiente para todos, saiu com fome em sua longa caminhada até as docas.

Quando chegou, disse ao homem do portão que ela estava procurando emprego como faxineira.

— Apresente-se à sra. Nettles — disse ele, indicando com a cabeça um grande edifício de tijolos no qual ela quase entrara uma outra vez. — Ela é responsável pela contratação e pela demissão de faxineiras.

Obviamente, ele não se lembrava da última visita de Maisie.

Ela caminhou apreensiva até o edifício, mas parou alguns passos antes de chegar à porta principal. Ficou imóvel, observando uma sucessão de homens bem-vestidos, usando chapéus e casacos, e carregando guarda-chuvas, que entravam no edifício pelas portas duplas.

Maisie ficou plantada no mesmo lugar, tremendo no ar frio da manhã, enquanto tentava achar coragem suficiente para segui-los até lá dentro. Quando estava prestes a ir embora, viu uma mulher mais velha de macacão entrando por outra porta na lateral do edifício. Maisie foi atrás dela.

— O que você quer? — perguntou a mulher, desconfiada, assim que Maisie a alcançou.

— Estou procurando emprego.

— Muito bem. Seria ótimo poder contar com algumas jovens. Apresente-se à sra. Nettles — disse a mulher, apontando para uma porta estreita que podia ser confundida com um almoxarifado. Maisie foi até lá e, corajosa, bateu à porta.

— Entre — disse uma voz cansada.

Maisie abriu a porta e viu uma senhora mais ou menos da idade da sua mãe sentada na única cadeira, circundada de baldes, esfregões e várias barras grandes de sabão.

— Disseram-me para me apresentar à senhora se estivesse procurando emprego.

— Disseram a coisa certa. Isso se você estiver disposta a trabalhar todas as horas que Deus lhe der por um salário de fome.

— Qual é o horário e qual é o salário? — perguntou Maisie.

— Você começa às três da madrugada e precisa estar fora daqui às sete, antes que o pessoal chegue, esperando encontrar os escritórios brilhando. Ou você pode começar às sete da noite e trabalhar até meia-noite, o que for melhor para você. O salário é o mesmo nos dois horários, seis *pence* por hora.

— Pego os dois turnos — disse Maisie.

— Muito bem — confirmou a mulher, pegando um balde e um esfregão. — Vejo você de volta aqui às sete esta noite para mostrar o serviço. Meu nome é Vera Nettles. E o seu?

— Maisie Clifton.

A sra. Nettles deixou o balde cair no chão e apoiou o esfregão novamente na parede. Foi até a porta e a abriu.

— Aqui não tem trabalho para você, sra. Clifton — disse.

Ao longo do mês seguinte, Maisie tentou arrumar emprego em uma sapataria, mas o gerente achava que não podia contratar alguém com buracos nos próprios sapatos; em uma chapelaria, na qual a entrevista terminou no momento em que descobriram que Maisie não sabia fazer contas; e em uma loja de flores, que não levava em consideração contratar alguém que não tivesse seu próprio jardim. O lote do Vovô não contava. Desesperada, ela se candidatou a um emprego como atendente no pub local, mas o dono disse:

— Sinto muito, meu amor, mas seus peitos não são suficientemente grandes.

No domingo seguinte, na Holy Nativity, Maisie se ajoelhou e pediu uma mãozinha a Deus.

Aquela mão acabou sendo a da srta. Monday, que disse a Maisie que tinha uma amiga que era dona de uma casa de chá em Broad Street e estava procurando uma garçonete.

— Mas não tenho experiência — disse Maisie.

— Talvez isso se revele uma vantagem — argumentou a srta. Monday. — A srta. Tilly é muito específica e prefere treinar o próprio pessoal à sua maneira.

— Talvez ela ache que sou jovem ou velha demais.

— Você não é nem jovem nem velha demais — afirmou a srta. Monday. — E fique tranquila, eu não recomendaria você se não achasse que está à altura. Mas devo preveni-la, Maisie, que a srta. Tilly é muito rigorosa com a pontualidade. Esteja na casa de chá antes das oito amanhã. Se você se atrasar, aquela não será sua primeira impressão, mas a última.

Maisie estava em pé do lado de fora da Casa de Chá Tilly's às seis horas na manhã seguinte e não arredou pé dali durante as duas horas subsequentes. Às cinco para as oito, um mulher robusta, de meia-idade e bem-vestida, com o cabelo arrumado em um coque em forma de ninho e meios óculos apoiados na ponta do nariz, girou o cartaz na porta de "fechado" para "aberto", permitindo que uma Maisie congelada entrasse no estabelecimento.

— O emprego é seu, sra. Clifton — foram as primeiras palavras da sua nova patroa.

Harry ficava aos cuidados da avó toda vez que Maisie saía para trabalhar. Embora só ganhasse nove *pence* por hora, ela podia ficar com metade das gorjetas, de maneira que, no final de uma boa semana, era possível levar para casa até três libras. Também havia uma vantagem inesperada. Quando o cartaz na porta passava de "aberto" novamente para "fechado" às seis da tarde, a srta. Tilly permitia que Maisie levasse para casa todos os alimentos que tivessem sobrado. A palavra "amanhecido" nunca devia sair da boca de um cliente.

Depois de seis meses, a srta. Tilly estava tão satisfeita com o progresso de Maisie que a encarregou de uma seção de oito mesas e, após mais seis meses, vários clientes regulares insistiam para serem servidos por Maisie. A srta. Tilly resolveu o problema aumentando para 12 o número de mesas alocadas a Maisie e também sua remuneração para um xelim por hora. Recebendo dois envelopes de pagamento por semana, Maisie pôde mais uma vez voltar a usar tanto o anel de noivado quanto a aliança, e o coador de chá chapeado de prata voltou para o seu lugar.

Se Maisie falasse francamente a respeito, o fato de Stan ter sido solto por bom comportamento após apenas dezoito meses se revelou bom e ruim ao mesmo tempo.

Harry, então com três anos e meio, teve de voltar para o quarto da mãe, e Maisie tentava não pensar na tranquilidade durante o período em que Stan esteve fora.

Ela ficou surpresa quando Stan conseguiu de volta seu velho emprego nas docas como se nada tivesse acontecido. Isso só a convenceu de que ele sabia bem mais do que dizia sobre o desaparecimento de Arthur, por mais que ela o pressionasse. Em uma ocasião, quando se tornou um pouco persistente demais, ele deu-lhe um soco. Embora, na manhã seguinte, a srta. Tilly tenha fingido não notar o olho roxo, um ou dois clientes notaram. Então, Maisie nunca mais tocou no assunto com o irmão. Mas, toda vez que Harry perguntava a ele sobre o pai, Stan se atinha ao discurso da família e dizia:

— Seu velho morreu na guerra. Eu estava em pé do lado dele quando a bala o atingiu.

Maisie passava todo o tempo livre que podia com Harry. Acreditava que, assim que ele tivesse idade suficiente para frequentar a Escola Elementar Merrywood, sua vida se tornaria bem mais fácil. Mas, por enquato, levar Harry à escola de manhã significava o gasto extra de uma viagem de bonde para garantir que não se atrasaria para o trabalho. Ela fazia uma pausa à tarde para ir buscá-lo na escola. Depois de dar o lanche ao menino, deixava-o aos cuidados da avó e voltava ao trabalho.

Harry só estava na escola havia poucas semanas quando Maisie notou algumas marcas de vergastadas no traseiro do menino durante o banho semanal.

— Quem fez isso? — perguntou ela.

— O diretor.

— Por quê?

— Não posso dizer, mamãe.

Quando viu seis novas listras vermelhas antes mesmo de as anteriores terem desaparecido, Maisie questionou Harry novamente, mas ele não se abriu. Da terceira vez que as marcas apareceram, ela vestiu o casaco e se encaminhou para a escola com a intenção de dizer ao professor o que estava passando pela sua cabeça.

O sr. Holcombe não era absolutamente como Maisie esperava. Para começo de conversa, não podia ser muito mais velho do que ela e se levantou quando ela entrou na sala — nada a ver com as lembranças que ela tinha dos professores da Merrywood na sua época.

— Por que meu filho está recebendo vergastadas do diretor? — ela perguntou antes mesmo de o sr. Holcombe ter uma chance de pedir para que se sentasse.

— Porque ele continua a faltar às aulas, sra. Clifton. Ele desaparece logo depois da reunião matinal e volta em tempo para o futebol à tarde.

— Então, onde ele está passando os dias?

— Na minha opinião, nas docas — disse o sr. Holcombe. — Talvez a senhora possa me dizer o motivo.

— Porque o tio dele trabalha lá e está sempre dizendo a Harry que a escola é uma perda de tempo, já que, mais cedo ou mais tarde, os dois vão acabar trabalhando juntos.

— Espero que não — afirmou o sr. Holcombe.

— Por que o senhor está dizendo isso? — perguntou Maisie. — Serviu para o pai dele.

— Talvez, mas não vai servir para Harry.

— Como assim? — perguntou Maisie, com ar de indignação.

— Harry é inteligente, sra. Clifton. Muito inteligente. Se eu conseguisse convencê-lo a frequentar as aulas com mais regularidade, não sei aonde seria capaz de chegar.

De repente, Maisie se perguntou se algum dia ela descobriria qual dos dois homens era o pai de Harry.

— Algumas crianças inteligentes só descobrem como são espertas após deixar a escola — prosseguiu o sr. Holcombe —, e passam o resto da vida arrependidas por terem desperdiçado todos esses anos. Quero ter certeza de que Harry não vai se encaixar nessa categoria.

— O que o senhor gostaria que eu fizesse? — Maisie perguntou, finalmente se sentando.

— Incentive-o a ficar na escola em vez de fugir para as docas todo dia. Diga como a senhora ficaria orgulhosa se ele se saísse bem na sala de aula, e não apenas no campo de futebol, o que, caso a senhora não tenha percebido, não é o forte dele.

— O forte dele?

— Desculpe, mas até Harry já deve ter percebido que ele nunca chegará ao time da escola, e muito menos ao Bristol City.

— Vou fazer todo o possível para ajudar — prometeu Maisie.

— Obrigado, sra. Clifton — disse o sr. Holcombe enquanto Maisie se levantava para sair. — Se a senhora fosse capaz de incentivá-lo, tenho certeza de que isso seria muito mais eficaz no longo prazo do que as vergastadas do diretor.

A partir daquele dia, Maisie começou a se interessar muito mais pelo que Harry fazia na escola. Ela gostava de ouvir suas histórias sobre o sr. Holcombe e o que havia ensinado naquele dia, e as marcas de castigo não apareceram mais. Ela deduziu que Harry havia parado de faltar às aulas. Então, uma noite, pouco antes de ir para a cama, ela foi dar uma olhada no filho adormecido e descobriu que as marcas haviam voltado, mais vermelhas e profundas do que antes. Ela não precisou ir falar com o sr. Holcombe porque ele apareceu na casa de chá no dia seguinte.

— Ele conseguiu ir à minha aula durante um mês inteiro — disse o professor —, depois sumiu novamente.

— Mas eu não sei mais o que fazer — desabafou Maisie, sentindo-se desamparada. — Já cortei a mesada dele e disse que não esperasse nem mais um tostão de mim a menos que ficasse na escola. Na verdade, o tio Stan tem muito mais influência sobre ele do que eu.

— É uma pena — disse o sr. Holcombe. — Mas eu talvez tenha encontrado uma solução para o nosso problema, sra. Clifton. Todavia, não há chance de sucesso sem a sua total cooperação.

Maisie deduziu que, embora só tivesse 26 anos, nunca mais se casaria. Afinal de contas, viúvas com um filho a reboque não eram bons partidos quando havia tantas mulheres solteiras disponíveis. O fato de ela sempre usar o anel de noivado e a aliança de casamento provavelmente reduzia o número de propostas recebidas na casa de chá, embora um ou outro cliente ainda tentasse. Ela não incluía nessa categoria o velho e caro sr. Craddick, que só gostava de segurar sua mão.

O sr. Atkins era um dos clientes regulares da srta. Tilly e gostava de se sentar em uma das mesas servidas por Maisie. Aparecia na maioria das manhãs, sempre pedia um café preto e uma fatia de bolo de frutas. Para surpresa de Maisie, após pagar a conta uma manhã, ele a convidou para ir ao cinema.

— Greta Garbo em *O Diabo e a Carne* — disse ele, tentando fazer com que parecesse mais tentador.

Não era a primeira vez que um dos clientes convidava Maisie para sair, mas era a primeira vez que alguém jovem e de boa aparência mostrava algum interesse.

No passado, sua resposta padrão conseguira afastar os pretendentes mais insistentes: "É muita gentileza sua, mas gosto de aproveitar todo o meu tempo livre com o meu filho."

— Você certamente poderia abrir uma exceção por uma única noite, não? — disse ele, sem desistir tão facilmente quanto os outros.

Maisie olhou rapidamente para a mão esquerda dele: nenhum sinal de aliança ou, pior ainda, de um pálido círculo revelando que uma aliança fora tirada.

Ela ouviu a si mesma dizendo:

— É muita gentileza sua, sr. Atkins — e concordou em se encontrar com ele na quinta-feira à noite, após ter colocado Harry na cama.

— Pode me chamar de Eddie — disse ele, deixando uma gorjeta de seis *pence*.

Maisie ficou impressionada quando Eddie apareceu em um Flatnose Morris para levá-la ao cinema. E, para sua surpresa, tudo o que fez enquanto ficaram sentados na última fila foi assistir ao filme. Ela não teria reclamado se ele tivesse posto um braço em volta do seu ombro. Na verdade, estava pensando até onde o deixaria chegar naquele primeiro encontro.

Depois que a cortina se fechou, o órgão se acendeu e todos se levantaram para cantar o hino nacional.

— Você quer tomar um drinque? — Eddie perguntou enquanto eles saíam do cinema.

— Preciso voltar para casa antes do último bonde.

— Você não precisa se preocupar com o último bonde, Maisie, quando estiver com Eddie Atkins.

— Então, tudo bem, mas algo rápido — disse ela enquanto ele a guiava ao atravessar a rua em direção ao Red Bull.

— Então, o que você faz, Eddie? — Maisie perguntou enquanto ele punha um copo de suco de laranja na sua frente.

— Trabalho no ramo do entretenimento — respondeu ele, sem dar muitos detalhes. Em vez disso, voltou a falar de Maisie. — Não preciso perguntar o que você faz.

Depois de um segundo suco de laranja, ele olhou para o relógio e disse:

— Tenho de acordar cedo amanhã; então, acho melhor levar você para casa.

No caminho de volta para Still House Lane, Maisie conversou sobre Harry e a esperança de que ele viesse a participar do coro da Holy Nativity. Eddie pareceu realmente interessado e, quando parou o carro na frente do número 27, ela esperou que ele a beijasse. Mas ele apenas saltou, abriu a porta do carro para ela e a acompanhou até a porta.

Maisie ficou sentada à mesa da cozinha e contou à mãe tudo o que havia acontecido, ou não, naquela noite. Tudo que Vovó disse foi:

— Qual é o jogo dele?

13

Quando viu o sr. Holcombe entrar na Holy Nativity acompanhado de um homem bem-vestido, Maisie presumiu que Harry deveria estar em apuros novamente. Ficou surpresa, pois havia mais de um ano que as marcas vermelhas não apareciam.

Foi se preparando à medida que o sr. Holcombe seguia na sua direção, mas, no momento em que viu Maisie, ele simplesmente abriu um sorriso tímido antes de se sentar com o companheiro no terceiro banco do outro lado do corredor.

Vez por outra, Maisie olhava para eles, mas não reconheceu o outro homem, bem mais velho do que o sr. Holcombe. Ela ficou se perguntando se aquele poderia ser o diretor da Escola Elementar Merrywood.

Quando o coro se levantou para cantar o primeiro hino, a srta. Monday olhou para os dois homens antes de acenar com a cabeça para o organista indicando que estava pronta.

Maisie achou que Harry havia se superado naquela manhã, mas ficou surpresa quando, alguns minutos mais tarde, ele se levantou para cantar um segundo solo e mais surpresa ainda no terceiro. Todos sabiam que a srta. Monday nunca dava ponto sem nó, mas ainda não estava claro para Maisie qual poderia ser o motivo daquilo tudo.

Depois que o reverendo Watts abençoou seu rebanho ao final do culto, Maisie permaneceu em seu lugar e aguardou que Harry aparecesse, esperando que pudesse lhe dizer por que pediram que ele cantasse aqueles três solos. Enquanto ela conversava ansiosamente com a mãe, seus olhos não desgrudavam do sr. Holcombe, que estava apresentando o homem mais velho à srta. Monday e ao reverendo Watts.

Um instante mais tarde, o reverendo Watts levou os dois homens para a sacristia. A srta. Monday cruzou o corredor na direção de Maisie com um olhar resoluto no rosto, o que, como todos os paroquianos sabiam, significava que ela tinha uma missão.

— Podemos trocar uma palavrinha em particular, sra. Clifton? — perguntou.

Não deu chance a Maisie de responder, mas simplesmente se virou e voltou a cruzar o corredor na direção da sacristia.

Fazia mais de um mês que Eddie Atkins não dava as caras na casa de chá da srta. Tilly quando ele reapareceu uma manhã e sentou-se em seu local costumeiro em uma das mesas de Maisie. Quando ela foi servi-lo, ele abriu um enorme sorriso, como se nunca tivesse se afastado.

— Bom dia, sr. Atkins — Maisie disse enquanto abria seu bloco. — O que deseja?

— O de sempre — disse Eddie.

— Faz muito tempo, sr. Atkins — observou Maisie. — O senhor vai precisar refrescar minha memória.

— Lamento não ter mantido contato, Maisie — disse Eddie —, mas tive de ir aos Estados Unidos de última hora e só voltei ontem à noite.

Ela queria acreditar nele. Maisie já admitira para a mãe que estava um pouco decepcionada por não ter mais ouvido falar de Eddie depois de ele a ter levado ao cinema. Gostara da companhia e achava que a noitada havia corrido bastante bem.

Outro homem começara a visitar a casa de chá regularmente e, como Eddie, só se sentava em uma das mesas de Maisie. Embora não tivesse como deixar de notar que ele estava mostrando um interesse considerável, Maisie não o incentivou porque, além de ser um homem de meia-idade, também usava uma aliança de casamento. O tal homem tinha um ar distante, como um advogado que está estudando um cliente, e, toda vez que falava com ela, soava um pouco pomposo. Maisie conseguia ouvir a mãe perguntar: "Qual é o jogo dele?" Mas talvez tivesse interpretado mal suas intenções, pois nunca tentou puxar conversa com ela.

Nem mesmo Maisie pôde resistir a um sorriso quando, uma semana mais tarde, seus dois pretendentes apareceram para tomar café na mesma manhã, ambos perguntando se podiam encontrar com ela mais tarde.

Eddie foi o primeiro, e foi direto ao assunto:

— Por que não pego você depois do trabalho hoje à noite, Maisie? Tem uma coisa que estou ansioso para lhe mostrar.

Maisie queria dizer que já tinha um compromisso, só para fazê-lo notar que ela não estava à disposição toda vez que fosse conveniente para ele, mas, quando voltou à mesa alguns instantes mais tarde com a conta, acabou dizendo:

— Então, vejo você depois do trabalho, Eddie.

Ela ainda estava com um sorriso no rosto quando o outro cliente disse:

— Eu estava pensando se poderia lhe dar uma palavrinha, sra. Clifton.

Maisie ficou imaginando como ele sabia seu nome.

— O senhor não prefere falar com a gerente, sr...

— Frampton — respondeu ele. — Não, obrigado, é com você que eu gostaria de falar. Posso sugerir um encontro no Royal Hotel durante a sua pausa? Não vou tomar mais do que 15 minutos do seu tempo.

— Os ônibus nunca aparecem quando você precisa — disse Maisie à srta. Tilly —, depois, chegam dois de uma vez só.

A srta. Tilly disse a Maisie que achava que conhecia o sr. Frampton, mas não sabia de onde.

Quando apresentou a conta ao sr. Frampton, Maisie enfatizou que só teria 15 minutos porque precisava pegar o filho na escola às quatro horas em ponto. Ele assentiu com a cabeça como se também já estivesse ciente daquilo.

Será que era realmente do interesse de Harry se inscrever para uma bolsa de estudos em St. Bede's?

Maisie não sabia ao certo com quem discutir o problema. Stan certamente seria contra a ideia e provavelmente não levaria em consideração o outro lado da questão. A srta. Tilly era uma amiga íntima demais da srta. Monday para dar uma opinião isenta, e o reverendo Watts já a aconselhara a buscar a orientação do Senhor, que não havia se revelado particularmente confiável no passado. O sr. Frobisher parecera um homem muito gentil, mas havia deixado claro que só ela podia tomar a decisão final. O sr. Holcombe não deixou dúvida alguma acerca da própria opinião.

Maisie só voltou a pensar no sr. Frampton após ter acabado de servir o último cliente. Depois, trocou o avental por seu velho casaco.

A srta. Tilly observou pela janela Maisie se encaminhando para o Royal Hotel. Ela estava se sentindo um pouco ansiosa, mas não sabia ao certo por quê.

Embora jamais tivesse estado no Royal, Maisie sabia que o hotel tinha a reputação de ser um dos mais bem administrados do sudoeste do país, e a oportunidade de vê-lo por dentro era um dos motivos para ela ter concordado em se encontrar com o sr. Frampton.

Ela ficou parada do outro lado da calçada e observou os clientes entrando pelas portas giratórias. Nunca havia visto nada igual e, só quando se sentiu confiante de que aprendera como as portas funcionavam, atravessou a rua e as encarou. Empurrou-as um pouco forte demais e se viu projetada no saguão mais depressa do que esperava.

Maisie olhou em volta e viu o sr. Frampton sentado sozinho em uma alcova silenciosa no canto do saguão. Caminhou até lá. Ele imediatamente se levantou, apertou a mão dela e esperou até que Maisie se sentasse à sua frente.

— Posso pedir um café, sra. Clifton? — perguntou e, antes que ela pudesse responder, acrescentou: — Devo avisar que não é igual ao da Tilly's.

— Não, obrigada, sr. Frampton — respondeu Maisie, cujo único interesse era descobrir por que ele queria vê-la.

O sr. Frampton delongou-se ao acender um cigarro; depois, deu uma longa tragada.

— Sra. Clifton — iniciou enquanto punha o cigarro no cinzeiro —, a senhora não pode ter deixado de perceber que, recentemente, tornei-me um cliente regular da Tilly's — disse e Maisie assentiu. — Devo confessar que meu único motivo para visitar a casa de chá era a senhora.

Maisie tinha seu discurso padrão para os "pretendentes amorosos" pronto para ser usado assim que terminasse de falar.

— Em todos os anos em que tenho trabalhado no setor hoteleiro — continuou ele— nunca vi ninguém fazer o próprio trabalho com mais eficiência do que a senhora. Eu gostaria que todas as garçonetes deste hotel fossem do seu calibre.

— Fui bem treinada — disse Maisie.

— Assim como as outras quatro garçonetes da casa de chá, mas nenhuma delas tem sua habilidade.

— Fico lisonjeada, sr. Frampton. Mas por que o senhor está dizendo...

— Sou o gerente-geral deste hotel — declarou ele — e gostaria que a senhora ficasse encarregada do nosso salão de café, conhecido como Palm Court. Como pode ver — prosseguiu, fazendo um gesto amplo com a mão —, temos cerca de cem talheres, mas menos de um terço dos lugares fica regularmente ocupado. Não é exatamente um retorno rentável para o investimento da empresa. Sem dúvida, isso mudaria se a senhora assumisse o encargo. Acredito poder fazer com que seja vantajoso para a senhora.

Maisie não o interrompeu.

— Não vejo por que seu horário deveria mudar muito em relação ao do seu emprego atual. Estou disposto a pagar cinco libras por semana, e todas as gorjetas recebidas pelas garçonetes no Palm Court serão divididas meio a meio com a senhora. Se conseguir aumentar a clientela, será bem remunerada. E eu...

— Mas não posso cogitar em deixar a srta. Tilly — interrompeu Maisie. — Ela tem sido muito boa comigo nos últimos seis anos.

— Aprecio totalmente seu sentimento, sra. Clifton. De fato, teria ficado decepcionado caso essa não tivesse sido sua reação imediata. A lealdade é uma característica que admiro imensamente. Todavia, a senhora deve levar em consideração não apenas seu próprio futuro, mas também o do seu filho, caso ele aceite a oferta de uma bolsa como membro do coro da St. Bede's.

Maisie ficou sem palavras.

Quando Maisie terminou de trabalhar naquela noite, encontrou Eddie sentado em seu carro do lado de fora da casa de chá, esperando por ela. Notou que ele não saltou para abrir a porta do passageiro daquela vez.

— Então, aonde você está me levando? — perguntou ela enquanto se acomodava ao lado dele.

— É uma surpresa — respondeu Eddie enquanto pressionava a ignição —, mas acho que você não vai ficar decepcionada.

Ele empurrou a alavanca do câmbio para a primeira marcha e rumou para uma parte da cidade que Maisie nunca havia visitado. Alguns minutos mais tarde, ele entrou em uma ruela lateral e parou em frente a uma grande porta de carvalho sob um letreiro em néon que anunciava em brilhantes letras vermelhas: EDDIE'S NIGHTCLUB.

— Isso é seu? — Maisie perguntou.

— Cada centímetro quadrado — Eddie respondeu orgulhoso. — Entre e veja por si mesma — convidou-a, saltou do carro, abriu a porta do local e levou Maisie lá para dentro. — Isto aqui costumava ser um celeiro — explicou enquanto descia com ela uma estreita escadaria de madeira. — Mas, agora que os navios não podem mais subir até este ponto do rio, a empresa teve de se mudar e consegui fechar o aluguel por um preço bastante razoável.

Maisie entrou em um local grande e pouco iluminado. Demorou um pouco até seus olhos se acostumarem e enxergarem tudo. Havia meia dúzia de homens sentados em bancos altos de couro bebendo no bar e quase o mesmo número de garçonetes saracoteando em volta deles. A parede atrás do bar consistia em um amplo espelho, dando a impressão de que o espaço era muito maior do que realmente era. No centro, havia uma pista de dança, circundada por felpudas banquetas de veludo que mal sentavam duas pessoas. Na extremidade oposta, havia um pequeno palco com um piano, um contrabaixo, uma bateria e vários atris.

Eddie sentou-se ao bar. Correndo os olhos pelo salão, disse:

— É por isso que tenho ficado tanto tempo nos Estados Unidos. Bares como este estão surgindo por toda parte em Nova York e Chicago, e ganhando fortunas — disse, acendendo um charuto. — E prometo a você: sem dúvida, não haverá nada assim em Bristol.

— Sem dúvida — Maisie repetiu enquanto se postava ao lado dele no bar, mas sem tentar subir em um dos bancos.

— Qual é o seu veneno, boneca? — perguntou Eddie usando o que ele imaginava ser um sotaque americano.

— Eu não bebo — Maisie lembrou a ele.

— Esse é um dos motivos para eu ter escolhido você.

— Me escolhido?

— Claro. Você é a pessoa ideal para tomar conta das garçonetes. Além de eu pagar seis libras por semana, se o lugar decolar, as gorjetas totalizarão mais do que você jamais poderá esperar ganhar na casa de chá.

— E eu teria de me vestir daquela maneira? — perguntou Maisie, apontando para uma das garçonetes que estava usando uma blusa vermelha tomara que caia e uma saia preta justa que mal cobria seus joelhos. Maisie achou curioso que fossem as mesmas cores do uniforme de St. Bede's.

— Por que não? Você é uma mulher bonita e os clientes vão pagar bem para serem servidos por alguém assim. Vez por outra, você vai receber propostas, é claro, mas tenho certeza de que você sabe como lidar com isso.

— Qual o sentido de uma pista de dança se a casa é só para homens?

— Outra ideia que eu trouxe dos Estados Unidos — disse Eddie. — Dançar com uma das garçonetes tem um custo.

— E o que mais está incluído nesse custo?

— Isso depende delas — disse Eddie, encolhendo os ombros. — contanto que não aconteça no local, nada a ver comigo — acrescentou, rindo um pouco alto demais. Maisie não riu. — Então, o que você acha? — perguntou ele.

— Acho que é melhor eu ir para casa — respondeu Maisie. — Não tive tempo para avisar a Harry que me atrasaria.

— Como quiser, doçura — disse Eddie, abraçando os ombros de Maisie, saindo do bar e acompanhando-a escada acima.

Enquanto a levava para Still House Lane, Eddie revelou a Maisie seus planos.

— Já estou de olho em um segundo ponto — declarou, empolgado —; portanto, o céu é o limite.

— O céu é o limite — repetiu Maisie enquanto paravam na frente do número 27.

Maisie saltou do carro e caminhou em silêncio até a porta de casa.

— Então, você vai precisar de alguns dias para pensar a respeito? — perguntou Eddie, seguindo-a.

— Não, obrigada, Eddie — respondeu Maisie sem hesitação. — Já resolvi — acrescentou, tirando uma chave da bolsa.

Eddie sorriu e a abraçou.

— Achei que não seria uma decisão difícil de tomar.

Maisie tirou o braço dele, sorriu com delicadeza e disse:

— É muita gentileza sua ter pensado em mim, doçura, mas acho que vou ficar servindo meus cafés. Mas obrigada pela proposta — acrescentou após ter aberto a porta.

— Como quiser, boneca, mas, se você mudar de ideia, minha porta está sempre aberta.

Maisie fechou a porta atrás de si.

14

Maisie finalmente decidiu procurar a única pessoa que, a seu ver, podia lhe dar um conselho. Resolveu aparecer nas docas de supetão, esperando que ele estivesse por lá quando ela batesse à sua porta.

Não disse nem a Stan nem a Harry quem iria visitar. Um deles tentaria impedi-la, já o outro acharia que ela tinha traído sua confiança.

Maisie esperou até seu dia de folga e, depois de deixar Harry na escola, pegou o bonde até o cais. Ela escolhera o horário com cuidado: o final da manhã, quando era provável que ele ainda estivesse no escritório e que Stan estivesse ocupado carregando ou descarregando cargas do outro lado das docas.

Maisie disse ao homem no portão que queria se candidatar a um emprego de faxineira. Ele apontou com indiferença para o edifício de tijolos vermelhos e, mais uma vez, não se lembrou dela.

Enquanto caminhava rumo a Barrington House, Maisie olhou para as janelas do quinto andar e ficou imaginando qual seria o escritório dele. Lembrou-se do encontro com a sra. Nettles e da maneira como fora convidada a se retirar assim que disse o próprio nome. Agora, além de um trabalho do qual gostava e no qual era respeitada, Maisie também tinha recebido duas propostas nos últimos dias. Não pensou mais na sra. Nettles quando passou direto pelo edifício e continuou andando rumo ao cais.

Maisie não diminuiu o passo até conseguir ver a casa dele. Achava difícil acreditar que alguém pudesse viver em um vagão da ferrovia e começou a se perguntar se havia cometido um terrível erro. Será que as histórias de Harry sobre uma sala de jantar, um quarto e até uma biblioteca eram exageradas? "Agora que você já veio até aqui, não pode parar, Maisie Clifton", ela disse a si mesma, batendo com ousadia à porta do vagão.

— Entre, sra. Clifton — disse uma voz suave.

Maisie abriu a porta e viu um velho sentado em uma poltrona confortável, com livros e outros pertences espalhados à sua volta. Ficou surpresa com a limpeza do vagão e notou que, apesar do que Stan dizia, era ela, e não o Velho Jack, que vivia na terceira classe. Stan perpetuara um mito que havia sido ignorado quando visto através dos olhos de uma criança sem preconceitos.

O Velho Jack se levantou imediatamente e apontou para o assento à sua frente.

— Você deve ter vindo falar comigo sobre o jovem Harry, obviamente.

— Sim, sr. Tar — respondeu ela.

— Deixe-me adivinhar — disse ele. — Você não consegue decidir se ele deve ir para St. Bede's ou permanecer na Escola Elementar Merrywood.

— Como o senhor sabe disso? — Maisie perguntou.

— Porque estou pensando na mesma questão há um mês — respondeu o Velho Jack.

— Então, o que o senhor acha que ele deveria fazer?

— Acho que, apesar das muitas dificuldades que ele sem dúvida enfrentará na St. Bede's, se não aproveitar essa oportunidade, poderá se arrepender para o resto da vida.

— Talvez não ganhe a bolsa de estudos, e a decisão não estará nas nossas mãos.

— A decisão foi tirada das nossas mãos — disse o Velho Jack — no momento em que o sr. Frobisher ouviu o jovem Harry cantar. Mas tenho uma sensação de que esse não foi o único motivo para você ter vindo me visitar.

Maisie estava começando a entender por que Harry admirava tanto aquele homem.

— O senhor tem razão, sr. Tar. Preciso do seu conselho em outra questão.

— Seu filho me chama de Jack, a não ser quando está zangado comigo. Aí ele me chama de Velho Jack.

Maisie sorriu.

— Estou preocupada porque, mesmo que ele ganhe a bolsa de estudos, eu não receberei o suficiente para que Harry tenha todos os pequenos extras que os outros meninos em uma escola como St. Bede's acham naturais. Mas, por sorte, recebi uma nova proposta de emprego, o que significaria mais dinheiro.

— E você está preocupada com a reação da srta. Tilly quando você contar que está pensando em deixá-la?

— O senhor conhece a srta. Tilly?

— Não, mas Harry falou dela muitas vezes. Ela certamente é do mesmo feitio da srta. Monday e, pode ter certeza, trata-se de uma edição limitada. Você não precisa se preocupar.

— Não estou entendendo — disse Maisie.

— Permita-me explicar. A srta. Monday já investiu boa parte do seu tempo e conhecimento para garantir que Harry não apenas ganhe uma bolsa de estudos para a St. Bede's, mas sobretudo para que prove que merece ganhá-la. Aposto que ela deve ter discutido todas as eventualidades possíveis com sua melhor amiga, que, por acaso, é a srta. Tilly. Portanto, quando você contar sobre o novo emprego, talvez não a veja totalmente surpresa.

— Obrigada, Jack — disse Maisie. — É uma grande sorte Harry ter o senhor como amigo. O pai que ele nunca conheceu — acrescentou com carinho.

— Esse é o melhor elogio que recebi em muitos anos — disse o Velho Jack. — Só lamento ele ter perdido o pai em circunstâncias tão trágicas.

— O senhor sabe como meu marido morreu?

— Sei, sim — respondeu o Velho Jack. Ciente de que jamais deveria ter tocado no assunto, ele rapidamente acrescentou: — Mas só porque Harry me contou.

— O que ele disse? — questionou Maisie ansiosa.

— Que o pai morreu na guerra.

— Mas o senhor sabe que isso não é verdade — disse Maisie.

— Sei, sim — confirmou o Velho Jack. — E suspeito que Harry também saiba que o pai não poderia ter morrido na guerra.

— Então por que ele não diz isso?

— Ele provavelmente pensa que existe algo que você não quer contar.

— Mas eu mesma desconheço a verdade — admitiu Maisie.

O Velho Jack não fez comentários.

Maisie voltou andando lentamente para casa, uma pergunta respondida, outra ainda não resolvida. Mesmo assim, ela não tinha dúvida alguma de que o Velho Jack podia ser acrescentado à lista de pessoas que conheciam a verdade a respeito do que havia acontecido com o seu marido.

No final, o Velho Jack tinha razão em relação à srta. Tilly, pois, quando Maisie falou sobre a proposta do sr. Frampton, sua patroa não poderia ter demonstrado mais apoio e compreensão.

— Todos vamos sentir sua falta — disse ela— e, para dizer a verdade, será uma sorte para o Royal poder contar com você.

— Como posso agradecer por tudo o que a senhorita fez por mim ao longo de todos esses anos? — disse Maisie.

— É Harry que deveria agradecer a você, e desconfio que é apenas uma questão de tempo até ele perceber isso.

Maisie começou no novo emprego um mês mais tarde e não demorou a descobrir por que o Palm Court nunca estava com mais de um terço da capacidade ocupada.

As garçonetes consideravam o próprio trabalho um simples ganha-pão, ao contrário da srta. Tilly, que o considerava uma vocação. Elas nunca se davam ao trabalho de lembrar os nomes dos clientes ou suas mesas favoritas. Pior ainda, o café muitas vezes já estava frio quando era servido e os bolos já estavam velhos até que alguém os comprasse. Maisie não ficou surpresa por elas não receberem nenhuma gorjeta: não as mereciam.

Depois de um mês, ela começou a perceber quanto havia aprendido com a srta. Tilly.

Depois de três meses, Maisie havia substituído cinco das sete garçonetes sem ter que recrutar ninguém da Tilly's. Também encomendara novos e elegantes uniformes para todas as suas funcionárias, além de novos pratos, xícaras e pires, e, sobretudo, trocara o fornecedor de café e de bolos. Isso era algo que ela estava disposta a roubar da srta. Tilly.

— Você está me custando muito dinheiro, Maisie — disse o sr. Frampton quando outra pilha de contas aterrissou em sua mesa. — Tente não se esquecer do que eu disse sobre o retorno do investimento.

— Sr. Frampton, me dê mais seis meses e o senhor verá o resultado.

Embora trabalhasse noite e dia, Maisie sempre encontrava tempo para deixar Harry na escola de manhã e buscá-lo à tarde. Mas avisou ao sr. Frampton que haveria um dia em que não chegaria para trabalhar no horário.

Quando ela disse o motivo, ele lhe deu o dia inteiro de folga.

Pouco antes de sair de casa, Maisie se olhou no espelho. Estava usando sua roupa de domingo, mas não estava indo à igreja. Sorriu para o filho, muito elegante em seu novo uniforme escolar vermelho e preto. Mesmo assim, ela se sentiu um pouco constrangida enquanto os dois esperavam o bonde no ponto.

— Duas para Park Street — disse ao cobrador quando o número 11 partiu. Ela não foi capaz de esconder o próprio orgulho quando notou que o cobrador observava Harry. Aquilo só convencia Maisie de que ela havia tomado a decisão certa.

Quando eles chegaram no ponto de destino, Harry se recusou a deixar a mãe carregar sua mala. Maisie segurou sua mão enquanto eles caminhavam lentamente colina acima, rumo à escola, sem saber ao certo qual dos dois estava mais nervoso. Ela não conseguia tirar os olhos dos táxis e carros com chofer dos quais saltavam outros meninos para o primeiro dia do período letivo. Só esperava que Harry conseguisse fazer amizade com pelo menos um deles. Afinal de contas, algumas das babás estavam mais bem-vestidas do que ela.

Harry começou a desacelerar à medida que eles foram se aproximando do portão da escola. Maisie podia sentir seu desconforto ou seria apenas medo do desconhecido?

— Vou deixar você aqui — disse ela, abaixando-se para beijá-lo. — Boa sorte, Harry. Seja um orgulho para nós.

— Até logo, mamãe.

Ao vê-lo se afastar, Maisie percebeu que outra pessoa parecia estar interessada em Harry Clifton.

15

Maisie nunca se esqueceria da primeira vez em que teve de recusar um cliente.

— Tenho certeza de que uma mesa estará disponível em alguns minutos, senhor.

Ela se orgulhava do fato de que, após um cliente pagar a conta, suas funcionárias eram capazes de retirar a louça, substituir a toalha e preparar novamente a mesa para o próximo cliente em cinco minutos.

O Palm Court rapidamente se tornou tão popular que Maisie tinha de manter umas duas mesas permanentemente reservadas para a eventualidade de um cliente regular aparecer de repente.

Ela ficou um pouco sem graça quando seus velhos clientes da Tilly's começaram a migrar para o Palm Court, sobretudo o velho e caro sr. Craddick, que se lembrava das entregas de jornais de Harry. Ela considerou um elogio ainda maior quando a própria srta. Tilly começou a aparecer para tomar café de manhã.

— Só estou inspecionando a concorrência — disse ela. — A propósito, Maisie, este café está divino.

— E deveria estar mesmo — respondeu Maisie. — É o seu.

Eddie Atkins também aparecia de vez em quando e, se o tamanho dos seus charutos, para não falar na circunferência da sua cintura, serviam de medida para alguma coisa, o céu ainda devia ser o limite. Embora fosse gentil, ele nunca chamava Maisie para sair, mas regularmente dizia que sua porta estava sempre aberta.

Não que Maisie não tivesse vários admiradores com os quais saía ocasionalmente à noite, talvez para jantar em um restaurante da moda, às vezes para ir ao Old Vic ou ao cinema, especialmente se estivesse passando um filme com Greta Garbo. Mas, quando se despediam no final da noitada, ela não permitia a nenhum deles mais do que um beijinho no rosto antes de voltar para casa. Pelo menos, não até ela conhecer Patrick Casey, que provou que o charme dos irlandeses não era apenas um clichê.

Quando Patrick entrou pela primeira vez no Palm Court, Maisie não foi a única a virar a cabeça para olhá-lo melhor. Ele tinha pouco mais de um metro e oitenta, cabelos escuros e ondulados e o corpo de um atleta. Isso teria sido suficiente para a maioria das mulheres, mas foi aquele sorriso que cativou Maisie, assim como, segundo ela desconfiava, muitas outras.

Patrick disse que trabalhava no setor financeiro, mas Eddie também dissera que trabalhava no setor de entretenimento. Seu trabalho o levava a Bristol uma ou duas vezes por mês, quando Maisie permitia que ele a levasse para jantar, ao teatro ou ao cinema, e, ocasionalmente, quebrava sua regra de ouro, deixando de tomar o último bonde para Still House Lane.

Ela não se surpreenderia se descobrisse que Patrick tinha mulher e meia dúzia de filhos em Cork, embora ele jurasse, com a mão no coração, que era solteiro.

Toda vez que o sr. Holcombe aparecia no Palm Court, Maisie o levava até uma mesa no canto do salão, parcialmente escondida por uma grande coluna e desdenhada pelos clientes regulares. Mas a privacidade permitia que ela o atualizasse sobre a situação de Harry.

Naquele dia, ele parecia estar mais interessado no futuro do que no passado e perguntou:

— A senhora já decidiu o que Harry vai fazer quando deixar St. Bede's?

— Não pensei muito a respeito — admitiu Maisie. — Afinal de contas, ainda falta algum tempo.

— O tempo passa rápido — rebateu o sr. Holcombe — e não creio que a senhora queira que ele volte para a Escola Elementar Merrywood.

— Não, é verdade — disse Maisie com firmeza —, mas quais são as opções?

— Harry diz que gostaria de ir para a Bristol Grammar School, mas está preocupado porque, se não conseguir uma bolsa de estudos, acha que a senhora não poderá arcar com os custos.

— Isso não será um problema — garantiu Maisie. — Com a minha remuneração atual mais as gorjetas, ninguém precisará saber que a mãe dele é uma garçonete.

— Uma garçonete e tanto — disse o sr. Holcombe, olhando o salão lotado à sua volta. — Só fico surpreso pelo fato de a senhora não ter aberto seu próprio local.

Maisie riu e não pensou mais a respeito até receber uma visita inesperada da srta. Tilly.

Maisie frequentava as matinas de St. Mary Redcliffe aos domingos para ouvir o filho cantar. A srta. Monday a advertira de que Harry não demoraria a mudar de voz e que não deveria supor que, algumas semanas mais tarde, ele estaria cantando solos como tenor.

Maisie tentou se concentrar no sermão do cônego naquela manhã de domingo, mas sua mente estava vagando. Olhou para o outro lado do corredor e viu o sr. e a sra. Barrington sentados com o filho Giles e duas meninas que ela deduziu serem as filhas do casal, mas cujos nomes ela desconhecia. Maisie ficara surpresa quando Harry contou que Giles Barrington era seu amigo mais íntimo. Nada além de uma coincidência do alfabeto os unira a princípio, ele havia dito. Ela esperava que nunca fosse necessário dizer a Harry que Giles talvez fosse mais do que apenas um bom amigo.

Maisie muitas vezes desejava poder fazer mais para ajudar Harry em seus esforços para obter uma bolsa de estudos para a Bristol

Grammar School. Embora a srta. Tilly tivesse lhe ensinado a ler um cardápio, adicionar e subtrair, e até a escrever algumas palavras simples, só de pensar no que Harry devia estar passando, ela tremia nas bases.

A srta. Monday fortalecia a confiança de Maisie lembrando o tempo todo que Harry nunca teria chegado tão longe se ela não tivesse aceitado fazer tantos sacrifícios.

— E, de qualquer maneira — acrescentava ela —, você é tão inteligente quanto Harry, só não teve as mesmas oportunidades.

O sr. Holcombe a mantinha informada sobre o que ele descrevia como "o momento", e, à medida que a data do exame se aproximava, Maisie foi ficando tão nervosa quanto o próprio candidato. Ela percebeu a verdade de uma das observações do Velho Jack: às vezes, o observador sofre até mais do que o participante.

Àquela altura, o Palm Court ficava lotado todos os dias, mas isso não impediu que Maisie iniciasse mais mudanças ainda em uma década que a imprensa descrevia como "os frívolos anos trinta".

De manhã, ela começara a oferecer aos clientes uma variedade de biscoitos para acompanhar o café e, à tarde, seu cardápio de chá estava se revelando igualmente popular, especialmente depois que Harry ter dito que a sra. Barrington havia oferecido a opção de chá indiano ou chinês. Todavia, o sr. Frampton vetou a sugestão de sanduíches de salmão defumado no cardápio.

Todo domingo, Maisie se ajoelhava em sua pequena almofada; sua única prece era direta: "Por favor, Deus, faça com que Harry ganhe a bolsa de estudos. Se ele a ganhar, nunca mais pedirei nada."

A uma semana da prova, Maisie viu que não conseguia dormir e ficava acordada pensando em como Harry estava se sentindo. Muitos clientes mandavam votos de boa sorte para ele, alguns porque o ouviram cantar no coro da igreja, outros porque ele havia entregado seus jornais de manhã ou simplesmente porque seus próprios filhos passaram, estavam passando ou passariam em algum momento pela mesma experiência. Para Maisie, parecia que metade de Bristol estava fazendo a prova.

Na manhã do exame, Maisie pôs vários clientes regulares na mesa errada, deu ao sr. Craddick café em vez do seu costumeiro chocolate quente e até trocou as contas de dois clientes. Ninguém reclamou.

Harry disse à mãe que achava que havia se saído bem, mas não podia ter certeza de que seria suficiente. Mencionou alguém chamado Thomas Hardy, mas Maisie não sabia ao certo se era um amigo ou um dos professores.

Quando o relógio pedestal no Palm Court soou dez horas naquela manhã de quinta-feira, Maisie sabia que o diretor estaria afixando o resultado da prova no painel de avisos da escola. Mas outros 22 minutos passariam até que o sr. Holcombe entrasse no salão e se dirigisse direto à sua costumeira mesa atrás da pilastra. Maisie não conseguia intuir como Harry havia se saído pela expressão no rosto do diretor. Ela cruzou rapidamente o salão para unir-se a ele e, pela primeira vez em quatro anos, sentou-se em uma cadeira em frente a um cliente, embora "despencou" talvez fosse uma descrição mais precisa.

— Harry passou com distinção — disse o sr. Holcombe —, mas temo que não tenha obtido a bolsa de estudos por um triz.

— O que isso quer dizer? — perguntou Maisie, tentando fazer com que as mãos parassem de tremer.

— Os 12 melhores candidatos tiveram notas iguais ou superiores a oitenta, e todos ganharam bolsas de estudos. De fato, Deakins, o amigo de Harry, foi o primeiro colocado, com 92. Harry conseguiu um louvável 78 e ficou em 17º lugar entre os trezentos candidatos. O sr. Frobisher me disse que a prova de inglês o prejudicou.

— Ele deveria ter lido Hardy em vez de Dickens — disse aquela mulher que jamais lera um livro.

— Mesmo assim, será oferecida uma vaga a Harry na BGS — disse o sr. Holcombe —, mas ele não vai receber as cem libras anuais da bolsa de estudos.

Maisie se levantou.

— Então, vou ter de trabalhar três turnos em vez de dois, não? Porque ele não vai voltar para a Escola Elementar Merrywood, sr. Holcombe, isso eu posso garantir.

Nos dias que se seguiram, Maisie ficou surpresa com a quantidade de clientes regulares que lhe deram os parabéns pela magnífica conquista de Harry. Ela também descobriu que um ou dois de seus clientes tinham filhos que não passaram na prova, em um dos casos, por causa de um ponto. Eles teriam de se contentar com uma segunda opção. Isso fez com que Maisie ficasse ainda mais determinada a não deixar que nada impedisse a Harry de se apresentar à Bristol Grammar School no primeiro dia de aula.

Uma coisa estranha que ela notou na semana seguinte foi que suas gorjetas dobraram. O velho e caro sr. Craddick deu-lhe uma nota de cinco libras e disse:

— Para Harry. Que ele se mostre digno da mãe que tem.

Quando o fino envelope branco caiu pela fenda para correspondência em Still House Lane, por si só um evento, Harry abriu a carta e a leu para a mãe. Oferecia-se a "Clifton, H." uma vaga na turma A do período outonal, que começava em 15 de setembro. Quando chegou ao último parágrafo, que pedia que a sra. Clifton escrevesse e confirmasse se o candidato tinha intenção de aceitar ou rejeitar a oferta, ele olhou nervosamente para a mãe.

— Você deve responder imediatamente, aceitando a oferta! — disse ela.

Harry a abraçou e sussurrou:

— Eu queria que meu pai estivesse vivo.

Talvez ele esteja, pensou Maisie.

Alguns dias mais tarde, uma segunda carta aterrissou no capacho, detalhando uma longa lista de material que devia ser comprado antes do primeiro dia de aula. Maisie notou que Harry parecia necessitar de dois exemplares de cada item, em alguns casos, três ou mais, e, em um caso, seis: meias cinza, três-quartos, mais jarreteiras.

— Pena que você não pode pegar emprestado um par de ligas minhas — disse ela. Harry corou.

Uma terceira carta convidava os novos alunos a escolher três atividades extracurriculares de uma lista que ia desde o clube de carros até a Combined Cadet Force, sendo que alguns envolviam uma taxa extra de cinco libras por atividade. Harry escolheu o coro, para o qual não havia taxa extra, bem como o clube de teatro e a Sociedade de Apreciação das Artes. Essa última incluía uma cláusula que dizia que quaisquer visitas a galerias fora de Bristol gerariam um custo suplementar.

Maisie desejava que houvesse alguns outros senhores Craddick por aí, mas nunca permitiu que Harry suspeitasse que havia motivo para preocupação, embora o sr. Holcombe a tenha lembrado que o menino ficaria na Bristol Grammar School por cinco anos. O primeiro membro da família a não parar de estudar antes dos 14 anos, ela disse.

Maisie se preparou para outra visita à T.C. Marsh, Alfaiates de Requinte.

Quando Harry já estava totalmente equipado e pronto para o primeiro dia do período letivo, Maisie havia mais uma vez começado a ir e voltar a pé do trabalho, economizando cinco *pence* por semana em passagens de bonde ou como ela disse à mãe:

— Uma libra por ano, o suficiente para comprar um novo terno para Harry.

Os pais, Maisie aprendera ao longo dos anos, talvez fossem considerados pelos filhos uma necessidade infeliz, mas, na maioria das vezes, também eram um constrangimento.

Em sua primeira visita a St. Bede's, Maisie havia sido a única mãe que não usava um chapéu. Depois disso, ela comprou um em um brechó e, por mais fora da moda que se tornasse, aquele chapéu teria de durar até que Harry saísse da Bristol Grammar School.

Harry havia concordado que ela o acompanhasse até a escola no primeiro dia de aula, mas Maisie já decidira que ele era grande o suficiente para pegar um bonde para voltar para casa à noite. Sua principal ansiedade não era como Harry iria e voltaria da escola, mas o que fazer com ele à noite agora que não era mais um interno e não dormiria mais na escola durante o período letivo. Ela não tinha dúvida de que, se ele voltasse a dividir o quarto com o tio Stan, o resultado não seria bom. Maisie tentou afastar o problema da mente enquanto se preparava para o primeiro dia de Harry na nova escola.

De chapéu, com seu melhor e único casaco, sapatos pretos confortáveis e o único par de meias de seda que possuía, Maisie estava se sentindo pronta para enfrentar os outros pais. Quando ela desceu a escada, Harry já a esperava ao lado da porta. Ele estava tão elegante em seu novo uniforme bordô e preto que Maisie sentiu vontade de exibi-lo caminhando para cima e para baixo em Still House Lane para que os vizinhos soubessem que alguém da rua iria para a Bristol Grammar School.

Como no primeiro dia em St. Bede's, eles pegaram o bonde, mas Harry perguntou a Maisie se eles podiam saltar um ponto antes da University Road. Ela não tinha mais permissão para segurar a mão dele, embora tenha ajeitado seu boné e sua gravata mais de uma vez.

Quando viu o barulhento grupo de garotos reunido em volta do portão da escola, Maisie disse:

— É melhor eu ir, senão vou me atrasar para o trabalho.

Harry ficou confuso, pois sabia que o sr. Frampton dera um dia de folga à sua mãe.

Ela deu um abraço rápido no filho, mas ficou de olho enquanto ele subia a colina. A primeira pessoa que o cumprimentou foi Giles Barrington. Maisie ficou surpresa ao vê-lo, pois Harry dissera que ele provavelmente iria para Eton. Eles trocaram um aperto de mãos como dois adultos que haviam acabado de fechar um negócio importante.

Maisie viu o sr. e a sra. Barrington em pé atrás da multidão. Será que ele estava fazendo de tudo para evitá-la? Alguns minutos depois, o sr. e a sra. Deakins se uniram a eles, acompanhados pelo vencedor da bolsa de estudos Peloquin Memorial. Mais apertos de mão, com a esquerda no caso do sr. Deakins.

À medida que os pais começavam a se despedir dos filhos, Maisie observou o sr. Barrington apertando a mão primeiro do próprio filho e, depois, de Deakins, mas afastando-se quando Harry estendeu sua mão. A sra. Barrington pareceu ter ficado constrangida e Maisie ficou pensando se ela perguntaria mais tarde por que Hugo ignorara o amigo mais íntimo de Giles. Caso ela o fizesse, Maisie tinha certeza de que Hugo não revelaria o verdadeiro motivo. Maisie temia que não demoraria muito até Harry perguntar por que o sr. Barrington sempre o esnobava. Contanto que apenas três pessoas soubessem a verdade, ela não poderia pensar em nenhum motivo para que Harry viesse algum dia a descobri-la.

16

A srta. Tilly se tornara uma cliente tão regular do Palm Court que até tinha sua própria mesa.

Ela geralmente chegava por volta das quatro horas e pedia uma xícara de chá (Earl Grey) e um sanduíche de pepino. Sempre declinava qualquer coisa do grande sortimento de bolos, tortas de geleia e bombas de chocolate, mas, ocasionalmente, permitia-se um *scone* amanteigado. Quando apareceu pouco antes das cinco horas, mais tarde do que de costume, Maisie ficou aliviada por sua mesa de sempre estar vaga.

— Será que poderia me sentar em um lugar mais discreto hoje, Maisie? Preciso conversar calmamente com você.

— Claro, srta. Tilly — disse Maisie, e a acompanhou à mesa favorita do sr. Holcombe atrás da pilastra, nos fundos do salão. — Termino daqui a dez minutos — Maisie informou. — Venho para cá em seguida.

Quando sua assistente Susan chegou para rendê-la, Maisie explicou que se uniria à srta. Tilly por alguns minutos, mas que não esperava ser servida.

— A pata velha está descontente com alguma coisa? — perguntou Susan.

— Aquela pata velha me ensinou tudo o que sei — disse Maisie com um sorriso.

Quando deu cinco horas, Maisie atravessou o salão e se sentou na frente da srta. Tilly. Ela raramente se sentava com um cliente e, nas poucas ocasiões em que o fizera, nunca se sentiu à vontade.

— Você aceita um pouco de chá, Maisie?

— Não, obrigada, srta. Tilly.

— Entendo. Tentarei não prendê-la por muito tempo, mas, antes de revelar o verdadeiro motivo para eu querer falar com você, posso perguntar como está Harry?

— Eu gostaria que ele parasse de crescer — respondeu Maisie. — Parece que estou desmanchando a bainha das suas calças quase toda semana. Se continuar assim, suas calças compridas se tornarão calções antes do final do ano.

A srta. Tilly riu.

— E quanto aos estudos?

— O boletim de fim do período dizia... — Maisie fez uma pausa, tentando rememorar as palavras exatas — "Um início muito satisfatório. Muito promissor." Foi o melhor aluno em inglês.

— Que ironia! — observou a srta. Tilly. — Se bem me lembro, essa foi a matéria que o prejudicou no exame de admissão.

Maisie assentiu e tentou não pensar sobre as consequências financeiras do fato de Harry não ter lido suficientemente Thomas Hardy.

— Você deve estar muito orgulhosa dele — disse a srta. Tilly. — E quando fui a St. Mary's no domingo fiquei encantada ao ver que ele voltou para o coro.

— Sim, mas agora ele tem de se contentar com um lugar na última fila junto com outros barítonos. Seus dias de solista terminaram. Mas entrou para o clube de teatro e, como não há garotas na BGS, está interpretando Úrsula na peça da escola.

— *Muito Barulho por Nada* — disse a srta. Tilly. — Bem, não devo tomar mais seu tempo. Então vou revelar o motivo para ter vindo conversar com você — prosseguiu e tomou um gole de chá, como se quisesse se compor antes de falar novamente. Depois, disse tudo muito depressa. — Vou fazer sessenta anos mês que vem, minha querida e há algum tempo estou pensando em me aposentar.

Nunca passara pela cabeça de Maisie que a srta. Tilly não fosse continuar eternamente da mesma maneira.

— A srta. Monday e eu estamos pensando em nos mudar para a Cornualha. Estamos de olho em um pequeno chalé à beira-mar.

Vocês não devem ir embora de Bristol, Maisie queria dizer. Amo as duas e, se vocês forem embora, com quem vou me aconselhar?

— A questão atingiu um estado crítico mês passado — continuou a srta. Tilly — quando um homem de negócios local fez uma oferta pela casa de chá. Parece que ele quer acrescentá-la ao seu crescente império. E, embora eu não goste muito da ideia de a Tilly's ser parte de uma cadeia, sua oferta foi tentadora demais para que eu a recusasse sem pensar.

Maisie só tinha uma única pergunta, mas não interrompeu o fluxo de palavras da srta. Tilly.

— Desde então, tenho pensado muito a respeito e decidi que, se você conseguisse reunir a mesma quantia que ele ofereceu, eu preferiria que você assumisse a loja para que eu não tivesse de passá-la para um estranho.

— Quanto ele ofereceu?

— Quinhentas libras.

Maisie suspirou.

— Fico lisonjeada pelo simples fato de a senhora ter pensado em mim — disse ela finalmente —, mas a verdade é que não tenho nem quinhentos *pennies*, muito menos quinhentas libras.

— Eu temia que essa fosse a sua resposta — disse a srta. Tilly. — Mas, se você conseguisse encontrar um financiador, tenho certeza de que ele consideraria a loja um bom investimento. Afinal de contas, tive um lucro de 112 libras e dez xelins ano passado que não incluía o meu salário. Eu a passaria para você por menos de quinhentas libras, mas encontramos um lindo chalé em St. Mawes e os proprietários não aceitam menos do que trezentas libras. A srta. Monday e eu poderíamos apenas sobreviver com nossas economias por um ou dois anos, mas, como nenhuma de nós tem uma aposentadoria para nos manter, as duzentas libras restantes farão toda a diferença.

Maisie estava prestes a dizer à srta. Tilly que sentia muito, mas que o negócio estava fora de cogitação quando Patrick Casey entrou no salão e se sentou em sua mesa de sempre.

Foi só depois de eles fazerem amor que Maisie contou a Patrick sobre a oferta da srta. Tilly. Ele se sentou na cama, acendeu um cigarro e deu uma tragada profunda.

— Levantar uma quantia como essa não deve ser tão difícil assim. Afinal de contas, não se trata de Brunel tentando angariar fundos para construir a Ponte Suspensa Clifton.

— Não, mas trata-se da sra. Clifton tentando obter quinhentas libras sem ter um tostão furado.

— Verdade, mas você conseguiria demonstrar um fluxo de caixa e uma renda comprovada, isso para não falar da boa reputação da casa de chá. Veja bem, vou precisar examinar os livros dos últimos cinco anos e me certificar de que não esconderam nada de você.

— A srta. Tilly nunca tentaria enganar alguém.

— Você também vai precisar verificar se não há uma renegociação do aluguel prevista em breve — Patrick disse, ignorando os protestos de Maisie — e apurar detalhadamente se o contador não incluiu cláusulas penais para quando você começar a ter lucro.

— A srta. Tilly não faria algo assim — disse Maisie.

— Você confia demais nas pessoas, Maisie. Precisa se lembrar do seguinte: o negócio não estará nas mãos da srta. Tilly, mas nas de um advogado, que acha que precisa ganhar seus honorários, e nas de um contador, que está procurando uma remuneração caso você não continue usando seus serviços.

— Você obviamente não conhece a srta. Tilly.

— Sua fé nessa velha senhora é comovente, Maisie, mas meu trabalho é proteger pessoas como você, e 112 libras e dez xelins de lucro anual não seriam suficientes para seu sustento, lembrando que você deverá fazer pagamentos regulares para reembolsar seu investidor.

— A srta. Tilly me garantiu que o lucro não incluía o salário dela.

— Pode até ser, mas você não sabe de quanto é esse tal salário. Você vai precisar de pelo menos mais 250 libras por ano para sobreviver; senão, além de você ficar sem dinheiro, Harry vai ficar sem escola.

— Mal posso esperar para que você conheça a srta. Tilly.

— E quanto às gorjetas? No Royal, você ganha 50% de todas as gorjetas, perfazendo pelo menos mais duzentas libras por ano, que, no momento, não são taxadas, embora eu não tenha dúvida de que algum governo vá se encarregar disso no futuro.

— Talvez eu deva dizer à srta. Tilly que é um risco grande demais. Afinal de contas, como você continua a me lembrar, tenho uma renda garantida no Royal sem riscos.

— É verdade, mas, se a srta. Tilly é tão boa quanto você diz, essa pode ser uma oportunidade que não se repetirá.

— Decida-se, Patrick — disse Maisie, tentando não soar exasperada.

— Vou me decidir, assim que vir os livros.

— Assim que conhecer a srta. Tilly — rebateu Maisie —, porque aí você vai entender o verdadeiro significado de boa vontade.

— Mal posso esperar para conhecer esse modelo de virtude.

— Isso significa que você vai me representar?

— Sim — ele respondeu, apagando o cigarro.

— E quanto você vai cobrar desta viúva sem um tostão, sr. Casey?

— Apague a luz.

— Você tem certeza de que vale a pena correr esse risco tendo tanto a perder? — perguntou o sr. Frampton.

— Meu consultor financeiro acha que sim — respondeu Maisie. — Ele me garantiu não apenas que todas as contas fecham, mas também que, após eu pagar o empréstimo, vou obter lucro em cinco anos.

— Mas esses serão os anos em que Harry estará na Bristol Grammar.

— Eu tenho total consciência disso, sr. Frampton, mas o sr. Casey assegurou um salário substancial para mim como parte da negociação e, depois que eu dividir as gorjetas com os funcionários, vou ganhar mais ou menos a mesma coisa que estou levando para casa atualmente. E, mais importante, em cinco anos, vou ser dona de um ativo de verdade e, a partir de então, todo o lucro será meu — ela disse, tentando se lembrar das palavras exatas de Patrick.

— Para mim, está claro que você já tomou uma decisão — observou o sr. Frampton. — Mas deixe-me dar um aviso a você: há uma grande diferença entre ser funcionária, sabendo que você vai levar para casa um salário toda semana, e ser patroa, tendo como responsabilidade usar o próprio dinheiro para pagar os salários dos outros toda sexta-feira à tarde. Francamente, Maisie, você é a melhor naquilo que faz, mas você tem realmente certeza de que quer deixar de ser uma funcionária para fazer parte da gerência?

— O sr. Casey estará lá para me aconselhar.

— Casey é um sujeito capaz, isso é bem verdade, mas ele também precisa cuidar de clientes mais importantes em todo o país. Você é que terá de cuidar do negócio diariamente. Se alguma coisa der errado, ele nem sempre estará por perto para segurar sua mão.

— Mas eu talvez não tenha uma outra oportunidade como essa na vida — repetiu Maisie mais uma vez as palavras de Patrick.

— Então, que assim seja, Maisie — disse Frampton. — E não tenha dúvida de que vamos sentir muito a sua falta no Royal. Você só não é insubstituível porque treinou muito bem sua assistente.

— Susan não irá decepcioná-lo, sr. Frampton.

— Tenho certeza de que não. Mas ela nunca será Maisie Clifton. Quero ser o primeiro a lhe desejar todo o sucesso em sua nova empreitada e, se as coisas não saírem como você planejou, haverá sempre um emprego para você aqui no Royal.

O sr. Frampton se levantou de trás da mesa e apertou a mão de Maisie, exatamente como fizera seis anos antes.

17

Um mês mais tarde, Maisie assinou seis documentos na presença do sr. Prendergast, o gerente do National Provincial Bank em Corn Street, mas só depois que Patrick lhe explicou cada página, linha por linha, finalmente admitindo com satisfação que havia se enganado redondamente em relação à srta. Tilly. Se todos se comportassem de maneira tão honrosa quanto ela, Casey disse, ele ficaria desempregado.

Maisie entregou à srta. Tilly um cheque no valor de quinhentas libras em 19 de março de 1934 e recebeu em troca um enorme abraço e uma casa de chá. Uma semana mais tarde, a srta. Tilly e a srta. Monday partiram para a Cornualha.

Quando abriu as portas do negócio no dia seguinte, Maisie manteve o nome Tilly's. Patrick a aconselhara a nunca subestimar a boa reputação do nome Tilly's sobre a porta ("fundada em 1898") e disse que ela nem deveria pensar em mudá-lo antes que a srta. Tilly fosse apenas uma abençoada lembrança e talvez nem mesmo nesse caso.

— Os clientes regulares não gostam de mudanças, especialmente abruptas; portanto, não se afobe em nada.

Entretanto, Maisie identificou algumas mudanças que poderiam ser realizadas sem ofender nenhum dos clientes regulares. Achou que um novo jogo de toalhas de mesa não seria inoportuno. E também as mesas, e até mesmo as cadeiras, estavam começando a parecer, digamos, singelas. E será que a srta. Tilly não havia notado que o carpete estava um pouco gasto?

— Vá com calma — Patrick a advertiu em uma das visitas mensais. — Lembre-se de que é muito mais fácil gastar do que ganhar dinheiro, e não fique surpresa se algumas das velhotas enxeridas desaparecerem e você não ganhar tanto quanto havia previsto nos primeiros meses.

Patrick estava com razão. O número de refeições caiu no primeiro mês e também no segundo, provando como a srta. Tilly era popular. Caso tivesse havido outra queda no terceiro mês, Patrick teria aconselhado Maisie sobre fluxo de caixa e limites de saques a descoberto, mas o movimento nivelou — outra das expressões de Patrick — e até começou a aumentar no mês seguinte, mas não intensamente.

Ao final do primeiro ano, Maisie havia alcançado o ponto de equilíbrio, mas não ganhara o suficiente para começar a pagar o empréstimo bancário.

— Não se preocupe, minha querida — a srta. Tilly disse em uma de suas raras visitas a Bristol. — Demorei anos até conseguir obter algum lucro.

Maisie não tinha esses anos à sua disposição.

O segundo ano começou bem, com alguns dos seus clientes regulares do Palm Court retomando antigos hábitos. Eddie Atkins ganhara tanto peso, e seus charutos eram tão mais compridos, que Maisie só podia deduzir que a indústria do entretenimento estava florescendo. O sr. Craddick aparecia às onze horas toda manhã trajando um impermeável e carregando um guarda-chuva, a despeito do tempo que estivesse fazendo. O sr. Holcombe aparecia vez por outra, sempre querendo saber como Harry estava se saindo, e Maisie nunca permitia que ele pagasse a conta. A primeira parada de Patrick toda vez que ele voltava a Bristol era na Tilly's.

Durante o segundo ano, Maisie teve de substituir um fornecedor, que parecia não conhecer a diferença entre fresco e passado, e uma garçonete, que não estava convencida de que o cliente sempre tinha razão. Várias jovens candidataram-se ao emprego, já que o fato de mulheres trabalharem estava se tornando mais aceitável. Maisie escolheu uma moça chamada Karen, que tinha uma massa de cabelos louros e cacheados, grandes olhos azuis e o que as revistas de moda estavam chamando de corpo de ampulheta. Maisie achava que Karen talvez pudesse atrair alguns clientes mais jovens do que a maioria dos habituais.

A escolha de um novo fornecedor de bolos se revelou uma tarefa mais difícil. Embora várias empresas tivessem apresentado propostas, Maisie foi muito exigente. Todavia, quando Bob Burrows, da Burrows Bakery (fundada em 1935), se apresentou na frente da loja e disse que a Tilly's seria seu primeiro cliente, Maisie o colocou em teste por um mês.

Bob se revelou trabalhador e confiável, mas, sobretudo, seus produtos eram sempre tão frescos e tentadores que os clientes de Maisie muitas vezes diziam:

— Bem, talvez só mais um.

Suas brioches e seus *scones* de frutas eram particularmente populares, mas eram seus *brownies* de chocolate, um novo modismo, que pareciam desaparecer do balcão bem antes do meio-dia. Embora Maisie o pressionasse regularmente, Bob continuava a dizer que não tinha como fazer mais.

Uma manhã, após Bob ter entregado sua mercadoria, Maisie achou que ele estava um pouco desanimado; então, disse para ele se sentar e serviu uma xícara de café. Bob confessou que estava sofrendo com os mesmos problemas de fluxo de caixa pelos quais ela passara no primeiro ano. Porém, estava confiante de que as coisas logo melhorariam, já que recentemente fora contratado por dois outros estabelecimentos, embora tenha salientado quanto devia a Maisie por ter lhe dado sua primeira chance.

Com o passar das semanas, essas pausas para o café se tornaram uma espécie de ritual. Mesmo assim, Maisie não poderia ter ficado mais surpresa quando Bob a convidou para sair, pois considerava a relação deles estritamente profissional. Ele havia comprado ingressos para *Glamorous Night*, um novo musical encenado no Hippodrome para o qual Maisie esperava ser convidada por Patrick. Ela agradeceu a Bob, mas disse que não queria estragar o relacionamento deles. Mas gostaria de ter acrescentado que já havia dois homens em sua vida: um filho de quinze anos preocupado com a própria acne e um irlandês que só visitava Bristol uma vez por mês e não parecia notar que ela estava apaixonada.

Bob não se resignou a uma resposta negativa e, um mês mais tarde, Maisie ficou ainda mais constrangida quando ele a presenteou com um broche de marcassita. Ela beijou sua bochecha e ficou se perguntando como ele havia descoberto que era seu aniversário. Naquela noite, ela guardou o broche em uma gaveta e poderia tê-lo esquecido completamente se não tivesse recebido outros presentes em intervalos regulares.

Patrick parecia se divertir com a persistência do seu rival e, durante um jantar, lembrou a Maisie que ela era uma mulher bonita e com um futuro promissor.

Maisie não riu.

— Isso precisa parar — disse.

— Então, por que você não encontra outro fornecedor?

— Porque bons fornecedores são muito mais difíceis de encontrar do que amantes. De qualquer maneira, Bob é confiável, seus bolos são os melhores da cidade e seus preços são inferiores os de qualquer concorrente.

— E ele está apaixonado por você — disse Patrick.

— Não me perturbe. Isso precisa parar.

— Quero falar de algo muito mais importante que também precisa parar — declarou Patrick, curvando-se e abrindo sua pasta.

— Eu gostaria de lembrar — disse Maisie — que este deveria ser um jantar romântico à luz de velas e que não deveríamos falar de negócios.

— Temo que isto não possa esperar — ele disse, pondo uma pilha de papéis sobre a mesa. — Estas são suas contas nos últimos três meses, e não se trata de uma leitura alegre.

— Mas eu achei que você tivesse dito que os negócios estavam prosperando.

— E é verdade. Você até conseguiu manter suas despesas dentro do limite recomendado pelo banco, mas, inexplicavelmente, sua renda caiu durante esse mesmo período.

— Como é possível? — perguntou Maisie. — Servimos um número recorde de refeições mês passado.

— Por isso decidi verificar cuidadosamente todas as suas contas e recibos do mês passado. Eles não batem. Cheguei à triste conclusão, Maisie, que uma das suas garçonetes deve estar garfando a caixa registradora. Isso é bastante comum no ramo de restaurantes; geralmente é o barman ou o chefe dos garçons, mas, uma vez que começa, não há como parar até você descobrir o responsável e demiti-lo. Se você não identificar o culpado logo, terá outro ano sem lucro e não poderá pagar um tostão do empréstimo bancário, isso para não falar de uma redução dos saques a descoberto.

— O que você aconselha?

— Você vai ter de ficar de olho em todas as suas funcionárias até que uma delas se traia.

— Como vou saber qual delas?

— Há muitos indícios a serem observados — disse Patrick. — Alguém que está vivendo acima das suas possibilidades, talvez usando um novo casaco ou uma joia cara, ou então tirando férias pelas quais normalmente não poderia pagar. Ela provavelmente dirá que tem um novo namorado, mas...

— Ah, diabos — disse Maisie. — Acho que sei quem pode ser.

— Quem?

— Karen. Ela só está comigo há alguns meses e recentemente tem ido a Londres nos fins de semana de folga. Na segunda-feira passada, apareceu no trabalho usando uma echarpe nova e um par de luvas de couro que me causaram inveja.

— Não tire conclusões precipitadas — advertiu Patrick —, mas fique de olho nela. Ou ela está embolsando gorjetas, ou está garfando a registradora, ou então as duas coisas juntas. Algo que posso garantir é que não vai parar. Na maioria dos casos, o ladrão vai ficando cada vez mais confiante até finalmente ser pego. Você precisa dar um fim nisso, e rápido, antes que acabe com o seu negócio.

Maisie odiava ter de espionar as funcionárias. Afinal de contas, ela mesma havia escolhido a maioria das moças mais jovens, e as mais velhas já trabalhavam na Tilly's havia anos.

Ficou de olho especialmente em Karen, mas não havia nenhum sinal evidente de que estivesse roubando. Mas, afinal de contas, os ladrões, exatamente como Patrick havia advertido, são mais astutos do que as pessoas honestas, e Maisie não tinha como ficar de olho nela o tempo todo.

De repente, o problema se solucionou por conta própria. Karen pediu demissão, anunciando que estava noiva e iria morar com o prometido em Londres no final do mês. Maisie achou o anel de noivado bastante caro, mas só podia conjecturar quem havia pago. No entanto, afastou aquele pensamento, aliviada porque teria um problema a menos com o qual se preocupar.

Mas, quando voltou a Bristol algumas semanas mais tarde, Patrick advertiu Maisie que sua renda mensal caíra novamente; portanto, não podia ter sido Karen.

— Está na hora de chamar a polícia? — perguntou Maisie.

— Ainda não. A única coisa de que você não precisa são acusações falsas ou boatos que só vão causar mal-estar entre as suas funcionárias. A polícia pode até acabar pegando a ladra, mas, antes que isso aconteça, você pode acabar perdendo algumas das suas melhores funcionárias, que não vão gostar de ficar sob suspeita. E você também pode ter certeza de que alguns dos seus clientes vão descobrir, e você não precisa disso.

— Quanto tempo mais posso me dar ao luxo de continuar desse jeito?

— Vamos dar mais um mês. Se não tivermos descoberto quem é até então, você terá de chamar a polícia — disse Patrick, abrindo um enorme sorriso. — Agora, vamos parar de falar de negócios e tentar nos lembrar de que deveríamos estar comemorando seu aniversário.

— Mas já tem dois meses — protestou ela. — E, se não fosse pelo Bob, você nem saberia.

Patrick abriu sua pasta novamente, mas, daquela vez, tirou de lá uma caixa azul real com a conhecida logomarca da Swan's. Ele a entregou a Maisie, que demorou para abri-la, descobrindo um par de luvas de couro pretas e uma echarpe de lã com a padronagem típica da Burberry.

— Então, é você que anda me roubando — disse Maisie enquanto o abraçava.

Patrick não reagiu.

— O que foi? — perguntou Maisie.

— Tenho outra notícia.

Maisie fixou os olhos de Patrick e se perguntou o que mais podia estar errado na Tilly's.

— Fui promovido. Serei o novo vice-gerente da nossa matriz em Dublin. Ficarei preso no escritório a maior parte do tempo; portanto, alguém vai me substituir aqui. Ainda vou conseguir visitar você, mas não com tanta frequência.

Maisie ficou deitada em seus braços e chorou a noite toda. Ela imaginara que não ia querer se casar novamente, até seu bem-amado revelar que não estava mais disponível.

Na manhã seguinte, chegou tarde ao trabalho e encontrou Bob esperando em frente à entrada. Depois que ela abriu a porta, ele começou a descarregar do furgão a entrega matutina.

— Já atendo você — disse Maisie enquanto desaparecia no banheiro dos funcionários.

Ela se despedira de Patrick pela última vez enquanto ele embarcava em um trem em Temple Meads, caindo em prantos novamente. Devia estar descomposta, e não queria que os clientes regulares achassem que havia algo errado.

— Nunca tragam seus problemas pessoais para o trabalho — a srta. Tilly costumava lembrar às funcionárias. — Os clientes já têm problemas suficientes e não precisam se preocupar com os seus.

Maisie olhou para o espelho: a maquiagem estava borrada.

— Droga! — ela exclamou em voz alta quando percebeu que havia deixado a bolsa sobre o balcão. Enquanto voltava para a loja para buscá-la, sentiu-se repentinamente enjoada. Bob estava em pé, de costas para ela, com a mão na caixa registradora. Ela o viu pôr um punhado de notas e moedas em um dos bolsos das calças, fechar a registradora silenciosamente e, depois, voltar para o furgão para pegar outra bandeja de bolos.

Maisie sabia exatamente o que Patrick teria aconselhado. Entrou no café e ficou em pé ao lado da registradora enquanto Bob entrava tranquilamente pela porta. Ele não estava carregando uma bandeja, mas

uma caixinha de couro vermelho. Abriu um enorme sorriso e se ajoelhou sobre uma das pernas.

— Você vai sair daqui imediatamente, Bob Burrows — disse Maisie,
em um tom que surpreendeu até ela mesma. — Se eu algum dia voltar a
ver você perto da minha casa de chá, chamo a polícia.

Ela esperava uma torrente de explicações ou evidências, mas Bob
simplesmente se levantou, pôs o dinheiro roubado sobre o balcão e
saiu sem dizer palavra. Maisie desmoronou em cima da cadeira mais
próxima enquanto sua primeira funcionária chegava.

— Bom dia, sra. Clifton. Tempo bom para essa época do ano.

18

Toda vez que um envelope marrom caía da fenda para correspondência no número 27, Maisie presumia que era da Bristol Grammar School e que, provavelmente, se tratava de outra conta relativa aos estudos de Harry, mais alguns "extras", como o Serviço Municipal de Caridade de Bristol gostava de chamá-los.

Ela sempre passava no banco no caminho para casa para depositar a féria do dia na conta da loja e sua parte das gorjetas em uma conta separada, descrita como "do Harry", esperando que, no final de cada trimestre, ela tivesse dinheiro suficiente para pagar os gastos seguintes da BGS.

Maisie rasgou o envelope e, embora não conseguisse ler todas as palavras da carta, reconheceu a assinatura e, em cima dela, a cifra de 37 libras e 10 xelins. Seria apertado, mas, depois que o sr. Holcombe lera o último boletim de Harry, ela tivera de concordar com ele: aquele estava se revelando um bom investimento.

— Veja bem — advertiu o sr. Holcombe —, as despesas não vão diminuir quando chegar a hora de ele deixar a escola.

— Por que não? — perguntou Maisie. — Ele não vai ter dificuldade em encontrar um emprego depois de tanta instrução e, assim, poderá pagar suas próprias contas.

O sr. Holcombe balançou a cabeça com ar de tristeza, como se um dos seus alunos mais desatentos não tivesse entendido um ponto da matéria.

— Tenho esperança de que, ao sair da BGS, ele vá querer ir para Oxford a fim de cursar Inglês.

— E quanto tempo isso vai demorar? — perguntou Maisie.

— Três, talvez quatro anos.

— Ele já deve ter estudado muito inglês até então.

— Certamente o suficiente para arrumar um emprego.

Maisie riu.

— Talvez ele acabe se tornando um diretor de escola, como o senhor.

— Ele não é como eu — disse o sr. Holcombe. — Se eu tivesse de adivinhar, diria que ele vai se tornar um escritor.

— Dá para ganhar a vida como escritor?

— Sem dúvida, se for bem-sucedido. Mas, se isso não der certo, a senhora pode estar com a razão: ele poderá acabar como diretor de escola, como eu.

— Eu bem que gostaria disso — afirmou Maisie, sem captar a ironia.

Ela pôs o envelope na bolsa. Naquela tarde, quando fosse ao banco depois do trabalho, teria de se certificar de que havia pelo menos 37 libras e 10 xelins na conta do Harry antes de pensar em emitir um cheque daquela quantia. Só o banco ganha dinheiro quando sua conta entra no negativo, Patrick dissera. No passado, a escola estendera alguns prazos por duas ou três semanas, mas Patrick explicou que, assim como as casas de chá, eles também tinham de fechar as contas no final de cada período.

Maisie não precisou esperar muito pelo bonde e, depois que se sentou, seus pensamentos voltaram para Patrick. Ela nunca admitiria para ninguém, nem mesmo para a própria mãe, a falta que sentia dele.

Seus pensamentos foram interrompidos por um carro de bombeiro que ultrapassou o bonde. Alguns dos passageiros ficaram olhando pelas janelas para ver seu progresso. Depois que o carro desapareceu, Maisie começou a pensar na Tilly's. Após ela ter dispensado Bob Burrows, o gerente do banco informou que a casa de chá começara a gerar um lucro estável a cada mês, e até poderia quebrar o recorde de 112 libras e 10 xelins da srta. Tilly no final do ano, o que permitiria a Maisie começar a pagar parte do empréstimo de quinhentas libras. Talvez até sobrasse o suficiente para comprar um novo par de sapatos para Harry.

Maisie saltou do bonde no final de Victoria Street. Ao atravessar a ponte Bedminster, verificou o relógio de pulso, seu primeiro presente, e, mais uma vez, pensou no filho. Sete e trinta e dois: ela tinha tempo mais que suficiente para abrir a casa de chá e se preparar para servir o primeiro cliente às oito. Maisie sempre gostava de encontrar uma pequena fila esperando na calçada enquanto virava o cartaz de "fechado" para "aberto".

Pouco antes de chegar a High Street, outro carro de bombeiro passou correndo e, àquela altura, ela pôde ver uma coluna de fumaça preta subindo céu acima. Mas foi só quando ela virou em Bristol Street que seu coração começou a bater mais rápido. Os três carros de bombeiro e uma viatura da polícia estavam estacionados em um semicírculo do lado de fora da Tilly's.

Maisie começou a correr.

— Não, não pode ser a Tilly's — gritou ela e, depois, viu várias funcionárias em pé formando um grupo do outro lado da rua. Uma delas estava chorando. Maisie estava a apenas alguns metros de onde costumava ficar a porta principal quando um policial entrou na sua frente e a impediu de avançar.

— Mas sou a proprietária! — protestou ela enquanto observava incrédula as brasas fumegantes do que havia sido a casa de chá mais popular da cidade. Seus olhos ficaram cheios d'água e ela começou a tossir à medida que a espessa fumaça preta a envolvia. Maisie olhou para os restos chamuscados do outrora reluzente balcão, e uma camada de cinzas cobria o chão sobre o qual estavam as cadeiras e mesas com suas imaculadas toalhas brancas quando ela fechara a loja na noite anterior.

— Sinto muito, senhora — disse o policial —, mas, para sua própria segurança, preciso pedir que fique com as suas funcionárias do outro lado da rua.

Maisie deu as costas para a Tilly's e, relutante, começou a atravessar a rua. Antes de chegar do outro lado, ela o viu em pé na beirada da multidão. No momento em que seus olhos se encontraram, ele se virou e saiu andando.

O detetive-inspetor Blakemore abriu seu caderno e encarou a suspeita do outro lado da mesa.

— Pode me dizer onde estava por volta das três da madrugada, sra. Clifton?

— Estava em casa, na cama — respondeu Maisie.

— Alguém pode confirmar isso?

— Se com isso, detetive-inspetor, o senhor quer saber se alguém estava na cama comigo àquela hora, a resposta é não. Por que está perguntando?

O policial fez uma anotação, o que lhe deu um pouco mais de tempo para pensar. Depois, disse:

— Estou tentando descobrir se havia mais alguém envolvido.

— Envolvido no quê? — perguntou Maisie.

— Incêndio criminoso — respondeu ele, observando-a cuidadosamente.

— Mas quem ia querer pôr fogo na Tilly's? — questionou Maisie.

— Eu esperava que a senhora pudesse me ajudar a esse respeito — disse Blakemore. Ele fez uma pausa, esperando que a sra. Clifton acrescentasse algo de que pudesse se arrepender mais tarde. Mas ela nada disse.

O detetive-inspetor Blakemore não conseguia decidir se a sra. Clifton era uma mulher muito calma ou simplesmente ingênua. Ele conhecia uma pessoa que seria capaz de responder tal pergunta.

O sr. Frampton se levantou de trás da mesa, apertou a mão de Maisie e indicou uma cadeira.

— Fiquei muito triste quando soube do incêndio na Tilly's — disse ele. — Graças a Deus, ninguém se feriu — acrescentou. Maisie não andava pensando muito em Deus ultimamente. — Espero que o edifício e o conteúdo estejam plenamente assegurados.

— Ah, sim — disse Maisie. — Graças ao sr. Casey, havia uma boa cobertura, mas, infelizmente, a seguradora está se recusando a pagar um tostão que seja até que a polícia confirme que não estou envolvida.

— Não posso acreditar que a polícia a julgue suspeita — protestou o sr. Frampton.

— Com meus problemas financeiros — observou Maisie —, quem pode culpá-los?

— É apenas uma questão de tempo antes que eles percebam que essa é uma hipótese ridícula.

— Não tenho tempo — disse Maisie. — Por isso vim procurá-lo. Preciso arrumar um emprego e, da última vez em que nos encontramos nesta sala, lembro que o senhor disse que se eu quisesse voltar ao Royal...

— E eu estava falando sério — interrompeu o sr. Frampton. — Mas não posso oferecer-lhe seu velho posto porque Susan está fazendo um excelente trabalho e, recentemente, contratei três ex-funcionárias da Tilly's; portanto, não tenho nenhuma vaga aberta no Palm Court. A única vaga disponível no momento não é digna...

— Aceito qualquer coisa, sr. Frampton — disse Maisie —, qualquer coisa mesmo.

— Alguns dos nossos clientes têm dito que gostariam de algo para comer após o horário de fechamento do restaurante do hotel à noite — explicou o sr. Frampton. — Ando pensando em introduzir um serviço limitado de café e sanduíches depois das dez horas, disponível até a abertura do salão do café da manhã às seis. Eu só poderia oferecer a você três libras por semana para começar, mas, é claro, todas as gorjetas serão suas. Naturalmente, eu entenderia se você achasse...

— Eu aceito.

— Quando você poderia começar?

— Esta noite.

Quando o próximo envelope marrom aterrissou no capacho do número 27, Maisie o enfiou na bolsa sem abri-lo, ficou imaginando quanto tempo demoraria até receber um segundo ou talvez um terceiro envelope e, por fim, em espesso envelope branco contendo uma carta não do tesoureiro, mas do diretor, exigindo que a sra. Clifton tirasse o filho da escola no final do período. Maisie temia o momento em que Harry teria de ler tal carta para ela.

Em setembro, Harry esperava passar para a sexta série e não conseguia esconder a empolgação em seus olhos toda vez que falava em ir para Oxford cursar inglês aos pés de Alan Quilter, um dos estudiosos mais proeminentes da época. Maisie não suportava a ideia de ser obrigada a dizer ao filho que aquilo não seria mais possível.

Suas primeiras noites no Royal foram muito tranquilas e o movimento não aumentou muito no mês seguinte. Ela odiava ficar sem fazer nada e, quando as faxineiras chegavam às cinco da manhã, muitas vezes descobriam que não havia nada a ser feito no Palm Court. Mesmo em sua noite mais movimentada, Maisie não tinha mais do que meia dúzia de clientes, dos quais vários haviam sido postos para fora do bar do hotel logo após meia-noite e pareciam estar mais interessados em fazer propostas para ela do que em pedir café e um sanduíche de presunto.

A maioria dos clientes era de homens de negócios que só dormiam no hotel uma noite; portanto, as chances de formar uma clientela regular não pareciam promissoras e as gorjetas certamente não iam dar conta do envelope marrom que continuava fechado em sua bolsa.

Maisie sabia que, para Harry permanecer na Bristol Grammar School e ter alguma chance de ir para Oxford, só havia uma pessoa a quem ela poderia recorrer. Se necessário, ela imploraria.

19

— O que faz você pensar que o sr. Hugo estaria disposto a ajudar? — perguntou o Velho Jack, recostando-se na sua poltrona. — Ele nunca demonstrou nenhum sinal de carinho por Harry no passado. Pelo contrário...

— Porque, se existe uma pessoa no mundo que deve sentir alguma responsabilidade pelo futuro de Harry, é aquele homem — disse Maisie e se arrependeu instantaneamente das próprias palavras.

O Velho Jack ficou em silêncio por um instante antes de perguntar:

— Existe algo que você não está me contando, Maisie?

— Não — ela respondeu, um pouco depressa demais. Ela odiava mentir, especialmente ao Velho Jack, mas estava decidida a levar aquele segredo para o túmulo.

— Você já pensou em quando e onde vai confrontar o sr. Hugo?

— Sei exatamente o que vou fazer. Ele raramente sai do escritório antes das seis da tarde e, a essa hora, a maioria dos funcionários do prédio já foi embora. Sei que o escritório dele fica no quinto andar. Sei que é a terceira porta à esquerda. Sei que...

— Mas você já ouviu falar da srta. Potts? — interrompeu o Velho Jack. — Mesmo que você consiga passar pela recepção e chegar de alguma maneira ao quinto andar sem ser notada, não há como evitá-la.

— A srta. Potts? Nunca ouvi falar dela.

— Ela é a secretária particular do sr. Hugo há quinze anos. Posso garantir por experiência própria que você não precisa de cão de guarda se tiver a srta. Potts como secretária.

— Então, vou ter de esperar até ela ir para casa.

— A srta. Potts nunca vai para casa antes do chefe e sempre está atrás da própria mesa trinta minutos antes de ele chegar de manhã.

— Mas terei ainda menos chance de entrar em Manor House — observou Maisie —, onde eles também têm um cão de guarda que se chama Jenkins.

— Então, você precisará encontrar um momento e um lugar no qual o sr. Hugo esteja sozinho, não possa escapar nem contar com a srta. Potts ou com Jenkins para salvá-lo.

— Será que um momento e um lugar assim existem? — indagou Maisie.

— Ah, sim — disse o Velho Jack. — Mas você vai precisar cronometrar tudo direitinho.

Maisie esperou até já estar escuro antes de sair sorrateiramente do vagão do Velho Jack. Atravessou na ponta dos pés a trilha de cascalho, abriu a porta traseira, entrou e a fechou atrás de si. Resignada a uma longa espera, ela se acomodou no confortável banco de couro. A visão do edifício era clara através de uma janela lateral. Maisie esperou pacientemente até cada uma das luzes se apagar. O Velho Jack a advertira de que a dele seria uma das últimas.

Ela usou o tempo para recapitular as perguntas que planejava fazer a ele. Perguntas que havia ensaiado durante vários dias antes de apresentá-las ao Velho Jack naquela tarde. Ele fez várias sugestões, com as quais ela concordou alegremente.

Pouco depois das seis, um Rolls-Royce se aproximou e estacionou na frente do prédio. O chofer saltou e se postou ao lado do automóvel. Alguns minutos mais tarde, Sir Walter Barrington, o diretor da empresa, saiu marchando porta afora, entrou pela porta traseira do carro e foi rapidamente levado embora.

Mais e mais luzes se apagaram até que, finalmente, só uma continuava a brilhar, como uma única estrela no topo de uma árvore de Natal. De repente, Maisie ouviu passos esmagando o cascalho. Ela saiu do banco e se agachou no chão. Era possível ouvir dois homens entretidos em uma conversa vindo em sua direção. Seu plano não incluía dois homens e ela estava prestes a pular para o outro lado e tentar desaparecer na noite quando eles pararam.

— Mas, apesar disso — falou uma voz que ela reconhecia —, eu ficaria grato se meu envolvimento ficasse estritamente entre nós dois.

— Claro, senhor, pode contar comigo — disse outra voz que ela já ouvira, embora não conseguisse se lembrar de onde.

— Vamos manter contato, meu camarada — disse a primeira voz.

— Não tenho dúvida de que vou usar novamente os serviços do banco.

Maisie ouviu alguns passos se afastando. Congelou quando ouviu a porta do carro se abrindo.

Ele entrou, acomodou-se atrás da direção e fechou a porta. Não tem chofer, prefere dirigir ele mesmo o Bugatti, gosta de se imaginar atrás do volante — todas informações valiosas fornecidas pelo Velho Jack.

Ele deu a partida na ignição e o veículo despertou com um tremor. Acelerou várias vezes antes de empurrar a alavanca do câmbio para a primeira marcha. O homem no portão cumprimentou à medida que o sr. Barrington passava e se dirigia para a estrada principal rumo à cidade, exatamente como ele fazia toda noite no caminho de volta até Manor House.

— Não deixe que ele saiba que você está lá atrás até chegar ao centro da cidade — o Velho Jack aconselhara. — Ele não vai correr o risco de parar por lá porque ficará com medo de que alguém veja vocês dois juntos e o reconheça. Mas, ao chegar nos arredores da cidade, ele não hesitará em pôr você para fora. Você terá de dez a quinze minutos no máximo.

— É tudo de que preciso — Maisie dissera.

Ela esperou até Hugo ter passado pela catedral e atravessado College Green, sempre movimentada àquela hora da noite. Mas, exatamente quando ela estava prestes a se levantar e cutucar o ombro dele, o carro começou a desacelerar, parando em seguida. A porta se abriu, ele saiu, a porta se fechou. Maisie olhou por entre os bancos dianteiros e ficou horrorizada ao ver que ele havia estacionado na frente do Royal Hotel.

Uma dúzia de pensamentos cruzaram sua mente. Ela devia cair fora antes que fosse tarde demais? Por que ele estava visitando o Royal? Era uma coincidência o fato de ser seu dia de folga? Quanto tempo ele planeja ficar lá? Ela resolveu ficar quieta, temendo ser vista caso saísse em um lugar tão público. Além do mais, aquela podia ser sua última chance de confrontá-lo cara a cara antes do vencimento da conta.

A resposta a uma de suas perguntas foi vinte minutos, mas, bem antes de ele voltar ao banco do motorista e sair dirigindo, Maisie já estava suando frio. Ela não fazia ideia de que seu coração pudesse disparar daquela maneira. Esperou até ele percorrer cerca de oitocentos metros até se levantar e cutucar seu ombro.

Quando ele se virou, sua expressão foi de choque, seguida por um olhar de reconhecimento e, depois, de compreensão.

— O que você quer? — questionou ele, recuperando-se um pouco.

— Tenho a sensação de que você sabe exatamente o que eu quero — disse Maisie. — Meu único interesse é Harry e garantir que suas despesas escolares sejam pagas pelos próximos dois anos.

— Dê-me um único motivo válido para eu pagar as despesas escolares do seu filho.

— Porque ele é seu filho — Maisie respondeu calmamente.

— E o que faz com que você tenha tanta certeza disso?

— Observei seu primeiro encontro com ele em St. Bede's — explicou Maisie — e todos os domingos em St. Mary's quando cantava no coro. Vi a expressão nos seus olhos naquela ocasião e novamente quando você se recusou a apertar a mão dele no primeiro dia do período letivo.

— Isso não é prova alguma — contestou Barrington, com um tom um pouco mais confiante. — Nada mais é do que intuição feminina.

— Então, talvez seja chegado o momento de fazer com que outra mulher saiba o que você apronta durante as excursões dos operários.

— Por que você acha que ela acreditaria em você?

— Apenas intuição feminina — rebateu Maisie. Aquilo o silenciou e deu a Maisie a confiança para prosseguir. — Talvez a sra. Barrington também se interesse em saber por que você fez de tudo para que meu irmão fosse preso no dia após o desaparecimento de Arthur.

— Uma coincidência, nada mais.

— E também é uma coincidência o fato de o meu marido nunca mais ter sido visto desde então?

— Não tive nada a ver com a morte de Clifton — gritou Barrington enquanto fazia uma curva brusca na estrada, tirando um fino de um carro que vinha na direção oposta.

Maisie sentou-se totalmente ereta, perplexa pelo que ouvira.

— Então, você foi o responsável pela morte do meu marido.

— Você não tem prova alguma disso — disse ele com ar desafiador.

— Não preciso de outras provas. Mas, apesar de todo o dano que você causou à minha família ao longo dos anos, vou lhe dar uma chance de se redimir. Cuide dos estudos de Harry enquanto ele estiver na Bristol Grammar School e não vou perturbá-lo novamente.

Barrington demorou um pouco a reagir. No final, disse:

— Vou precisar de alguns dias para analisar a melhor maneira de realizar os pagamentos.

— A obra de caridade da empresa poderia facilmente cuidar de uma quantia tão pequena — disse Maisie. — Afinal de contas, seu pai é o diretor do conselho.

Daquela vez, ele não tinha uma resposta pronta. Será que estava se perguntando como ela obtivera tal informação? Ele não era a primeira pessoa a subestimar o Velho Jack. Maisie abriu a bolsa, tirou um envelope marrom e o pôs sobre o banco ao lado de Barrington.

O carro entrou em um beco escuro. Barrington saltou e abriu a porta traseira. Maisie desceu, sentindo que o confronto não poderia ter sido melhor. Quando seus pés tocaram o solo, ele a agarrou pelos ombros e a sacudiu com violência.

— Agora, trate de me escutar, Maisie Clifton, e me escute com atenção — disse com uma expressão de fúria nos olhos. — Se você algum dia voltar a me ameaçar, eu não somente demito seu irmão, mas me certifico de que ele nunca mais consiga trabalhar nesta cidade. E, se você for tola o suficiente para sugerir à minha esposa que sou o pai daquele menino, farei com que você vá presa, e pode saber que você não vai terminar em um cárcere, mas em um hospício.

Ele a soltou, cerrou um punho e acertou-lhe um soco no meio da cara. Ela caiu no chão e se curvou formando uma bola com o corpo, esperando que ele a chutasse repetidamente. Quando nada aconteceu, ela ergueu os olhos e o viu em pé ao seu lado. Ele estava rasgando o envelope marrom e espalhando os pedacinhos como se fossem confetes jogados sobre uma noiva.

Sem dizer outra palavra, Hugo voltou para dentro do carro e partiu em alta velocidade.

Quando o envelope branco passou pela fenda para correspondência, Maisie soube que estava derrotada. Ela teria de dizer a Harry a verdade quando ele voltasse da escola à tarde. Mas, primeiro, precisava passar no banco, depositar suas magras gorjetas da noite anterior e dizer ao sr. Prendergast que não haveria mais contas da BGS, pois seu filho deixaria a escola no final do período.

Maisie decidiu ir a pé ao banco e economizar um *penny* da tarifa do bonde. No caminho, pensou em todas as pessoas que decepcionaria. Será que a srta. Tilly e a srta. Monday algum dia a perdoariam? Várias das funcionárias, especialmente as mais velhas, não conseguiram encontrar outro emprego. E havia também seus pais, que sempre cuidaram de Harry para que ela pudesse ir trabalhar, o Velho Jack, que não podia ter feito mais para ajudar o menino, e, sobretudo, o próprio Harry, que, nas palavras do sr. Holcombe, estava prestes a ser coroado com os louros da vitória.

Quando chegou ao banco, ela entrou na fila mais comprida, pois não estava com pressa de ser atendida.

— Bom dia, sra. Clifton — disse o caixa alegremente quando, por fim, chegou a vez de ela ser atendida.

— Bom dia — respondeu Maisie antes de pôr quatro xelins e seis *pence* sobre o balcão.

O caixa verificou a quantia cuidadosamente depois pôs as moedas em bandejas diferentes embaixo do balcão. Em seguida, fez anotações em uma tira de papel para confirmar o montante depositado e a entregou à sra. Clifton. Maisie afastou-se para o lado para permitir que o próximo cliente fosse atendido enquanto ela guardava o recibo na bolsa.

— Sra. Clifton — disse o caixa.

— Sim — respondeu ela, voltando a levantar a cabeça.

— O gerente gostaria de dar uma palavrinha com a senhora.

— Entendo — ela respondeu. Maisie não precisava dizer a ele que não havia dinheiro suficiente na conta para cobrir a última fatura da escola. Na verdade, seria um alívio avisar ao sr. Prendergast que não haveria mais contas para atividades extracurriculares.

O jovem a acompanhou silenciosamente pelo saguão do banco e atravessou um longo corredor. Quando chegou ao escritório do gerente, bateu suavemente à porta, abriu-a e disse:

— A sra. Clifton, senhor.

— Ah, sim — disse o sr. Prendergast. — Preciso mesmo falar com a senhora. Entre, por favor.

Onde ela já tinha ouvido aquela voz?

— Sra. Clifton — prosseguiu ele após ela se sentar —, lamento ter de informar que não pudemos honrar seu cheque mais recente de 37 libras e dez xelins a favor do Serviço Municipal de Caridade de Bristol. Caso a senhora volte a apresentá-lo, temo que ainda não haja fundos suficientes para cobrir todo o montante. A menos, é claro, que a senhora conte em depositar alguma outra quantia no futuro próximo.

— Não — disse Maisie, sacando o envelope branco da bolsa e colocando-o sobre a mesa à frente do gerente. — Quem sabe o senhor pode ter a gentileza de avisar ao Serviço Municipal de Caridade de Bristol que, no seu devido tempo, pagarei qualquer outra despesa relativa ao último período letivo de Harry.

— Sinto muito, sra. Clifton — observou o sr. Prendergast. — Eu gostaria de poder ajudar de alguma maneira — acrescentou e pegou o envelope branco. — Posso abrir? — perguntou.

— Pode, claro — respondeu Maisie, que, até aquele momento, tentara evitar descobrir quanto exatamente devia à escola.

O sr. Prendergast pegou um abridor de cartas de prata que estava sobre a mesa e cortou o envelope. Extraiu um cheque da Seguradora Bristol and West of England do valor de seiscentas libras a favor de Maisie Clifton.

HUGO BARRINGTON

1921-1936

20

Eu nem teria me lembrado do seu nome se ela mais tarde não tivesse me acusado de ter matado seu marido.

Tudo começou quando meu pai insistiu para que eu acompanhasse os funcionários na excursão anual a Weston-super-Mare.

— É bom para o moral deles ver que o filho do presidente está demonstrando algum interesse — ele disse.

Eu não estava convencido e, muito francamente, considerava todo aquele exercício uma perda de tempo, mas, quando meu pai toma uma decisão, não adianta discutir. E teria mesmo sido uma perda de tempo se Maisie — um nome tão comum — não tivesse participado também da excursão. Até eu fiquei surpreso em descobrir sua avidez para pular na cama com o filho do chefe. Deduzi que, uma vez de volta a Bristol, eu jamais voltaria a saber dela. Talvez tivesse sido assim, se ela não tivesse se casado com Arthur Clifton.

Eu estava sentado atrás da minha escrivaninha, revisando a oferta para o *Maple Leaf*, vendo e revendo os números, esperando encontrar uma maneira de economizar um pouquinho para a empresa, mas, por mais que eu tentasse, o resultado final não era bom. E não ajudava o fato de a decisão de apresentar uma proposta para obter aquele contrato ter sido minha.

Meu homólogo na Myson havia feito uma negociação dura e, depois de vários atrasos que eu não orçara, estávamos cinco meses atrasados, com cláusulas penais que entrariam em vigor caso não terminássemos a construção até 15 de dezembro. O que originalmente parecera um contrato dos sonhos que geraria um belo lucro estava se tornando um pesadelo, do qual acordaríamos com sérios prejuízos em 15 de dezembro.

Meu pai se opusera à Barrington assumir o contrato, deixando sua opinião bem clara:

— Devemos nos ater ao que sabemos fazer bem — repetia ele da sua cadeira em cada reunião do conselho. — Nos últimos cem anos, a Barrington Shipping Line trouxe e levou bens aos mais distantes cantos do planeta, deixando que nossos rivais em Belfast, Liverpool e Newcastle construíssem navios.

Eu sabia que não seria capaz de fazê-lo mudar de opinião. Então, gastei algum tempo tentando persuadir os membros mais jovens do conselho de que tínhamos perdido várias oportunidades nos últimos anos enquanto outras empresas abocanhavam contratos lucrativos que poderiam facilmente ter vindo para as nossas mãos. Finalmente, consegui convencê-los, com uma apertada maioria, a testar aquelas águas e fechar a construção para a Myson de um novo cargueiro a ser adicionado à sua frota em rápido crescimento.

— Se fizermos um bom trabalho e entregarmos o *Maple Leaf* no prazo — falei ao conselho —, outros contratos certamente aparecerão.

— Tomara que não nos arrependamos mais tarde — foi o único comentário do meu pai após ter perdido a votação na reunião do conselho.

Eu já estava me arrependendo. Apesar de a Barrington Line estar prevendo lucros recordes para 1921, tudo indicava que sua nova subsidiária, a Barrington Shipbuilding, seria a única linha em vermelho do balancete. Alguns membros do conselho já estavam se distanciando daquela decisão e lembrando a todos que haviam votado a favor do meu pai.

Havia pouco tempo que eu fora nomeado diretor-geral da empresa e só ficava imaginando o que não estava sendo dito pelas minhas costas. "Tal pai, tal filho" claramente não estava na boca de ninguém. Um diretor já se demitira e não podia ter sido mais claro no momento da partida, avisando meu pai:

— O garoto não tem juízo. Tome cuidado para ele não acabar levando a empresa à bancarrota.

Mas eu não havia desistido. Permaneci convencido de que, contanto que terminássemos o trabalho no prazo, ainda poderíamos equilibrar as contas e, talvez, até obter um pequeno lucro. Eu já dera a ordem para que trabalhassem 24 horas por dia em três turnos de oito horas e prometera aos funcionários belas bonificações caso eles conseguissem terminar no prazo. Afinal de contas, havia homens suficientes circulando fora do portão, desesperados por trabalho.

Eu estava prestes a dizer à minha secretária que estava indo para casa quando ele adentrou meu escritório sem ser anunciado.

Era um homem baixo, atarracado, com ombros pesados e músculos salientes, a conformação de um estivador. Meu primeiro pensamento foi imaginar como ele havia conseguido passar pela srta. Potts, que veio logo atrás dele com um ar insolitamente alvoroçado.

— Não consegui detê-lo — disse ela, afirmando o óbvio. — Devo chamar o vigia?

Fixei os olhos do homem e disse:

— Não.

A srta. Potts ficou à porta enquanto nos medíamos de cima a baixo, como um mangusto e uma cobra, cada um se perguntando quem atacaria primeiro. Então, o homem removeu com relutância o boné e disparou a falar. Demorei um tempo até entender o que estava dizendo.

— Meu melhor amigo vai morrer! Arthur Clifton vai morrer a menos que o senhor faça alguma coisa a respeito.

Eu estava dizendo para se acalmar e explicar qual era o problema quando meu gerente de obras entrou desabalado na sala.

— Lamento que tenha sido importunado por Tancock, senhor — disse ele assim que recuperou o fôlego —, mas posso garantir que está tudo sob controle. Não há nada com o que se preocupar.

— O que está sob controle? — perguntei.

— Tancock diz que seu amigo Clifton estava trabalhando dentro do casco quando houve a mudança de turno e o pessoal do novo turno conseguiu de alguma maneira lacrá-lo lá dentro.

— Venha e veja por si mesmo! — gritou Tancock. — Dá para ouvir ele batendo lá dentro!

— Isso é possível, Haskins? — perguntei.

— Qualquer coisa é possível, senhor, mas é mais provável que Clifton já tenha caído fora e esteja no pub.

— Então, por que ele não assinou a saída no portão? — indagou Tancock.

— Não há nada de incomum nisso, senhor — disse Haskins sem olhar para ele. — O que importa é assinar na chegada, e não na saída.

— Se o senhor não for lá ver — disse Tancock —, irá para o túmulo com o sangue dele nas mãos.

Aquele desabafo calou até Haskins.

— Srta. Potts, vou descer até a doca número um — falei. — Não devo demorar muito.

O homenzinho atarracado saiu correndo do meu escritório sem proferir outra palavra.

— Haskins, venha comigo no meu carro — convoquei. — No caminho, podemos discutir o que deve ser feito.

— Nada precisa ser feito, senhor — insistiu ele. — É tudo balela.

Foi só quando estávamos sozinhos no carro que perguntei abertamente ao meu capataz:

— Há alguma chance de Clifton realmente ter sido lacrado no casco?

— Nenhuma, senhor — respondeu Haskins com firmeza. — Só lamento estar desperdiçando seu tempo.

— Mas aquele homem parece bastante seguro — argumentei.

— Da mesma maneira que ele está sempre seguro a respeito de quem vai ganhar a corrida das três e meia em Chepstow — ironizou ele, mas não ri. — O turno de Clifton terminou às seis — Haskins prosseguiu, adotando um tom mais sério. — Ele devia saber que os soldadores iam entrar lá, esperando terminar o trabalho antes que o próximo turno se apresentasse para o serviço às duas da madrugada.

— O que Clifton estava fazendo lá embaixo, no casco, para começo de conversa?

— As verificações finais antes que os soldadores chegassem para trabalhar.

— É possível que ele não tenha percebido que o turno tinha acabado?

— É possível ouvir o sinal de fim de turno no centro de Bristol — respondeu Haskins enquanto superávamos Tancock, que estava correndo como um possuído.

— Mesmo estando nas profundezas do casco?

— Talvez seja possível que não tenha ouvido se estivesse no fundo duplo, mas nunca vi um operário que não soubesse a que horas o turno termina.

— Desde que ele tenha um relógio — falei, tentando ver se Haskins estava usando um. Não estava. — Se Clifton realmente está lá embaixo, temos o equipamento para tirá-lo de lá?

— Temos maçaricos de acetileno suficientes para cortar o casco e remover uma seção inteira. O problema é que isso demoraria horas e, se Clifton estiver lá embaixo, não haverá muita chance de ele ainda estar vivo quando o alcançarmos. Além disso, os homens levariam duas semanas, talvez até mais, para substituir toda a seção. E, como o senhor vive me lembrando, as bonificações são para economizar tempo e não desperdiçá-lo.

O turno da noite já estava na segunda hora de trabalho quando estacionei meu carro ao lado do navio. Devia haver mais de cem homens a bordo, trabalhando sem parar, martelando, soldando e aplicando os rebites. Enquanto subia a passarela, vi Tancock correndo em direção ao navio. Quando me alcançou alguns instantes mais tarde, ele teve de se curvar totalmente, com as mãos no joelho, para se recuperar.

— Então, o que você espera que eu faça, Tancock? — perguntei quando ele já havia recuperado o fôlego.

— Mande que todos parem de trabalhar, chefe, só por alguns minutos. Assim, o senhor vai ouvir as batidas dele.

Assenti com a cabeça.

Haskins encolheu os ombros, claramente sem conseguir acreditar que eu estivesse cogitando dar tal ordem. Ele demorou alguns minutos para fazer com que todos depusessem as ferramentas e fizessem silêncio. Todos os homens no navio, bem como no cais, ficaram parados e aguçaram os ouvidos, mas, em vez do costumeiro grasnido de uma gaivota em voo ou da tosse de um fumante, não ouvi nada.

— Como eu disse, senhor, foi um desperdício de tempo para todos — observou Haskins. — A esta altura, Clifton deve estar virando sua terceira cerveja no Pig and Whistle.

Alguém deixou um martelo cair, e o som ecoou pelo cais. Depois, por um instante, um único instante, achei que tivesse ouvido um som diferente, regular e suave.

— É ele! — gritou Tancock.

Em seguida, tão repentinamente quanto começara, o barulho cessou.

— Mais alguém ouviu algo? — gritei.

— Eu não ouvi nada — respondeu Haskins, correndo os olhos pelos homens, quase os desafiando a contradizê-lo.

Alguns deles devolveram o olhar, ao passo que um ou dois pegaram seus martelos em tom de ameaça, como se estivessem esperando que alguém os conduzisse até lá em cima.

Senti-me como um capitão que estava tendo uma última chance de abafar um motim. De qualquer maneira, eu não tinha como vencer. Se eu dissesse aos homens para voltar ao trabalho, boatos se espalhariam até que todos os homens no cais acreditassem que eu havia sido o responsável pela morte de Clifton. Passariam semanas, meses, talvez até anos, até eu conseguir recuperar minha autoridade. Mas, se eu desse a ordem para abrir o casco, todas as esperanças de obter lucro com o contrato seriam eliminadas, assim como minhas chances de algum dia me tornar presidente do conselho. Fiquei ali em pé, esperando que o prolongado silêncio convencesse os homens de que Tancock estava enganado. À medida que cada segundo de silêncio se prolongava, minha confiança aumentava.

— Parece que ninguém ouviu nada, senhor — disse Haskins alguns instantes mais tarde. — Pode me dar permissão para mandar os homens de volta ao trabalho?

Eles não mexeram um músculo, apenas continuaram a olhar desafiadoramente para mim. Haskins devolveu o olhar deles, e um ou dois acabaram por baixar os olhos.

Voltei-me para o capataz e dei a ordem de volta ao trabalho. No momento de silêncio que se seguiu, eu podia ter jurado que ouvira uma batida. Olhei para Tancock, mas, àquela altura, o som foi abafado por mil outros ruídos à medida que os homens, de má vontade, voltavam ao trabalho.

— Tancock, por que não dá um pulo no pub e vê se seu amigo está lá? — disse Haskins. — E, quando encontrá-lo, dê-lhe uma bronca por fazer todo mundo perder tempo.

— E, se ele não estiver lá, passe na casa dele e pergunte à esposa se ela o viu — falei, mas percebi meu erro logo em seguida. — Quer dizer, isso se ele for casado — acrescentei rapidamente.

— Ele é casado, sim, senhor — disse Tancock. — Ela é minha irmã.

— Se ainda assim não o encontrar, então me avise.

— Aí já será tarde demais — disse Tancock enquanto se virava e ia embora com os ombros caídos.

— Estarei no meu escritório caso você precise de mim, Haskins — avisei antes de descer a passarela. Dirigi de volta a Barrington House com a esperança de nunca mais ver Tancock.

Voltei à minha escrivaninha, mas não consegui me concentrar nas cartas que a srta. Potts deixara para eu assinar. Eu ainda ouvia aquelas batidas no meu coração, repetindo-se sem parar, como uma melodia popular que toca o tempo todo na mente e até impede que você durma. Eu sabia que, se Clifton não se apresentasse para trabalhar na manhã seguinte, jamais me livraria daquele pensamento.

Durante a hora seguinte, comecei a me sentir mais confiante, achando que Tancock devia ter encontrado o amigo e, àquela altura, estava arrependido de ter bancado o tolo.

Foi uma das raras ocasiões em que a srta. Potts deixou o escritório antes de mim, e eu estava justamente trancando a gaveta superior da minha escrivaninha antes de ir para casa quando ouvi passos apressados subindo a escada. Só podia ser um homem.

Ergui a cabeça, e o homem que eu esperava nunca mais ver estava em pé na soleira com uma fúria reprimida ardendo em seus olhos.

— Você matou meu melhor amigo, seu filho da mãe! — disse ele, brandindo o punho cerrado. — É como se o tivesse matado com as suas próprias mãos!

— Calma, Tancock, meu camarada — falei. — Pelo que sabemos, Clifton talvez ainda esteja vivo.

— Ele foi para o túmulo para que o senhor conseguisse terminar seu maldito trabalho no prazo. Nenhum homem subirá naquele navio quando souber a verdade.

— Homens morrem diariamente em acidentes na construção de navios — argumentei como um idiota.

Tancock deu um passo em minha direção. Estava com tanta raiva que, por um instante, achei que fosse me atacar, mas simplesmente ficou ali parado com os pés afastados, punhos cerrados, olhando fixamente para mim.

— Quando eu contar à polícia o que sei, o senhor vai ter de admitir que poderia ter salvado a vida dele com uma única palavra. Mas, como só estava interessado em quanto dinheiro poderia ganhar, vou fazer de tudo para que ninguém neste cais volte a trabalhar para o senhor um dia.

Eu sabia que, se a polícia se envolvesse, metade de Bristol acharia que Clifton ainda estava dentro daquele casco e o sindicato exigiria que fosse aberto. Se isso acontecesse, eu não tinha dúvida do que encontrariam.

Levantei-me lentamente da poltrona e fui até o cofre do outro lado da sala. Inseri o segredo, girei a chave, abri a porta e retirei um espesso envelope branco antes de voltar para minha escrivaninha. Peguei um abridor de cartas de prata, rasguei o envelope e retirei uma nota de cinco libras. Até me perguntei se Tancock já tinha visto uma cédula como aquela. Coloquei-a sobre o protetor do mata-borrão à sua frente e vi seus olhinhos porcinos se arregalarem imediatamente.

— Nada vai trazer de volta seu amigo — falei, pondo uma segunda nota sobre a primeira. Seus olhos não desgrudaram do dinheiro. — E de qualquer maneira, quem sabe, talvez ele só tenha sumido por alguns dias. Isso não seria considerado estranho na profissão dele — prossegui, pondo uma terceira nota sobre a segunda. — E, quando ele voltar, seus amigos nunca deixarão que você esqueça tudo isso — uma quarta nota foi seguida por uma quinta. — E você não gostaria de ser acusado de desperdiçar o tempo da polícia, não é? Esse é um delito grave e você pode ir parar na cadeia — mais duas notas. — E, é claro, você também perderia o emprego.

Ele levantou a cabeça e me encarou, a raiva claramente se transformando em medo. Três outras notas.

— Você não pode esperar que eu empregue um homem que estava me acusando de assassinato — disse e pus as últimas duas notas no topo da pilha. O envelope estava vazio.

Tancock se virou para o outro lado. Tirei minha carteira e acrescentei mais uma nota de cinco libras, além de outras três libras e dez xelins à pilha: no total, 68 libras e dez xelins. Seus olhos voltaram para as notas.

— Há muito mais de onde essas vieram — disse eu, esperando parecer convincente.

Tancock avançou lentamente rumo à minha escrivaninha e, sem olhar para mim, juntou as notas, enfiou-as no bolso e saiu sem dizer uma palavra.

Fui até a janela e o observei sair do edifício e se encaminhar lentamente para o portão das docas.

Deixei o cofre escancarado, espalhei parte do conteúdo no chão, joguei o envelope vazio sobre a escrivaninha e saí do escritório sem trancá-lo. Fui a última pessoa a sair do edifício.

21

— O detetive-inspetor Blakemore, senhor — disse a srta. Potts, depois, deu um passo para o lado para permitir que o policial entrasse no escritório do diretor-geral.

Hugo Barrington estudou o inspetor cuidadosamente enquanto ele entrava na sala. Não podia ter muito mais do que a altura mínima regulamentar de um metro e setenta, e estava alguns quilos acima do peso, mas, ainda assim, parecia em boa forma. Estava carregando um impermeável que provavelmente fora comprado quando ele ainda era um guarda e portava um chapéu de feltro marrom de uma safra mais recente, indicando que não fazia tanto tempo assim que era inspetor.

Os dois homens trocaram um aperto de mãos e, depois de ter se sentado, Blakemore tirou de um bolso interno do paletó um caderninho e uma caneta.

— Como o senhor sabe, estou seguindo uma investigação acerca de um suposto furto ocorrido aqui na noite passada — explicou, mas Barrington não gostou da palavra *suposto*. — Eu poderia começar perguntando quando o senhor deu pela falta do dinheiro?

— Certamente, inspetor — respondeu Barrington, tentando parecer o mais solícito possível. — Cheguei às docas por volta das sete da manhã e fui direto aos armazéns para ver como o turno da noite havia corrido.

— Isso é algo que o senhor faz todas as manhãs?

— Não, apenas de vez em quando — disse Hugo, intrigado pela pergunta.

— E quanto tempo o senhor ficou lá?

— Vinte, talvez trinta minutos. Depois, vim para o meu escritório.

— Portanto, o senhor estava no seu escritório por volta das sete e vinte, sete e meia no máximo.

— Sim, devia ser essa hora mesmo.

— E sua secretária já estava aqui?

— Estava, sim. Raramente consigo chegar antes dela. É uma mulher espetacular — acrescentou com um sorriso.

— De fato — confirmou o detetive-inspetor. — Então, foi a srta. Potts que disse ao senhor que o cofre havia sido arrombado?

— Foi. Ela disse que, ao chegar de manhã, encontrou a porta do cofre aberta e parte do conteúdo espalhada no chão. Então, telefonou imediatamente para a polícia.

— Não ligou para o senhor primeiro?

— Não, inspetor. Eu provavelmente estaria no meu carro a caminho do trabalho àquela hora.

— Então, está dizendo que sua secretária chegou antes do senhor hoje de manhã. E o senhor saiu antes dela ontem à noite?

— Não me lembro — disse Barrington. — Mas seria muito insólito eu sair depois dela.

— Sim, a srta. Potts confirmou isso — afirmou o detetive-inspetor. — Mas ela também disse... — Blakemore olhou para o caderno. — "Saí antes do sr. Barrington ontem à noite, pois surgiu um problema que exigia sua atenção" — citou Blakemore, levantando a cabeça. — O senhor poderia me dizer que problema era esse?

— Quando você dirige uma empresa tão grande quanto esta — disse Hugo --, problemas surgem o tempo todo.

— Então, o senhor não se lembra do problema específico surgido ontem à noite?

— Não, inspetor. Não me lembro.

— Quando o senhor chegou em seu escritório hoje de manhã e encontrou a porta do cofre aberta, qual foi a primeira coisa que o senhor fez?

— Verifiquei o que estava faltando.

— E o que descobriu?

— Todo o meu dinheiro em espécie havia sido levado.

— Como o senhor pode ter certeza de que *todo* o dinheiro foi levado?

— Porque encontrei este envelope aberto sobre a mesa — respondeu Hugo, entregando o pedaço de papel ao policial.

— E quanto deveria haver no envelope, senhor?

— Sessenta e oito libras e dez xelins.

— O senhor parece ter muita certeza disso.

— E tenho — confirmou Hugo. — Por que isso o surpreende?

— Simplesmente porque a srta. Potts me disse que havia apenas sessenta libras no cofre, tudo em notas de cinco. Talvez o senhor possa me dizer de onde saíram as outras oito libras e dez xelins.

Hugo não respondeu de imediato.

— Às vezes, mantenho alguns trocados na gaveta da minha escrivaninha, inspetor — disse finalmente.

— É uma quantia bastante vultosa para ser descrita como "alguns trocados". No entanto, permita-me retornar ao cofre por um instante. Quando o senhor entrou no escritório hoje de manhã, a primeira coisa que notou foi que a porta do cofre estava aberta.

— Exato, inspetor.

— O senhor tem uma chave do cofre?

— Sim, claro.

— O senhor é a única pessoa que conhece o segredo e tem a chave?

— Não. A srta. Potts também tem acesso ao cofre.

— Pode confirmar que o cofre estava trancado quando o senhor foi para casa ontem à noite?

— Sim, sempre está.

— Então, devemos deduzir que o furto foi realizado por um profissional.

— Por que diz isso, inspetor? — indagou Barrington.

— Se ele era um profissional — disse Blakemore, ignorando a pergunta, — o que me intriga é por que deixou a porta do cofre aberta.

— Não sei se estou acompanhando seu raciocínio, inspetor.

— Vou explicar: os ladrões profissionais tendem a deixar tudo exatamente como encontraram para que o crime cometido não seja descoberto imediatamente. Isso dá a eles mais tempo para dispor dos bens roubados.

— Mais tempo — repetiu Hugo.

— Um profissional teria fechado a porta do cofre e levado o envelope, aumentando a probabilidade de que algum tempo se passasse até que o senhor desse pela falta de algo. De acordo com a minha experiência, algumas pessoas ficam sem abrir seus cofres durante dias, semanas até. Só um amador teria deixado seu escritório em tamanha desordem.

— Então, talvez tenha sido um amador.

— Mas como ele conseguiu abrir o cofre, senhor?

— Talvez ele tenha de alguma maneira se apoderado da chave da sra. Potts.

— E quanto ao segredo? A sra. Potts me garantiu que, toda noite, leva para casa a chave do cofre, como presumo que o senhor também faça — prosseguiu, mas Hugo nada disse. — Permite que eu olhe dentro do cofre?

— Claro.

— O que é aquilo? — perguntou o inspetor, apontando para uma caixa de lata na prateleira inferior do cofre.

— É minha coleção de moedas, inspetor. Um hobby que tenho.

— O senhor teria a gentileza de abri-la?

— É realmente necessário? — perguntou Hugo impaciente.

— Temo que sim, senhor.

Hugo abriu relutante a caixa, revelando um monte de moedas de ouro colecionadas ao longo dos anos.

— Eis outro mistério — observou o inspetor. — Nosso ladrão leva sessenta libras do cofre e oito libras e dez xelins da gaveta da sua escrivaninha, mas deixa para trás uma caixa de moedas de ouro que devem valer consideravelmente mais. E, depois, há o problema do envelope.

— O envelope? — questionou Hugo.

— Sim, o envelope que o senhor diz que continha o dinheiro.

— Mas eu o encontrei sobre a minha escrivaninha hoje de manhã.

— Não duvido disso, senhor, mas, como pode ver, foi aberto com um corte preciso.

— Provavelmente, com meu abridor de correspondência — disse Hugo, levantando triunfalmente o objeto.

— É bastante possível, senhor, mas, de acordo com a minha experiência, os ladrões têm a tendência de rasgar envelopes e não cortá-los com precisão usando um abridor de correspondências como se já soubessem o que estava lá dentro.

— Mas a srta. Potts me disse que vocês acharam o ladrão — disse Hugo, tentando não soar exasperado.

— Não, senhor. Achamos o dinheiro, mas não estou convencido de que encontramos o culpado.

— Mas vocês não encontraram parte do dinheiro com ele?

— Sim, senhor. Encontramos.

— Então, o que mais vocês querem?

— Ter certeza de que pegamos o homem certo.

— E quem é o homem que vocês indiciaram?

— Eu não disse que o indiciei, senhor — observou o inspetor enquanto virava uma página da caderneta. — Um tal sr. Stanley Tancock, que é um dos seus estivadores. O nome lhe diz algo, senhor?

— Creio que não — respondeu Hugo. — Mas, se ele trabalha no estaleiro, certamente sabe onde fica meu escritório.

— Não tenho dúvida de que Tancock sabe onde fica seu escritório porque ele diz que veio falar com o senhor por volta das sete horas da noite de ontem para dizer que o cunhado, o sr. Arthur Clifton, estava preso no casco de um navio que está sendo construído no estaleiro e que, se o senhor não desse a ordem para retirá-lo de lá, ele morreria.

— Ah, sim, estou me lembrando. De fato, fui até o estaleiro ontem no final da tarde, como meu capataz poderá confirmar, mas era apenas um alarme falso que fez com que todos perdessem tempo. Certamente, ele só queria descobrir onde ficava o cofre para poder voltar mais tarde e me roubar.

— Ele admite que voltou ao seu escritório mais tarde — disse Blakemore, virando outra página das anotações —, mas afirma que o senhor lhe ofereceu sessenta e oito libras e dez xelins caso ele ficasse de boca fechada a respeito de Clifton.

— Nunca ouvi uma coisa tão absurda!

— Bem, vamos levar em consideração a alternativa por um instante, senhor. Suponhamos que Tancock de fato tenha voltado ao seu escritório com a intenção de roubá-lo em algum momento entre sete horas e sete e meia de ontem à noite. Tendo de alguma maneira conseguido entrar no edifício sem ser visto, ele chega ao quinto andar, vem até o seu escritório e, com a sua chave ou a da srta. Potts, destranca o cofre, insere o segredo, remove o envelope, abre-o com um corte preciso e tira o dinheiro, mas não liga para uma caixa de moedas de ouro. Deixa a porta do cofre aberta, espalha parte do conteúdo no chão e põe o envelope cuidadosamente aberto sobre a sua escrivaninha e, em seguida, como a Pimpinela Escarlate, desaparece em meio ao nada.

— Não foi necessariamente entre sete e sete e meia da noite — disse Hugo com ar desafiador. — Pode ter sido em qualquer momento antes das oito da manhã de hoje.

— Acho que não, senhor — rebateu Blakemore. — Veja, Tancock tem um álibi entre oito e onze da noite de ontem.

— Sem dúvida, esse suposto "álibi" deve ser um dos seus companheiros — disse Barrington.

— Trinta e um deles, de acordo com a última contagem — precisou o detetive-inspetor. — Parece que, após roubar seu dinheiro, ele apareceu no pub Pig and Whistle por volta das oito horas e, além de oferecer bebidas, também acertou sua conta a fiado. Pagou ao dono com uma cédula nova de cinco libras, que está em meu poder — acrescentou o detetive, sacando a carteira, retirando a nota e pondo-a sobre a escrivaninha de Barrington. — O proprietário também disse que Tancock saiu do pub por volta das onze horas, tão bêbado que dois amigos tiveram de acompanhá-lo até sua casa em Still House Lane, onde o encontramos esta manhã. Devo dizer, senhor, que, se foi Tancock que o roubou, temos um grande criminoso em nossas mãos e me orgulharia de ser o homem que vai colocá-lo atrás das grades. O que, suspeito, fosse exatamente o que o senhor tinha em mente — disse, olhando direto para Barrington — quando *deu* a ele o dinheiro.

— E por que motivo eu faria isso? — disse Hugo, tentando manter o tom de voz.

— Porque, se Stanley Tancock fosse preso e mandado para a cadeia, ninguém levaria sua história sobre Arthur Clifton a sério. A propósito, Clifton não é visto desde ontem à tarde. Portanto, recomendarei aos meus superiores que o casco seja aberto sem mais delongas para que possamos descobrir se foi um falso alarme e se Tancock estava desperdiçando o tempo de todos.

Hugo Barrington olhou-se no espelho e ajeitou a gravata-borboleta. Ele não falara ao pai sobre o incidente de Arthur Clifton nem sobre a visita do detetive-inspetor Blakemore. Quanto menos o velho soubesse, melhor. Tudo o que havia dito era que o dinheiro fora roubado do escritório e que um dos estivadores havia sido preso.

Depois de pôr o paletó do smoking, Hugo sentou-se na beirada da cama e esperou que a mulher acabasse de se vestir. Ele odiava se atrasar, mais sabia que, por mais que a apressasse, Elizabeth não faria nada mais depressa. Já verificara Giles e sua irmã Emma, ainda bebê, e ambos estavam ferrados no sono.

Hugo quis dois filhos, um herdeiro e outro de reserva. Emma era um inconveniente, o que significava que ele teria de tentar novamente. Seu pai fora o segundo filho e perdera o irmão mais velho combatendo os bôeres na África do Sul. O irmão mais velho de Hugo havia morrido em Ypres, junto com metade do regimento. Portanto, a seu tempo, Hugo podia esperar suceder ao pai como presidente da empresa e, quando o pai morresse, herdar o título e a fortuna da família.

Então, ele e Elizabeth teriam de tentar novamente. Não que fazer amor com a esposa ainda fosse um prazer. Na verdade, ele não conseguia lembrar se alguma vez havia sido. Recentemente, estivera procurando distrações em outros lugares.

— O seu é um casamento pactuado nos céus — sua mãe costumava dizer. O pai era mais prático. Sentira que a união do filho mais velho e da filha única de Lord Harvey era mais uma fusão do que um casamento. Quando o irmão de Hugo morreu no Front Ocidental, a noiva dele foi passada para Hugo. Não mais uma fusão, mas uma incorporação. Hugo não ficou surpreso ao descobrir na noite de núpcias que Elizabeth era virgem; de fato, sua segunda virgem.

Elizabeth, finalmente, saiu do toucador desculpando-se, como sempre, por fazê-lo esperar. A viagem de Manor House a Barrington Hall era de somente uns três quilômetros e toda a terra entre as duas casas pertencia à família. Quando Hugo e Elizabeth entraram no salão dos pais dele alguns minutos após as oito horas, Lord Harvey já estava no seu segundo xerez. Hugo correu os olhos pelo salão, examinando os outros convidados. Só havia um casal que não reconhecia.

O pai imediatamente o acompanhou e o apresentou ao coronel Danvers, recentemente nomeado comandante da polícia do condado. Hugo decidiu não mencionar ao coronel o encontro daquela manhã com o detetive-inspetor Blakemore, mas, pouco antes de se sentarem para o jantar, puxou o pai de lado para atualizá-lo sobre o roubo, sem citar nenhuma vez o nome de Arthur Clifton.

Durante um jantar composto de sopa de caça, um suculento cordeiro com vagens, seguido de crème brûlée, a conversa abordou desde a visita do Príncipe de Gales a Cardiff e suas pouco proveitosas expressões de solidariedade com os mineradores até as últimas tarifas de importação de Lloyd George e o efeito que teriam no setor de transportes, passando por *Heartbreak House*, de George Bernard Shaw, que estreara recentemente no Old Vic Theatre com críticas divergentes, para voltar ao Príncipe de Gales e à controversa questão de como encontrar uma esposa adequada para ele.

Quando os criados retiraram a louça após a sobremesa, as damas se encaminharam para a sala de estar para tomar café enquanto o mordomo oferecia aos cavalheiros conhaque ou porto.

— Transportado por mim, mas importado por você — disse o Sir Walter, levantando uma taça para Lord Harvey enquanto o mordomo circulava pela mesa oferecendo charutos aos convidados. Após o Romeo y Julieta de Lord Harvey ter sido aceso, ele se voltou para o genro e disse:

— Seu pai me contou que um salafrário entrou no seu escritório e roubou uma vultosa quantia em dinheiro.

— Exatamente — confirmou Hugo. — Mas fico feliz em dizer que o ladrão foi pego. Infelizmente, era um dos nossos estivadores.

— É verdade, Danvers? — perguntou Sir Walter. — Vocês pegaram o homem?

— Foi o que ouvi — respondeu o comandante —, mas ainda não tive informação de nenhuma acusação formal.

— Por que não? — indagou Lord Harvey.

— Porque o homem diz que eu *dei* o dinheiro a ele — interveio Hugo. — Na verdade, quando o detetive-inspetor me interrogou hoje de manhã, comecei a questionar qual de nós dois era o criminoso e qual era a vítima.

— Lamento que se sinta assim — disse o coronel Danvers. — Posso perguntar quem era o oficial encarregado da investigação?

— O detetive-inspetor Blakemore — disse Hugo, antes de acrescentar: — Tive a impressão de que ele talvez nutra algum ressentimento em relação a nossa família.

— Empregamos muita gente — disse Sir Walter, pondo a taça de volta sobre a mesa —; por isso, há sempre alguém que, excepcionalmente, nutre ressentimentos.

— Devo admitir — disse Danvers — que Blakemore não é famoso pelo tato. Mas vou averiguar e, se eu achar que ele passou dos limites, atribuirei o caso a outra pessoa.

22

Os anos de escola são os mais felizes da sua vida, afirmava R.C. Sherriff, mas esse não foi o caso para Hugo Barrington, embora ele tivesse uma sensação de que Giles, como dizia o avô, "se sairia melhor".

Hugo tentou esquecer o que havia acontecido em seu primeiro dia na escola, 24 anos antes. Ele foi levado a St. Bede's em uma carruagem-táxi, acompanhado pelos pais e por Nicholas, o irmão mais velho, que acabara de ser nomeado capitão da escola. Hugo caiu em prantos quando um outro calouro perguntou inocentemente:

— É verdade que seu avô era estivador?

Sir Walter orgulhava-se de o pai ter "vencido na vida por seu próprio esforço", mas, aos oito anos, as primeiras impressões são as que ficam.

— Vovô estivador! Vovô estivador! Bebê chorão! Bebê chorão! — cantou o resto do dormitório.

Hoje, seu filho Giles seria levado a St. Bede's no Rolls-Royce de Sir Walter Barrington. Hugo queria ter levado o filho à escola no seu próprio carro, mas seu pai não quis nem saber.

— Três gerações dos Barrington foram educadas em St. Bede's e Eton. Meu herdeiro deve chegar com estilo.

Hugo não ressaltou para o pai que Giles ainda não tinha recebido uma oferta de vaga em Eton e que era até possível que o menino tivesse suas próprias ideias acerca de onde gostaria de estudar. "Deus me livre", ele poderia ouvir o pai dizer. "Ideias cheiram a rebelião, e rebeliões devem ser contidas."

Giles não havia falado desde que eles saíram de casa, embora, durante aquela última hora, a mãe não tivesse parado de mexer no seu único filho. Emma começara a soluçar quando soube que não podia acompanhá-los, já Grace — outra menina, Hugo não se daria ao trabalho de tentar novamente — agarrou-se à mão da babá e ficou acenando do último degrau enquanto o carro se afastava.

Hugo estava pensando em outras coisas, e não na linhagem feminina da sua família, enquanto o carro avançava lentamente pelas estradinhas campestres rumo à cidade. Ele estava prestes a ver Harry Clifton pela primeira vez? Será que ele o reconheceria como o outro filho que desejava, mas que nunca teria, ou não teria dúvida, ao vê-lo, que o menino não podia ser seu descendente?

Hugo teria de tomar cuidado para evitar a mãe de Clifton. Será que a reconheceria? Recentemente, ele havia descoberto que aquela mulher estava trabalhando como garçonete no Palm Court do Royal Hotel, que ele costumava frequentar sempre que tinha encontros de negócios na cidade. Agora, teria de se limitar a visitas ocasionais à noite e apenas se tivesse certeza de que ela já tinha terminado a jornada de trabalho.

O irmão de Maisie, Stan Tancock, saíra da prisão após cumprir 18 meses da sentença de três anos. Hugo nunca descobriu o que aconteceu com o detetive-inspetor Blakemore, mas nunca mais o vira depois do jantar na casa de Sir Walter. Um jovem sargento depôs no julgamento de Tancock e, claramente, ele não tinha dúvida de quem era o culpado.

Com Tancock atrás das grades, as especulações sobre o que havia acontecido com Arthur Clifton rapidamente evaporaram. Em um setor no qual mortes são comuns, Arthur Clifton se tornou apenas mais uma estatística. Todavia, quando Lady Harvey lançou o *Maple Leaf* seis meses mais tarde, Hugo não conseguiu deixar de pensar que *O Armário de Davy Jones* teria sido um nome mais apropriado para o navio.

Quando as cifras finais foram apresentadas ao conselho, o prejuízo da Barrington's com o projeto era de 13.712 libras. Hugo não sugeriu que a empresa apresentasse mais propostas para contratos de construção naval no futuro e Sir Walter nunca mais tocou no assunto. Nos anos seguintes, a Barrington's voltou ao seu negócio tradicional como transportadora marítima e continuou a prosperar.

Após Stan ser levado para a prisão local, Hugo deduziu que nunca mais ouviria falar dele. Mas, pouco antes que Tancock fosse libertado o vice-diretor da casa de detenção de Bristol ligou para a srta. Potts pedindo para marcar um horário com Hugo Barrington. Quando eles se encontraram, o vice-diretor pediu a Barrington que desse a Tancock seu velho emprego de volta, senão ele teria poucas chances de algum dia voltar a trabalhar. Primeiro, Hugo ficou feliz em ouvir tal notícia, mas, depois de pensar um pouco a respeito, mudou de ideia e mandou Phil Haskins, seu capataz-mor, visitar Tancock na prisão e dizer que ele poderia voltar ao velho emprego com uma condição: nunca deveria mencionar novamente o nome de Arthur Clifton. Se o fizesse, poderia pegar suas coisas e procurar trabalho em outro lugar. Tancock aceitou a oferta de bom grado e, com o passar dos anos, ficou claro que mantivera sua promessa.

O Rolls-Royce parou na frente do portão de St. Bede's, e o chofer desceu rapidamente para abrir a porta traseira. Vários pares de olhos se viraram na direção da família, alguns com admiração, outros com inveja.

Giles claramente não gostou daquela atenção e se afastou depressa, desdenhando o chofer e também os pais. A mãe saiu atrás dele, curvou-se e puxou as meias do menino para cima antes de inspecionar pela última vez suas unhas. Hugo ficou olhando os rostos de incontáveis crianças, imaginando se reconheceria instantaneamente alguém que jamais vira.

Foi então que viu um menino subindo a ladeira, desacompanhado de pai ou mãe. Olhou para além do menino e viu uma mulher que o observava, uma mulher que jamais poderia esquecer. Ambos deviam estar se perguntando se Hugo tinha um ou dois filhos se apresentando para o primeiro dia de aulas em St. Bede's.

Quando Giles pegou catapora e teve de ficar alguns dias na enfermaria, seu pai percebeu que aquela talvez fosse sua chance de provar que Harry Clifton não era seu filho. Não disse a Elizabeth que ia visitar Giles na enfermaria, pois não a queria por perto quando fizesse uma pergunta aparentemente inocente à enfermeira-chefe.

Depois de cuidar da correspondência matinal, Hugo disse à srta. Potts que iria até St. Bede's para ver o filho e deveria ficar fora algumas horas. Foi de carro até a cidade e estacionou na frente de Frobisher House. Lembrava-se muito bem de onde ficava a enfermaria, pois teve de visitá-la com frequência enquanto estudou em St. Bede's.

Giles estava sentado na cama enquanto alguém tirava sua temperatura quando o pai entrou no quarto. O rosto do menino se iluminou assim que o viu.

A enfermeira-chefe estava sentada ao lado da cama, verificando a temperatura do paciente.

— Caiu para 36. Você poderá assistir à primeira aula na segunda--feira, meu jovem — declarou enquanto sacudia o termômetro. — Vou deixá-lo, sr. Barrington, para que o senhor possa ficar um pouquinho com o seu filho.

— Obrigado — disse Hugo. — Eu poderia dar uma palavrinha com a senhora antes de ir embora?

— Claro, sr. Barrington. Estarei na minha sala.

— Você não me parece estar tão mal assim, Giles — disse Hugo depois que a enfermeira-chefe saiu do quarto.

— Estou bem, papai. Na verdade, estava esperando que a enfermeira--chefe me desse alta no sábado de manhã para jogar futebol.

— Vou falar com ela antes de ir embora.

— Obrigado, papai.

— Então, como estão indo os estudos?

— Tudo bem — respondeu Giles. — Mas isso só porque eu divido um estúdio com os dois meninos mais inteligentes da minha turma.

— E quem são eles? — perguntou o pai, temendo a resposta.

— Um é Deakins, o garoto mais inteligente da escola. De fato, os outros meninos nem falam com ele porque o acham muito caxias. Mas meu melhor amigo é Harry Clifton. Ele também é muito inteligente, mas não tanto quanto Deakins. O senhor provavelmente já o ouviu cantar no coro. Sei que o senhor vai gostar dele.

— Mas Clifton não é filho de um estivador? — perguntou Hugo.

— É, sim, e, como o vovô, ele não esconde isso de ninguém. Mas como você sabia disso, papai?

— Acho que Clifton costumava trabalhar na empresa — respondeu Hugo, arrependendo-se imediatamente das próprias palavras.

— Deve ter sido antes do seu tempo, papai — disse Giles —, porque o pai dele morreu na guerra.

— Quem disse isso? — indagou Hugo.

— A mãe de Harry. Ela é garçonete no Royal Hotel. Fomos tomar chá lá no aniversário dele.

Hugo gostaria de ter perguntado quando era o aniversário de Clifton, mas temia que fosse interesse demais. Em vez disso, disse:

— Sua mãe manda lembranças. Acho que ela e Emma estão planejando visitar você esta semana.

— Eca! É tudo do que eu precisava — disse Giles. — Catapora e uma visita da chata da minha irmã.

— Ela não é tão ruim assim — disse o pai, rindo.

— É pior — rebateu Giles. — E parece que Grace não vai ser melhor. Elas precisam sair de férias conosco, papai?

— Claro que sim.

— Eu estava pensando que Harry Clifton poderia ir se encontrar conosco na Toscana neste verão. Ele nunca esteve no exterior.

— Não — disse Hugo com um pouco de firmeza demais. — As férias são estritamente para a família, não devem ser compartilhadas com estranhos.

— Mas ele não é um estranho — argumentou Giles. — É meu melhor amigo.

— Não — repetiu Hugo —, e ponto final — disse categórico. Giles ficou desapontado. — O que você quer de aniversário, meu garoto? — perguntou rapidamente, mudando de assunto.

— O rádio mais moderno — respondeu Giles, sem hesitação. — Chama-se Roberts Reliable.

— Vocês têm permissão para ter rádios na escola?

— Temos — disse Giles —, mas só podemos ouvir no fim de semana. Se formos pegos ouvindo depois do apagar das luzes durante a semana, os aparelhos são confiscados.

— Vou ver o que posso fazer. Você irá para casa no seu aniversário?

— Vou, mas só para um lanche. Preciso estar de volta à escola até a hora de fazer os deveres.

— Então, vou tentar aparecer por lá — disse Hugo. — Bem, vou indo. Quero dar uma palavrinha com a enfermeira-chefe antes de ir embora.

— Não se esqueça de perguntar se ela vai me dar alta no sábado de manhã — Giles relembrou enquanto o pai deixava o quarto para levar a cabo o verdadeiro motivo da sua visita.

— Fico feliz que o senhor tenha podido dar uma passadinha aqui, sr. Barrington. Isso vai animar muito Giles — disse a enfermeira-chefe enquanto ele entrava na sala. — Mas, como o senhor pôde ver, ele está quase totalmente recuperado.

— Sim, e espera ter alta no sábado de manhã para poder jogar futebol.

— Tenho certeza de que será possível — disse a enfermeira-chefe. — Mas o senhor não disse que gostaria de conversar sobre outro assunto?

— Sim. Como a senhora sabe, Giles é daltônico. Eu só gostaria de perguntar se isso está lhe causando alguma dificuldade.

— Não que eu saiba — disse a enfermeira-chefe. — Se está, certamente, não o impediu de rebater uma bola vermelha em um campo verde até chegar a uma linha branca.

Barrington riu antes de enunciar sua bem-elaborada frase seguinte.

— Nos meus tempos em St. Bede's, eu costumava ser alvo de zombarias porque era o único menino que sofria de daltonismo.

— Fique tranquilo — disse a enfermeira-chefe —, ninguém zomba de Giles. E, de qualquer maneira, o melhor amigo dele também é daltônico.

Hugo dirigiu de volta ao escritório pensando que algo precisava ser feito antes que a situação saísse de controle. Decidiu falar novamente com o coronel Danvers.

Já de volta à sua escrivaninha, disse à srta. Potts que não queria ser incomodado. Esperou até ela ter fechado a porta antes de pegar o telefone. Alguns instantes mais tarde, o comandante da polícia estava na linha.

— Aqui fala Hugo Barrington, coronel.

— Como vai, meu jovem? — perguntou o comandante.

— Estou bem, senhor. Estava pensando se o senhor poderia me aconselhar em uma questão pessoal.

— Pode falar, meu caro.

— Estou procurando um novo chefe da segurança e fiquei pensando se o senhor poderia me apontar a direção certa.

— De fato, conheço um homem que talvez satisfaça os requisitos, mas não tenho certeza se ele ainda está disponível. Vou averiguar e ligo mais tarde.

O comandante era um homem de palavra e telefonou na manhã seguinte.

— O homem que eu tinha em mente tem um emprego de meio expediente, mas está procurando algo mais permanente.

— O que pode me dizer a seu respeito? — perguntou Hugo.

— Ele estava sendo preparado para voos mais altos na força, mas teve de sair quando sofreu um ferimento grave tentando abordar um ladrão durante um ataque ao Midland Bank. Você provavelmente deve se lembrar da história. Saiu até na imprensa nacional. Na minha opinião, seria o candidato ideal para chefiar sua equipe de segurança e, francamente, seria uma sorte para você contar com ele. Se ainda estiver interessado, eu poderia enviar os detalhes.

Barrington ligou de casa para Derek Mitchell, pois não queria que a srta. Potts descobrisse o que ele estava fazendo. Concordou em se encontrar com o ex-policial no Royal Hotel às seis horas da tarde de sexta-feira, quando a sra. Clifton já tivesse ido embora e o Palm Court estivesse vazio.

Hugo chegou alguns minutos adiantado e encaminhou-se diretamente para uma mesa, que normalmente não teria levado em consideração, nos fundos do salão. Sentou-se atrás de uma pilastra, onde sabia que a reunião com Mitchell não seria vista nem ouvida. Enquanto esperava, recapitulou mentalmente uma série de perguntas que precisavam de respostas caso tivesse de confiar em um total estranho.

Faltando três minutos para as seis, um homem alto e corpulento, com um porte militar, entrou pela porta giratória. O paletó azul-escuro, as calças de flanela cinza, os cabelos curtos e os sapatos altamente polidos sugeriam uma vida disciplinada.

Hugo se pôs de pé e levantou a mão como se estivesse chamando um garçom. Mitchell atravessou lentamente o salão sem tentar disfarçar uma leve coxeadura, uma lesão que, segundo Danvers, era o motivo para ter sido afastado da polícia.

Hugo lembrou-se da última ocasião em que esteve frente a frente com um oficial de polícia, mas, daquela vez, ele é que estaria fazendo as perguntas.

— Boa noite, senhor.

— Boa noite, Mitchell — disse Hugo enquanto os dois trocavam um aperto de mãos. Depois que Mitchell se sentou, Hugo inspecionou mais de perto seu nariz quebrado e suas orelhas de couve-flor, e também lembrou que o coronel Danvers mencionara nas suas anotações que o ex-policial jogara como segunda linha no time de rúgbi de Bristol.

— Mitchell, deixe-me dizer logo de início que o assunto que quero conversar com você é de natureza altamente confidencial e deve ser mantido em segredo entre nós — disse Hugo sem perder tempo. Mitchell assentiu. — De fato, é tão confidencial que nem o coronel Danvers faz ideia do real motivo do nosso encontro, pois certamente não estou procurando um chefe para minhas operações de segurança.

Mitchell continuou com uma expressão impenetrável enquanto esperava para ouvir o que Hugo tinha a dizer.

— Estou procurando alguém para agir como detetive particular. Seu único objetivo será me apresentar mensalmente um relatório sobre as atividades de uma mulher que mora nesta cidade e, de fato, trabalha neste hotel.

— Entendo, senhor.

— Quero saber tudo o que ela faz, tanto profissional quanto pesso-almente, por mais insignificante que possa parecer. Ela nunca, e repito, nunca, deverá perceber seu interesse. Então, antes que eu revele o seu nome, você se considera capaz de executar essa tarefa?

— Essas coisas nunca são fáceis — disse Mitchell —, mas não são impossíveis. Como sargento, trabalhei em uma operação secreta que resultou na prisão de um indivíduo especialmente desprezível por 16 anos. Se ele entrasse neste hotel agora, acredito que não me reconheceria.

Hugo sorriu pela primeira vez.

— Antes de prosseguir, preciso saber se você estaria disposto a aceitar uma tarefa como essa.

— Isso dependeria de muitas coisas, senhor.

— Tais como?

— Se seria um trabalho em tempo integral, pois tenho um emprego como segurança noturno em um banco.

— Entregue sua carta de demissão amanhã — disse Hugo. — Não quero que você trabalhe para mais ninguém.

— E qual é o horário?

— Fica a seu critério.

— E meu salário?

— Pagarei oito libras por semana, um mês adiantado e também cobrirei todas as despesas legítimas.

Mitchell anuiu.

— Posso sugerir que todos os pagamentos sejam feitos em espécie para que nada possa ser rastreado até o senhor?

— Isso me parece sensato — disse Hugo, que já havia tomado essa decisão.

— E o senhor quer que os relatórios mensais sejam entregues por escrito ou apresentados pessoalmente?

— Pessoalmente. Quero que o mínimo possível seja escrito.

— Então, devemos sempre nos encontrar em locais diferentes e nunca no mesmo dia da semana. Assim, seria improvável que alguém encontrasse por acaso conosco mais de uma vez.

— Isso não é problema para mim — concordou Hugo.

— Quando deseja que eu comece, senhor?

— Você começou há meia hora — disse Barrington. Tirou um pedaço de papel e um envelope contendo 32 libras de um bolso interno e os entregou a Mitchell.

Mitchell estudou o nome e o endereço escritos no pedaço de papel por alguns instantes antes de devolvê-lo ao seu novo patrão.

— Também vou precisar do seu telefone pessoal, senhor, e detalhes de quando e onde posso contatá-lo.

— No meu escritório, em qualquer final de tarde, entre cinco e seis horas — informou Hugo. — Nunca me contate em casa, a menos que seja uma emergência — acrescentou enquanto pegava uma caneta.

— Apenas me diga os números, senhor; não os escreva.

23

— O senhor estava pensando em ir à festa de aniversário de Giles? — perguntou a srta. Potts.

Hugo olhou para a agenda. *Giles, aniversário de 12 anos, 15h, Manor House* estava escrito em negrito no topo da página.

— Tenho tempo de comprar um presente no caminho para casa?

A srta. Potts saiu da sala e voltou um instante mais tarde carregando um pacote grande embrulhado em papel vermelho brilhante e amarrado com uma fita.

— O que tem dentro? — perguntou Hugo.

— O mais moderno rádio Roberts; o que ele pediu quando o senhor o visitou mês passado.

— Obrigado, srta. Potts — disse Hugo e consultou o relógio. — É melhor eu sair agora se quiser chegar em tempo para vê-lo cortar o bolo.

A srta. Potts pôs um espesso dossiê na pasta do patrão e, antes que ele pudesse perguntar, disse:

— Suas anotações para a reunião do conselho amanhã de manhã. O senhor pode estudá-las depois que Giles tiver voltado a St. Bede's. Assim, não precisará voltar esta tarde.

— Obrigado, srta. Potts — disse Hugo. — A senhorita pensa em tudo.

Enquanto atravessava a cidade de carro a caminho de casa, Hugo não teve como não notar o aumento do número de automóveis na estrada em relação ao ano anterior. Pedestres estavam prestando mais atenção para atravessar a rua desde que o governo havia aumentado a velocidade máxima para cinquenta quilômetros por hora. Um cavalo empinou quando Hugo passou zunindo ao lado de um táxi-carruagem. Ele ficou se perguntando quanto tempo mais conseguiriam sobreviver agora que a prefeitura autorizara o primeiro táxi motorizado.

Depois que saiu da cidade, Hugo acelerou, pois não queria chegar atrasado à festa do filho. Como o garoto estava crescendo depressa! Já estava mais alto do que a mãe. Será que ficaria mais alto do que o pai?

Hugo estava confiante de que, quando Giles deixasse St. Bede's e fosse para Eton dali a um ano, sua amizade com Clifton logo seria esquecida, embora reconhecesse que havia outras dificuldades que ainda precisavam ser resolvidas.

Ele desacelerou ao atravessar o portão da propriedade. Hugo sempre gostava de dirigir em meio à longa avenida de carvalhos que levava até Manor House. Jenkins estava em pé no degrau superior quando o patrão desceu do carro. Abriu a porta da casa e disse:

— A sra. Barrington está no salão, senhor, com o menino Giles e dois dos seus amigos da escola.

Enquanto Hugo entrava no saguão, Emma desceu correndo a escada e envolveu o pai em um abraço.

— O que tem nesse pacote? — perguntou.

— Um presente de aniversário para o seu irmão.

— Sim, mas o que é?

— Você terá de esperar para ver, mocinha — disse o pai com um sorriso antes de entregar a pasta ao mordomo. — Ponha no meu estúdio, Jenkins — disse enquanto Emma pegava sua mão e começava a puxá-lo em direção ao salão.

O sorriso de Hugo evaporou no momento em que abriu a porta e viu quem estava sentado no sofá.

Giles levantou-se com um pulo e correu na direção do pai, que lhe entregou o pacote e disse:

— Feliz aniversário, meu garoto.

— Obrigado, papai — disse Giles antes de apresentar os amigos.

Hugo apertou a mão de Deakins, mas, quando Harry esticou a sua, disse apenas:

— Boa tarde, Clifton — e se sentou em sua poltrona favorita.

Hugo ficou observando com interesse enquanto Giles desamarrava a fita do embrulho e, em seguida, os dois viam o presente pela primeira vez. Nem mesmo a alegria demonstrada pelo filho com o novo rádio conseguiu pôr um sorriso nos lábios de Barrington. Ele tinha uma pergunta que precisava fazer a Clifton, mas a resposta do menino não deveria parecer minimamente importante.

Ele permaneceu em silêncio enquanto os três meninos se revezavam para sintonizar as duas estações e ouvir as vozes e músicas estranhas que saíam do alto-falante; uma atividade regularmente seguida de risos ou aplausos.

A sra. Barrington estava conversando com Harry a respeito de uma recente apresentação do *Messiah* que havia visto, acrescentando que apreciara muito o desempenho do menino em *I Know That My Redeemer Liveth.*

— Obrigado, sra. Barrington — disse Harry.

— Você espera entrar para a Bristol Grammar School depois de St. Bede's, Clifton? — perguntou Hugo, identificando uma brecha.

— Só se eu ganhar uma bolsa de estudos, senhor — respondeu o menino.

— Mas por que isso é importante? — perguntou a sra. Barrington. — Certamente vão lhe oferecer uma vaga, como a todos os outros garotos.

— Porque a minha mãe não poderia arcar com os custos, sra. Barrington. Ela é garçonete no Royal Hotel.

— Mas seu pai...

— Ele já faleceu — atalhou Harry. — Morreu na guerra.

— Sinto muito — disse a sra. Barrington. — Eu não sabia.

Naquele momento, a porta se abriu e o submordomo entrou no salão carregando um grande bolo em uma bandeja de prata. Depois de Giles ter conseguido soprar as doze velinhas de uma só vez, todos aplaudiram.

— E quando é seu aniversário, Clifton? — perguntou Hugo.

— Foi no mês passado, senhor — respondeu Harry.

Depois que Giles cortou o bolo, Hugo se levantou e saiu do aposento sem nada mais a dizer.

Foi direto para o estúdio, mas descobriu que não conseguia se concentrar nos documentos da reunião do conselho no dia seguinte. A resposta de Clifton significava que ele precisaria procurar a opinião de um advogado especializado em direito sucessório.

Depois de cerca de uma hora, ele ouviu vozes no saguão. Em seguida, o barulho da porta da frente se fechando e o som de um carro se afastando. Alguns minutos mais tarde, uma batida à porta do estúdio e Elizabeth entrou.

— Por que você nos deixou tão de repente? — ela perguntou. — E por que não foi se despedir, já que sabia que Giles e seus convidados estavam indo embora?

— Tenho uma reunião do conselho bastante complicada amanhã de manhã — Hugo respondeu sem levantar a cabeça.

— Isso não é motivo para não se despedir do seu filho, especialmente no dia do aniversário dele.

— Estou com a cabeça cheia — ele disse, ainda olhando para as anotações.

— Certamente, nada é tão importante a ponto de você precisar ser grosseiro com os convidados. Você foi mais seco com Harry Clifton do que seria com um dos criados.

Hugo levantou a cabeça pela primeira vez.

— Provavelmente porque considero Clifton inferior aos nossos criados — disparou. Elizabeth pareceu consternada. — Você sabia que o pai dele foi estivador e que a mãe é garçonete? Não sei se esse é o tipo de menino com o qual Giles deveria estar se entrosando.

— Giles claramente tem outra opinião a respeito e, seja qual for sua origem, Harry é um menino encantador. Não entendo por que tanta implicância com ele. Você não tratou Deakins dessa maneira, e o pai dele é jornaleiro.

— Mas ele é um bolsista por aproveitamento.

— E Harry ganhou a bolsa de estudos do coro, como todos os cidadãos que frequentam a igreja em Bristol sabem. Da próxima vez que você o vir, espero que seja um pouco mais educado.

Sem dizer mais nada, Elizabeth saiu do estúdio, fechando a porta com firmeza.

Sir Walter Barrington permaneceu em seu lugar à cabeceira da mesa de reuniões enquanto seu filho entrava na sala.

— Estou ficando cada vez mais preocupado com o projeto de lei do governo sobre tarifas de importação — disse Hugo enquanto se sentava à direita do pai — e o efeito que isso poderá surtir no nosso balancete.

— Por isso temos um advogado no conselho — disse Sir Walter —, para nos orientar sobre questões desse tipo.

— Mas calculei que isso poderia nos custar vinte mil libras por ano, caso venha a se tornar lei. O senhor não acha que devemos procurar uma segunda opinião?

— Acho que eu poderia falar com Sir James Amhurst da próxima vez em que for a Londres.

— Vou a Londres na terça-feira para o jantar anual da Associação Britânica de Proprietários de Navios — disse Hugo. — Como ele é o principal conselheiro do setor, talvez eu deva conversar com ele.

— Apenas se você estiver convencido de que é necessário — disse Sir Walter. — E não se esqueça de que Amhurst cobra por hora, mesmo durante o jantar.

O jantar da Associação Britânica de Proprietários de Navios aconteceu em Grosvenor House com a presença de mais de mil membros e convidados.

Hugo havia telefonado de antemão à secretária da associação e perguntado se podia ser colocado ao lado de Sir James Amhurst. A secretária levantou uma sobrancelha, mas concordou em rearrumar os convidados da mesa principal. Afinal de contas, o velho Joshua Barrington havia sido um dos fundadores da associação.

Depois de o bispo de Newcastle ter dado graças, Hugo não tentou interromper o eminente advogado enquanto ele estava entretido em uma conversa com o homem à sua direita. Todavia, quando ele finalmente voltou a atenção para o estranho que colocaram à sua esquerda, Hugo não perdeu tempo e foi direto ao assunto.

— Meu pai, Sir Walter Barrington — iniciou, capturando a atenção da sua presa —, está deveras preocupado com o projeto de lei sobre tarifas de importação que está tramitando na Câmara dos Comuns e com os efeitos que ele poderá surtir no setor. Ele gostaria de saber se poderia consultá-lo a respeito da próxima vez que estiver em Londres.

— Sem dúvida, meu caro rapaz — disse Sir James. — Basta pedir que a secretária dele ligue para meu auxiliar e garanto que estarei livre durante sua próxima vinda à cidade.

— Obrigado, senhor — disse Hugo. — Passando para um assunto mais leve, o senhor por acaso já leu alguma coisa de Agatha Christie?

— Não — respondeu Sir James. — Ela escreve bem?

— Estou gostando muito do seu último livro, *Where There's a Will* — disse Hugo —, mas não sei ao certo se a trama se sustentaria em um tribunal.

— O que ela sugere? — perguntou Amhurst enquanto uma fatia de carne cozida demais servida em um prato frio era posta à sua frente.

— De acordo com a srta. Christie, o filho mais velho de um cavaleiro hereditário herda automaticamente o título do pai, mesmo que a criança seja ilegítima.

— Ah, esse é, de fato, um enigma judicial interessante — observou Sir James. — Na verdade, os Lordes Judiciais analisaram recentemente um caso desse tipo. Benson contra Carstairs, se não me falha a memória. Muitas vezes, a imprensa se refere ao caso como "a emenda do bastardo".

— E a que conclusão os eminentes lordes chegaram? — perguntou Hugo tentando não parecer interessado demais.

— Caso nenhuma falha pudesse ser encontrada no testamento original, eles se pronunciariam a favor do primogênito, mesmo que o jovem em questão fosse ilegítimo — outra resposta que Hugo não queria ouvir. — Todavia — prosseguiu Sir James —, os ilustres lordes decidiram se precaver e acrescentaram um codicilo segundo o qual cada caso deveria ser tratado de acordo com os próprios méritos e somente após ter sido analisado pelo Rei de Armas da Jarrateira. Típico dos Lordes Judiciais — acrescentou antes de pegar a faca e atacar a carne. — Temerosos demais para abrir um precedente, mas sempre prontos a passar a batata quente adiante.

Quando Sir James voltou a dar atenção ao homem à sua direita, Hugo pensou sobre as consequências caso Harry Clifton descobrisse que poderia ter direito a herdar não apenas a transportadora marítima Barrington, mas também a propriedade da família. Ter de admitir que havia gerado um filho ilegítimo já seria muito ruim, mas a ideia de Harry Clifton herdando o título de família após sua morte e se tornando Sir Harry era insuportável. Hugo estava disposto a fazer qualquer coisa ao seu alcance para impedir tal desfecho.

24

Hugo Barrington estava tomando café da manhã quando leu a carta do diretor de St. Bede's relatando com detalhes um apelo que a escola estava lançando para angariar mil libras para a construção de um novo pavilhão de críquete para a equipe titular. Ele abriu o talão de cheques e escreveu a cifra "100" quando foi distraído pelo som de um carro que estacionava no pavimento de cascalho do lado de fora da casa.

Hugo foi até a janela para ver quem poderia estar fazendo uma visita tão cedo em uma manhã de sábado. Ficou intrigado quando viu o filho saltar de um táxi carregando uma mala, pois estava ansioso para vê-lo como primeiro rebatedor da escola naquela tarde na partida final da temporada contra Avonhurst.

Jenkins apareceu bem na hora de abrir a porta enquanto Giles alcançava o degrau superior da escada.

— Bom dia, sr. Giles — disse o mordomo, como se o estivesse esperando.

Hugo saiu rapidamente da sala de café da manhã e viu o filho em pé no saguão com a cabeça abaixada e a mala ao lado.

— O que você está fazendo em casa? — perguntou. — Ainda não falta uma semana para o final do período?

— Fui suspenso — Giles disse simplesmente.

— Suspenso? — repetiu o pai. — E posso saber o que você fez para merecer isso?

Giles olhou para Jenkins, que estava em silêncio ao lado da porta de entrada.

— Vou subir com a mala do sr. Giles para o quarto — anunciou o mordomo antes de pegar a mala e subir lentamente a escada.

— Siga-me — disse Hugo depois que o mordomo saiu de vista.

Nenhum dos dois falou novamente até Hugo ter fechado a porta do estúdio atrás de si.

— O que você aprontou para a escola tomar uma medida tão drástica? — perguntou o pai enquanto afundava em sua poltrona.

— Fui pego roubando da loja de doces — respondeu Giles, que fora deixado em pé no meio do aposento.

— Alguma explicação simples? Um mal-entendido talvez?

— Não, senhor — disse Giles, refreando as lágrimas.

— Você tem algo a dizer para se defender?

— Não, senhor — repetiu Giles e hesitou. — Exceto...

— Exceto o quê?

— Sempre dei os doces, papai. Nunca fiquei com eles para mim.

— Para Clifton, sem dúvida.

— E para Deakins também — completou Giles.

— Foi Clifton que induziu você a isso?

— Não, não foi — respondeu Giles com firmeza. — Na verdade, depois que descobriu o que eu andava aprontando, Harry sempre devolvia à loja os doces que eu dava a ele e a Deakins. Até levou a culpa quando o sr. Frobisher o acusou de roubá-los.

Seguiu-se um longo silêncio antes que o pai dissesse:

— Então você foi suspenso e não expulso?

Giles anuiu.

— Acha que vão permitir que você volte no próximo período?

— Duvido — disse Giles.

— Por que tem tanta certeza disso?

— Porque nunca vi o diretor com tanta raiva.

— Nem a metade da raiva da sua mãe quando ela descobrir.

— Por favor, não conte para ela, papai — suplicou Giles, caindo em prantos.

— E como você espera que eu explique para ela que você veio para casa uma semana mais cedo e que talvez nem volte para St. Bede's no próximo período?

Giles não tentou responder, mas continuou a soluçar.

— E só Deus sabe o que seus avós vão dizer — o pai acrescentou — quando eu tiver de contar a eles por que você não irá para Eton afinal das contas.

Seguiu-se outro longo silêncio.

— Vá para o seu quarto e nem pense em descer novamente até eu mandar.

— Sim, senhor — disse Giles virando-se para sair.

— E, de qualquer maneira, não fale disso com ninguém, principalmente diante dos criados.

— Sim, papai — confirmou Giles, saindo correndo do estúdio e quase trombando com Jenkins na escada.

Hugo inclinou-se para a frente na poltrona, tentando pensar se haveria alguma maneira de reverter a situação antes que tivesse de enfrentar o inevitável telefonema do diretor da escola. Apoiou os cotovelos na escrivaninha e pôs a cabeça entre as mãos, mas algum tempo se passou até seus olhos se fixarem no cheque.

Um sorriso cruzou seus lábios enquanto ele acrescentava mais um zero antes de assiná-lo.

25

Mitchell estava sentado no canto dos fundos da sala de espera lendo o *Bristol Evening Post* quando Hugo atravessou o recinto e sentou-se ao seu lado. Estava tão frio que Hugo manteve as mãos nos bolsos.

— A pessoa em questão — disse Mitchell ainda olhando para o jornal — está tentando angariar quinhentas libras para um empreendimento.

— Em que tipo de empreendimento pode estar interessada.

— A casa de chá Tilly's — respondeu Mitchell. — Parece que a pessoa em questão trabalhou lá antes de passar para o Palm Court no Royal. A srta. Tilly recebeu recentemente uma oferta de quinhentas libras de um tal Edward Atkins. A srta. Tilly não gosta muito de Atkins e deixou claro que preferiria que essa pessoa assumisse o negócio caso consiga levantar a mesma quantia.

— Onde poderia obter tanto dinheiro assim?

— Talvez com alguém que quisesse ter controle financeiro sobre ela, o que poderia se revelar vantajoso mais adiante.

Hugo ficou em silêncio. Os olhos de Mitchell nunca se desviaram do jornal.

— Ela abordou alguém para tentar obter o dinheiro? — Hugo acabou perguntando.

— Atualmente, está se aconselhando com o sr. Patrick Casey, que representa a Dillons and Co., uma empresa financeira com sede em Dublin. Eles são especializados em obter empréstimos para clientes mais reservados.

— Como entro em contato com Casey?

— Não o aconselho a fazer isso — disse Mitchell.

— Por que não?

— Ele visita Bristol aproximadamente uma vez por mês e sempre fica no Royal.

— Não precisaríamos nos encontrar no Royal.

— Ele estabeleceu um relacionamento pessoal íntimo com a pessoa em questão. Toda vez que está na cidade, leva-a para jantar ou ao teatro, e, recentemente, foi vista voltando com ele para o hotel, onde ocasionalmente passam a noite juntos no quarto 371.

— Fascinante — disse Hugo. — Mais alguma coisa?

— Talvez também seja do seu interesse saber que essa pessoa é cliente do National Provincial, em Corn Street, 49. O gerente é o sr. Prendergast. A conta corrente dela está apresentando um total de 12 libras e nove xelins.

Hugo gostaria de ter perguntado como Mitchell obtivera aquela informação específica, mas contentou-se em dizer:

— Excelente. Assim que conseguir mais alguma informação, por mais insignificante que seja, ligue para mim.

Tirou um envelope volumoso do bolso do casaco e o empurrou sobre a mesa até Mitchell.

— Chegando agora na plataforma nove o trem das 7h22 proveniente de Taunton.

Mitchell embolsou o envelope, dobrou o jornal e saiu da sala de espera. Não olhou para seu empregador nenhuma vez.

Hugo não foi capaz de esconder sua irritação ao descobrir o verdadeiro motivo para Giles não ter recebido a oferta de uma vaga em Eton. Ligou para o diretor, que se recusou a atender seus telefonemas, para o provável coordenador do alojamento, que solidarizou-se, mas não ofereceu nenhuma esperança de redenção, e até para o reitor, que disse que retornaria a ligação, mas não o fez. Embora não soubessem por que, nos últimos tempos, Hugo perdia a paciência com tanta regularidade e sem motivo aparente, Elizabeth e as meninas continuavam a suportar o peso do mau comportamento de Giles sem se alterar.

Relutante, Hugo acompanhou Giles à Bristol Grammar School em seu primeiro dia de aula, mas não permitiu que Emma nem Grace os acompanhasse, apesar de Emma ter caído em prantos e ficado emburrada.

Quando estacionou o carro em College Street, a primeira pessoa que Hugo viu perto do portão da escola foi Harry Clifton. Antes mesmo de ele ter puxado o freio de mão, Giles já havia saltado e atravessado o gramado correndo para cumprimentar o amigo.

Hugo evitou se misturar com os outros pais, com os quais Elizabeth parecia conversar alegremente, e, quando se deparou com Clifton sem querer, fez questão de não apertar a mão do menino.

Na viagem de volta a Manor House, Elizabeth perguntou ao marido por que ele tratava o melhor amigo de Giles com tanto desdém. Hugo lembrou à esposa que o filho deles deveria ter ido para Eton, onde poderia se entrosar com outros cavalheiros, e não com os filhos dos comerciantes locais e, no caso de Clifton, coisa muito pior. Elizabeth recolheu-se à segurança relativa do silêncio, como costumava fazer com frequência ultimamente.

26

— Casa de chá local destruída pelo fogo! Suspeita de incêndio crimi-
noso! — gritava o vendedor de jornais em pé na esquina de Broad Street.
Hugo pisou no freio, saltou do carro e entregou meio *penny* ao garoto.
Começou a ler a primeira página enquanto voltava para o carro.

> A Casa de Chá Tilly's, uma instituição de Bristol, muito
> frequentada pelos cidadãos locais, foi destruída durante a
> madrugada. A polícia prendeu um homem com pouco mais
> de trinta anos e o acusou de incêndio criminoso. A srta. Tilly,
> que atualmente mora na Cornualha...

Hugo sorriu quando viu a fotografia de Maisie Clifton e suas funcionárias em pé na calçada, inspecionando taciturnas os restos calcinados
da Tilly's. Os deuses estavam claramente do seu lado.

Ele entrou novamente no carro, pôs o jornal no banco do passageiro
e continuou sua viagem até o Zoológico de Bristol. Precisaria marcar
um encontro logo cedo com o sr. Prendergast.

Mitchell aconselhara que, se ele quisesse manter em segredo o fato de
ser o financiador da pessoa em questão, os encontros com Prendergast
deveriam acontecer nos escritórios da Barrington's, de preferência
depois que a srta. Potts já tivesse ido para casa ao fim do dia. Hugo não
tentou explicar a Mitchell que não tinha certeza de que a srta. Potts realmente ia para casa à noite. Ele estava ansioso para aquele encontro com
Prendergast, no qual decretaria o fim de Maisie, mas, antes, havia outra
pessoa que ele precisava ver.

Mitchell estava dando de comer a Rosie quando ele chegou.

Hugo aproximou-se lentamente, apoiou-se na grade e fingiu estar interessado na elefanta indiana que o Zoológico de Bristol adquirira recentemente em Uttar Pradesh e que já estava atraindo um grande número de visitantes. Mitchell jogou um naco de pão, que Rosie pegou com a tromba e transferiu para a boca com um único movimento fluido.

— A pessoa em questão voltou a trabalhar no Royal Hotel — disse Mitchell, como se estivesse falando com a elefanta. — Está no turno da noite no Palm Court, das dez até as seis da manhã seguinte. Ganha três libras por semana mais as gorjetas que conseguir, que não são muitas, pois poucos são os clientes àquela hora da noite — explicou, jogando outra casca de pão para a elefanta antes de continuar. — Um tal Bob Burrows foi preso e acusado de incêndio doloso. Burrows era o fornecedor de *pâtisserie* antes de a pessoa em questão o dispensar. Ele confessou tudo e até admitiu que havia planejado pedir a pessoa em casamento, tendo até comprado um anel de noivado, mas ela o rejeitou; ao menos, é o que ele disse.

Um sorriso cruzou os lábios de Hugo.

— E quem é o responsável pelo caso? — perguntou.

— Um certo detetive-inspetor Blakemore — respondeu Mitchell. O sorriso de Hugo foi substituído por uma expressão de desagrado. — Embora achasse inicialmente que essa pessoa em questão pudesse ser cúmplice de Burrows — prosseguiu Mitchell —, Blakemore já informou à seguradora Bristol and West of England que ela não é mais considerada suspeita.

— Uma pena — disse Hugo com o cenho ainda franzido.

— Não necessariamente — observou Mitchell. — A seguradora emitirá um cheque de seiscentas libras para a sra. Clifton como liquidação do sinistro.

Hugo sorriu.

— Será que chegou a contar ao filho? — disse Hugo quase para si mesmo.

Se Mitchell ouviu o comentário, ignorou-o.

— A única outra informação que pode ser do seu interesse — continuou — é que o sr. Patrick Casey hospedou-se no Royal Hotel na noite de sexta-feira e levou a pessoa em questão para jantar no Plimsoll Line. Eles voltaram ao hotel mais tarde, quando ela o acompanhou até o quarto número 371, saindo apenas depois das sete horas da manhã seguinte.

Seguiu-se um longo silêncio, sempre um sinal de que Mitchell chegara ao final do seu relatório mensal. Hugo tirou um envelope do bolso interno e o empurrou na direção de Mitchell, que não fez menção de pegá-lo, pois estava jogando o último pedaço de pão para uma alegre Rosie.

— O sr. Prendergast gostaria de vê-lo — disse a srta. Potts, afastando-se para o lado para permitir que o funcionário do banco entrasse no escritório do diretor-chefe.

— Foi gentileza sua vir até aqui — disse Hugo. — Tenho certeza de que o senhor entende por que eu não quis discutir uma questão tão confidencial no banco.

— Perfeitamente — concordou Prendergast, que abriu sua bolsa Gladstone e retirou lá de dentro um espesso dossiê antes mesmo de se sentar. Deslizou sobre a escrivaninha uma única folha de papel até o sr. Barrington.

Hugo verificou a última linha antes de se recostar.

— Gostaria de recapitular, se me permite — disse Prendergast. — O senhor investiu uma quantia de quinhentas libras, que permitiu à sra. Clifton adquirir o estabelecimento conhecido como Tilly's, uma casa de chá em Broad Street. O acordo era que o montante total, acrescido dos juros compostos à taxa de 5% ao ano, seria pago ao credor no prazo de cinco anos.

"Embora a Tilly's tenha conseguido declarar um pequeno lucro operacional durante o primeiro ano da gestão da sra. Clifton, e também no segundo, nunca houve um superávit suficiente para que ela pagasse os juros nem parte do capital emprestado, de maneira que, no momento do incêndio, a sra. Clifton lhe devia 572 libras e 16 xelins. A essa quantia, devo acrescentar tarifas bancárias de vinte libras, perfazendo um total de 592 libras e 16 xelins. Isso, é claro, será coberto pelo pagamento do seguro, o que significa que, embora o seu investimento esteja assegurado, a sra. Clifton ficará praticamente sem nada.

— Que azar! — disse Hugo. — Posso perguntar por que o montante final parece não incluir nenhum honorário relativo aos serviços prestados pelo sr. Casey? — acrescentou após estudar as cifras mais atentamente.

— Porque o sr. Casey informou ao banco que não apresentará nenhuma conta por seus serviços.

Hugo franziu as sobrancelhas.

— Essa pelo menos é uma boa notícia para a pobre mulher.

— De fato. Entretanto, receio que ela não conseguirá mais pagar os custos do filho na Bristol Grammar School no próximo período.

— Que tristeza! — disse Hugo. — Então, o menino terá de ser tirado da escola?

— Lamento dizer que essa é a conclusão inevitável — respondeu o sr. Prendergast. — É uma lástima, pois ela é louca pelo menino e acho que sacrificaria quase tudo para mantê-lo lá.

— Uma lástima mesmo — repetiu Hugo enquanto fechava o dossiê e se levantava da cadeira. — Não vou mais tomar seu tempo, sr. Prendergast — acrescentou. — Tenho um compromisso na cidade em cerca de meia hora. Gostaria de uma carona?

— É muita gentileza sua, sr. Barrington, mas não vai ser necessário. Vim com meu próprio carro.

— O que o senhor dirige? — Hugo perguntou enquanto pegava sua pasta e se encaminhava para a porta.

— Um Morris Oxford — disse Prendergast, enfiando rapidamente alguns papéis de volta em sua bolsa Gladstone e saindo do escritório atrás de Hugo.

— O carro do povo — observou Hugo. — Disseram-me que, assim como o senhor, ele é muito confiável — e ambos riram enquanto desciam a escada juntos. — Situação triste a da sra. Clifton — comentou Hugo enquanto eles saíam do edifício. — Mas, ao mesmo tempo, não sei ao certo se concordo com mulheres se envolvendo em negócios. Não é o caminho natural das coisas.

— Tendo a concordar — disse Prendergast enquanto os dois homens paravam ao lado do carro de Barrington. — Mas veja bem — acrescentou —, o senhor não poderia ter feito mais pela pobre mulher.

— É muita bondade sua dizer isso, sr. Prendergast — comentou Hugo. — Mas, apesar disso, ficaria grato se meu envolvimento pudesse ficar estritamente entre nós dois.

— É claro, senhor — assegurou Prendergast enquanto os dois homens trocavam um aperto de mãos —, pode confiar em mim.

— Ficaremos em contato, meu camarada — disse Hugo enquanto entrava no carro. — Não tenho dúvida de que solicitarei novamente os serviços do banco.

Prendergast sorriu.

Enquanto Hugo dirigia rumo à cidade, seus pensamentos se voltaram para Maisie Clifton. Ele desferira um golpe do qual era improvável que ela se recuperasse, mas, agora, ele queria levá-la a nocaute.

Barrington entrou em Bristol pensando onde ela estava naquele momento. Provavelmente, sentando-se com o filho para explicar por que ele teria de deixar a BGS no final do período de verão. Será que, mesmo por um fugaz instante, ela imaginou que Harry poderia continuar os estudos como se nada tivesse acontecido? Hugo decidiu que não abordaria o assunto com Giles até que o garoto lhe contasse a triste notícia de que seu amigo Harry não voltaria à BGS junto com ele para o penúltimo ano do ensino secundário.

Até mesmo a simples ideia de o seu próprio filho ter de frequentar a Bristol Grammar School ainda o enchia de raiva, mas Hugo nunca deixou que Elizabeth nem seu pai conhecessem o verdadeiro motivo de Giles não ter conseguido uma vaga em Eton.

Após ter passado pela catedral, ele seguiu por College Green antes de virar na entrada do Royal Hotel. Estava alguns minutos adiantado para o compromisso, mas confiante de que o gerente não o faria esperar. Abriu caminho pelas portas giratórias e atravessou o saguão, sem precisar que lhe dissessem onde ficava o escritório do sr. Frampton.

A secretária do gerente levantou-se rapidamente no instante em que Hugo entrou na sala.

— Vou avisar ao sr. Frampton que o senhor está aqui — disse, quase correndo para o escritório ao lado. O gerente apareceu logo em seguida.

— Que prazer em vê-lo, sr. Barrington! — disse, abrindo caminho para o seu escritório. — Espero que o senhor e a sra. Barrington estejam bem.

Hugo anuiu e sentou-se na frente do gerente do hotel, mas não apertou sua mão.

— Quando o senhor pediu para me ver, tomei a liberdade de verificar novamente os planos para o jantar anual da sua empresa — disse Frampton. — Pouco mais de trezentos convidados, certo?

— Não me interessa quantos convidados virão — disse Hugo. — Esse não é o motivo para eu ter vindo falar com você, Frampton. Quero discutir uma questão pessoal que julgo muito desagradável.

— Lamento ouvir isso — disse Frampton, pondo as costas em posição totalmente ereta.

— Um dos nossos diretores não executivos estava pernoitando no hotel na quinta-feira e, no dia seguinte, fez uma acusação muito grave que julgo ser minha obrigação trazer ao seu conhecimento.

— Sim, claro — disse Frampton esfregando as suadas palmas das mãos nas calças. — A última coisa que queremos é aborrecer um dos nossos mais prezados clientes.

— Fico feliz em ouvir isso. O cavalheiro em questão registrou-se no hotel depois que o restaurante já havia fechado e foi ao Palm Court na esperança de que lhe fosse servida uma refeição leve.

— Um serviço que eu mesmo criei — certificou Frampton, permitindo-se um sorrisinho forçado.

— Ele fez um pedido a uma jovem que parecia ser a responsável — continuou Hugo, ignorando o comentário.

— Sim, deve ter sido a sra. Clifton.

— Não faço ideia de quem fosse — atalhou Hugo. — No entanto, enquanto ela estava servindo uma xícara de café e alguns sanduíches, outro cavalheiro adentrou o Palm Court, fez um pedido e perguntou se poderia ser servido no quarto. A única coisa que meu amigo lembra desse homem é que ele tinha um leve sotaque irlandês. Em seguida, meu amigo assinou a conta e se recolheu aos seus aposentos. Levantou cedo na manhã seguinte, pois desejava tomar café da manhã e revisar seus documentos antes da reunião do conselho. Quando saiu do quarto, viu a mesma mulher, ainda vestindo o uniforme do hotel, saindo do quarto 371. Em seguida, ela foi até o final do corredor, subiu na janela e desceu pela saída de incêndio.

— Estou horrorizado, senhor. Eu...

— O membro do conselho em questão pediu que, sempre que vier a Bristol no futuro, seja feita uma reserva em outro hotel. Bem, não quero parecer puritano, mas o Royal sempre foi um lugar ao qual tenho prazer de trazer minha mulher e meus filhos.

— Pode ter certeza, sr. Barrington, que a pessoa em questão será demitida imediatamente e não receberá referências. Permita-me acrescentar que fico muito agradecido pelo senhor ter trazido essa informação ao meu conhecimento.

Hugo levantou-se.

— É claro, não quero que nenhuma menção a mim ou à empresa seja feita caso você ache necessário demitir a tal jovem.

— Pode contar com a minha discrição — assegurou Frampton.

Hugo sorriu pela primeira vez.

— Falando de algo mais alegre, deixe-me dizer que estamos todos ansiosos pelo jantar anual, que, sem dúvida, terá o alto nível de sempre. No ano que vem, vamos comemorar o centenário da empresa; portanto, tenho certeza de que meu pai vai querer esbanjar.

Os dois homens riram um pouco alto demais.

— Pode contar conosco, sr. Barrington — disse Frampton enquanto acompanhava o cliente para fora do escritório.

— E mais uma coisa, Frampton — acrescentou Hugo enquanto eles atravessavam o saguão. — Eu preferiria que você não comentasse nada disso com Sir Walter. Meu pai pode ser um pouco antiquado em questões como essas; então, acho melhor que isso fique entre nós.

— Concordo plenamente, sr. Barrington — disse Frampton. — Pode ficar tranquilo, vou cuidar pessoalmente dessa questão.

Enquanto passava pela porta giratória no caminho de volta, Hugo não podia deixar de pensar em todas as horas que Mitchell deve ter passado no Royal antes de conseguir lhe dar uma informação tão valiosa quanto aquela.

Ele entrou no carro, deu a partida no motor e prosseguiu no caminho para casa. Ainda estava pensando em Maisie Clifton quando sentiu alguém cutucar seu ombro. Teve um momento de pânico enquanto se virava para ver quem estava sentado no banco de trás. Até ficou se perguntando se ela havia descoberto que ele se encontraria com Frampton.

— O que você quer? — perguntou sem desacelerar, com medo que alguém os visse juntos.

Enquanto ouvia os pedidos, ele só conseguia pensar no que Maisie havia feito para estar tão bem informada. Quando ela terminou, Hugo concordou prontamente com tudo, sabendo que aquela seria a maneira mais fácil de tirá-la do carro.

A sra. Clifton pôs um envelope marrom sobre o banco do passageiro ao seu lado.

— Vou ficar esperando notícias suas — disse.

Hugo pôs o envelope em um bolso interno. Só desacelerou quando chegou a um beco escuro, mas não parou até ter certeza de que ninguém podia vê-los. Saltou do carro e abriu a porta traseira. Quando viu a expressão em seu rosto, percebeu com toda a clareza que ela achava que havia atingido o objetivo.

Hugo lhe permitiu um momento de triunfo antes de agarrá-la pelos ombros e sacudi-la como se estivesse tentando arrancar de uma árvore uma maçã obstinada. Quando não deixou dúvida do que aconteceria se ela voltasse a importuná-lo, acertou-lhe um soco na cara com toda a força. Ela caiu no chão, formando uma bola com o corpo, e não parou de tremer. Hugo pensou em chutar sua barriga, mas não queria correr o risco de ser visto por um transeunte. Pegou o carro e foi embora sem pensar mais naquela mulher.

O VELHO JACK TAR

1925-1936

27

Em uma amena tarde de quinta-feira no Transvaal Setentrional, matei onze homens, e uma nação agradecida me condecorou com a Cruz Victoria por serviços prestados que superaram o mero cumprimento de obrigações. Desde então, nunca mais tive uma noite de sono tranquila.

Se eu tivesse matado um inglês em minha terra natal, um juiz teria me condenado à morte por enforcamento. Em vez disso, fui condenado a uma espécie de prisão perpétua, pois ainda vejo os rostos daqueles onze jovens infelizes todos os dias, como uma imagem em uma moeda que nunca desaparece. Muitas vezes, pensei em me suicidar, mas essa seria a solução de um covarde.

Na menção honrosa, publicada no *The Times*, foi dito que minhas ações salvaram a vida de dois oficiais, cinco suboficiais e 17 soldados rasos do regimento Royal Gloucestershire. Um desses oficiais, o tenente Walter Barrington, permitiu que eu cumprisse minha pena com alguma dignidade.

Semanas após a ação, fui enviado de volta para a Inglaterra e, alguns meses mais tarde, recebi baixa com honras após o que hoje seria descrito como um esgotamento nervoso. Depois de seis meses em um hospital do Exército, fui posto em liberdade novamente. Mudei de nome, evitei minha cidade natal, Wells, em Somerset, e parti para Bristol. Ao contrário do filho pródigo, recusei-me a viajar mais alguns quilômetros até o condado seguinte, no qual poderia desfrutar da tranquilidade da casa do meu pai.

Durante o dia, eu vagava pelas ruas de Bristol, revirando as latas de lixo em busca de restos, e, à noite, meu quarto era um parque, minha cama era um banco, meu cobertor era um jornal e meu despertador era o canto do primeiro pássaro que anunciava a alvorada. Quando estava frio ou úmido demais, eu me recolhia à sala de espera de uma estação ferroviária local, onde dormia embaixo do banco e me levantava antes de o primeiro trem chegar na manhã seguinte. À medida que as noites se tornavam mais longas, eu me inscrevia como hóspede não pagante do Exército da Salvação na Little George Street, onde senhoras bondosas me davam pão cascudo e sopa rala antes que eu dormisse em um colchão de crina de cavalo embaixo de um único cobertor. Luxo.

Com o passar dos anos, esperava que meus ex-colegas de armas e irmãos do oficialato deduzissem que eu estava morto. Eu não queria que descobrissem que aquele era o cárcere que havia escolhido para cumprir minha pena de prisão perpétua. E as coisas podiam ter ficado assim se um Rolls-Royce não tivesse parado no meio da rua. A porta traseira se abriu e, lá de entro, saiu um homem que eu não via havia anos.

— Capitão Tarrant! — gritou enquanto avançava na minha direção. Desviei o olhar, esperando que ele achasse que havia se enganado. Mas lembro-me muito bem de que Walter Barrington não era um homem que duvidava de si mesmo. Ele me pegou pelos ombros e olhou para mim durante um tempo antes de dizer:

— Como isso é possível, meu camarada?

Quanto mais eu tentava convencê-lo de que não precisava da sua ajuda, maior era a sua determinação em se tornar meu salvador. Finalmente, cedi, mas não antes de ele ter concordado com meus termos e condições.

De início, suplicou que me unisse a ele e à esposa em Manor House, mas eu havia sobrevivido tempo demais sem um teto sobre minha cabeça para considerar tal conforto apenas um fardo. Ele até me ofereceu um assento no conselho da transportadora marítima que levava seu nome.

— Que serventia eu poderia ter para você? — perguntei.

— Sua mera presença, Jack, seria uma inspiração para todos nós.

Agradeci, mas expliquei que ainda não havia cumprido totalmente minha sentença pelo assassinato de onze homens. Mesmo assim, ele não cedeu.

Finalmente, concordei em aceitar o emprego de vigia noturno nas docas, com um salário de três libras por semana e moradia: um vagão Pullman abandonado se tornou a minha cela. Suponho que poderia ter dado prosseguimento à minha prisão perpétua até o dia em que morresse se não tivesse feito contato com Harry Clifton.

Harry diria, anos mais tarde, que plasmei toda a sua vida. Na verdade, foi ele que salvou a minha.

Da primeira vez que cruzei com o jovem Harry, ele não devia ter mais do que quatro ou cinco anos.

— Entre, garoto — disse eu quando o vi engatinhando em direção ao vagão. Mas ele imediatamente se pôs de pé e saiu correndo.

No sábado seguinte, ele chegou a olhar pela janela. Tentei novamente.

— Por que você não entra, meu garoto? Eu não mordo — falei, tentando tranquilizá-lo.

Daquela vez, ele aceitou minha oferta e abriu a porta, mas, depois de trocar algumas palavras, saiu correndo novamente. Será que eu era uma figura tão assustadora?

No outro sábado, ele não apenas abriu a porta, mas ficou de pé, com as pernas afastadas, na soleira, olhando para mim com ar desafiador. Conversamos por mais de uma hora a respeito de tudo, desde o Bristol City FC até o motivo para as cobras mudarem de pele e quem construiu a ponte suspensa Clifton, antes que ele dissesse:

— Preciso ir embora agora, sr. Tar. Minha mãe está me esperando em casa para o chá.

Daquela vez, ele foi embora, mas olhou para trás várias vezes.

Depois disso, Harry passou a me visitar todo sábado até ir para a Escola Elementar Merrywood, quando começou a aparecer quase todas as manhãs. Demorei um pouco a convencer o menino de que ele devia ficar na escola e aprender a ler e escrever. Francamente, eu não teria conseguido nem isso sem a ajuda da srta. Monday, do sr. Holcombe e da corajosa mãe de Harry. Foi necessária uma equipe formidável para fazer com que Harry Clifton percebesse o próprio potencial, e eu soube que havíamos conseguido quando, mais uma vez, ele voltou a ter tempo para me visitar apenas nas manhãs de sábado porque estava se preparando para concorrer a uma bolsa de estudos em St. Bede's como integrante do coro.

Quando Harry começou na nova escola, eu não esperava vê-lo antes das férias de Natal. Mas, para minha surpresa, encontrei-o em pé na frente da minha porta pouco antes das onze da noite na primeira sexta-feira do período letivo.

Ele me contou que deixara St. Bede's porque um prefeito o estava intimidando — não consigo me lembrar do nome do moleque — e que fugiria para o mar. Se tivesse feito isso, suspeito que teria se tornado um almirante. Mas, felizmente, ouviu meu conselho e voltou para a escola em tempo para o café da manhã no dia seguinte.

Como ele costumava vir às docas com Stan Tancock, demorei algum tempo até perceber que Harry era o filho de Arthur Clifton. Uma vez, ele me perguntou se eu tinha conhecido seu pai e respondi que sim, que era um homem bom e decente, com um belo histórico na guerra. Então, Harry me perguntou se eu sabia como ele havia morrido. Eu disse que não sabia. Foi a única vez em que menti para o menino. Não cabia a mim ignorar os desejos da mãe dele.

Eu estava em pé no cais quando houve a troca de turno. Ninguém nunca prestava atenção em mim — era como se eu não estivesse lá, e eu sabia que alguns deles achavam que eu não estava *totalmente* lá. Não fazia nada para desmentir isso, pois, assim, podia cumprir minha pena anonimamente.

Arthur Clifton era um bom operário, um dos melhores, e levava o trabalho a sério, ao contrário do seu melhor amigo, Stan Tancock, cuja primeira parada no caminho para casa era sempre no Pig and Whistle. Isso nas noites em que conseguia chegar em casa.

Observei Clifton desaparecer dentro do casco do *Maple Leaf* para fazer as últimas verificações antes que os soldadores chegassem para lacrar o fundo duplo. Deve ter sido o som estridente da campainha de troca de turno que distraiu a todos; um turno saindo, outro chegando, e os soldadores tinham de começar imediatamente se quisessem terminar o trabalho até o final do turno e ganhar a bonificação. Ninguém reparou se Clifton havia saído do fundo duplo ou não, nem mesmo eu.

Todos deduzimos que ele devia ter ouvido a barulheira da campainha e estava entre as centenas de operários que estavam passando pelo portão, tomando o rumo de casa. Ao contrário do cunhado, Clifton raramente parava para tomar uma cerveja no Pig and Whistle, preferindo ir direto ver a mulher e o filho em Still House Lane. Naquela época, eu não conhecia nem sua mulher nem seu filho, e talvez nunca os tivesse conhecido se Arthur Clifton tivesse voltado para casa naquela noite.

O pessoal do segundo turno estava trabalhando a todo vapor quando ouvi Tancock se esgoelando. Eu o vi apontar para o casco do navio. Entretanto, Haskins, o capataz, simplesmente o afastou com a mão como se ele fosse um incômodo marimbondo.

Quando Tancock percebeu que não estava chegando a lugar algum com Haskins, desceu às pressas a passarela e começou a correr pelo cais em direção à Barrington House. Quando Haskins notou para onde Tancock estava se dirigindo, saiu atrás dele, e já estava quase o alcançando quando o estivador adentrou a sede da transportadora marítima empurrando a porta giratória.

Para minha surpresa, alguns minutos mais tarde, Tancock saiu correndo do edifício. Fiquei ainda mais surpreso quando Haskins e o diretor-geral saíram logo atrás. Eu não podia imaginar o que teria convencido o sr. Hugo a sair do escritório após uma conversa tão breve com Stan Tancock.

Logo descobri o motivo, pois, assim que chegou na doca, o sr. Hugo deu ordens para que todo o turno largasse as ferramentas, parasse de trabalhar e ficasse em silêncio, como se fosse o Dia dos Caídos na Primeira Guerra. E, de fato, um minuto mais tarde, Haskins ordenou que todos voltassem ao trabalho.

Foi então que me ocorreu pela primeira vez que Arthur Clifton talvez ainda estivesse no fundo duplo. Mas, certamente, ninguém podia ser tão insensível a ponto de ir embora se estivesse pensando, por um segundo que fosse, que alguém podia estar lacrado vivo em um túmulo de aço que ele mesmo construíra.

Quando os soldadores voltaram ao trabalho, o sr. Hugo falou com Tancock outra vez, antes que o operário saísse desabalado pelo portão do cais e sumisse. Olhei para trás para ver se Haskins estava indo atrás dele novamente, mas o capataz claramente estava mais interessado em levar seus homens ao limite para recuperar o tempo perdido, como o chefe de uma galé comandando escravos. Um momento mais tarde, o sr. Hugo desceu a passarela, subiu novamente no carro e partiu rumo à Barrington House.

Da outra vez que olhei pela janela do meu vagão, vi Tancock entrando às pressas pelo portão e, mais uma vez, correndo rumo à Barrington House. Daquela vez, só reapareceu depois de pelo menos meia hora e, então, não estava mais com as bochechas coradas e pulsando de raiva, mas parecia bem mais calmo. Deduzi que ele devia ter encontrado Clifton e estava simplesmente avisando o sr. Hugo.

Olhei para o escritório do sr. Hugo e o vi em pé atrás da janela, observando Tancock sair do estaleiro. Ele só se afastou da janela quando o estivador já estava fora de vista. Alguns minutos mais tarde, o sr. Hugo saiu do edifício, foi andando até o carro e saiu dirigindo.

Eu não teria pensado mais naquilo se Arthur Clifton tivesse batido ponto no turno da manhã, mas não foi o que aconteceu no dia seguinte, nem nunca mais.

Na manhã seguinte, um tal detetive-inspetor Blakemore me visitou em meu vagão. Muitas vezes, é possível julgar o caráter de uma pessoa pela maneira como trata o próximo. Blakemore é uma daquelas raras pessoas que conseguia enxergar além do próprio nariz.

— O senhor diz que viu Stanley Tancock saindo de Barrington House entre sete e sete e meia da noite de ontem?

— Sim, eu o vi — falei.

— Ele parecia estar afobado, ansioso ou tentando sair de fininho?

— Pelo contrário — respondi. — Lembro-me de que achei que ele parecia muito despreocupado em vista das circunstâncias.

— Em vista das circunstâncias? — repetiu Blakemore.

— Cerca de uma hora antes apenas, ele tinha protestado dizendo que seu colega Arthur Clifton estava preso no fundo duplo do *Maple Leaf* e que eles não estavam fazendo nada para ajudá-lo.

Blakemore anotou minhas palavras em sua caderneta.

— O senhor faz alguma ideia de para onde Tancock foi depois disso?

— Não — respondi. — Da última vez em que o vi, ele estava saindo pelo portão abraçado a um dos colegas.

— Obrigado, senhor — disse o detetive-inspetor. — Foi muito útil — fazia muito tempo que ninguém me chamava de senhor. — O senhor estaria disposto, quando lhe for mais conveniente, a ir até a delegacia e fazer uma declaração por escrito?

— Prefiro não fazer isso, inspetor, por motivos pessoais. Mas posso redigir uma declaração que o senhor poderia mandar buscar a qualquer momento.

— É muita bondade sua, senhor.

O detetive-inspetor abriu a pasta, pescou um formulário de declaração policial e o entregou a mim. Depois, levantou o chapéu e disse:

— Obrigado, senhor. Entrarei em contato.

Mas nunca mais o vi. Seis semanas mais tarde, Stan Tancock foi condenado a três anos de prisão por roubo, com o sr. Hugo atuando como principal testemunha da promotoria. Fui a todos os dias do julgamento e não tinha dúvida nenhuma em relação a qual dos dois era o culpado.

28

— Tente não esquecer que você salvou minha vida.

— Passei os últimos 26 anos tentando esquecer — lembrou o Velho Jack.

— Mas você também foi responsável por ter salvado a vida de 24 dos seus conterrâneos do West Country. Você continua sendo um herói nesta cidade e parece não ter nenhuma consciência disso. Portanto, sou obrigado a perguntar, Jack, quanto tempo mais você pretende continuar se torturando?

— Até eu não conseguir mais ver tão claramente quanto agora os 11 homens que matei.

— Mas você não estava fazendo mais do que o seu dever — protestou Sir Walter.

— Era como eu via as coisas na época — admitiu Jack.

— Então, o que mudou?

— Se eu pudesse responder essa pergunta, não estaríamos tendo esta conversa.

— Mas você ainda é capaz de fazer muito pelo próximo. O seu jovem amigo, por exemplo. Você diz que ele continua faltando às aulas, mas, se ele descobrisse que você é o capitão Jack Tarrant do Regimento Royal Gloucestershire, condecorado com a Cruz Victoria, não acha que ele o ouviria com mais respeito ainda?

— Ou talvez fugisse novamente — respondeu Jack. — De qualquer maneira, tenho outros planos para o jovem Harry Clifton.

— Clifton, Clifton... — disse Sir Walter. — Por que esse nome me soa tão familiar?

— O pai de Harry ficou preso no fundo duplo do *Maple Leaf* e ninguém foi...

— Não foi o que eu ouvi — interrompeu Sir Walter, mudando de tom. — Disseram-me que Clifton deixou a esposa porque ela era, sem meias-palavras, uma mulher de moral frouxa.

— Então, você foi enganado — disse Jack. — Posso garantir que a sra. Clifton é uma mulher agradável e inteligente e que qualquer homem que tivesse a sorte de ser seu marido jamais iria querer deixá-la.

Sir Walter pareceu genuinamente chocado e demorou um pouco até voltar a falar.

— Certamente, você não acredita naquele boato de que Clifton ficou preso no fundo duplo, não é mesmo? — perguntou baixinho.

— Receio que sim, Walter. Sabe, presenciei todo o episódio.

— Então, por que você não disse algo na época?

— Eu disse. Quando fui interrogado pelo detetive-inspetor Blakemore no dia seguinte, relatei tudo o que havia visto e, a pedido dele, redigi uma declaração.

— Então, por que sua declaração não foi apresentada como prova no julgamento de Tancock? — perguntou Sir Walter.

— Porque nunca mais vi Blakemore. E, quando me apresentei na delegacia, disseram que ele não era mais o encarregado do caso, e seu substituto se recusou a me receber.

— Mandei que tirassem Blakemore do caso — disse Sir Walter. — O desgraçado chegou a acusar Hugo de ter dado dinheiro a Tancock para que não houvesse uma investigação sobre o caso Clifton — explicou. O Velho Jack permaneceu em silêncio. — Vamos mudar de assunto. Sei que meu filho está longe de ser perfeito, mas me recuso a acreditar...

— Ou talvez você não queira acreditar — atalhou o Velho Jack.

— Jack, de que lado você está?

— Do lado da justiça. Como você também costumava estar quando nos conhecemos.

— E ainda estou — replicou Sir Walter. Mas ficou em silêncio por um tempo antes de acrescentar: — Quero que você me prometa uma coisa,

Jack: se você algum dia descobrir algo sobre Hugo que, na sua opinião, possa prejudicar a reputação da família, não hesite em me contar.

— Dou minha palavra.

— E você tem a minha palavra, velho amigo, de que não hesitaria em entregar Hugo à polícia se, por um momento que fosse, eu achasse que ele infringiu a lei.

— Tomara que não surja mais nada que torne isso necessário — disse o Velho Jack.

— Concordo, velho amigo. Vamos falar de coisas mais palatáveis. Você está precisando de alguma coisa? Eu ainda poderia...

— Você tem roupas velhas sobrando?

Sir Walter ergueu uma sobrancelha.

— Posso perguntar...?

— Não, não pode — disse o Velho Jack. — Mas preciso visitar um certo cavalheiro e preciso me vestir apropriadamente.

O Velho Jack emagrecera tanto ao longo dos anos que as roupas de Sir Walter ficavam tão largas que mais parecia um espantalho. Além do mais, como Sir Andrew Aguecheek, ele era vários centímetros mais alto do que seu velho amigo; portanto, teve de desmanchar as bainhas das calças e, mesmo assim, elas mal chegavam até seus tornozelos. Mas Tarrant achou que o terno de tweed, a camisa quadriculada e a gravata listrada serviriam para aquele encontro específico.

Enquanto Jack saía do porto pela primeira vez em anos, alguns rostos familiares se voltaram para olhar uma segunda vez aquele estranho bem-vestido.

Quando a campainha da escola soou quatro horas, o Velho Jack recuou para a sombra enquanto os moleques barulhentos e bagunceiros saíam pelo portão da Escola Elementar Merrywood como se estivessem fugindo da prisão.

A sra. Clifton estava esperando ali havia dez minutos, e Harry, quando viu a mãe, permitiu relutante que ela segurasse sua mão. Uma bela mulher, o Velho Jack pensou enquanto observava os dois se afastando. Harry, como sempre, pulando, falando sem parar, demonstrando tanta energia quanto uma locomotiva Rocket.

O Velho Jack esperou até estarem fora de vista antes de atravessar a rua e entrar no pátio da escola. Se estivesse usando suas roupas velhas, teria sido detido por algum inspetor muito antes de alcançar a porta principal. Olhou para um lado e para o outro do corredor e viu um professor vindo em sua direção.

— Lamento incomodá-lo — disse o Velho Jack —, mas estou procurando o sr. Holcombe.

— A terceira porta à esquerda, meu camarada — disse o homem, apontando para o final do corredor.

Quando parou na frente da sala de aula do sr. Holcombe, o Velho Jack bateu suavemente à porta.

— Entre.

O Velho Jack abriu a porta e viu um jovem com um longo guarda-pó preto coberto de poeira de giz sentado atrás de uma mesa que ficava de frente para filas de carteiras vazias, corrigindo cadernos de exercícios.

— Lamento incomodá-lo — disse o Velho Jack. — Estou procurando o sr. Holcombe.

— Então, chegou ao seu destino — disse o professor, largando a caneta.

— Meu nome é Tar — disse o velho enquanto dava um passo à frente —, mas meus amigos me chamam de Jack.

O rosto de Holcombe se iluminou.

— O senhor deve ser o homem que Harry Clifton visita quase todas as manhãs.

— Temo que sim — admitiu o Velho Jack. — Peço desculpa.

— Não é necessário — disse Holcombe. — Eu só gostaria de ter a mesma influência que o senhor tem sobre ele.

— É por isso que vim até aqui conversar, sr. Holcombe. Estou convencido de que Harry é uma criança excepcional e deveria ter todas as chances de aproveitar ao máximo os próprios talentos.

— Concordo plenamente — disse Holcombe. — E suspeito que ele tem um talento que até o senhor desconhece.

— E qual seria?

— Ele tem a voz de um anjo.

— Harry não é um anjo — disse o Velho Jack com um sorriso.

— Concordo, mas talvez essa seja nossa melhor chance de quebrar suas defesas.

— O que o senhor tem em mente? — perguntou o Velho Jack.

— Pode ser que ele se sinta tentado a participar do coro da Holy Nativity. Então, se o senhor conseguir convencê-lo a vir à escola com mais frequência, tenho certeza de que eu conseguiria lhe ensinar a ler e escrever.

— Por que isso é tão importante para um coro de igreja?

— É obrigatório na Holy Nativity, e a srta. Monday, a diretora do coro, se nega a abrir exceções à regra.

— Então, vou precisar dar um jeito para que o menino frequente suas aulas, não é? — disse o Velho Jack.

— O senhor poderia fazer mais do que isso. Nos dias em que ele não vier à escola, o senhor mesmo poderia lecionar.

— Mas não estou qualificado para ensinar a ninguém.

— Harry Clifton não se impressiona com qualificações, e nós dois sabemos que ele ouve o senhor. Talvez possamos trabalhar como uma equipe.

— Mas, se Harry descobrir o que estamos tramando, nenhum de nós jamais voltará a vê-lo.

— O senhor o conhece muito bem — disse o professor com um suspiro. — Vamos precisar dar um jeito para ele nunca descobrir.

— Isso pode se revelar um desafio — comentou o Velho Jack —, mas estou disposto a tentar.

— Obrigado, senhor — disse o sr. Holcombe e fez uma pausa antes de acrescentar: — Será que me permite apertar sua mão?

O Velho Jack pareceu surpreso quando o professor esticou a mão, mas apertou-a calorosamente.

— E deixe-me dizer que foi uma honra conhecê-lo, coronel Tarrant.

O Velho Jack parecia horrorizado.

— E como é que o senhor...

— Meu pai ainda tem uma fotografia sua pendurada na parede da nossa sala.

— Mas por quê? — perguntou o Velho Jack.

— O senhor salvou a vida dele.

As visitas de Harry ao Velho Jack se tornaram menos frequentes durante as semanas seguintes, até que os dois passaram a se encontrar apenas nas manhãs de sábado. O Velho Jack sabia que o sr. Holcombe devia ter obtido êxito em seu plano quando Harry perguntou se ele iria à Holy Nativity no domingo seguinte para ouvi-lo cantar.

Na manhã de domingo, o Velho Jack se levantou cedo, usou o banheiro privativo de Sir Walter no quinto andar de Barrington House para tomar uma ducha, uma invenção recente, e até aparou a barba antes de vestir o outro terno que Sir Walter lhe dera.

Ao chegar à Holy Nativity pouco antes de o culto começar, ele entrou na última fileira e se sentou na extremidade do banco. Viu a sra. Clifton na terceira fileira, sentada entre um homem e uma mulher que só podiam ser seus pais. Quanto à srta. Monday, ele poderia tê-la identificado em uma congregação de mil pessoas.

O sr. Holcombe não exagerara quando falou da qualidade da voz de Harry: era tão boa quanto qualquer outra que havia ouvido na catedral de Wells, em seu tempo. Assim que o menino começou a cantar *Lead Me, Lord*, o Velho Jack não teve dúvida de que seu protegido tinha um dom excepcional.

Depois da bênção final do reverendo Watts, o Velho Jack saiu sorrateiramente da igreja e encaminhou-se depressa para as docas. Ele teria de esperar até o sábado seguinte para dizer ao menino quanto apreciara seu canto.

No caminho de volta, o Velho Jack lembrou-se da repreensão de Sir Walter: "Você poderia fazer muito mais por Harry se abrisse mão dessa sua abnegação." Ele pensou cuidadosamente nas palavras do velho amigo, mas ainda não estava pronto para se livrar dos grilhões da culpa.

Todavia, conhecia um homem que poderia mudar a vida de Harry, um homem que estivera com ele naquele terrível dia, um homem com o qual não falava havia mais de 25 anos. Um homem que lecionava em uma escola que fornecia coristas para a St. Mary Redcliffe. Infelizmente, a Escola Elementar Merrywood não era um ponto natural de recrutamento de candidatos à bolsa de estudos anual para membros do coro. Então, aquele homem teria de ser guiado na direção certa.

O único temor do Velho Jack era que o tenente Frobisher não se lembrasse dele.

29

O Velho Jack esperou até Hugo deixar Barrington House, mas meia hora ainda se passou até que as luzes finalmente fossem apagadas na sala da srta. Potts.

Jack saiu do vagão da ferrovia e começou a caminhar lentamente rumo à Barrington House, ciente de que só tinha meia hora antes que as faxineiras começassem a trabalhar. Entrou sorrateiro no edifício e subiu a escada até o quinto andar; depois de 25 anos de vista grossa do Sir Walter, ele conseguia, como um gato, achar no escuro, o caminho até a porta com a placa "Diretor Geral".

Sentou-se atrás da escrivaninha de Hugo. Acendeu a luz; se alguém notasse que estava acesa, simplesmente deduziria que a srta. Potts estava fazendo serão. Foi folheando a lista telefônica até chegar em St. Andrew's, Bartholomew's, Beatrice's, Bede's.

Pegou em um telefone pela primeira vez na vida, sem saber ao certo o que fazer em seguida. Uma voz surgiu na linha.

— Número, por favor?

— TEM 8612 — disse Jack, o indicador parado embaixo do número.

— Obrigada, senhor.

Enquanto aguardava, o Velho Jack foi ficando cada vez mais nervoso. O que diria se outra pessoa surgisse na linha? Simplesmente, desligaria. Tirou um pedaço de papel do bolso, abriu-o e colocou-o sobre a mesa à sua frente. Em seguida, ouviu um toque de chamada, seguido de um clique, e depois a voz de um homem.

— Frobisher House.

— Falo com Noel Frobisher? — Jack perguntou, lembrando-se da tradição segundo a qual todos os alojamentos em St. Bede's recebiam o nome do coordenador. Em seguida, olhou para seu roteiro; cada linha fora cuidadosamente preparada e infinitamente ensaiada.

— Ele mesmo — disse Frobisher, claramente surpreso por ouvir uma voz desconhecida chamá-lo pelo nome de batismo. Seguiu-se um longo silêncio. — Tem alguém aí? — Frobisher perguntou num tom um pouco irritado.

— Sim, aqui é o capitão Jack Tarrant.

Houve um silêncio ainda mais longo antes que Frobisher por fim dissesse:

— Boa noite, senhor.

— Desculpe-me por ligar tão tarde, meu camarada, mas preciso de um conselho seu.

— Por nada, senhor. É um grande privilégio falar com o senhor depois de todos esses anos.

— Gentileza sua — disse Velho Jack. — Tentarei não tomar muito seu tempo, mas preciso saber se St. Bede's ainda fornece sopranistas para o coro de St. Mary Redcliffe.

— Sim, senhor. Apesar de tantas mudanças neste mundo moderno, essa é uma tradição que permanece constante.

— E, no meu tempo — disse o Velho Jack —, a escola oferecia todo ano uma bolsa de estudos para um sopranista que demonstrasse um talento excepcional.

— Ainda fazemos isso, senhor. Na verdade, avaliaremos as inscrições para a vaga nas próximas semanas.

— De qualquer escola do condado?

— Sim, de qualquer escola capaz de produzir um sopranista de quali-dade extraordinária. Mas ele também precisa ter uma base acadêmica sólida.

— Bem, sendo assim — disse o Velho Jack —, eu gostaria de inscrever um candidato para a sua avaliação.

— Claro, senhor. Que escola o menino está frequentando atualmente?

— A Escola Elementar Merrywood.

Seguiu-se outro longo silêncio.

— Devo admitir que seria a primeira vez que teríamos um candidato dessa escola. Por acaso o senhor sabe o nome do professor de música?

— Não tem professor de música — disse o Velho Jack —, mas você deve entrar em contato com o professor do menino, o sr. Holcombe, que lhe apresentará a diretora do coro.

— Posso saber o nome do menino? — perguntou Frobisher.

— Harry Clifton. Se quiser ouvi-lo cantar, recomendo que vá às matinas da igreja Holy Nativity este domingo.

— O senhor estará lá?

— Não — respondeu o Velho Jack.

— Como faço contato com o senhor após ter ouvido o menino cantar?

— Não faz — disse o Velho Jack com firmeza e desligou. Enquanto dobrava o roteiro e o punha de volta no bolso, ele podia jurar que ouvira passos cruzando o cascalho lá fora. Apagou rapidamente a luz, saiu do escritório do sr. Hugo e foi para o corredor.

Ouviu uma porta se abrir e vozes nas escadas. A última coisa de que precisava era ser descoberto no quinto andar, de acesso proibido a todos, com exceção dos executivos da empresa e da srta. Potts. Ele não queria causar constrangimentos a Sir Walter.

Tar começou a descer rapidamente a escada. Já no terceiro andar, viu a sra. Nettles vindo em sua direção com um esfregão em uma mão, um balde na outra e uma mulher desconhecida ao seu lado.

— Boa noite, sra. Nettles — disse o Velho Jack. — E que bela noite para fazer minha ronda.

— Boa noite, Velho Jack — respondeu ela, enquanto passava por ele.

Depois de ter saído de vista, ele parou e escutou com atenção.

— Aquele é o Velho Jack — ouviu a sra. Nettles dizer. — O suposto vigia noturno. É totalmente lelé, mas inofensivo. Portanto, se cruzar com ele, simplesmente o ignore...

O Velho Jack deu um sorrisinho enquanto a voz da sra. Nettles ia sumindo a cada passo.

No caminho de volta até o vagão da ferrovia, ele ficou se perguntando quanto tempo demoraria até Harry pedir seu conselho para saber se deveria ou não se inscrever para uma bolsa de estudos como membro do coro em St. Bede's.

30

Harry bateu à porta do vagão, foi entrando e se sentou na frente do Velho Jack na primeira classe.

Durante o período letivo em St. Bede's, Harry só conseguia ver regularmente o Velho Jack nas manhãs de sábado. Jack retribuía a cortesia frequentando as matinas em St. Mary Redcliffe, onde, do último banco, gostava de ver o sr. Frobisher e o sr. Holcombe sorrirem orgulhosos para o seu protegido.

Nas férias escolares, o Velho Jack nunca sabia exatamente quando Harry ia aparecer porque o menino tratava o vagão da ferrovia como um segundo lar. Toda vez que ele voltava a St. Bede's no início de um novo período, o Velho Jack sentia falta da sua companhia. Ele ficou comovido quando a sra. Clifton o descreveu como o pai que Harry nunca teve. Na verdade, Harry era o filho que nunca tivera.

— Terminou de entregar seus jornais cedo? — perguntou o Velho Jack, esfregando os olhos e piscando quando Harry entrou no vagão naquela manhã de sábado.

— Não, o senhor é que dormiu demais, meu velho — disse Harry, entregando a ele uma cópia do *The Times* do dia anterior.

— E você está ficando mais abusado a cada dia, rapazinho — rebateu o Velho Jack com um sorriso. — Então, como anda o trabalho de entregador de jornais?

— Tudo bem. Acho que vou conseguir economizar o suficiente para comprar um relógio para a minha mãe.

— Um presente sensato, levando-se em consideração o novo emprego dela. Mas você tem dinheiro para isso?

— Já economizei quatro xelins — disse Harry. — Acho que vou ter uns seis até o final das férias.

— Já escolheu o relógio?

— Já. Está na vitrine do sr. Deakins, mas não vai continuar lá por muito tempo — disse Harry sorrindo.

Deakins. Um nome que o Velho Jack não podia esquecer.

— Quanto custa? — perguntou.

— Não faço ideia — respondeu Harry. — Só vou perguntar ao sr. Deakins na véspera da volta às aulas.

O Velho Jack não sabia muito bem como dizer ao garoto que seis xelins não seriam suficientes para comprar um relógio; então, mudou de assunto.

— Espero que a entrega dos jornais não esteja impedindo você de estudar. Tenho certeza de que não preciso lembrar que as provas estão cada dia mais próximas.

— O senhor é pior do que o Frob — disse Harry —, mas ficará satisfeito em saber que passo duas horas todas as manhãs na biblioteca com Deakins e mais duas quase todas as tardes.

— *Quase* todas as tardes?

— Bem, Giles e eu vamos de vez em quando ao cinema e, como Gloucestershire vai jogar contra Yorkshire no campo do condado semana que vem, será uma chance para vermos Herbert Sutcliffe rebatendo.

— Você vai sentir falta de Giles quando ele for para Eton — comentou o Velho Jack.

— Ele ainda está tentando convencer o pai a deixar ele ir para a BGS com eu e Deakins.

— Comigo e com Deakins — corrigiu o Velho Jack. — E fique sabendo que, se o sr. Hugo já se decidiu, vai ser necessário mais do que Giles para fazê-lo mudar de ideia.

— O sr. Barrington não gosta de mim — disse Harry, pegando o Velho Jack de surpresa.

— Por que você está dizendo isso?

— Ele não me trata como os outros meninos em St. Bede's. É como se eu não fosse bom o suficiente para ser amigo do filho dele.

— Você vai ter de enfrentar esse problema a vida toda, Harry — disse o Velho Jack. — Os ingleses são os maiores esnobes da Terra e, na maioria das vezes, sem motivo. Segundo a minha experiência, quanto menor o talento, mais esnobe é a pessoa. É a única maneira de suposta classe alta ter alguma esperança de sobreviver. Fique sabendo, meu garoto, que eles não gostam de jovens impetuosos como você, que entram no clube deles sem convite.

— Mas o senhor não me trata assim — disse Harry.

— Por que não sou da classe alta — explicou o Velho Jack, rindo.

— Talvez não, mas minha mãe diz que o senhor é de primeira classe. Então, é isso que quero ser.

Não ajudava o fato de o Velho Jack não poder contar a Harry o verdadeiro motivo para o sr. Hugo sempre ser tão brusco. Às vezes, ele gostaria de não ter estado no lugar errado no momento errado, tornando-se uma testemunha do que realmente acontecera no dia em que o pai do menino morreu.

— Pegou no sono de novo, velho? — perguntou Harry. — Porque não posso ficar aqui proseando com o senhor o dia todo. Prometi à minha mãe que a encontraria na Clarks, em Broad Street, porque ela quer comprar um novo par de sapatos para mim, apesar de eu não conseguir ver nada de errado com estes aqui.

— Sua mãe é uma mulher especial — disse o Velho Jack.

— Por isso vou comprar um relógio para ela.

O sino em cima da porta tocou quando ele entrou na loja. O Velho Jack esperava que tivesse passado tempo suficiente para que o soldado Deakins não se lembrasse dele.

— Bom dia, senhor. Em que posso ajudá-lo?

O Velho Jack não tinha como não reconhecer o sr. Deakins imediatamente. Ele sorriu, foi até a vitrine e estudou os dois relógios na prateleira superior.

— Eu só queria saber o preço desse Ingersoll.

— O modelo feminino ou o masculino, senhor? — perguntou o sr. Deakins, saindo de trás do balcão.

— O feminino — respondeu o Velho Jack.

Deakins destrancou a vitrine com sua única mão, removeu com destreza o relógio do suporte, verificou a etiqueta e disse:

— Dezesseis xelins, senhor.

— Muito bem — disse o Velho Jack e pôs uma nota de dez xelins sobre o balcão. O sr. Deakins pareceu ainda mais intrigado.

— Quando Harry Clifton perguntar ao senhor quanto é o relógio, sr. Deakins, por favor, diga que são seis xelins, porque essa é a quantia que ele terá economizado quando parar de trabalhar para o senhor, e sei que espera comprá-lo como presente para a mãe.

— O senhor deve ser o Velho Jack — disse Deakins. — Ele ficará tão emocionado por o senhor...

— Mas o senhor nunca contará a ele — atalhou o Velho Jack, encarando o sr. Deakins. — Quero que ele acredite que o preço do relógio são seis xelins.

— Entendo — disse o sr. Deakins, pondo o relógio de volta no suporte.

— E quanto custa o relógio masculino?

— Uma libra.

— O senhor me permitiria dar outros dez xelins como depósito e, depois, meia coroa por semana durante o próximo mês até ter completado toda a quantia?

— Sem problema, senhor. Mas o senhor não gostaria de experimentá-lo antes?

— Não, obrigado — disse o Velho Jack. — Não é para mim. Vou dá-lo a Harry quando ele ganhar a bolsa de estudos para a Bristol Grammar School.

— Pensei na mesma coisa — disse o sr. Deakins — caso meu filho Algy tenha essa mesma sorte.

— Então é melhor o senhor pedir outro relógio bem rápido — observou o Velho Jack — porque Harry me disse que a bolsa de estudos do seu filho é coisa certa.

O sr. Deakins riu e observou o Velho Jack mais de perto.

— Já nos vimos antes, senhor?

— Creio que não — respondeu Tar, e saiu da loja sem dizer mais nada.

31

Se Maomé não vai à montanha... O Velho Jack sorriu para si enquanto se levantava para cumprimentar o sr. Holcombe, indicando-lhe um assento.

— Gostaria de se unir a mim no vagão-restaurante e tomar uma xícara de chá? — perguntou. — A sra. Clifton teve a bondade de me fornecer um excelente pacote de Earl Grey.

— Não, obrigado, senhor — disse Holcombe. — Acabei de tomar café da manhã.

— Então, o menino não conseguiu a bolsa de estudos por um triz — disse o Velho Jack, presumindo que aquele era o motivo da visita do diretor.

— Harry acha que foi um fracasso — disse Holcombe —, embora tenha ficado em 17º lugar entre trezentos estudantes e tenha sido convidado para entrar para a turma A a partir de setembro.

— Mas ele vai poder aceitar o convite? Vai ser mais um fardo financeiro para a mãe.

— Contanto que não haja surpresas desagradáveis, ela conseguirá arcar com as despesas de Harry nos próximos cinco anos.

— Mesmo assim, Harry não poderá contar com os pequenos extras que são tão naturais para os outros meninos.

— É bastante provável, mas consegui cobrir algumas das despesas diversas da lista da escola; portanto, ele poderá participar de pelo menos duas das três atividades extracurriculares nas quais quer se inscrever.

— Vamos ver se eu adivinho: coro, teatro e...?

— Apreciação das artes — disse Holcombe. — A srta. Monday e a srta. Tilly estão se responsabilizando por quaisquer viagens que o coro possa vir a fazer, eu estou arcando com o coro e...

— Então eu fico com apreciação das artes — completou o Velho Jack.
— Sua nova paixão. Ainda tenho alguma competência quando o assunto é Rembrandt e Vermeer, ou até mesmo esse novato chamado Matisse. Agora, ele está tentando fazer com que eu me interesse por um espanhol chamado Picasso, mas não consigo ver nada nele.

— Nunca ouvi falar a respeito — admitiu Holcombe.

— E duvido que ouvirá um dia — observou o Velho Jack —, mas não conte a Harry que eu disse isso — acrescentou. Em seguida, pegou uma pequena lata, abriu-a e tirou três notas e quase todas as moedas que tinha.

— Não, não — disse Holcombe. — Não foi por isso que vim vê-lo. Na verdade, planejo visitar o sr. Craddick mais tarde hoje e estou confiante de que ele vai...

— Acredito ter preferência em relação ao sr. Craddick — disse o Velho Jack, entregando o dinheiro.

— É muita generosidade sua.

— Dinheiro bem gasto — disse o Velho Jack —, embora seja o tostão da viúva. Meu pai, ao menos, teria apreciado — acrescentou por desencargo de consciência.

— Seu pai? — repetiu Holcombe.

— Ele é o cônego residente da catedral de Wells.

— Eu não fazia ideia — disse Holcombe. — Então o senhor pelo menos pode visitá-lo de vez em quando.

— Infelizmente, não. Temo ser um filho pródigo moderno — disse o Velho Jack. Não querendo prosseguir por aquele caminho, disse: — Então, meu jovem, por que você queria falar comigo?

— Não me lembro qual foi a última vez que alguém me chamou de "meu jovem".

— Fique grato por alguém ainda o chamar assim — disse o Velho Jack.

Holcombe riu.

— Tenho alguns ingressos para uma peça da escola, *Júlio César*. Como Harry é um dos atores, pensei que o senhor gostaria de ir comigo à noite de estreia.

— Eu sabia que ele estava fazendo as audições — disse o Velho Jack.

— Que papel conseguiu?

— Ele está interpretando Cina — respondeu Holcombe.

— Então vamos reconhecê-lo pelo modo de andar.

Holcombe fez uma reverência.

— Isso significa que o senhor irá comigo?

— Receio que não — disse o Velho Jack, levantando a mão. — É muita gentileza sua pensar em mim, Holcombe, mas ainda não estou preparado para uma apresentação ao vivo, mesmo como membro da plateia.

O Velho Jack ficou desapontado por perder a apresentação de Harry na peça da escola, mas teve de se satisfazer com a versão do menino sobre sua interpretação. No ano seguinte, quando Holcombe sugeriu que talvez o Velho Jack devesse ir porque os papéis de Harry estavam se tornando mais importantes, ele quase cedeu, mas foi só quando Harry interpretou Puck, um ano mais tarde, que finalmente permitiu que o sonho se tornasse realidade.

Embora ainda tivesse medo de multidões, o Velho Jack havia decidido que entraria sorrateiramente nos fundos do teatro da escola, onde ninguém o veria ou, pior ainda, o reconheceria.

Foi enquanto estava aparando a barba no banheiro do quinto andar de Barrington House que percebeu a manchete escandalosa em uma cópia do jornal local que alguém deixara lá: *Casa de chá Tilly's destruída pelo fogo. Suspeita de incêndio criminoso.* Quando viu a fotografia embaixo das letras garrafais, sentiu enjoo. A sra. Clifton estava em pé na calçada, cercada pelas funcionárias, inspecionando os restos calcinados da loja. *Vide matéria completa na página 11.* O Velho Jack obedeceu as instruções, mas não havia a página 11.

Saiu depressa do banheiro esperando encontrar a página faltante sobre a mesa da srta. Potts. Não ficou surpreso ao constatar que a mesa estava limpa e que a lata de lixo havia sido esvaziada. Abriu devagarinho a porta do escritório do diretor-geral, deu uma espiada lá e viu a página que faltava sobre a escrivaninha do sr. Hugo. Sentou-se na cadeira de couro com espaldar alto e começou a ler.

A reação imediata de Jack após ter terminado foi se perguntar se Harry teria de deixar a escola.

O relatório indicava que, a menos que a seguradora pagasse a indenização completa, a sra. Clifton iria à falência. O repórter continuou dizendo que um porta-voz da Bristol and West of England deixara claro que a empresa não pagaria um tostão furado até a polícia ter eliminado todos os suspeitos das suas investigações. O que mais poderia dar errado para aquela pobre mulher?, o Velho Jack se perguntou.

O repórter teve o cuidado de não se referir a Maisie pelo nome, mas o Velho Jack não tinha dúvida alguma de por que a foto dela recebera tanto destaque na primeira página. Ele continuou a ler o artigo. Quando descobriu que o detetive-inspetor Blakemore era o encarregado pelo caso, sentiu-se um pouco mais esperançoso. Aquele cavalheiro não demoraria muito para perceber que a sra. Clifton construía coisas em vez de destruí-las.

Ao pôr o jornal de volta sobre a escrivaninha do sr. Hugo, o Velho Jack notou pela primeira vez uma carta. Ele a teria ignorado, não era da sua conta, se não tivesse visto o nome "Sra. Clifton" no primeiro parágrafo.

Começou a ler a carta e achou difícil acreditar que Hugo Barrington é que havia dado as quinhentas libras que possibilitaram à sra. Clifton comprar a Tilly's. Por que ia querer ajudar Maisie?, Jack perguntou a si mesmo. Será que sentia remorso pela morte do marido dela? Ou será que sentia vergonha por ter mandado um inocente para a prisão? Sem dúvida, ele readmitiu Tancock assim que foi solto. O Velho Jack começou a se perguntar se devia conceder o benefício da dúvida a Hugo. Lembrou-se das palavras de Sir Walter: "Ele não é de todo mau, sabe?"

Leu a carta mais uma vez. Era do sr. Prendergast, gerente do National Provincial Bank, que dizia que estava pressionando a seguradora para cumprir as obrigações contratuais e indenizar a sra. Clifton com o valor integral da apólice, que era de seiscentas libras. O sr. Prendergast ressaltava que a sra. Clifton era inocente e que o detetive-inspetor Blakemore informara recentemente ao banco que ela não fazia mais parte das suas investigações.

No parágrafo final da carta, Prendergast sugeria que ele e Barrington se encontrassem em breve para resolver a questão, de maneira que a sra. Clifton pudesse receber a quantia integral a que tinha direito. O Velho Jack ergueu a cabeça quando o pequeno relógio sobre a escrivaninha dava sete badaladas.

Apagou as luzes, foi depressa para o corredor e desceu a escada. Ele não queria se atrasar para a apresentação de Harry.

32

Quando chegou em casa mais tarde naquela noite, o Velho Jack pegou uma cópia do *The Times* que Harry havia deixado para ele naquela semana. Tarrant nunca se dava ao trabalho de ler os anúncios pessoais na primeira página, pois não precisava de um novo chapéu-coco, de um par de suspensórios nem de uma primeira edição de *O morro dos Ventos Uivantes*.

Virou a página e viu uma foto do rei Eduardo VIII gozando férias em um iate no Mediterrâneo. Em pé, ao seu lado, estava uma americana chamada sra. Simpson. A reportagem usava termos ambíguos, mas até mesmo o *The Times* estava achando difícil apoiar o jovem rei em seu desejo de se casar com uma mulher divorciada. Aquilo entristeceu o Velho Jack porque ele admirava Eduardo, especialmente após sua visita aos mineradores galeses, durante a qual se mostrou claramente abalado pela condição deles. Mas, como sua velha babá costumava dizer, lágrimas rolarão antes da hora de dormir.

Em seguida, o Velho Jack passou um tempo considerável lendo uma reportagem sobre o Projeto de Reforma Fiscal, que acabara de passar pelo segundo debate na Câmara, embora o agitador Winston Churchill tivesse declarado que aquele projeto "não era carne nem peixe" e não beneficiaria ninguém, nem mesmo o governo, quando chegassem as eleições. Tar mal podia esperar para ouvir a opinião sem rodeios de Sir Walter sobre aquele assunto tão específico.

Virou uma página e tomou conhecimento de que a British Broadcasting Corporation fizera sua primeira transmissão televisiva em Alexandra Palace. Aquele era um conceito que não conseguia entender. Como uma imagem podia ser irradiada para dentro da sua casa? Ele não tinha sequer um rádio e não tinha desejo algum de ter uma televisão.

Passou para a página esportiva e viu uma fotografia de Fred Perry, elegantemente vestido, embaixo da manchete: *Tricampeão de Wimbledon favorito do American Open*. O correspondente de tênis sugeria que alguns dos competidores estrangeiros talvez usassem shorts em Forest Hills, outra coisa que Jack também não conseguia aceitar.

O Velho Jack, como toda vez em que lia o *The Times*, guardou os obituários para o final. Ele havia atingido aquela idade em que homens mais jovens estavam morrendo, e não apenas em guerras.

Quando virou a página, seu rosto empalideceu, e Tar sentiu uma tristeza oprimente. Leu lentamente o obituário do reverendo Thomas Alexander Tarrant, cônego residente da catedral de Wells, descrito na manchete como um homem devoto. Quando o Velho Jack terminou de ler o obituário do pai, sentiu-se envergonhado.

— Sete libras e quatro xelins? — repetiu o Velho Jack. — Mas achei que você tivesse recebido um cheque de seiscentas libras da seguradora Bristol and West of England, "a título de liquidação plena e final", se bem me lembro das palavras exatas.

— E recebi — disse Maisie —, mas, depois de pagar o empréstimo original, os juros compostos sobre esse empréstimo e as tarifas bancárias, sobraram para mim sete libras e quatro xelins.

— Sou muito ingênuo — disse o Velho Jack. — Imagine que, por um instante, apenas um instante, realmente achei que Barrington estava tentando ser útil.

— Você é muito menos ingênuo do que eu — disse Maisie. — Se eu tivesse imaginado, por um momento que fosse, que aquele homem estava envolvido, eu nunca teria aceitado um tostão daquele dinheiro, mas, como aceitei, perdi tudo. Até mesmo meu emprego no hotel.

— Mas por quê? — perguntou o Velho Jack. — O sr. Frampton sempre disse que você era insubstituível.

— Bem, parece que não sou mais. Quando perguntei o motivo para ter me demitido, ele se recusou a falar e disse apenas que havia recebido uma reclamação a meu respeito de uma "fonte irrepreensível". Não pode ser coincidência o fato de eu ter sido demitida um dia depois que a "fonte irrepreensível" passou no Royal Hotel para falar com o gerente.

— Você viu Barrington entrando no hotel? — perguntou o Velho Jack.

— Não, mas o vi saindo. Não se esqueça, eu estava escondida na traseira do carro dele, à espera.

— Claro — disse o Velho Jack. — Então, o que aconteceu quando você o confrontou a respeito de Harry?

— Enquanto estava no carro — respondeu Maisie —, ele praticamente admitiu ser responsável pela morte de Arthur.

— Finalmente abriu o jogo depois de todos esses anos? — disse o Velho Jack, incrédulo.

— Não exatamente. Foi mais um lapso, mas quando deixei o envelope com a fatura dos custos do período seguinte no banco da frente do carro, ele o pôs no bolso e disse que ia ver o que podia fazer para ajudar.

— E você caiu nessa?

— Como um patinho — admitiu Maisie — porque, quando ele parou o carro, até desceu para abrir a porta traseira para mim. Mas, assim que saltei, ele me jogou no chão com um soco, rasgou a fatura e foi embora.

— É por isso que você está com o olho roxo?

Maisie assentiu.

— E também me avisou que me internaria em um manicômio se eu pensasse em contatar sua esposa.

— Isso não passa de um blefe. Nem mesmo ele pode conseguir isso.

— Talvez o senhor tenha razão — observou Maisie —, mas esse não é um risco que estou disposta a correr.

— E, se você contasse à sra. Barrington que o marido dela foi responsável pela morte de Arthur — ponderou o Velho Jack —, bastaria ele dizer que você é a irmã de Stan Tancock e ela descartaria imediatamente o problema.

— Provavelmente — disse Maisie. — Mas a sra. Barrington não descartaria imediatamente o problema se eu dissesse que o marido dela pode ser o pai de Harry.

Atordoado, o Velho Jack ficou em silêncio enquanto tentava absorver as implicações das palavras de Maisie.

— Não sou apenas ingênuo — conseguiu por fim articular —, mas também absolutamente cretino. Hugo Barrington não liga se a esposa acredita ou não que ele está envolvido na morte do seu marido. Seu maior medo é que Harry algum dia descubra que pode ser filho dele...

— Mas eu nunca contaria a Harry — interrompeu Maisie. — A última coisa que quero é que ele passe o resto da vida se perguntando quem é seu pai.

— E é exatamente disso que Barrington está se aproveitando. Agora que levou você à falência, vai tentar destruir Harry de todas as maneiras.

— Mas por quê? — perguntou Maisie. — Harry nunca fez mal algum a ele.

— Claro que não, mas, se conseguir provar que é o primogênito de Hugo Barrington, Harry talvez possa herdar não somente o título, mas todo o resto, e, ao mesmo tempo, Giles ficaria sem nada.

Foi a vez de Maisie ficar sem palavras.

— Agora que descobrimos o verdadeiro motivo para Barrington desejar que Harry tenha de abandonar a escola secundária, talvez seja o momento de eu fazer uma visita a Sir Walter e contar algumas verdades nada agradáveis sobre seu filho.

— Não, por favor, não faça isso — suplicou Maisie.

— Por que não? Talvez seja nossa última chance de manter Harry na BGS.

— Possivelmente, mas meu irmão Stan certamente seria demitido, e só Deus sabe do que mais Barrington é capaz.

O Velho Jack ficou em silêncio por algum tempo. Depois disse:

— Se você não me permitir contar a verdade a Sir Walter, vou ter de começar a rastejar no esgoto que Hugo Barrington vem ocupando.

33

— O senhor quer o quê? — perguntou a srta. Potts, sem ter certeza de que havia ouvido corretamente.

— Uma reunião particular com o sr. Hugo — disse o Velho Jack.

— E eu poderia perguntar qual seria o motivo de tal reunião? — ela disse, sem tentar esconder o sarcasmo na voz.

— O futuro do filho dele.

— Espere aqui um momento. Vou ver se o sr. Barrington está disposto a recebê-lo.

A srta. Potts bateu suavemente à porta do diretor-geral e desapareceu lá dentro. Voltou um instante depois com uma expressão de surpresa no rosto.

— O sr. Barrington vai recebê-lo agora — disse enquanto segurava a porta aberta.

O Velho Jack não conseguiu resistir a um sorriso enquanto passava ao lado dela. Hugo Barrington levantou a cabeça atrás da escrivaninha. Não disse para o velho se sentar e não fez menção de apertar sua mão.

— Que interesse o senhor pode ter no futuro de Giles? — perguntou Barrington.

— Nenhum — admitiu o Velho Jack. — É o futuro do seu outro filho que me interessa.

— De quem diabos o senhor está falando? — disse Barrington, um pouco alto demais.

— Se você não soubesse de quem eu estava falando, não teria concordado em me receber — respondeu o Velho Jack com desdém.

O rosto de Barrington perdeu a cor. O Velho Jack até se perguntou se ele ia desmaiar.

— O que o senhor quer de mim? — Hugo disse finalmente.

— Durante toda a sua vida, você foi um comerciante — declarou o Velho Jack. — Estou em poder de algo que você vai querer negociar.

— E o que seria isso?

— O dia após o desaparecimento misterioso de Arthur Clifton e a prisão de Stan Tancock por um crime que ele não cometeu, o detetive--inspetor Blakemore me pediu para fazer uma declaração com tudo o que eu havia testemunhado naquela noite. Como você fez com que Blakemore fosse tirado do caso, essa declaração continua em meu poder. Tenho a sensação de que seria uma leitura interessante caso viesse a cair nas mãos erradas.

— Acho que o senhor vai descobrir que isso é chantagem — disse Barrington cuspindo as palavras —, motivo para mandá-lo para a prisão por um bom tempo.

— Alguns podem considerar a divulgação pública de tal documento apenas uma questão de dever cívico.

— E quem o senhor imagina que estaria interessado nos devaneios de um velho? Decerto não a imprensa, depois de os meus advogados terem explicado aos jornalistas as leis sobre calúnia. E, como a polícia encerrou o caso há alguns anos, não imagino o comandante se dando ao trabalho e incorrendo nos gastos de reabri-lo por causa do depoimento de um velho que pode, na melhor das hipóteses, ser considerado um excêntrico e, na pior, um louco. Portanto, eu me vejo obrigado a perguntar com quem mais o senhor está pensando em compartilhar essas alegações absurdas?

— Com o seu pai — respondeu o Velho Jack, blefando, mas Barrington não sabia da sua promessa a Maisie.

Barrington afundou-se na poltrona, ciente da influência que o Velho Jack tinha sobre seu pai, embora jamais tivesse entendido o motivo.

— Quanto você espera que eu pague por esse documento?

— Trezentas libras.

— Isso é um roubo!

— Não é nem mais nem menos do que a quantia necessária para cobrir os custos e os pequenos extras que permitirão a Harry Clifton permanecer na Bristol Grammar School pelos próximos dois anos.

— Por que eu simplesmente não pago os custos no início de cada período, como faço com meu próprio filho?

— Porque você pararia de pagar os custos de um dos seus filhos assim que pusesse as mãos na minha declaração.

— O senhor vai ter de aceitar dinheiro vivo — disse Barrington, tirando uma chave do bolso.

— Não, obrigado — rebateu o Velho Jack. — Lembro-me muito bem do que aconteceu com Stan Tancock depois que você lhe entregou as trinta moedas de prata. E não tenho intenção alguma de passar os próximos três anos na cadeia por um crime que não cometi.

— Então, vou precisar ligar para o banco a fim de emitir um cheque de uma quantia tão grande.

— Fique à vontade — disse o Velho Jack, indicando o telefone sobre a escrivaninha de Barrington.

Barrington hesitou por um instante antes de pegar o fone. Esperou até que uma voz surgiu na linha.

— TEM 3731 — disse.

Outra espera antes que outra voz dissesse:

— Pois não.

— É você, Prendergast?

— Não, senhor — respondeu a voz.

— Muito bem, é com você mesmo que preciso falar — respondeu Barrington. — Vou mandar um certo sr. Tar até aí para falar com você daqui a uma hora com um cheque de trezentas libras em nome do Serviço Municipal de Caridade de Bristol. Certifique-se de que seja pago imediatamente e ligue para mim logo em seguida.

— Se quiser que eu ligue de volta, diga apenas "Sim, exato" e então ligarei daqui a alguns minutos — disse a voz.

— Sim, exato — disse Barrington e desligou.

Ele abriu a gaveta da escrivaninha, tirou um talão de cheques e escreveu as palavras *Pague ao Serviço Municipal de Caridade de Bristol* e, em uma linha separada, *Trezentas libras*. Depois, assinou o cheque e o entregou ao Velho Jack, que o estudou cuidadosamente e anuiu.

— Vou pôr em um envelope — disse Barrington e apertou a campainha embaixo da escrivaninha. O Velho Jack ficou observando a srta. Potts entrar na sala.

— Pois não, senhor.

— O sr. Tar está indo ao banco — disse Barrington, pondo o cheque em um envelope. Depois lacrou e o endereçou ao sr. Prendergast, acrescentando a palavra PARTICULAR em letras maiúsculas. Em seguida, entregou-o ao Velho Jack.

— Obrigado — disse Jack. — Entregarei o documento a você pessoalmente assim que eu voltar.

Barrington anuiu no mesmo instante em que o telefone sobre sua escrivaninha começou a tocar. Ele esperou que o Velho Jack saísse da sala antes de atendê-lo.

O Velho Jack decidiu ir de bonde a Bristol, sentindo que a despesa era justificada por uma ocasião tão especial. Quando entrou no banco vinte minutos mais tarde, disse ao jovem na recepção que tinha uma carta para o sr. Prendergast. O recepcionista não pareceu particularmente impressionado até que o Velho Jack acrescentou:

— É do sr. Hugo Barrington.

O jovem deixou imediatamente seu posto, acompanhou o Velho Jack pelo salão e atravessou um longo corredor até chegar ao escritório do gerente. Bateu à porta, abriu-a e anunciou:

— Este cavalheiro tem uma carta do sr. Barrington, senhor.

O sr. Prendergast levantou-se, apertou a mão do velho e indicou uma cadeira do outro lado da escrivaninha. O Velho Jack entregou o envelope a Prendergast e disse:

— O sr. Barrington me pediu que entregasse isto ao senhor pessoalmente.

— Sim, claro — disse Prendergast, que reconheceu imediatamente a letra de um dos seus clientes de maior prestígio. Abriu o envelope e retirou um cheque. Olhou para o pedaço de papel por um instante antes de dizer:

— Deve haver algum erro.

— Não há erro algum — disse o Velho Jack. — O sr. Barrington gostaria que a quantia fosse integralmente paga ao Serviço Municipal de Caridade de Bristol assim que possível, como instruído por telefone ao senhor meia hora atrás.

— Mas eu não falei com o sr. Barrington esta manhã — disse Prendergast, devolvendo o cheque ao Velho Jack.

Tar olhou incrédulo para um cheque em branco. Só foram necessários poucos instantes para que ele percebesse que Barrington devia ter trocado os cheques quando a srta. Potts entrou na sala. O toque de mestre foi endereçar o envelope ao sr. Prendergast e assiná-lo como particular, garantindo que só seria aberto quando fosse entregue ao gerente. Mas o mistério que não conseguia desvendar era saber quem era pessoa que estivera do outro lado da linha.

O Velho Jack saiu rapidamente do escritório sem dizer outra palavra a Prendergast. Cruzou o salão do banco e foi para a rua. Só precisou esperar alguns minutos por um bonde que fosse para as docas. Ele não podia ter ficado fora muito mais do que uma hora quando passou pelo portão e entrou caminhando no cais.

Um homem que ele não reconheceu estava avançando na sua direção. Tinha um ar militar, e o Velho Jack se perguntou se o motivo para ele mancar teria sido um ferimento sofrido na Grande Guerra.

O Velho Jack passou rapidamente por ele e atravessou o cais. Ficou aliviado ao ver que a porta do vagão estava fechada e, quando a abriu, ficou ainda mais satisfeito ao ver que tudo estava como havia deixado. Ajoelhou-se e levantou a beirada do tapete, mas o depoimento não estava mais lá. O detetive-inspetor Blakemore teria descrito o roubo como o trabalho de um profissional.

34

O Velho Jack sentou-se na quinta fileira da congregação, esperando que ninguém o reconhecesse. A catedral estava tão cheia que as pessoas que não conseguiram achar um lugar nas capelas laterais estavam de pé nos corredores e até espremidas no fundo.

O bispo de Bath e Wells arrancou lágrimas dos olhos do Velho Jack quando falou da fé inquestionável de seu pai em Deus e como, desde a morte prematura da esposa, o cônego se dedicara a servir a comunidade.

— A prova — proclamou o bispo, levantando os braços para indicar a vasta congregação — pode ser vista pelo número de pessoas presentes, de todas as classes sociais, que vieram homenageá-lo e prestar suas condolências.

"Embora não conhecesse a vaidade, ele não conseguia esconder um certo orgulho do seu único filho, Jack, cuja abnegada coragem, bravura e prontidão para sacrificar a própria vida na África do Sul durante a Guerra dos Bôeres salvou tantos companheiros e o fez ser condecorado com a Cruz Victoria — acrescentou antes de fazer uma pausa e olhar para a quinta fila. — E fico muito feliz em vê-lo nesta congregação hoje.

Várias pessoas começaram a procurar em volta de si um homem que jamais haviam visto. Jack abaixou a cabeça, envergonhado.

No final do culto, muitos membros da congregação foram até o capitão Tarrant para dizer como admiravam seu pai. As palavras "dedicação", "abnegação", "generosidade" e "amor" saíam dos lábios de todos.

Jack se sentia orgulhoso de ser filho daquele homem e, ao mesmo tempo, envergonhado por tê-lo excluído de sua vida, da mesma maneira que excluíra o resto dos seus semelhantes.

Enquanto saía, achou que tivesse reconhecido um cavalheiro idoso que estava em pé ao lado do grande portão, claramente esperando para falar com ele. O homem deu um passo à frente e levantou o chapéu.

— Capitão Tarrant? — indagou com uma voz que sugeria autoridade.

Jack retribuiu o cumprimento.

— Sim, senhor.

— Meu nome é Edwin Trent. Tive o privilégio de ser o advogado e, espero, um dos amigos mais antigos e íntimos do seu pai.

Jack apertou calorosamente sua mão.

— Lembro-me bem do senhor. O senhor me infundiu o amor por Trollope e o apreço pelos mais belos pontos dos arremessos com efeito no críquete.

— É muita gentileza sua — disse Trent dando um risinho. — Será que eu poderia acompanhá-lo no seu caminho de volta à estação?

— Claro, senhor.

— Como o senhor sabe — disse Trent enquanto começavam a caminhar em direção à cidade —, seu pai foi cônego residente desta catedral nos últimos nove anos. O senhor também deve saber que ele não se importava minimamente com os bens mundanos e compartilhava o pouco que tinha com os menos afortunados. Se fosse canonizado, certamente seria o patrono dos errantes.

O Velho Jack sorriu. Lembrou-se de uma manhã em que foi para a escola sem café da manhã porque três malandros estavam dormindo no vestíbulo e, citando sua mãe, haviam devorado tudo o que havia na casa.

— Portanto, quando for lido — prosseguiu Trent —, o testamento do seu pai mostrará que ele se foi assim como veio ao mundo: sem nada, exceto por mil amigos, o que teria considerado uma verdadeira fortuna. Antes de morrer, ele me encarregou de uma pequena tarefa caso o senhor viesse ao funeral, mais precisamente entregar-lhe a última carta que escreveu — disse e, logo em seguida, retirou um envelope de um bolso interno do casaco, entregou-o ao Velho Jack e levantou o chapéu novamente. — Executei seu pedido e orgulho-me de ter encontrado seu filho mais uma vez.

— Muito agradecido, senhor. Eu gostaria que não tivesse sido necessário que ele me escrevesse.

Jack levantou o chapéu, e os dois homens se separaram.

O Velho Jack decidiu que não leria a carta do pai até chegar ao trem e já ter iniciado a viagem de volta a Bristol. À medida que a locomotiva saía da estação, expelindo nuvens de fumaça cinza, Jack se acomodou em um compartimento da terceira classe. Ele se lembrava de, quando criança, perguntar ao pai por que sempre viajavam de terceira classe. A resposta foi: "Porque não há uma quarta classe." Era irônico que, nos últimos trinta anos, Jack estivesse vivendo na primeira classe.

Ele demorou a quebrar o lacre do envelope e, mesmo após ter retirado a carta, deixou-a dobrada enquanto continuava a pensar sobre o pai. Nenhum filho podia ter pedido um mentor ou amigo melhor. Quando Jack pensava na própria vida, todas as suas ações, julgamentos e decisões nada mais eram do que pálidas imitações do pai.

Quando finalmente abriu a carta, foi acometido por outra enxurrada de lembranças no momento em que viu a letra oblíqua e elegante em tinta negra como carvão. Começou a ler.

The Close
Catedral de Wells
Wells, Somerset
26 de agosto de 1936

Meu amado filho,

Se você teve a bondade de ir ao meu funeral, deve estar agora lendo esta carta. Permita-me começar agradecendo por você ter feito parte da congregação.

O Velho Jack levantou a cabeça e olhou para o campo que passava lá fora. Sentiu-se culpado mais uma vez por ter tratado o pai de maneira tão desatenciosa e negligente, mas, agora, era tarde demais para pedir seu perdão. Seus olhos voltaram à carta.

Quando você foi condecorado com a Cruz Victoria, senti-me o pai mais orgulhoso da Inglaterra, e sua menção honrosa ainda está pendurada em cima da minha escrivaninha até hoje. Mas, então, com o passar dos anos, minha alegria se transformou em tristeza e perguntei ao nosso Senhor o que eu havia feito para ser punido com a perda não apenas da sua amada mãe, mas também do meu único filho.

Aceito que você tenha tido algum propósito nobre para virar sua cabeça e seu coração contra o mundo, mas eu gostaria que você tivesse compartilhado tal motivo comigo. No entanto, caso você leia esta carta, talvez me conceda um último desejo.

O Velho Jack tirou o lenço do bolso superior e limpou os olhos antes que pudesse continuar a ler.

Deus deu a você o notável dom da liderança e a habilidade de inspirar nossos semelhantes; então imploro que você não vá para o túmulo sem saber que, quando chegar sua hora de encarar o Criador, você terá, como na parábola de Mateus 25, v14-30, de confessar que enterrou o único talento que Ele lhe deu.

Em vez disso, use esse dom para o benefício dos seus semelhantes, de modo que, quando sua hora chegar, como decerto acontecerá, e esses homens forem ao seu funeral, a Cruz Victoria não seja a única lembrança deles ao ouvirem o nome Jack Tarrant.

Seu amoroso pai.

— Você está bem, meu querido? — perguntou uma senhora que saíra do outro lado do vagão para se sentar ao lado do Velho Jack.

— Estou, obrigado — disse ele, as lágrimas escorrendo por seu rosto.

— É que saí da prisão hoje.

GILES BARRINGTON

1936-1938

35

Fiquei exultante quando vi Harry cruzar o portão da escola no primeiro dia do período letivo. Eu tinha passado as férias de verão na nossa mansão na Toscana; portanto, não estava em Bristol quando a Tilly's foi destruída pelo fogo e só fui saber da notícia quando voltei à Inglaterra no fim de semana antes do início das aulas. Eu queria que Harry fosse encontrar conosco na Itália, mas meu pai foi terminantemente contra.

Nunca conheci ninguém que não gostasse de Harry, exceto meu pai, que nem permite que o nome dele seja mencionado em nossa casa. Uma vez, perguntei a mamãe se ela conseguia explicar por que ele era tão inflexível, mas parece que sabia tanto quanto eu.

Não insisti com meu velho, pois nunca me cobri exatamente de glória aos seus olhos. Quase fui expulso da minha escola primária por roubar — só Deus sabe como ele conseguiu dar um jeito nisso — e, depois, eu o decepcionei por não conseguir entrar em Eton. Quando saí da prova, disse a papai que não podia ter me esforçado mais, o que era verdade. Bem, em parte. Eu teria me safado se meu colega de conspiração tivesse ficado de boca fechada. Pelo menos, aprendi uma lição simples: se você faz um acordo com um tolo, não fique surpreso quando ele agir como um tolo.

Meu colega de conspiração era Percy, o filho do Conde de Bridport. Ele estava enfrentando um dilema maior ainda do que o meu, já que sete gerações dos Bridport foram educadas em Eton e parecia que o jovem Percy estava prestes a arruinar aquela excelente média.

Eton é conhecida por relaxar as regras no caso de membros da aristocracia, permitindo ocasionalmente que um menino burro se instale por lá. E foi por isso que escolhi Percy para meu pequeno subterfúgio. Foi depois que ouvi o Frob dizendo a outro professor, "Se Bridport fosse mais inteligente, seria um débil mental", que entendi que não precisaria mais procurar um cúmplice.

Percy estava tão desesperado para conseguir uma vaga em Eton quanto eu para ser rejeitado; então vi que aquela era uma oportunidade para nós dois atingirmos nossos objetivos.

Não discuti meu plano com Harry nem com Deakins. Harry certamente teria desaprovado, pois é uma pessoa de moral inabalável, e Deakins não teria conseguido entender por que alguém gostaria de ser reprovado em uma prova.

Na véspera da prova, meu pai me levou até Eton em seu elegante e novo Bugatti, que podia atingir 160 quilômetros por hora, fato que ele provou ser possível assim que entramos na A4. Pernoitamos no Swann Arms, o mesmo hotel em que ele havia se hospedado mais de vinte anos antes quando prestou o exame de admissão. Durante o jantar, Papai não me deixou ter dúvidas sobre seu desejo de que eu fosse para Eton e quase mudei de ideia no último momento, mas já havia dado minha palavra a Percy Bridport e achava que não podia deixá-lo na mão.

Percy e eu havíamos selado nosso acordo em St. Bede's e concordado que, ao entrarmos na sala de prova, daríamos ao inspetor os nomes trocados. Eu bem que gostei de ser chamado de "milorde" por todos, mesmo que só por algumas horas.

A prova não foi tão difícil quanto a que eu havia prestado duas semanas antes na Bristol Grammar School, e achei que tinha feito mais do que o necessário para que Percy fosse para Eton em setembro. No entanto, achei as perguntas suficientemente difíceis para que nosso aristocrata não me decepcionasse.

Depois de entregarmos as provas e reassumirmos nossas *personas* verdadeiras, fui tomar chá com meu pai em Windsor. Quando ele perguntou como tinha me saído, eu disse que tinha me esforçado ao máximo. Ele pareceu satisfeito e até começou a relaxar, o que só fez com que me sentisse mais culpado. Não gostei da viagem de volta a Bristol e me senti pior ainda quando cheguei em casa e minha mãe fez as mesmas perguntas.

Dez dias mais tarde, recebi uma carta de Eton que começava com *Lamento ter de informar...* Eu só acertei 32% das perguntas. Percy acertou

56% e lhe ofereceram uma vaga para o período letivo que iniciava em setembro, o que deixou seu pai exultante e o Frob incrédulo.

Tudo teria funcionado perfeitamente se Percy não tivesse contado a um amigo como ele havia conseguido entrar em Eton. O amigo contou a outro amigo, que contou a outro, que contou ao pai de Percy. O Conde de Bridport, condecorado com a Cruz Militar, sendo um homem honrado, informou imediatamente o diretor de Eton. Isso fez com que Percy fosse expulso antes mesmo de pisar na escola e, se não fosse por uma intervenção pessoal do Frob, eu poderia ter sofrido a mesma punição na Bristol Grammar.

Meu pai tentou convencer o diretor de Eton que havia sido um simples erro administrativo e que, como eu de fato havia acertado 56% das questões, devia ser admitido no lugar de Bridport. Essa lógica foi rejeitada na carta seguinte, já que Eton não estava precisando de um novo pavilhão de críquete. Apresentei-me pontualmente à Bristol Grammar School no primeiro dia do período letivo.

Durante meu primeiro ano, restaurei minha reputação de alguma maneira marcando três *centuries* para os Colts e terminei a temporada como titular. Harry interpretou Úrsula em *Muito Barulho por Nada* e Deakins foi Deakins; portanto, ninguém ficou surpreso quando ele ganhou o prêmio do Primeiro Ano.

Durante meu segundo ano, inteirei-me mais das dificuldades financeiras pelas quais a mãe de Harry devia estar passando quando notei que ele estava usando sapatos com cadarços desamarrados, admitindo que doíam porque estavam muito apertados.

Então, quando a Tilly's foi destruída pelo fogo semanas antes do início do nosso penúltimo ano, não fiquei totalmente surpreso ao saber que Harry achava que talvez não fosse conseguir ficar na escola. Pensei em perguntar ao meu pai se ele não poderia ajudar, mas mamãe me disse que seria uma perda de tempo. Por isso, fiquei radiante quando o vi cruzar o portão no primeiro dia de aula.

Ele me disse que sua mãe começara em um novo emprego no Royal Hotel, no turno da noite, que estava se revelando bem mais lucrativo do que ela havia imaginado de início.

Durante as férias de verão seguintes, eu mais uma vez gostaria de ter convidado Harry para se unir à minha família na Toscana, mas já sabia que meu pai nem levaria em consideração essa ideia. Mas, como a Sociedade de Apreciação das Artes, da qual Harry agora era secretário, estava planejando uma viagem a Roma, concordamos em nos encontrar lá, mesmo que isso significasse que eu teria de ir visitar a Villa Borghese.

Embora vivêssemos vivendo em uma bolha só nossa em West Country, teria sido impossível não tomar ciência do que estava acontecendo no continente.

A ascensão dos nazistas na Alemanha e dos fascistas na Itália não parecia estar afetando o inglês médio, que ainda podia tomar uma caneca de sidra e comer um sanduíche de queijo no pub local aos sábados antes de ver, ou no meu caso jogar, uma partida de críquete no campo do vilarejo à tarde. Durante anos, essa feliz situação pôde seguir em frente porque outra guerra com a Alemanha estava fora de cogitação. Nossos pais haviam lutado na guerra para pôr fim a todas as guerras, mas, agora, o indizível parecia estar nos lábios de todos.

Harry me disse com todas as letras que, se a guerra fosse declarada, ele não iria para a universidade, mas se alistaria imediatamente, como seu pai e seu tio haviam feito cerca de vinte anos antes. Meu pai "havia ficado de fora", como ele disse, porque, infelizmente, era daltônico e os responsáveis acharam que ele contribuiria mais para o esforço de guerra permanecendo em seu posto, desempenhando um papel importante nas docas. Eu, todavia, nunca soube ao certo qual era esse papel importante.

No nosso último ano na BGS, tanto Harry quanto eu decidimos nos candidatar a Oxford; Deakins já recebera uma oferta de bolsa de estudos para o Balliol College. Eu queria entrar para o Christ Church College, mas fui gentilmente informado pelo tutor de admissões de que aquela faculdade raramente aceitava alunos provenientes de uma *grammar school;* então, me contentei com Brasenose, que havia sido descrita uma vez por Bertie Wooster como uma faculdade "na qual o cérebro não está aqui nem lá".

Como a Brasenose também era a faculdade com a maioria dos jogadores de críquete e eu havia marcado três *centuries* no meu último ano como capitão da BGS, um deles no Lord's durante o Campeonato das Escolas Particulares, achei que teria alguma chance. Na verdade, o coordenador da minha série, o dr. Paget, me disse que, quando eu fosse fazer a entrevista, provavelmente arremessariam uma bola de críquete na minha direção quando entrasse na sala. Se a pegasse, eles me ofereceriam uma vaga. Se a pegasse com uma das mãos, eles me ofereceriam uma bolsa de estudos. Isso se revelou uma mentira. No entanto, devo admitir que, durante o encontro com o diretor da minha faculdade , ele fez muito mais perguntas sobre Hutton do que sobre Horácio.

Houve outros altos e baixos durante meus últimos dois anos na escola: Jesse Owens ganhando quatro medalhas de ouro nos Jogos Olímpicos de Berlim, bem embaixo do nariz de Hitler, foi sem dúvida um ponto alto; já a abdicação de Eduardo VIII, porque ele queria se casar com uma americana divorciada, foi certamente um ponto baixo.

A nação, assim como Harry e eu, parecia estar dividida em relação à abdicação do rei. Eu não conseguia entender como um homem nascido para ser rei podia estar disposto a sacrificar o trono para se casar com uma mulher divorciada, Harry era muito favorável ao dilema do rei, dizendo que só faríamos alguma ideia do que o pobre homem estava sofrendo quando nos apaixonássemos. Descartei esse argumento como conversa fiada, até aquela viagem a Roma mudar a vida de nós dois.

36

Se Giles imaginava que tinha dado duro durante os últimos dias em St. Bede's, nos dois últimos anos na Bristol Grammar School, ele e Harry conheceram horários que só eram familiares a Deakins.

O dr. Paget, o coordenador dos últimos dois anos, disse a eles com todas as letras que, se esperavam obter uma vaga em Oxford ou Cambridge, teriam de esquecer qualquer outra atividade, pois precisariam passar todos os instantes em que estivessem acordados se preparando para as provas de admissão.

Giles esperava ser o capitão do time de críquete da escola no último ano, já Harry queria conseguir o papel principal na peça da escola. O dr. Paget arqueou uma sobrancelha quando ouviu isso, embora *Romeu e Julieta* fosse o texto escolhido para Oxford naquele ano.

— Mas trate de não se inscrever em mais nada — ele disse com firmeza.

Harry, relutante, saiu do coro, o que lhe deu mais duas noites livres por semana para estudar. Todavia, havia uma atividade da qual nenhum aluno podia se eximir: toda terça e quinta-feira, às quatro horas, todos os meninos precisavam estar em posição de alerta no campo de manobras, totalmente equipados e prontos para inspeção como membros da Combined Cadet Force.

— Não podemos deixar que a Juventude Hitlerista imagine que, se a Alemanha for tola o bastante para declarar guerra contra nós uma segunda vez, não estaremos preparados para eles — berrou o sargento-mor do regimento.

Toda vez que o sargento-mor Roberts proferia essas palavras, um arrepio cruzava as filas de alunos, que percebiam que, a cada dia, aumentava a probabilidade de eles servirem na linha de frente como oficiais subalternos em algum campo estrangeiro em vez de irem para a universidade como alunos de graduação.

Harry levou as palavras do sargento-mor muito a sério e logo foi promovido a oficial aspirante. Giles as levou menos a sério, pois sabia que, se fosse convocado, poderia, como o pai, escolher o caminho mais fácil e indicar seu daltonismo para evitar o confronto frente a frente com o inimigo.

Deakins mostrava pouco interesse no processo como um todo, declarando com uma certeza que não dava margem a discussão:

— Você não precisa saber como desmontar uma submetralhadora Bren quando está no Corpo de Inteligência.

Quando as longas noites de verão começaram a chegar ao fim, todos estavam prontos para as férias antes de voltar para o último ano, ao final do qual teriam de encarar mais uma vez os examinadores. A uma semana do final do período, os três haviam saído de férias: Giles iria encontrar a família na mansão da Toscana, Harry estava a caminho de Roma com a Sociedade de Apreciação das Artes da escola e Deakins, enterrado na biblioteca central de Bristol, evitando contato com qualquer outro ser humano, apesar de já ter recebido a oferta de uma vaga em Oxford.

Com o passar dos anos, Giles havia aceitado que, se quisesse ver Harry durante as férias, teria de se certificar de que o pai não descobriria o que estava tramando, senão os planos mais bem-arquitetados iriam por água abaixo. Mas, para conseguir isso, ele muitas vezes tinha de convencer Emma, sua irmã, a participar do subterfúgio e ela nunca deixava de cobrar sua parte antes de concordar em ser cúmplice.

— Se você tomar a frente no jantar hoje, eu vou atrás — disse Giles depois de ter delineado seu último plano para ela.

— Parece a ordem natural das coisas — zombou Emma.

Após o primeiro prato ter sido servido, Emma perguntou inocentemente se a mãe poderia levá-la à Villa Borghese no dia seguinte, pois sua professora de artes recomendara aquele passeio como imperdível. Ela sabia muito bem que a mãe já tinha outros planos.

— Sinto muito, querida, mas eu e seu pai vamos almoçar com os Henderson em Arezzo amanhã. Se você quiser ir conosco, será bem-vinda.

— Não há nada que impeça Giles de levar você a Roma — interveio o pai do outro lado da mesa.

— Tenho mesmo que fazer isso? — disse Giles, que estava prestes a fazer a mesma sugestão.

— Tem, sim — respondeu o pai com firmeza.

— Mas para quê, papai? Quando chegarmos lá, teremos de dar meia-volta. Não vale a pena.

— Não se vocês pernoitarem no Plaza Hotel. Vou ligar para eles de manhã cedo e reservar dois quartos.

— Tem certeza de que eles são suficientemente maduros para isso? — perguntou a sra. Barrington, parecendo um pouco ansiosa.

— Giles fará 18 anos daqui a algumas semanas. Está na hora de ele crescer e assumir algumas responsabilidades.

Giles abaixou a cabeça como se tivesse se resignado humildemente.

Na manhã seguinte, um táxi levou os dois até a estação ferroviária local em cima da hora para que pegassem o trem do início da manhã para Roma.

— Trate de cuidar da sua irmã — foram as últimas palavras do pai antes que deixassem a mansão.

— Pode deixar — prometeu Giles enquanto o carro se afastava.

Vários homens se levantaram para oferecer o lugar a Emma quando ela entrou no vagão. Já Giles ficou de pé durante todo o trajeto. Ao chegarem em Roma, eles tomaram um táxi até Via del Corso e, depois de terem se registrado no hotel, continuaram até a Villa Borghese. Giles ficou surpreso com a quantidade de rapazes, pouco mais velhos do que ele, fardados. E quase todos os postes e pilastras exibiam pôsteres de Mussolini.

Quando o táxi os deixou, eles subiram pelos jardins, passando por mais homens fardados e ainda mais pôsteres do "Duce", antes de finalmente chegarem à suntuosa Villa Borghese.

Harry escrevera para dizer que eles iniciariam a visita oficial às dez horas. Giles olhou o relógio: alguns minutos depois das onze; com sorte, a visita já estaria quase terminando. Ele comprou dois ingressos, entregou um a Emma, subiu correndo os degraus que levavam à galeria e entrou em busca de um grupo de estudantes. Emma admirou com calma as estátuas de Bernini que dominavam as quatro primeiras salas; afinal, ela não estava com pressa. Giles foi de uma galeria a outra até ver um grupo de rapazes trajando paletós bordô e calças de flanela preta amontoados em volta de um pequeno retrato de um idoso vestindo uma sotaina de seda cor de creme com uma mitra branca na cabeça.

— Lá estão eles — disse, mas Emma não estava por perto. Sem pensar mais na irmã, ele se encaminhou para o atento grupo. No momento em que a viu, quase esqueceu o motivo de ter ido a Roma.

— Esse retrato foi encomendado a Caravaggio pelo papa Paulo V em 1605 — ela disse, com um leve sotaque. — Vocês podem notar que não foi terminado, isso porque o artista teve de fugir de Roma.

— Por quê, senhorita? — perguntou um garoto na fila da frente, que estava claramente determinado a tomar o lugar de Deakins em algum momento no futuro.

— Porque ele se envolveu em uma briga de bêbados, na qual acabou matando um homem.

— Eles o prenderam? — indagou o mesmo garoto.

— Não — disse a guia. — Caravaggio sempre conseguia ir para a cidade seguinte antes que as forças de segurança pudessem alcançá-lo, mas, no final, o Santo Padre decidiu lhe conceder um perdão.

— Por quê? — perguntou o mesmo garoto.

— Porque queria que Caravaggio realizasse muitas outras obras que ele havia encomendado. Algumas estão entre as 17 obras que ainda podem ser vistas em Roma hoje.

Naquele momento, Harry viu Giles olhando perplexo em direção ao quadro. Afastou-se do grupo e foi falar com ele.

— Há quanto tempo você está aí em pé? — perguntou.

— Tempo suficiente para me apaixonar — respondeu Giles com os olhos ainda guardados na guia.

Harry riu quando percebeu que não era o quadro que Giles estava observando, mas a elegante e confiante jovem que se dirigia aos garotos.

— Acho que ela está um pouco fora da sua faixa etária — disse Harry — e também da sua faixa de preço.

— Estou disposto a assumir esse risco — disse Giles enquanto a guia conduzia o pequeno grupo para a próxima sala. Giles seguiu obedientemente e se posicionou de maneira a ter uma visão clara da moça, enquanto o resto do grupo estudava uma estátua de Paolina Borghese de autoria de Canova.

— Possivelmente, o maior escultor de todos os tempos — disse ela. Giles não discordaria. — Bem, assim chegamos ao final da nossa visita — ela anunciou. — Mas, se vocês tiverem alguma outra pergunta, ficarei aqui mais alguns minutos; portanto, não hesitem em perguntar.

Giles não hesitou.

Harry observou pasmo o amigo ir até a moça italiana e começar a conversar como se fossem velhos amigos. Nem o garoto da primeira fila ousou interrompê-lo. Giles voltou para perto de Harry alguns minutos mais tarde com um grande sorriso estampado no rosto.

— Ela concordou em jantar comigo hoje.

— Não acredito — disse Harry.

— Mas surgiu um problema... — acrescentou Giles, ignorando o olhar de São Tomé do amigo.

— Mais do que um, suspeito.

— ...Que pode ser superado com a sua ajuda.

— Você precisa de alguém para acompanhá-lo — sugeriu Harry — caso as coisas saiam de controle.

— Não, seu burro. Quero que você cuide da minha irmã enquanto Caterina me apresenta a vida noturna de Roma.

— Sem chance! — disparou Harry. — Não vim até Roma para dar uma de babá.

— Mas você é meu melhor amigo — suplicou Giles. — Se você não me ajudar, a quem mais poderei recorrer?

— Por que você não tenta Paolina Borghese? Duvido que ela tenha planos para esta noite.

— Tudo o que você precisa fazer é levá-la para jantar e se certificar de que ela estará na cama às dez horas.

— Desculpe tocar nesse assunto, Giles, mas achei que você tinha vindo a Roma para jantar comigo.

— Dou mil liras se você tirá-la das minhas mãos. E ainda podemos tomar café da manhã no meu hotel de manhã.

— Não sou subornado com tanta facilidade.

— E — disse Giles, usando seu trunfo — também dou a você minha gravação de Caruso cantando *La Bohème*.

Harry se virou e viu uma garota em pé do seu lado.

— A propósito, essa é minha irmã Emma.

— Oi — cumprimentou Harry. Virando-se novamente para Giles, disse: — Negócio fechado.

Harry foi tomar café com Giles no Palace Hotel na manhã seguinte, quando o amigo o cumprimentou com o mesmo sorriso imodesto que sempre estampava seu rosto após ter marcado um *century* no críquete.

— Então, como era Caterina? — perguntou Harry, sem querer ouvir a resposta.

— Muito melhor do que meus sonhos mais desvairados.

Harry estava prestes a interrogá-lo mais detalhadamente quando um garçom surgiu ao seu lado.

— *Cappuccino, per favore* — pediu e, em seguida, perguntou: — Então, até onde ela deixou que você fosse?

— Até o final — disse Giles.

A boca de Harry se abriu sem, no entanto, emitir qualquer palavra.

— Você...?

— Eu o quê?

— Você...? — Harry tentou novamente.

— Sim?

— Você a viu nua?

— Vi, claro.

— O corpo todo?

— Naturalmente — disse Giles enquanto uma xícara de café era colocada na frente de Harry.

— A metade inferior além da superior?

— Tudo — disse Giles. — Tudinho.

— Tocou os seios dela?

— Lambi seus mamilos, na verdade — disse Giles, tomando um gole de café.

— Você fez o quê?

— Você me ouviu — disse Giles.

— Mas você, quer dizer, você...

— Sim.

— Quantas vezes?

— Perdi a conta — respondeu Giles. — Ela era insaciável. Sete, talvez oito. Ela simplesmente não me deixava dormir. Eu ainda estaria lá se ela não tivesse que estar no Museu Vaticano às dez da manhã para falar para um bando de pirralhos.

— Mas e se ela ficar grávida? — perguntou Harry.

— Não seja tão ingênuo, Harry. Tente lembrar que ela é italiana. — Depois de um outro gole de café, perguntou: — Então, como minha irmã se comportou?

— A comida era excelente e você está me devendo sua gravação de Caruso.

— Foi tão ruim assim? Bem, nem todos podem ser vencedores.

Os dois só perceberam que Emma havia entrado no salão quando ela já estava em pé ao lado deles. Harry se levantou prontamente e ofereceu seu lugar a ela.

— Lamento deixar vocês — disse ele —, mas preciso estar no Museu Vaticano às dez.

— Mande lembranças para Caterina! — gritou Giles enquanto Harry saía do salão de café da manhã um tanto apressado.

Giles esperou até Harry estar fora de vista para perguntar à irmã:

— Então, como foi a noite passada?

— Não poderia ter sido pior — respondeu, pegando um croissant. — Ele é meio sério, não?

— Você precisa conhecer Deakins.

Emma riu.

— Bem, pelo menos a comida era boa. Mas não se esqueça: seu gramofone agora é meu.

37

Mais tarde, Giles descreveu aquela noite como a mais memorável de toda a sua vida — pelos motivos errados.

A peça anual é um dos principais eventos do calendário da Bristol Grammar School, sobretudo porque a cidade se orgulha de ter uma bela tradição teatral e 1937 se revelaria um ano especial.

A escola, como muitas outras no país, encenou um dos textos de Shakespeare escolhidos para aquele ano. A escolha era entre *Romeu e Julieta* e *Sonho de Uma Noite de Verão*. Um dos principais motivos para o dr. Paget ter preferido a tragédia à comédia foi porque ele tinha um Romeu, mas não tinha um Tecelão.

Pela primeira vez na história da escola, as jovens da Red Maids, do outro lado da cidade, foram convidadas para fazer testes para os papéis femininos, mas não antes de vários debates com a srta. Webb, a diretora, que insistira em um conjunto de regras básicas que teria impressionado uma madre superiora.

A peça deveria ser encenada em três noites consecutivas na última semana do período letivo. Como sempre, a noite de sábado esgotou primeiro porque os ex-alunos e os pais do elenco queriam ver a apresentação de encerramento.

Giles estava ansioso no foyer, olhando para o relógio regularmente, à espera da chegada dos pais e da irmã mais nova. Ele esperava que Harry fizesse mais uma ótima apresentação e que seu pai finalmente o aceitasse.

O crítico do *Bristol Evening World* descrevera o desempenho de Harry como "mais maduro do que sua idade", mas havia guardado o maior elogio para Julieta, dizendo que não vira a cena da morte interpretada de maneira mais comovente nem mesmo em Stratford.

Giles apertou a mão do sr. Frobisher, que entrava no foyer. O diretor da sua velha escola apresentou um convidado, o sr. Holcombe, antes que os dois fossem para o salão procurar seus assentos.

Um murmúrio correu pela plateia quando o capitão Tarrant atravessou o corredor central e sentou-se em seu lugar na primeira fila. Sua recente nomeação como governador da escola recebera a aprovação de todos. Enquanto se curvava para falar com o chefe dos governadores, Tarrant viu Maisie Clifton sentada algumas fileiras atrás. Sorriu calorosamente para ela, mas não reconheceu o homem que estava sentado ao lado. A surpresa seguinte aconteceu quando ele estudou a lista do elenco.

O diretor e a sra. Barton estavam entre os últimos integrantes da plateia a entrar no teatro. Ocuparam seus lugares na primeira fila ao lado de Sir Walter Barrington e do capitão Tarrant.

Giles estava ficando mais nervoso a cada minuto. Começou a se perguntar se seus pais apareceriam antes que a cortina fosse erguida.

— Sinto muito, Giles — disse a mãe quando eles finalmente apareceram. — A culpa foi minha, perdi a noção do tempo — acrescentou enquanto entrava às pressas no teatro com Grace. O pai vinha logo atrás e arqueou as sobrancelhas quando viu o filho. Giles não entregou a ele um programa, pois queria que fosse uma surpresa, mas tinha compartilhado as informações com a mãe, que, como ele, esperava que o marido finalmente tratasse Harry como um amigo da família, e não como um estranho.

A cortina foi erguida instantes após os Barrington terem se sentado e um silêncio ansioso tomou conta de toda a plateia.

Quando Harry fez sua primeira entrada, Giles olhou na direção do pai. Como aparentemente não houve nenhuma reação imediata, começou a relaxar pela primeira vez naquela noite. Mas aquele momento de alegria só durou até a cena do salão de baile, quando Romeu e Hugo viram Julieta pela primeira vez.

Algumas pessoas nas poltronas próximas aos Barrington se irritaram com o homem irrequieto que estava estragando o prazer da peça sussurrando alto e exigindo um programa. Ficaram ainda mais incomodados depois que Romeu disse:

— Ela não é a filha de Capuleto?

A essa altura, Hugo Barrington se levantou e saiu andando ao longo da fila, sem se importar nos pés de quem estava pisando. Depois, atravessou o corredor central em passo marcial, empurrou as portas basculantes e desapareceu na noite. Um certo tempo se passou até que Romeu conseguisse recuperar plenamente a compostura.

Sir Walter tentou dar a impressão de não estar percebendo o que estava acontecendo atrás de si e, embora o capitão Tarrant tenha franzido o cenho, seus olhos nunca se desviaram do palco. Caso tivesse se virado para trás, teria visto que a sra. Clifton ignorava a saída improvisada de Barrington enquanto se concentrava em cada uma das palavras que os jovens amantes tinham a dizer.

Durante o intervalo, Giles saiu atrás do pai, mas não conseguiu achá-lo. Verificou o estacionamento, mas não havia sinal do Bugatti. Quando voltou ao foyer, viu o avô se curvando e sussurrando algo no ouvido da nora.

— Hugo enlouqueceu de vez? — perguntou Sir Walter.

— Não, ele é suficientemente são — disse Elizabeth, sem tentar esconder sua raiva.

— Então, que diabos ele acha que está fazendo?

— Não faço ideia.

— Será possível que tenha algo a ver com o jovem Clifton?

Ela teria respondido caso Jack Tarrant não tivesse se aproximado deles.

— Sua filha tem um talento notável, Elizabeth — ele disse depois de beijar sua mão —, além da vantagem de ter herdado sua beleza.

— E você é um velho lisonjeiro, Jack — ela disse, antes de acrescentar: — Acho que você não conhece meu filho Giles.

— Boa noite, senhor — cumprimentou Giles. — É uma grande honra conhecê-lo. Permita-me parabenizá-lo pela sua recente nomeação.

— Obrigado, meu jovem — disse Tarrant. — E o que você está achando do desempenho do seu amigo?

— Notável, mas o senhor sabia...

— Boa noite, sra. Barrington.

— Boa noite, diretor.

— Preciso entrar em uma longa fila de pessoas que desejam acrescentar...

Giles observou o capitão Tarrant se afastar para ir falar com Maisie e Harry e ficou se perguntando como eles se conheciam.

— Que prazer em vê-lo, capitão Tarrant!

— Igualmente, sra. Clifton. E como você está glamourosa hoje! Se Cary Grant soubesse que uma beldade assim existia em Bristol, nunca teria nos abandonado por Hollywood — brincou e, em seguida, abaixou a voz. — Você fazia alguma ideia de que Emma Barrington interpretava Julieta?

— Não, Harry não me disse nada — respondeu Maisie. — Mas por que ele deveria?

— Tomara que o afeto que estão demonstrando um pelo outro no palco não passe de boa interpretação, porque, se isso é o que eles realmente sentem, podemos ter um problema ainda maior em nossas mãos — disse o Velho Jack, e olhou ao redor para se certificar de que ninguém estava escutando aquela conversa. — Presumo que você ainda não tenha dito nada a Harry.

— Nem uma palavra — confirmou Maisie. — E, pelo comportamento mal-educado de Barrington, parece que ele também foi pego de surpresa.

— Boa noite, capitão Tarrant — disse a srta. Monday tocando o braço de Jack. A srta. Tilly estava ao lado dela. — Quanta bondade sua vir de Londres até aqui para ver seu protegido!

— Minha cara srta. Monday — disse Tarrant —, Harry é seu protegido tanto quanto meu e ficará muito feliz quando souber que a senhora veio da Cornualha para assistir à sua apresentação.

A srta. Monday abriu um sorriso radiante enquanto a campainha soava para indicar que a plateia devia voltar aos seus assentos.

Depois que todos haviam se acomodado novamente, a cortina subiu para o segundo ato, embora uma cadeira na sexta fila permanecesse conspicuamente vazia. A cena da morte levou lágrimas aos olhos de algumas pessoas que jamais verteram uma lágrima em público. Já a srta. Monday não chorava tanto desde que Harry havia mudado de voz.

No momento em que a cortina finalmente baixou, a plateia se levantou em peso; Harry e Emma foram recebidos com uma ovação enquanto se dirigiam à frente do palco, de mãos dadas, e homens adultos, que raramente demonstravam os próprios sentimentos, os aclamaram.

Quando viraram-se para agradecer um ao outro, a sra. Barrington sorriu e corou.

— Meu Deus, eles não estavam interpretando — disse ela suficientemente alto para que Giles ouvisse. O mesmo pensamento também havia passado pela cabeça de Maisie Clifton e Jack Tarrant muito antes de os dois protagonistas se curvarem para o agradecimento final.

A sra. Barrington, Giles e Grace foram aos bastidores e encontraram Romeu e Julieta ainda de mãos dadas enquanto as pessoas faziam fila para cobri-los de elogios.

— Você esteve ótimo — elogiou Giles, dando um tapinha nas costas do amigo.

— Eu me saí bem — disse Harry —, mas Emma foi magnífica.

— Então, quando tudo isso aconteceu? — Giles sussurrou.

— Tudo começou em Roma — admitiu Harry com um sorriso maroto.

— E pensar que sacrifiquei minha gravação de Caruso, para não falar do meu gramofone, para unir vocês dois.

— Além de pagar nosso primeiro jantar juntos.

— Onde está papai? — Emma perguntou, olhando para os lados.

Grace estava prestes a dizer à irmã o que acontecera quando o capitão Tarrant apareceu.

— Parabéns, meu garoto — disse. — Você estava esplêndido.

— Obrigado — agradeceu Harry —, mas acho que o senhor ainda não conheceu a verdadeira estrela do espetáculo.

— Não, mas saiba, minha jovem, que, se eu fosse quarenta anos mais novo, derrotaria todos os meus rivais.

— O senhor não tem rivais para o meu afeto — disse Emma. —Harry nunca deixa de mencionar tudo o que o senhor fez por ele.

— Foi uma via de mão dupla — rebateu Jack enquanto Harry via a mãe e a abraçava.

— Estou muito orgulhosa de você — disse Maisie.

— Obrigado, mãe. Mas quero apresentar a você Emma Barrington — disse, pondo o braço em volta da cintura da moça.

— Agora sei por que o seu filho é tão bonito — disse Emma enquanto apertava a mão de Maisie Clifton. — Gostaria de apresentar minha mãe — acrescentou.

Foi um encontro sobre o qual Maisie havia pensado durante muitos anos, mas aquele cenário nunca passara pela sua cabeça. Ela estava apreensiva quando apertou a mão de Elizabeth Barrington, mas foi recebida com um sorriso tão amistoso que logo ficou claro que a sra. Barrington desconhecia qualquer possível ligação entre elas.

— E este é o sr. Atkins — disse Maisie, apresentando o homem que estivera sentado ao seu lado durante a apresentação.

Harry nunca havia visto o sr. Atkins. Olhando para o casaco de pele da mãe, ficou se perguntando se Atkins era o motivo para ele agora ter três pares de sapatos.

Ele estava prestes a falar com o sr. Atkins quando foi interrompido pelo dr. Paget, que estava ansioso para apresentá-lo ao professor Henry Wyld. Harry reconheceu o nome imediatamente.

— Soube que você deseja entrar para Oxford para estudar inglês — observou Wyld.

— Só se eu puder ter o senhor como professor.

— Vejo que o charme de Romeu não foi deixado no palco.

— E esta é Emma Barrington, senhor.

O professor de Língua e Literatura Inglesa da Faculdade Merton de Oxford inclinou ligeiramente a cabeça.

— A senhorita esteve magnífica.

— Obrigada, senhor — disse Emma. — Também espero poder tê-lo como professor — acrescentou. — Candidatei-me a Somerville no próximo ano.

Jack Tarrant olhou para a sra. Clifton e não pôde deixar de notar o incontestável terror em seus olhos.

— Vovô — disse Giles enquanto o presidente dos governadores se unia a eles. — Acho que o senhor não conhece meu amigo Harry Clifton.

Sir Walter apertou a mão de Harry calorosamente antes de abraçar a neta.

— Vocês dois deixaram este velho cheio de orgulho — disse.

Estava ficando dolorosamente claro para Jack e Maisie que os dois "amantes marcados pelo destino" não faziam ideia dos problemas que haviam desencadeado.

Sir Walter ordenou que o chofer levasse a sra. Barrington e as crianças de volta para Manor House. Apesar do triunfo de Emma, a mãe não fez nada para esconder o que estava sentindo enquanto o carro rumava para Chew Valley. Quando cruzaram o portão e se aproximaram da casa, Giles notou que algumas luzes ainda estavam acesas no salão.

Quando o chofer os deixou, Elizabeth, dirigindo-se ao salão, disse a Giles, Emma e Grace para irem para a cama em um tom de voz que nenhum deles ouvia fazia muito tempo. Giles e Emma subiram relutantes a larga escadaria, mas sentaram-se no último degrau assim que a mãe não estava mais em vista. Já Grace foi obedientemente para o quarto. Giles até ficou pensando se a mãe havia deixado a porta aberta de propósito.

Quando Elizabeth entrou no aposento, seu marido não se deu ao trabalho de se levantar. Ela notou uma garrafa de uísque pela metade e um copo sobre a mesa ao seu lado.

— Sem dúvida, você deve ter alguma explicação para o seu comportamento imperdoável.

— Não preciso explicar nada do que faço para você.

— Emma conseguiu de alguma maneira se recuperar do seu comportamento terrível esta noite.

Barrington serviu-se de outro copo de uísque e tomou um gole.

— Dei ordens para que Emma seja retirada da Red Maids imediatamente. No próximo período, estará matriculada em uma escola suficientemente distante para garantir que ela jamais veja aquele garoto novamente.

Na escada, Emma caiu em prantos. Giles a abraçou.

— O que Harry Clifton pode ter feito para que você se comporte de maneira tão vergonhosa?

—· Não é da sua conta.

— Claro que é da minha conta — retorquiu Elizabeth, tentando permanecer calma. — Você está falando da nossa filha e do melhor amigo do seu filho. Se Emma se apaixonou por Harry, e suspeito que foi o que aconteceu, não consigo pensar em um rapaz mais gentil ou decente ao qual ela pudesse entregar o próprio coração.

— Harry Clifton é filho de uma puta. Por isso o marido a abandonou. E repito: Emma nunca terá permissão para entrar em contato com esse desgraçado novamente.

— Vou para a cama antes que eu perca a paciência — disse Elizabeth. — Nem pense em se deitar ao meu lado nesse estado.

— Eu não estava pensando em me deitar ao seu lado em nenhum estado — disse Barrington, servindo-se de outro copo de uísque. — Você nunca me deu nenhum prazer na cama.

Emma se levantou rápido e foi correndo para o quarto, trancando a porta. Giles não se mexeu.

— Obviamente, você está bêbado — disse Elizabeth. — Vamos discutir isso de manhã, quando você estiver sóbrio.

— Não haverá nada a ser discutido de manhã — Barrington disse indistintamente enquanto a esposa saía do salão. Logo em seguida, sua cabeça recaiu sobre a almofada e ele começou a roncar.

Quando abriu as cortinas do salão pouco antes das oito na manhã seguinte, Jenkins não demonstrou surpresa alguma ao encontrar o patrão caído em uma poltrona, ferrado no sono, ainda de smoking.

O sol da manhã fez com que Barrington se mexesse. Ele piscou e olhou para o mordomo antes de verificar o relógio de pulso.

— Um carro virá buscar a srta. Emma daqui a cerca de uma hora, Jenkins, portanto, certifique-se de que as malas estejam feitas e ela esteja pronta.

— A srta. Emma não está aqui, senhor.

— O quê? Então, onde está? — perguntou Barrington enquanto tentava se levantar, mas cambaleou por um instante antes de cair de novo na poltrona.

— Não faço ideia, senhor. Ela e a sra. Barrington saíram de casa pouco depois da meia-noite.

38

— Para onde você acha que elas foram? — perguntou Harry depois que Giles descreveu o que havia acontecido após a chegada em Manor House.

— Não faço ideia — respondeu Giles. — Eu estava dormindo quando foram embora de casa. Tudo o que consegui arrancar de Jenkins foi que um táxi as levou até a estação pouco depois da meia-noite.

— E você disse que seu pai estava bêbado quando vocês voltaram para casa ontem à noite?

— Feito um gambá, e ele ainda não estava totalmente sóbrio quando desci para tomar o café da manhã. Estava gritando com qualquer pessoa que cruzasse seu caminho. Até tentou pôr a culpa de tudo em mim. Foi aí que decidi ir para a casa dos meus avós.

— Você acha que seu avô sabe onde elas estão?

— Acho que não, embora ele não tenha parecido muito surpreso quando contei o que havia acontecido. Vovó disse que eu podia ficar com eles o tempo que quisesse.

— Elas não podem estar em Bristol — disse Harry — se o táxi as levou até a estação.

— A esta altura, podem estar em qualquer lugar — disse Giles.

Nenhum dos dois disse mais nada por algum tempo, até que Harry sugeriu:

— A mansão de vocês na Toscana, talvez?

— Improvável — respondeu Giles. — Seria o primeiro lugar em que papai pensaria; portanto, elas não ficariam seguras lá por muito tempo.

— Então deve ser algum lugar no qual seu pai pensaria duas vezes antes de ir atrás delas — Harry pensou em voz alta. Depois, os dois garotos voltaram a ficar em silêncio até que Harry disse: — Estou pensando em alguém que talvez saiba onde elas estão.

— E quem seria essa pessoa?

— O Velho Jack — disse Harry, que ainda não conseguia chamá-lo de capitão Tarrant. — Sei que ele se tornou um amigo da sua mãe e que ela certamente confia nele.

— Você sabe onde ele pode estar agora?

— Qualquer um que lê o *The Times* sabe disso — respondeu Harry com desdém.

Giles deu um soco no braço do amigo.

— Então, onde ele está, sabichão?

— Deve estar em seu escritório em Londres. Soho Square, se eu bem me lembro.

— Sempre quis uma desculpa para passar um dia em Londres — disse Giles. — É uma pena eu ter deixado todo o meu dinheiro em casa.

— Isso não é problema — observou Harry. — Tenho o suficiente. O tal Atkins me deu cinco libras, embora tenha dito que era para eu gastar com livros.

— Não se preocupe — disse Giles. — Posso pensar em um plano alternativo.

— De que tipo? — perguntou Harry, parecendo esperançoso.

— Podemos simplesmente ficar sentados e esperar que Emma escreva para você.

Foi a vez de Harry dar um soco no amigo.

— Tudo bem — disse ele —, mas é melhor nos mexermos antes que alguém descubra o que estamos aprontando.

— Não estou acostumado a viajar de terceira classe — disse Giles enquanto o trem partia de Temple Meads.

— Bem, é melhor você se acostumar enquanto eu estiver pagando — rebateu Harry.

— Então, me diga, Harry, o que seu amigo, o capitão Tarrant, está fazendo? Sei que o governo o nomeou Diretor da Unidade de

Deslocamento dos Cidadãos, o que soa bastante impressionante, mas não sei ao certo o que ele faz.

— Exatamente o que o título diz — disse Harry. — Ele é responsável por encontrar acomodações para os refugiados, especialmente para as famílias que estão fugindo da tirania da Alemanha nazista. Ele diz que está dando prosseguimento ao trabalho do pai.

— É homem de classe, esse o seu amigo capitão Tarrant.

— Você não sabe da missa a metade — observou Harry.

— Passagens, por favor.

Os dois garotos passaram a maior parte da viagem tentando descobrir onde Emma e a sra. Barrington poderiam estar, mas, quando o trem chegou à estação de Paddington, ainda não tinham chegado a nenhuma conclusão sólida.

Pegaram o metrô até Leicester Square, emergiram à luz do sol e saíram em busca de Soho Square. Enquanto caminhavam pelo West End, Giles ficou tão distraído com os neons e as vitrines das lojas cheias de produtos nunca antes vistos que Harry vez por outra teve de lembrar por que tinham ido a Londres.

Quando chegaram em Soho Square, nenhum dos dois pôde deixar de notar o fluxo constante de homens, mulheres e crianças maltrapilhas, com a cabeça curvada, entrando e saindo de um grande edifício do outro lado da praça.

Os dois rapazes de paletó, calças de flanela cinza e gravata pareciam estar no lugar errado quando entraram no edifício e seguiram as setas que indicavam o terceiro andar. Vários dos refugiados abriam caminho para que os dois passassem, presumindo que estavam ali em caráter oficial.

Giles e Harry entraram na longa fila diante do escritório do diretor e talvez tivessem ficado lá o resto do dia se uma secretária não tivesse aparecido e visto os dois. Ela foi direto até Harry e perguntou se ele queria falar com o capitão Tarrant.

— Sim — respondeu Harry. — Ele é um velho amigo meu.

— Eu sei — disse a mulher. — Reconheci você imediatamente.

— Como? — indagou Harry.

— Ele tem uma fotografia sua sobre a mesa — ela respondeu. — Siga-me. O capitão Tarrant ficará muito feliz em vê-lo.

O rosto do Velho Jack se iluminou ao ver os dois garotos — ele devia parar de pensar neles como garotos, agora eram rapazes — entrarem em seu escritório.

— É bom ver vocês dois — ele disse, levantando-se rapidamente atrás da mesa para cumprimentá-los. — Do que vocês estão fugindo desta vez? — acrescentou com um sorriso.

— Meu pai — respondeu Giles em voz baixa.

O Velho Jack atravessou a sala, fechou a porta e pôs os dois rapazes sentados em um sofá desconfortável. Pegou uma cadeira e ouviu atentamente enquanto contavam tudo o que havia acontecido desde a peça na noite anterior.

— Vi seu pai sair do teatro, é claro — disse o Velho Jack —, mas eu nunca imaginaria que pudesse tratar sua mãe e sua irmã de uma maneira tão terrível.

— O senhor faz alguma ideia de onde elas possam estar? — perguntou Giles.

— Não. Mas se eu tivesse de adivinhar, diria que estão na casa do seu avô.

— Não, senhor, passei a manhã com vovô e nem ele sabe onde elas estão.

— Eu não disse qual avô — disse Jack.

— Lord Harvey? — perguntou Harry.

— Seria o meu palpite — disse Jack. — Elas se sentiriam seguras com ele e confiantes de que Barrington pensaria duas vezes antes de ir atrás delas.

— Mas vovô, pelo que sei, tem pelo menos três casas — disse Giles. — Eu não saberia por onde começar a procurar.

— Que tolice a minha! — disse Harry. — Eu sei exatamente onde ele está.

— Você sabe? — perguntou Giles. — Onde?

— Na propriedade campestre na Escócia.

— Você me parece muito seguro — comentou Jack.

— Só porque, semana passada, ele escreveu a Emma para explicar por que não podia ir à peça da escola. Parece que ele sempre passa os meses de dezembro e janeiro na Escócia. Mas não consigo me lembrar do endereço.

— Castelo Mulgelrie, perto de Mulgelrie, nas Highlands — disse Giles.

— Impressionante — disse Jack.

— Na verdade, não, senhor. É que mamãe ficou anos me fazendo escrever cartas de agradecimento a todos os parentes após o Natal. Mas, como nunca estive na Escócia, não faço ideia de onde fica.

O Velho Jack se levantou e tirou um grande atlas da estante atrás da sua mesa. Procurou Mulgelrie no índice, virou várias páginas e, depois, pôs o livro sobre a mesa à sua frente. Correndo um dedo de Londres até a Escócia, disse:

— Vocês terão de pegar o trem noturno até Edimburgo e, depois, fazer baldeação para um trem local até Mulgelrie.

— Acho que não temos dinheiro suficiente para isso — disse Harry verificando a carteira.

— Então, vou ter de expedir uma ordem de transporte ferroviário para os dois, não? — disse Jack. Abriu a gaveta da escrivaninha, tirou um grande bloco bege e destacou dois formulários. Preencheu, assinou e carimbou ambos. — Afinal de contas — acrescentou —, vocês certamente são refugiados sem pátria em busca de um lar.

— Obrigado, senhor — disse Giles.

— Mais um último conselho — disse o Velho Jack enquanto se levantava atrás da mesa. — Hugo Barrington não gosta de ser passado para trás e, embora eu esteja razoavelmente confiante que ele não vai fazer nada para incomodar Lord Harvey, isso não se aplica necessariamente a você, Harry. Portanto, fiquem atentos até que estejam a salvo dentro do Castelo de Mulgelrie. Caso vocês cruzem em algum momento com um homem manco — acrescentou —, tomem cuidado. Ele trabalha para o pai de Giles. É inteligente e cheio de expedientes, mas, acima de tudo, é fiel apenas ao patrão que paga seus honorários.

39

Giles e Harry foram dirigidos para outro vagão de terceira classe, mas estavam tão cansados que, apesar do frequente abre-fecha das portas do vagão durante a noite, do clangor das rodas em certos pontos e do silvo regular do apito do trem, dormiram profundamente.

Giles acordou de sobressalto quando o trem entrava em Newcastle, poucos minutos antes das seis. Olhou pela janela e foi saudado por um monótono dia cinza e pela visão de filas de soldados esperando para embarcar. Um sargento bateu continência para um segundo-tenente que não parecia ser muito mais velho do que Giles e perguntou:

— Permissão para embarcar no trem, senhor?

O jovem cumprimentou-o de volta e respondeu com uma voz mais suave.

— Avante, sargento.

Os soldados começaram a entrar um a um no trem.

A onipresente ameaça de guerra e a dúvida se ele e Harry estariam fardados antes de terem a chance de ir para Oxford nunca estavam longe do pensamento de Giles. Seu tio Nicholas, que ele não chegou a conhecer pessoalmente, havia sido um oficial igual ao jovem na plataforma, tendo liderado um pelotão e morrido em Ypres. Giles se perguntava quais seriam os nomes dos campos de batalha relembrados com papoulas todos os anos caso houvesse outra Grande Guerra para pôr fim a todas as guerras.

Seus pensamentos foram interrompidos quando ele percebeu um reflexo passageiro na janela do vagão. Virou-se rapidamente, mas a figura não estava mais lá. Será que o aviso do capitão Tarrant fez com que reagisse exageradamente ou foi apenas coincidência?

Giles olhou para Harry, que ainda estava ferrado no sono, provavelmente ele já não dormia havia duas noites. À medida que o trem entrava em Berwick-on-Tweed, Giles notou o mesmo homem passando pelo compartimento deles. Só um olhar rápido, e ele se foi; não era mais uma coincidência. Será que estava verificando em que estação iriam descer?

Harry finalmente acordou, piscou e esticou os braços.

— Estou faminto — disse.

Giles se curvou para a frente e sussurrou:

— Acho que alguém neste trem está nos seguindo.

— Por que você está dizendo isso? — perguntou Harry, repentinamente desperto.

— Vi o mesmo homem passar pelo nosso compartimento com uma frequência excessiva.

— Passagens, por favor!

Giles e Harry entregaram as ordens de transporte para o fiscal.

— Quanto tempo o trem fica parado em cada estação? — Giles perguntou depois que o homem perfurou os formulários.

— Bem, tudo isso depende do fato de estarmos no horário ou não — ele respondeu com um ar um pouco cansado —, mas nunca menos do que quatro minutos segundo a regra da empresa.

— Qual é a próxima estação? — perguntou Giles.

— Dunbar. Devemos chegar lá em trinta minutos. Mas vocês dois têm ordens de transporte até Mulgelrie — acrescentou antes de passar para o compartimento seguinte.

— Que história toda foi essa? — perguntou Harry.

— Estou tentando descobrir se estamos sendo seguidos — disse Giles — e a próxima parte do meu plano envolve você.

— Que papel vou interpretar desta vez? — indagou Harry, sentando-se na beira da poltrona.

— Certamente, não vai ser o de Romeu — respondeu Giles. — Quando o trem parar em Dunbar, quero que você desça enquanto observo se alguém o segue. Quando você estiver na plataforma, ande depressa para as catracas, depois vire-se, entre na sala de espera e compre uma xícara de chá. Não se esqueça de que você tem apenas quatro minutos para voltar a bordo antes que o trem parta novamente. E, aconteça o que acontecer, não olhe para trás ou ele vai saber que estamos de olho nele.

— Mas, se alguém está nos seguindo, essa pessoa sem dúvida está mais interessada em você do que em mim.

— Acho que não — disse Giles. — Certamente não, se o capitão Tarrant tiver razão. Sinto que seu amigo sabe mais do que está disposto a admitir.

— Isso não me enche de confiança — disse Harry.

Meia hora mais tarde, o trem estremeceu até parar em Dunbar. Harry abriu a porta do vagão, desceu para a plataforma e encaminhou-se para a saída.

Giles viu muito rapidamente o homem andando apressado atrás de Harry.

— Peguei você! — disse Giles, depois recostou-se e fechou os olhos, certo de que o homem, após perceber que Harry só havia descido para comprar uma xícara de chá, olharia na sua direção para se certificar de que ele não havia deixado o vagão.

Giles abriu os olhos novamente quando Harry voltou ao compartimento segurando uma barra de chocolate.

— Então, você viu alguém?

— Com certeza — respondeu Giles. — Na verdade, ele está voltando para o trem neste instante.

— Como ele é? — perguntou Harry, tentando não parecer ansioso.

— Só o vi de relance — respondeu Giles —, mas eu diria que ele tem cerca de quarenta anos, um pouco mais de um metro e oitenta, roupas elegantes e cabelos bem curtos. O que não dá para passar despercebido é o fato de ser manco.

— Então, agora sabemos quem estamos enfrentando, Sherlock. Qual o próximo passo?

— Primeiro, Watson, é importante lembrar que temos várias coisas a nosso favor.

— Não consigo pensar em nenhuma — disse Harry.

— Bem, para começo de conversa, sabemos que estamos sendo seguidos, mas ele não sabe que nós sabemos. Também sabemos para onde estamos indo, o que ele certamente não sabe. Estamos em boa forma e temos menos da metade da idade dele. E, sendo manco, não vai conseguir se deslocar com tanta rapidez.

— Você é bom nisso — observou Harry.

— Tenho uma vantagem inata: sou filho do meu pai — disse Giles.

Quando o trem chegou na estação Waverley em Edimburgo, Giles já havia recapitulado o plano com Harry uma dúzia de vezes. Eles desceram do vagão e caminharam lentamente pela plataforma rumo às catracas.

— Nem pense em olhar para trás — advertiu Giles enquanto apresentava a ordem de transporte, dirigindo-se em seguida uma fila de táxis.

— Para o Royal Hotel — disse Giles ao taxista. — E, por favor, me diga se outro táxi estiver nos seguindo — acrescentou antes de se sentar ao lado de Harry no banco traseiro.

— Pode deixar — disse o taxista enquanto saía do ponto e entrava no trânsito.

— Como você sabe que existe um Royal Hotel em Edimburgo? — perguntou Harry.

— Em todas as cidades existe um Royal Hotel — respondeu Giles.

Alguns minutos mais tarde, o taxista disse:

— Não tenho certeza, mas parece que o táxi que era o seguinte no ponto não está muito longe de nós.

— Muito bem — disse Giles. — Quanto custa a corrida até o Royal?

— Dois xelins, senhor.

— Pago quatro se o senhor conseguir despistá-lo.

O motorista imediatamente pisou fundo no acelerador, jogando os dois passageiros contra o assento. Giles se recuperou depressa e olhou pela janela traseira, percebendo que o táxi que os seguia também havia acelerado. Afastaram-se por uns sessenta ou setenta metros, mas Giles notou que a vantagem não duraria muito.

— Motorista, pegue a próxima à esquerda e, depois, desacelere por um instante. Depois que saltarmos, quero que o senhor continue até o Royal e só pare quando chegar lá.

Um braço esticado surgiu. Harry pôs dois florins na palma daquela mão.

— Quando eu saltar, simplesmente venha atrás de mim e faça exatamente o que eu fizer.

Harry anuiu.

O táxi virou a esquina e desacelerou por um instante enquanto Giles abria a porta. Ele saltou para a calçada, tropeçou, recuperou rapidamente o equilíbrio e correu para a loja mais próxima, jogando-se no chão. Harry o seguiu alguns segundos mais tarde, batendo a porta atrás de si, e deitou-se ao lado do amigo no exato momento em que o segundo táxi virou a esquina.

— Posso ajudá-lo, senhor? — perguntou o vendedor com as mãos na cintura, olhando para os dois jovens prostrados no pavimento.

— Já nos ajudou — respondeu Giles, levantando-se e abrindo um sorriso caloroso. Depois de tirar a poeira das roupas, acrescentou:
— Obrigado.

Saiu da loja sem dizer mais nada.

Quando Harry se levantou, ficou de frente a um manequim de cintura fina usando apenas um corselete. Seu rosto enrubesceu como pimenta, saiu correndo do loja e uniu-se a Giles na calçada.

— Acredito que o manco não vai pernoitar no Royal — disse Giles.
— Então é melhor nos apressarmos.

— Concordo — disse Harry enquanto Giles fazia sinal para outro táxi.

— Estação Waverley — Giles disse antes de entrar pela porta traseira.

— Onde você aprendeu a fazer tudo isso? — perguntou Harry com admiração enquanto voltavam para a estação.

— Sabe, Harry, você deveria ler menos Joseph Conrad e mais John Buchan se quiser saber como viajar pela Escócia sendo perseguido por um inimigo diabólico.

A viagem até Mulgelrie foi consideravelmente mais lenta e muito menos emocionante do que a até Edimburgo e, sem dúvida, não havia sinal de nenhum manco. Quando a locomotiva finalmente arrastou os quatro vagões e dois passageiros para a pequena estação, o sol já havia quase desaparecido atrás da montanha mais alta. O chefe da estação estava de pé na saída, esperando para verificar as passagens, quando eles desceram do último trem do dia.

— Alguma esperança de conseguir um táxi? — Giles perguntou enquanto entregavam as ordens de transporte.

— Não, senhor — respondeu o chefe da estação. — Jock vai para casa jantar por volta das seis horas e só volta daqui a uma hora.

Giles pensou duas vezes em explicar a lógica das ações de Jock para o chefe da estação antes de perguntar:

— Então talvez o senhor possa ter a gentileza de nos dizer como podemos chegar ao castelo de Mulgelrie.

— Vocês vão ter de caminhar — disse o chefe da estação de maneira muito franca.

— E em que direção? — perguntou Giles tentando não soar exasperado.

— São uns cinco quilômetros lá para cima — o homem respondeu, apontando o alto da colina. — Não há como se enganar.

"Lá para cima" se revelou a única informação precisa que o chefe da estação deu, pois, depois de os dois já estarem andando havia mais de uma hora, a escuridão era total e ainda não havia sinal algum do castelo.

Giles estava começando a se perguntar se eles teriam de passar a primeira noite nas Highlands dormindo em um campo na companhia de um rebanho de ovelhas quando Harry gritou:

— Lá está!

Giles olhou através da bruma escura e, embora ainda não conseguisse enxergar os contornos de um castelo, ficou mais animado quando viu o bruxulear de luzes em várias janelas. Eles continuaram com passo pesado até chegarem a um enorme portão de ferro forjado que não estava trancado. Enquanto caminhavam pela longa alameda, Giles ouviu latidos, mas não viu nenhum cão. Depois de aproximadamente um quilômetro e meio, chegaram em uma ponte sobre um fosso. Na outra extremidade, ficava uma pesada porta de carvalho que não parecia dar as boas-vindas a estranhos.

— Deixe que eu falo — disse Giles enquanto atravessavam a ponte e paravam diante da porta.

Giles bateu três vezes com a lateral do punho e, em instantes, a porta foi aberta, revelando um gigante trajando um kilt com um paletó verde-escuro, camisa branca e gravata-borboleta branca.

O mordomo olhou para aqueles seres cansados e maltrapilhos à sua frente.

— Boa noite, sr. Giles — cumprimentou, embora Giles nunca o tivesse visto. — O Lord o está esperando há algum tempo e gostaria de saber se o senhor deseja jantar com ele.

40

GILES E HARRY CLIFTON A CAMINHO
DE MULGELRIE -(PT)- DEVEM CHEGAR
CERCA DE DEZOITO -(PT)-

Lord Harvey entregou o telegrama a Giles e soltou um risinho.

— Enviado por nosso amigo em comum, o capitão Tarrant. Ele só errou a hora em que vocês chegariam.

— Tivemos de andar desde a estação — protestou Giles entre bocados.

— Sim, pensei em mandar o carro para esperá-los na chegada do último trem — disse Lord Harvey —, mas não há nada como uma boa caminhada nas Highlands para abrir o apetite.

Harry sorriu. Ele mal falara desde que descera para o jantar e, como Emma havia sido colocada na extremidade oposta da mesa, teve de se satisfazer com ocasionais olhares melancólicos, imaginando se em algum momento ficariam a sós.

O primeiro prato foi um grosso caldo das Highlands, que Harry terminou um pouco depressa demais, mas, quando o serviram a Giles uma segunda vez, ele também permitiu que seu prato voltasse a ser enchido. Harry teria pedido para repetir mais uma vez se todos não tivessem continuado a conversar educadamente enquanto esperavam que ele e Giles terminassem para que o prato principal pudesse ser servido.

— Não é necessário que vocês fiquem ansiosos porque ninguém sabe onde vocês estão — disse Lord Harvey —, pois já enviei telegramas a Sir Walter e à sra. Clifton, garantindo que os dois estão a salvo e bem. Não me dei ao trabalho de entrar em contato com seu pai, Giles — acrescentou sem ulteriores comentários. Giles olhou para a mãe do outro lado da mesa e a viu apertar os lábios.

Instantes mais tarde, as portas da sala de jantar se abriram e vários criados de libré entraram e retiraram os pratos de sopa. Três outros criados apareceram em seguida, carregando salvas de prata sobre as quais repousavam o que, para Harry, pareciam ser seis pequenas galinhas.

— Espero que goste de faisão, sr. Clifton — disse Lord Harvey, a primeira pessoa a chamá-lo de "senhor", enquanto uma ave era posta à sua frente. — Eu mesmo os cacei.

Harry não conseguia pensar em uma resposta apropriada. Observou Giles pegar o garfo e a faca e começar a cortar pequenas fatias da ave, o que o fez lembrar da primeira refeição dos dois juntos em St. Bede's. Quando os pratos foram retirados, Harry só havia conseguido comer três bocados e ficou se perguntando quantos anos teria até ser capaz de dizer: "Não, obrigado, prefiro outro prato de sopa."

As coisas melhoraram um pouco quando uma grande bandeja de frutas diversas, algumas que Harry nunca vira, foi posta no centro da mesa. Ele gostaria de ter perguntado ao anfitrião os nomes das frutas e de que países provinham, mas lembranças da sua primeira banana e do seu deslize voltaram à sua mente. Satisfez-se seguindo os passos de Giles, observando atentamente para ver quais frutas precisavam ser descascadas, quais tinham de ser cortadas e quais se podia simplesmente morder.

Quando ele terminou, um criado apareceu e pôs uma tigela d'água ao lado do seu prato. Harry estava prestes a beber dela quando viu Lady Harvey mergulhar os dedos em sua tigela e, momentos depois, receber de um criado um guardanapo de linho para que pudesse secar as mãos. Harry mergulhou os dedos na água e, como em um passe de mágica, um guardanapo surgiu imediatamente.

Depois do jantar, as damas se recolheram à sala de estar. Harry queria se unir a elas para finalmente poder conversar com Emma e contar tudo o que havia acontecido desde que ela se envenenara. Mas, assim que ela deixou o aposento, Lord Harvey voltou a se sentar, um sinal para que o submordomo lhe oferecesse um charuto enquanto outro criado servia--lhe uma taça grande de conhaque.

Depois de tomar um gole, ele anuiu, e taças foram postas diante de Giles e Harry. O mordomo fechou o estojo dos charutos antes de encher as taças de conhaque.

— Muito bem — disse Lord Harvey depois de duas ou três luxuriantes pitadas. — Seria correto de minha parte imaginar que vocês dois esperam entrar para Oxford?

— Para Harry, já é coisa certa — disse Giles. — Mas eu vou precisar marcar alguns *centuries* durante o verão e, de preferência, um no Lord's, para que os examinadores façam vista grossa para minhas deficiências mais óbvias.

— Giles está sendo modesto, senhor — disse Harry. — Ele tem tantas chances quanto eu de obter uma vaga. Afinal de contas, ele não é somente o capitão do time de críquete, mas também o representante da escola.

— Bem, se vocês forem bem-sucedidos, posso garantir que viverão três dos anos mais felizes de suas vidas. Isso desde que Herr Hitler não seja suficientemente tolo para insistir em uma reprise da última guerra na vã esperança de conseguir reverter o resultado.

Os três ergueram as taças, e Harry tomou seu primeiro gole de conhaque. Ele não gostou do sabor e estava se perguntando se seria considerado falta de cortesia não tomar o restante quando Lord Harvey veio em seu auxílio.

— Talvez esteja na hora de nos juntarmos às damas — disse, esvaziando sua taça. Em seguida, pôs o charuto em um cinzeiro, levantou-se e saiu da sala de jantar, sem esperar uma segunda opinião. Os dois jovens o seguiram pelo saguão e entraram na sala de estar.

Lord Harvey sentou-se ao lado de Elizabeth, enquanto Giles piscou para Harry e foi para o lado da avó. Harry sentou-se ao lado de Emma no sofá.

— Que galante de sua parte vir até aqui, Harry — disse ela, tocando a mão do rapaz.

— Sinto muito pelo que aconteceu depois da peça. Espero não ter causado esse problema.

— Como você poderia tê-lo causado, Harry? Você nunca fez nada que pudesse justificar o modo como papai falou com minha mãe.

— Mas não é segredo que seu pai acha que não deveríamos ficar juntos, nem mesmo no palco.

— Vamos falar sobre isso amanhã de manhã — sussurrou Emma. — Podemos dar um longo passeio nas colinas e ficar a sós, com apenas o gado das Highlands nos ouvindo.

— Não vejo a hora — disse Harry. Ele queria segurar a mão dela, mas havia olhos demais apontados o tempo todo na direção deles.

— Vocês dois, meus rapazes, devem estar muito cansados depois de uma viagem tão exaustiva — disse Lady Harvey. — Por que não vão para a cama e voltamos a nos ver no café da manhã?

Harry não queria ir para a cama, mas sim ficar com Emma e tentar saber se ela havia descoberto por que o pai se opunha tanto ao namoro deles. Mas Giles se levantou imediatamente, beijou a avó e a mãe no rosto e disse boa-noite, não deixando outra opção a Harry senão segui-lo. Ele se curvou e deu um beijo no rosto de Emma, agradeceu o anfitrião pela noite maravilhosa e saiu do aposento acompanhado de Giles.

Enquanto atravessavam o saguão, Harry parou para admirar uma pintura de uma tigela de frutas de autoria de um artista chamado Peploe quando Emma saiu correndo da sala de estar, jogou os braços em volta do seu pescoço e beijou suavemente seus lábios.

Giles continuou a subir a escada como se não tivesse notado, já Harry pregou os olhos na porta da sala de estar. Emma se afastou quando a ouviu abrir-se às suas costas.

— Boa noite, boa noite, separar-se causa um doce afã — ela murmurou.

— Então direi boa-noite até que raie a manhã — Harry respondeu.

— Aonde vocês dois estão indo? — perguntou Elizabeth Barrington ao sair da sala do café da manhã.

— Vamos escalar o penhasco Cowen — respondeu Emma. — Não espere acordada porque talvez você nunca mais nos veja.

A mãe riu.

— Então, tratem de se agasalhar bem porque até as ovelhas sentem frio nas Highlands — brincou e esperou até Harry ter fechado a porta atrás de si antes de acrescentar: — Giles, seu avô gostaria de nos ver no estúdio às dez horas.

A Giles, pareceu mais uma ordem do que um pedido.

— Sim, mamãe — ele disse, antes de olhar pela janela e observar Harry e Emma trilhando a estrada rumo ao penhasco Cowen. Eles só haviam percorrido alguns metros quando Emma pegou a mão de Harry. Giles sorriu quando fizeram uma curva e desapareceram atrás de uma fileira de pinheiros.

Quando o relógio no vestíbulo começou a tocar, Giles teve de atravessar rapidamente o corredor para ter certeza de que chegaria ao estúdio do avô antes da décima batida. Os avós e a mãe pararam de falar no momento em que ele entrou no cômodo. Claramente, estavam esperando por ele.

— Sente-se, meu caro rapaz — disse o avô.

— Obrigado, senhor — Giles respondeu e se sentou em uma cadeira entre a mãe e a avó.

— Suponho que a melhor maneira de descrever esta reunião seria um conselho de guerra — disse Lord Harvey levantando os olhos da cadeira de couro com espaldar alto como se estivesse se dirigindo à reunião de um conselho empresarial. — Vou tentar pôr todos a par dos últimos acontecimentos antes de decidirmos qual deverá ser a melhor linha de ação a ser seguida.

Giles ficou lisonjeado pelo avô considerá-lo um membro do conselho familiar.

— Liguei para Walter ontem à noite. Ele ficou tão espantado pelo comportamento de Hugo na peça quanto eu quando Elizabeth me falou a respeito. Mas, mesmo assim, eu tive de informá-lo sobre o que aconteceu em Manor House — Lord Harvey disse. A mãe de Giles curvou a cabeça, mas não interrompeu. — Prossegui e disse a ele que tive uma longa conversa com a minha filha e que achávamos que só havia duas linhas de ação possíveis.

Giles se recostou na cadeira, mas não relaxou.

— Deixei bem claro para Walter que, mesmo que Elizabeth estivesse pensando em voltar a Manor House, seria necessário que Hugo fizesse várias concessões. Primeiro, ele deve pedir desculpas inequívocas por seu espantoso comportamento.

A avó de Giles assentiu com a cabeça.

— Segundo, ele nunca mais, e eu repeti, nunca mais, irá sugerir que Emma seja retirada da escola e, no futuro, apoiará plenamente seus esforços para obter uma vaga em Oxford. Só Deus sabe como é difícil para um rapaz se classificar e quase impossível para uma moça.

"Minha terceira e mais importante exigência, e nesse ponto fui bastante insistente, é que ele explique a todos nós por que continua a tratar Harry Clifton de maneira tão assombrosa. Acho que deve ter algo a ver com o fato de o tio de Harry ter roubado Hugo. Os pecados do pai são uma coisa, mas os de um tio... Recuso-me a aceitar que ele considere, como muitas vezes disse a Elizabeth, Clifton indigno de frequentar seus filhos simplesmente porque o pai do rapaz era um estivador e a mãe é uma garçonete. Talvez Hugo tenha se esquecido de que meu avô era escriturário de uma empresa de comerciantes de vinho e que seu próprio avô abandonou a escola aos 12 anos e começou a trabalhar como estivador como o pai do jovem Clifton; e, caso alguém tenha se esquecido, eu sou o primeiro Lord Harvey desta família, e não dá para ser mais *nouveau riche* do que isso.

Giles queria aplaudir.

— Bem, nenhum de nós poderia deixar de notar — continuou Lord Harvey — o que Emma e Harry sentem um pelo outro, o que não é surpreendente, pois os dois são jovens excepcionais. Se, em seu devido tempo, o relacionamento florescer, ninguém ficaria mais feliz do que Victoria e eu. A esse respeito, Walter concordou plenamente comigo.

Giles sorriu. Ele gostava da ideia de Harry se tornar membro da sua família, embora não acreditasse que seu pai algum dia aceitaria tal situação.

— Eu disse a Walter — prosseguiu o avô — que, se Hugo acha que não pode aceitar esses termos, Elizabeth não teria outra escolha a não ser dar entrada no processo de divórcio imediatamente. Eu também teria de renunciar ao conselho da Barrington's e tornar públicos meus motivos.

Giles ficou triste com isso, pois sabia que nunca houvera um divórcio em nenhuma das duas famílias.

— Walter concordou gentilmente em me dar uma resposta em poucos dias, depois de ter tido uma oportunidade de conversar com o filho, mas me disse que Hugo já prometeu parar de beber e que parece que está genuinamente arrependido. Permitam-me terminar lembrando a vocês que este caso é uma questão familiar e que, em circunstância alguma, deve ser discutido com outras pessoas. Esperamos que essa situação se revele nada mais do que um incidente infeliz que logo será esquecido.

Na manhã seguinte, o pai de Giles telefonou e pediu para falar com ele. Desculpou-se profusamente, dizendo que lamentava muito ter culpado o filho por algo que era de sua total responsabilidade. Implorou a Giles para que ele fizesse todo o possível para convencer a mãe e Emma a voltarem a Gloucestershire para que todos pudessem passar o Natal juntos em Manor House. Ele também esperava que, como o sogro havia sugerido, o incidente fosse rapidamente esquecido. Não fez menção a Harry Clifton.

41

Depois que eles desembarcaram do trem em Temple Meads, Giles e a mãe esperaram no carro enquanto Emma se despedia de Harry.

— Eles passaram os nove últimos dias juntos — disse Giles. — Estão se esquecendo de que vão se ver novamente amanhã?

— E provavelmente depois de amanhã — disse a mãe. — Mas procure não se esquecer de que, por mais improvável que pareça, isso pode até vir a acontecer com você um dia.

No final, Emma se uniu a eles, mas, quando partiram, ela continuou a olhar pela janela traseira e não parou de acenar até Harry estar fora de vista.

Giles estava ansioso para chegar em casa e finalmente descobrir o que Harry poderia ter feito para que seu pai o tratasse de maneira tão cruel ao longo dos anos. Certamente, não podia ser pior do que roubar da loja de doces ou ser reprovado propositalmente nas provas. Ele pensou em uma dúzia de possibilidades, mas nenhuma delas fazia sentido algum. Agora, finalmente, esperava descobrir a verdade. Dirigiu o olhar para a mãe. Embora raramente externasse suas emoções, ela estava claramente ficando cada vez mais agitada à medida que eles se aproximavam de Chew Valley.

O pai de Giles estava em pé no degrau superior esperando para cumprimentá-los quando o carro encostou do lado de fora da casa; nenhum sinal de Jenkins. Ele pediu imediatamente desculpas a Elizabeth e, depois, aos filhos, antes de dizer que havia sentido muita falta deles.

— O chá está preparado no salão — anunciou. — Por favor, me encontrem lá assim que estiverem prontos.

Giles foi o primeiro a descer novamente e a se sentar, constrangido, em frente ao pai. Enquanto eles esperavam Elizabeth e Emma, Hugo se limitou a perguntar a Giles se havia gostado da Escócia e a explicar que a babá havia levado Grace para Bristol para comprar o novo uniforme escolar. Em momento algum tocou no nome de Harry. Quando a mãe e a irmã de Giles entraram no salão poucos minutos mais tarde, o pai se levantou imediatamente. Depois que todos se sentaram, ele serviu uma xícara de chá a cada um. Estava claro que não queria que os criados ouvissem o que estava prestes a revelar.

Depois que todos se acomodaram, o pai de Giles se sentou na beirada da cadeira e começou a falar em voz baixa.

— Permitam-me começar dizendo a vocês três que meu comportamento foi inaceitável na noite que todos descreveram como a do grande triunfo de Emma. O fato de seu pai não estar lá para os aplausos finais foi muito ruim, Emma — ele disse olhando direto para a filha —, mas a maneira como tratei sua mãe quando vocês voltaram para casa naquela noite foi imperdoável, e percebo que talvez leve algum tempo para que uma ferida tão profunda possa sarar.

Hugo Barrington pôs a cabeça entre as mãos e Giles percebeu que ele estava tremendo, mas acabou se recompondo.

— Todos vocês, por motivos diferentes, pediram para saber por que tenho tratado Harry Clifton tão mal ao longo dos anos. É verdade que não suporto estar na presença dele, mas a culpa é inteiramente minha. Quando vocês ouvirem o motivo, talvez comecem a entender e, talvez, até a concordar comigo.

Giles olhou para a mãe, que estava sentada rija em sua cadeira. Não havia como dizer como estava se sentindo.

— Muitos anos atrás — continuou Barrington —, quando me tornei diretor-executivo da empresa, convenci o conselho de que deveríamos expandir os negócios para a construção naval, apesar das reservas do meu pai. Firmei um contrato com uma empresa canadense para construir um navio mercante chamado *Maple Leaf*. O negócio se revelou não somente um desastre financeiro para a empresa, mas também uma catástrofe pessoal para mim, da qual nunca me recuperei totalmente e duvido que vá me recuperar algum dia. Deixem-me explicar.

"Uma tarde, um operário das docas veio até meu escritório insistindo que um colega estava preso dentro do casco do *Maple Leaf* e que, se eu não desse a ordem para abri-lo, ele morreria. Naturalmente, desci na mesma hora até as docas, e o supervisor me garantiu que aquela história não tinha um pingo de verdade. Todavia, insisti para que os homens largassem suas ferramentas para ouvirmos se havia algum som vindo de dentro do casco. Esperei um bom tempo, mas, como não houve som algum, ordenei que voltassem ao trabalho, pois já estávamos com várias semanas de atraso em relação ao cronograma.

"Presumi que o operário em questão bateria o ponto de entrada no seu turno de sempre no dia seguinte. Mas, além de não ter aparecido, ele nunca mais foi visto. A possibilidade da sua morte está na minha consciência desde então — Hugo fez uma pausa, levantou a cabeça e disse: — O nome desse homem é Arthur Clifton, e Harry é seu filho.

Emma começou a soluçar.

— Quero que vocês imaginem, se possível, o que eu sofro toda vez que vejo aquele rapaz e como ele se sentiria se algum dia descobrisse que eu talvez tenha sido o responsável pela morte do seu pai. O fato de Harry Clifton ter se tornado o amigo mais íntimo do meu filho e ter se apaixonado por minha filha é digno de uma tragédia grega.

Mais uma vez, ele enterrou a cabeça nas mãos e ficou calado por um tempo. Quando finalmente levantou o olhar, disse:

— Se vocês quiserem me perguntar alguma coisa, farei o possível para responder.

Giles esperou que a mãe falasse primeiro.

— Você foi responsável por ter mandado um inocente para a cadeia por um crime que ele não cometeu? — Elizabeth perguntou baixinho.

— Não, minha querida — respondeu Barrington. — Espero que você me conheça suficientemente bem para perceber que não sou capaz de tal coisa. Stan Tancock era um ladrão comum, que invadiu meu escritório e me roubou. Por ser o cunhado de Arthur Clifton e por nenhum outro motivo, eu o readmiti no dia em que saiu da prisão.

Elizabeth sorriu pela primeira vez.

— Papai, será que eu poderia fazer uma pergunta? — disse Giles·

— Sim, claro.

— Você mandou alguém seguir a mim e a Harry quando viajamos para a Escócia?

— Mandei, Giles. Eu estava desesperado para descobrir onde estavam Emma e sua mãe para que pudesse me desculpar por meu comportamento vergonhoso. Por favor, tente me desculpar.

Todos voltaram a atenção para Emma, que ainda não havia falado. Quando o fez, suas palavras pegaram todos de surpresa.

— O senhor terá de contar a Harry tudo o que nos contou — ela sussurrou — e, se ele estiver disposto a perdoá-lo, o senhor terá de acolhê-lo em nossa família.

— Eu ficaria feliz em acolhê-lo em nossa família, minha querida, embora fosse compreensível se ele nunca mais quisesse falar comigo. Mas não posso contar a verdade sobre o que aconteceu com o pai dele.

— Por que não? — perguntou Emma.

— Porque a mãe de Harry deixou claro que não quer que ele jamais descubra como o pai morreu, pois o garoto cresceu acreditando que era filho de um homem corajoso que morreu na guerra. Até este momento, mantive minha promessa de nunca revelar a ninguém o que aconteceu naquele terrível dia.

Elizabeth Barrington se levantou, foi até o marido e lhe deu um beijo carinhoso. Barrington desmoronou e começou a soluçar. Um instante mais tarde, Giles se uniu aos pais e pôs um braço sobre os ombros do pai.

Emma não se mexeu.

42

— Sua mãe sempre foi tão bonita assim? — disse Giles. — Ou sou eu que estou simplesmente ficando mais velho?

— Não faço ideia — respondeu Harry. — Tudo o que posso dizer é que *sua* mãe sempre está muito elegante.

— Por mais que eu ame aquela criatura adorável, ela parece pré-histórica se comparada à sua — comentou Giles enquanto Elizabeth Barrington, com uma sombrinha na mão e a bolsa na outra, aproximava-se deles.

Giles, como todo rapaz, ficou apreensivo em relação à roupa que a mãe usaria. Quanto à seleção de chapéus, era ainda pior do que Ascot, com cada mãe e filha tentando superar as outras.

Harry olhou com mais atenção para a própria mãe, que estava conversando com o dr. Paget. Precisou admitir que estava chamando mais atenção do que a maioria das outras mães, o que achou um pouco constrangedor. Mas ele estava feliz por ela aparentemente não estar mais sobrecarregada de preocupações financeiras e deduziu que o homem sentado à sua direita tivesse algo a ver com isso.

Por mais grato que estivesse ao sr. Atkins, ele não gostava muito da ideia de ele se tornar seu padrasto. O sr. Barrington talvez tenha sido um pouco zeloso demais em relação à filha, mas Harry não podia negar que se sentia tão protetor quanto ele em relação à própria mãe.

Ela dissera recentemente que o sr. Frampton estava tão feliz com seu trabalho no hotel que a promovera a supervisora noturna, aumentando novamente seu salário. E, certamente, Harry não precisava mais esperar até suas calças estarem curtas demais para que fossem substituídas. Mas até ele ficou surpreso quando a mãe não teceu nenhum comentário sobre o custo da sua viagem a Roma com a Sociedade de Apreciação das Artes.

— Que prazer ver você, Harry, no dia do seu triunfo — observou a sra. Barrington. Dois prêmios, se não me engano. Só lamento que Emma não possa estar conosco para compartilhar da sua glória, mas, como a srta. Webb disse, não é possível esperar que uma estrela tire a manhã de folga para ouvir o discurso de outra pessoa, mesmo que o irmão dela seja o capitão da escola.

O sr. Barrington foi se juntar a eles e Giles observou cuidadosamente enquanto o pai apertava a mão de Harry. Ainda havia uma clara falta de calor por parte de Hugo, embora ninguém pudesse negar que ele estivesse fazendo todo o esforço possível para escondê-la.

— Então, quando você espera uma resposta de Oxford, Harry? — perguntou Barrington.

— Em algum momento da próxima semana, senhor.

— Estou confiante de que vão lhe oferecer uma vaga, embora suspeite que vá ser uma decisão apertada no caso de Giles.

— Não se esqueça de que ele também teve seu momento de glória — disse Harry.

— Não estou lembrada — disse a sra. Barrington.

— Acho que Harry está se referindo ao *century* que marquei no Lord's, mamãe.

— Por mais admirável que tenha sido, não consigo ver como isso vai ajudar você a entrar em Oxford — disse o pai.

— Normalmente, eu concordaria com o senhor, papai — disse Giles —, mas o professor de história estava sentado ao lado do professor do clube de críquete naquela hora.

O riso que se seguiu foi abafado pelo som de sinos. Os meninos começaram a seguir rapidamente em direção ao grande salão, com os pais seguindo-os obedientemente a alguns passos de distância.

Giles e Harry sentaram-se entre os prefeitos e ganhadores de prêmios nas três filas da frente.

— Você se lembra do nosso primeiro dia em St. Bede's — perguntou Harry —, quando nos sentamos todos na primeira fila, morrendo de medo do dr. Oakshott?

— Nunca morri de medo do Shot — disse Giles.

— Não, claro que não — rebateu Harry.

— Mas me lembro de quando descemos para o café na primeira manhã e você lambeu sua tigela de mingau.

— E eu lembro que você jurou nunca mais tocar nesse assunto — sussurrou Harry.

— E prometo que nunca mais vou tocar — respondeu Giles sem sussurrar. — Qual era o nome daquele terrível valentão que deu umas chineladas em você na nossa primeira noite?

— Fisher — disse Harry. — E foi na segunda noite.

— O que será que ele está fazendo agora?

— Provavelmente, cuidando de um campo da Juventude Nazista.

— Então, isso já é motivo suficiente para ir para a guerra — comentou Giles enquanto todos no salão se levantavam para dar as boas-vindas ao presidente dos governadores e ao conselho.

A fila de homens bem-vestidos atravessou lentamente o corredor e subiu no palco. A última pessoa a se sentar foi o sr. Barton, o diretor, mas não antes de ter acompanhado o convidado de honra até a cadeira central na primeira fila.

Depois que todos se acomodaram, o diretor se levantou para dar as boas-vindas aos pais e convidados antes de ler o relatório anual da escola. Ele começou descrevendo 1938 como um ano excepcional e, nos vinte minutos seguintes, desenvolveu a sua afirmação, dando detalhes das conquistas acadêmicas e esportivas do liceu. Terminou convidando Sua Excelência Winston Churchill, chanceler da Universidade de Bristol e parlamentar por Epping, a se dirigir à escola e apresentar os prêmios.

O sr. Churchill se levantou lentamente e olhou para a plateia por um certo tempo antes de começar.

— Alguns convidados de honra iniciam seus discursos dizendo à plateia que nunca ganharam prêmio algum quando estavam na escola e que, na verdade, sempre foram os últimos da classe. Não posso fazer tal afirmação: embora certamente nunca tenha recebido nenhum prêmio, pelo menos nunca fui o último da classe, mas o penúltimo.

Os meninos caíram na risada e aplaudiram, já os mestres sorriram. Só Deakins não se comoveu.

No momento em que a risada cessou, Churchill franziu o cenho.

— Nossa nação hoje enfrenta outro daqueles grandes momentos da história no qual o povo britânico poderá mais uma vez ser chamado a decidir o destino do mundo livre. Muitos de vocês, presentes neste grande auditório... — ele baixou a voz e concentrou a atenção nas filas de garotos sentados à sua frente, sem dirigir uma vez sequer o olhar para os pais.

— Aqueles de nós que viveram a Grande Guerra nunca esquecerão a trágica perda de vidas que nossa nação sofreu, e o efeito que isso surtiu em toda uma geração. Dos vinte meninos na minha turma em Harrow que foram servir na linha de frente, apenas três sobreviveram e voltaram para casa. Só espero que a pessoa que fizer este discurso daqui a vinte anos, seja quem for, não precise se referir a um desperdício de vidas bárbaro e desnecessário como foi a *Primeira* Guerra Mundial. Com essa única esperança, desejo a todos vocês uma vida longa, feliz e de sucesso.

Giles estava entre os primeiros que se levantaram e aplaudiram de pé o convidado de honra enquanto ele voltava para o seu lugar. Ele sentiu que, se a Grã-Bretanha ficasse sem outra opção a não ser ir para a guerra, aquele era o homem que deveria substituir Neville Chamberlain e se tornar primeiro-ministro. Quando todos voltaram a seus lugares alguns minutos mais tarde, o diretor convidou o sr. Churchill para entregar os prêmios.

Giles e Harry aplaudiram quando o sr. Barton não apenas anunciou que Deakins era o estudante do ano, mas também acrescentou:

— Esta manhã recebi um telegrama do diretor do Balliol College, em Oxford, que dizia que Deakins foi agraciado com uma bolsa de estudos. Devo acrescentar — continuou o sr. Barton — que ele é o primeiro garoto a realizar tal feito nos quatrocentos anos de história desta escola.

Giles e Harry se levantaram imediatamente, enquanto um garoto desengonçado de um metro e oitenta e cinco, usando óculos fundo de garrafa e um terno que caía sobre seus ombros como se nunca tivesse sido tirado do cabide, subiu lentamente no palco. O sr. Deakins queria se levantar de imediato e tirar uma fotografia do filho recebendo o prêmio das mãos do sr. Churchill, mas não o fez temendo ser criticado.

Harry teve uma recepção calorosa quando recebeu o prêmio de inglês, bem como o de leitura. O diretor acrescentou:

— Nenhum de nós jamais esquecerá seu desempenho como Romeu. Todos nós esperamos que Harry esteja entre aqueles que receberão um telegrama na semana que vem com a oferta de uma vaga em Oxford.

Quando entregou o prêmio a Harry, o sr. Churchill sussurrou:

— Nunca cursei uma universidade. Mas gostaria. Tomara que você receba o tal telegrama, Clifton. Boa sorte.

— Obrigado, senhor — disse Harry.

Mas o maior aplauso do dia foi reservado a Giles Barrington quando subiu para receber do diretor o prêmio de capitão da escola e do time de críquete. Para surpresa do convidado de honra, o presidente dos governadores levantou-se rapidamente e apertou a mão de Giles antes que ele chegasse até o sr. Churchill.

— Meu neto, senhor — Sir Walter explicou com considerável orgulho.

Churchill sorriu, pegou Giles pela mão e, olhando para ele, disse:

— Trate de servir seu país com a mesma distinção com que você claramente serviu sua escola.

Foi nesse momento que Giles soube exatamente o que faria quando a Grã-Bretanha entrasse em guerra.

Após o término da cerimônia, os meninos, pais e professores se levantaram juntos para cantar *Carmen Bristoliense*.

Sit clarior, sit dignior, quotquot labuntur menses:
Sit primus nobis hic decor, Sumus Bristoliensis.

Quando o som do último refrão se dissipou, o diretor acompanhou o convidado de honra e seus funcionários para fora do palco, saindo do auditório para o sol da tarde. Momentos mais tarde, todos se uniram a eles no gramado para o chá. Três garotos em especial foram circundados por pessoas que queriam cumprimentá-los, bem como por um grupelho de irmãs que achavam que Giles estava "uma gracinha".

— Este é o dia de maior orgulho da minha vida — disse a mãe de Harry enquanto o abraçava.

— Sei como você se sente, sra. Clifton — disse o Velho Jack, apertando a mão de Harry. — Eu só gostaria que a srta. Monday tivesse vivido o suficiente para ver você hoje, pois não duvido que também teria sido o dia mais feliz da vida dela.

O sr. Holcombe ficou ao lado e esperou pacientemente para dar seus cumprimentos. Harry o apresentou ao capitão Tarrant sem saber que eram velhos amigos.

Quando a banda parou de tocar e os capitães e reis partiram, Giles, Harry e Deakins, não mais garotos de escola, ficaram sentados sozinhos no gramado, relembrando o passado.

43

Um telegrama foi entregue no estúdio de Harry por um menino mais jovem na tarde de quinta-feira. Giles e Deakins esperavam pacientemente que ele o abrisse, mas, em vez disso, Harry entregou o envelope marrom a Giles.

— Jogando a responsabilidade para cima de outro novamente? — disse Giles enquanto rasgava o envelope. Ele não conseguiu esconder a surpresa quando leu o conteúdo.

— Você não conseguiu — anunciou Giles, parecendo chocado. Harry afundou na poltrona. — Obter uma bolsa de estudos integral. No entanto — Giles acrescentou, lendo o telegrama em voz alta — "temos o prazer de lhe oferecer uma subvenção para o Brasenose College, Oxford. Parabéns. Os detalhes seguirão nos próximos dias. W.T.S. Stallybrass, Diretor." Nada mal, mas você claramente não está no mesmo nível que Deakins.

— E em que nível você está? — perguntou Harry, arrependendo-se imediatamente das próprias palavras.

— Um bolsista, um subvencionista...

— Subvencionado — corrigiu Deakins.

— E um pagante integral — disse Giles ignorando o amigo. — Soa bem.

Outros onze telegramas foram entregues a candidatos bem-sucedidos da Bristol Grammar School naquele dia, mas nenhum estava endereçado a Giles Barrington.

— Você precisa avisar sua mãe — disse Giles enquanto entravam no refeitório para o jantar. — Ela provavelmente ficou a semana inteira sem dormir de preocupação.

Harry olhou para o relógio de pulso.

— Está muito tarde, ela já deve ter saído para ir trabalhar. Só vou conseguir contar a ela amanhã de manhã.

— Por que não vamos até o hotel e fazemos uma surpresa para ela? — perguntou Giles.

— Não posso fazer isso. Ela acharia pouco profissional ser interrompida durante o trabalho e acho que não posso abrir uma exceção nem mesmo neste caso — Harry disse agitando triunfalmente o telegrama.

— Mas você não acha que ela tem o direito de saber? — disse Giles. — Afinal de contas, sacrificou tudo para tornar isso possível para você. Francamente, se me oferecessem uma vaga em Oxford, eu interromperia minha mãe mesmo que ela estivesse fazendo um discurso na Mothers' Union. Você não concorda, Deakins?

Deakins tirou os óculos e começou a limpá-los com um lenço, sempre um sinal de que estava imerso em pensamentos.

— Eu pediria a opinião de Paget e, se ele não fizer nenhuma objeção...

— Boa ideia — disse Giles. — Vamos falar com Paget.

— Você vem conosco, Deakins? — perguntou Harry, mas então percebeu que os óculos de Deakins haviam sido recolocados na ponta do nariz, um sinal de que ele fora transportado para outro mundo.

— Parabéns — disse o dr. Paget após ter lido o telegrama. — Foi muito merecido, se me permite.

— Obrigado, senhor — disse Harry. — Estava pensando se seria possível ir ao Royal Hotel contar as notícias para minha mãe.

— Não vejo por que não, Clifton.

— Posso ir com ele? — perguntou Giles inocentemente.

Paget hesitou.

— Pode, sim, Barrington. Mas nem pense em tomar um drinque ou fumar enquanto estiver no hotel.

— Nem mesmo uma taça de champanhe, senhor?

— Não, Barrington, nem uma taça de sidra — disse Paget com firmeza.

Ao cruzarem o portão da escola, os dois rapazes passaram por um acendedor de lampiões em pé em sua bicicleta, esticando-se para acender um candeeiro público. Os dois conversavam sobre as férias de verão, quando Harry se encontraria com a família de Giles na Toscana pela primeira vez, e concordaram que teriam de voltar a tempo de ver os australianos jogarem contra Gloucestershire. Discutiram a possibilidade, ou, segundo Harry, a probabilidade, de a guerra ser declarada naquele momento, já que todos já haviam recebido máscaras de gás. Mas nenhum dos dois tocou no outro assunto que lhes ocupava a mente: será que Giles se uniria a Harry e Deakins em Oxford em setembro?

Ao se aproximarem do hotel, Harry ficou em dúvida se deveria interromper o trabalho da mãe, mas Giles já havia cruzado as portas rotatórias e estava em pé no saguão esperando por ele.

— Só vai demorar alguns minutos — disse Giles quando Harry o alcançou. — É só você contar as boas-novas a ela e voltamos para a escola.

Harry anuiu.

Giles perguntou ao porteiro onde ficava o Palm Court, e os dois foram encaminhados para uma área elevada do outro lado do saguão. Após subir meia dúzia de degraus, Giles foi até a mesa e, mantendo a voz baixa, perguntou à recepcionista:

— Podemos dar uma palavrinha com a sra. Clifton?

— Sra. Clifton? Ela fez uma reserva? — perguntou a garota, correndo o dedo por uma lista.

— Não, ela trabalha aqui — disse Giles.

— Ah, eu sou nova aqui — desculpou-se a garota —, mas vou perguntar a uma das garçonetes. Elas devem saber.

— Obrigado.

Harry permaneceu no degrau mais baixo, seus olhos vasculhando o salão em busca da mãe.

— Hattie — a recepcionista perguntou a uma garçonete de passagem —, uma tal sra. Clifton trabalha aqui?

— Não mais — foi a resposta imediata. — Ela saiu há uns dois anos. Nunca mais soube nada dela.

— Deve haver um engano — interveio Harry, subindo os degraus para se unir ao amigo.

— Você tem alguma ideia de onde nós a podemos encontrar? — perguntou Giles, mantendo a voz baixa.

— Não — disse Hattie. — Mas vocês podem falar com Doug, o porteiro da noite. Ele está aqui há uma vida.

— Obrigado — disse Giles e, virando-se para Harry, acrescentou: — Deve haver uma explicação simples, mas, se você preferir deixar a coisa de lado...

— Não, vamos descobrir se Doug sabe onde ela está.

Giles dirigiu-se lentamente até a bancada do porteiro, dando a Harry tempo suficiente para mudar de ideia, mas o amigo não abriu a boca.

— O senhor é o Doug? — perguntou ao homem que trajava um fraque azul desbotado com botões que não brilhavam mais.

— Sou, senhor — respondeu o porteiro. — Em que posso ajudá-lo?

— Estamos procurando a sra. Clifton.

— Maisie não trabalha mais aqui, senhor. Deve fazer uns dois anos que foi embora.

— O senhor sabe onde ela está trabalhando agora?

— Não faço ideia, senhor.

Giles pegou a bolsa, tirou meia coroa e a pôs sobre o balcão. O porteiro olhou para a moeda por algum tempo antes de falar novamente.

— É possível que vocês a encontrem no Eddie's Nightclub.

— Eddie Atkins? — perguntou Harry.

— Acho que é isso mesmo, senhor.

— Bem, isso explica tudo — disse Harry. — E onde fica o Eddie's Nightclub?

— Welsh Back, senhor — respondeu o porteiro enquanto embolsava a meia coroa.

Harry saiu do hotel sem dizer outra palavra e pulou na traseira de um táxi que estava no ponto. Giles sentou-se ao lado dele.

— Você não acha que deveríamos voltar para a escola? — perguntou Giles olhando para o relógio de pulso. — Você pode contar à sua mãe de manhã.

Harry balançou a cabeça.

— Foi você que disse que interromperia sua mãe mesmo que ela estivesse fazendo um discurso na Mothers' Union — Harry relembrou.

— Eddie's Nightclub, Welsh Back, por favor, taxista — disse com firmeza.

Harry não falou durante o curto trajeto. Quando o táxi virou em um beco escuro e parou do lado de fora do Eddie's, ele saltou e rumou para a entrada.

Harry bateu com determinação à porta. Um postigo se abriu e um par de olhos observou os dois rapazes.

— O ingresso custa cinco xelins para cada um — disse a voz atrás dos olhos. Giles empurrou uma nota de dez xelins pelo orifício. A porta se abriu imediatamente.

Os dois desceram uma escadaria mal-iluminada até o porão. Giles a viu primeiro e se virou rapidamente para ir embora, mas era tarde demais. Harry ficou olhando, transfigurado, uma fila de garotas sentadas em banquetas na frente do bar, algumas conversando com homens, outras sozinhas. Uma delas, usando uma blusa branca transparente, uma saia curta de couro preto e meias-calças da mesma cor, aproximou-se deles e disse:

— Posso ajudar, cavalheiros?

Harry a ignorou. Seus olhos se detiveram em uma mulher na extremidade oposta do bar que ouvia atentamente um homem mais velho cuja mão repousava sobre sua perna. A garota olhou para ver quem ele estava fixando.

— Devo dizer que você sabe o que é classe — disse ela. — Cuidado, Maisie pode ser exigente, e é melhor eu ir logo avisando: não custa pouco.

Harry se virou e subiu as escadas apressado, abriu a porta e correu para a rua, com Giles atrás. Já na calçada, caiu de joelhos e vomitou violentamente. Giles se ajoelhou e abraçou o amigo, tentando consolá-lo.

Um homem que estava em pé do outro lado da rua, na sombra, saiu mancando.

EMMA BARRINGTON

1932-1939

44

Nunca vou me esquecer da primeira vez que o vi.

Ele foi tomar chá em Manor House para comemorar o aniversário de 12 anos do meu irmão. Era tão quieto e reservado que me perguntei como ele podia ser o melhor amigo de Giles. O outro, Deakins, era realmente estranho. Ele nunca parava de comer e mal disse uma palavra durante a tarde toda.

Então, Harry falou, uma voz suave e gentil que fazia você ter vontade de ouvi-lo. A festa de aniversário estava aparentemente correndo muito bem até meu pai entrar no salão. Depois disso, Harry mal abriu a boca novamente. Eu nunca tinha visto meu pai ser tão grosseiro com alguém e não conseguia entender por que estava se comportando daquela maneira com um estranho. Ainda mais inexplicável foi a reação de papai quando perguntou a Harry quando era seu aniversário. Como uma pergunta tão inócua podia causar uma reação tão extrema? Logo em seguida, meu pai se levantou e saiu da sala sem se despedir de Giles e seus convidados. Pude perceber que mamãe ficou sem graça por causa do comportamento dele, embora tenha servido outra xícara de chá e fingido não ter notado.

Alguns minutos mais tarde, meu irmão e seus dois amigos voltaram para a escola. Ele se virou e sorriu para mim antes de partir, mas, como minha mãe, fingi que não notei. No entanto, quando a porta da casa se fechou, fiquei em pé ao lado da janela do salão e observei o carro atravessar a alameda e desaparecer. Pensei tê-lo visto olhando pela janela traseira, mas não pude ter certeza.

Depois que foram embora, mamãe foi direto para o estúdio do meu pai e pude ouvir vozes exaltadas, o que recentemente havia se tornado cada vez mais comum. Quando voltou, ela sorriu para mim como se nada de estranho tivesse acontecido.

— Qual é o nome do melhor amigo de Giles? — perguntei.

— Harry Clifton — respondeu ela.

A vez seguinte em que vi Harry Clifton foi no culto cantado do Advento em St. Mary Redcliffe. Ele cantou *O Little Town of Bethlehem*, e minha melhor amiga, Jessica Braithwaithe, me acusou de ter ficado em êxtase como se fosse o novo Bing Crosby. Não me dei ao trabalho de negar. Eu o vi conversando com Giles depois do culto e gostaria de tê-lo parabenizado, mas papai parecia estar com pressa de voltar para casa. Quando partimos, vi que sua avó o abraçava.

Eu também estava em St. Mary Redcliffe na noite em que a voz dele começou a mudar, mas, naquela época, eu não entendia por que tantas cabeças estavam se virando e alguns membros da congregação começavam a sussurrar entre si. Tudo o que sei é que nunca mais o ouvi cantar.

Quando Giles foi levado de carro para a escola secundária em seu primeiro dia de aula, implorei à minha mãe para que me levasse junto, só porque eu queria encontrar Harry. Mas meu pai não quis nem saber e, apesar de eu ter caído intencionalmente em prantos, me deixaram em pé no primeiro degrau da entrada de casa com minha irmã mais nova, Grace. Eu sabia que papai estava zangado porque Giles não havia conseguido uma vaga em Eton, algo que ainda não entendo, já que muitos garotos bem menos inteligentes do que meu irmão passaram na prova. Mamãe parecia não ligar muito para a escola que Giles frequentaria. Já eu fiquei feliz por ele ir para a Bristol Grammar porque isso significava que eu teria mais chance de ver Harry novamente.

Na verdade, eu devo tê-lo visto pelo menos uma dúzia de vezes durante os três anos seguintes, mas ele nunca conseguiu se lembrar de nenhuma dessas ocasiões até nos encontrarmos em Roma.

A família estava toda hospedada em nossa mansão na Toscana naquele verão quando Giles me puxou para o lado e disse que precisava me pedir um conselho. Ele só fazia isso quando queria algo. Mas, daquela vez, o favor se revelou algo que eu desejava tanto quanto ele.

— Então, o que você gostaria que eu fizesse desta vez? — perguntei.

— Preciso de uma desculpa para ir a Roma amanhã — respondeu — porque marquei de me encontrar com Harry.

— Que Harry? — disse eu, fingindo indiferença.

— Harry Clifton, sua boba. Está em uma excursão da escola em Roma e prometi ir passar o dia com ele — esclareceu, mas não precisou explicar que papai não teria aprovado. — Tudo o que você precisa fazer — prosseguiu — é perguntar a mamãe se ela poderia passar o dia em Roma com você.

— Mas ela precisa saber por que eu quero ir a Roma.

— Diga que você sempre quis visitar a Villa Borghese.

— Por que a Villa Borghese?

— Porque é lá que Harry estará às dez horas amanhã.

— Mas o que vai acontecer se mamãe concordar em me levar? Aí você vai estar numa enrascada.

— Não vai acontecer. Eles vão almoçar com os Henderson em Arezzo amanhã; então vou me prontificar a ser seu acompanhante.

— E o que ganho em troca? — indaguei, pois não queria que Giles soubesse como estava ansiosa para ver Harry.

— Meu gramofone — respondeu.

— Dado ou só emprestado?

Giles ficou calado um tempo.

— Dado — disse relutante.

— Entregue-o para mim agora — disse — ou pode esquecer.

Para minha surpresa, ele entregou.

Fiquei ainda mais surpresa quando, no dia seguinte, minha mãe caiu naquela pequena trama. Giles nem sequer teve de se oferecer para ser meu acompanhante; papai insistiu para que fosse comigo. Meu irmão embusteiro simulou com alarde um protesto, mas acabou cedendo.

Levantei-me cedo na manhã seguinte e passei um bom tempo pensando no que deveria vestir. Devia ser algo razoavelmente conservador para que minha mãe não ficasse desconfiada, mas, por outro lado, queria ter certeza de que Harry me notaria.

Enquanto estávamos no trem para Roma, sumi no banheiro, pus um par das meias de seda de mamãe e passei um tiquinho de batom, insuficiente para que Giles percebesse.

Depois de termos nos registrado no hotel, Giles quis partir imediatamente para a Villa Borghese. Eu também.

Enquanto caminhávamos pelo jardim e subíamos para o museu, um soldado se virou para me olhar. Foi a primeira vez que isso aconteceu e pude sentir minhas bochechas corando.

Assim que entramos na galeria, Giles saiu em busca de Harry. Eu fiquei para trás, fingindo estar muito interessada nos quadros e estátuas. Eu precisava fazer uma entrada triunfal.

Quando finalmente me uni a eles, vi Harry conversando com meu irmão, embora Giles nem estivesse fingindo prestar atenção, pois estava embasbacado pela guia. Se tivesse me perguntado, eu teria dito que ele não tinha chance alguma. Mas irmãos mais velhos raramente dão ouvidos às irmãs quando o assunto se trata de mulheres; eu o teria aconselhado a fazer um comentário sobre os sapatos da moça, que me deixaram com inveja. Os homens acham que os italianos só são famosos por projetar carros. Uma exceção a essa regra é o capitão Tarrant, que sabe exatamente como tratar uma dama. Meu irmão podia aprender muito com ele. Giles me considerava simplesmente sua irmãzinha *gauche*, embora eu duvide que soubesse o que *gauche* queria dizer.

Escolhi o momento, depois fui andando até eles e esperei que Giles nos apresentasse. Imagine minha surpresa quando Harry me convidou para jantar naquela noite. Meu único pensamento foi que não havia levado um vestido de noite adequado. Durante o jantar, descobri que meu irmão pagara mil liras para que Harry se ocupasse de mim, mas ele se recusou até Giles concordar em dar também a gravação de Caruso. Eu disse a Harry que ele tinha os discos, e eu, o gramofone. Ele não entendeu.

Enquanto atravessávamos a rua no caminho de volta para o hotel, ele segurou minha mão pela primeira vez e, quando chegamos do outro lado, não a soltei. Eu podia perceber que era a primeira vez que Harry segurava a mão de uma garota porque estava tão nervoso que chegou a suar.

Tentei facilitar as coisas para que me beijasse quando chegamos ao meu hotel, mas simplesmente apertou minha mão e se despediu como se fôssemos velhos amigos. Sugeri que talvez voltaríamos a nos esbarrar após retornarmos a Bristol. Dessa vez, respondeu de maneira mais positiva e até sugeriu o lugar mais romântico de todos para o nosso próximo encontro: a biblioteca central da cidade. Ele explicou que era um lugar no qual Giles nunca cruzaria conosco. Concordei satisfeita.

Era pouco mais de dez horas quando Harry foi embora e subi para meu quarto. Alguns minutos mais tarde, ouvi Giles abrindo a porta do seu quarto. Tive de sorrir. Sua noite com Caterina não podia ter valido uma gravação de Caruso e um gramofone.

Quando a família voltou a Chew Valley algumas semanas mais tarde, havia três cartas à minha espera sobre a mesa do vestíbulo, todas com a mesma caligrafia no envelope. Se meu pai percebeu, nada disse.

Durante o mês seguinte, Harry e eu passamos muitas horas felizes juntos na biblioteca da cidade sem que ninguém ficasse desconfiasse, ainda mais porque havia descoberto uma sala na qual era improvável que alguém nos achasse, até mesmo Deakins.

Uma vez iniciado o período letivo, não conseguíamos nos ver com tanta frequência e rapidamente percebi como sentia falta de Harry. Escrevíamos um para o outro a cada dois dias e tentávamos passar algumas horas juntos nos fins de semana. E era assim que teríamos continuado se não fosse pela intervenção involuntária do dr. Paget.

Tomando café no Carwardine's um sábado de manhã, Harry, que havia se tornado bastante ousado, me disse que seu professor de inglês convencera a srta. Webb a permitir que suas meninas participassem da peça da Bristol Grammar School naquele ano. Quando aconteceram as audições, três semanas mais tarde, eu já havia decorado as falas de Julieta. O pobre e inocente dr. Paget não conseguia acreditar na própria sorte.

Os ensaios significavam que, além de podermos ficar juntos três tardes por semana, nós dois também tínhamos a chance de interpretar os papéis de jovens amantes. Quando a cortina subiu na noite da primeira apresentação, não estávamos mais representando.

Os dois primeiros espetáculos correram tão bem que mal podia esperar que meus pais assistissem à noite de encerramento, embora não tivesse contado ao meu pai que estava interpretando Julieta, pois queria que fosse uma surpresa. Pouco depois da minha primeira entrada, distraí--me com alguém que saiu do auditório fazendo barulho. Mas o dr. Paget havia nos dito em várias ocasiões para nunca olharmos para a plateia; portanto, eu não fazia ideia de quem tinha ido embora de maneira tão manifesta. Rezei para que não fosse meu pai, mas, quando ele não foi aos bastidores depois do espetáculo, percebi que minha prece não havia sido atendida. O que piorou as coisas foi que tinha certeza de que seu pequeno ataque se dirigia a Harry, embora não soubesse por quê.

Quando voltamos para casa naquela noite, Giles e eu ficamos sentados na escada e ouvimos meus pais brigando mais uma vez. Mas daquela vez foi diferente, pois nunca tinha ouvido meu pai ser tão grosseiro com mamãe. Quando já não aguentava mais, fui para o meu quarto e me tranquei.

Eu estava deitada na cama, pensando em Harry, quando ouvi uma batida suave à porta. Quando a abri, minha mãe não tentou esconder que estivera chorando e me disse para preparar uma mala pequena porque partiríamos em breve. Um táxi nos levou à estação e chegamos em cima da hora para pegar o trem da madrugada para Londres. Durante a viagem, escrevi a Harry para contar o que havia acontecido e informar onde ele poderia entrar em contato comigo. Postei a carta em uma caixa de correio na estação de King's Cross antes de embarcar em outro trem para Edimburgo.

Imagine minha surpresa quando, na noite seguinte, Harry e meu irmão apareceram no Castelo de Mulgelrie pouco antes do jantar. Passamos inesperadamente nove gloriosos dias juntos na Escócia. Eu nem queria voltar para Chew Valley, embora meu pai tivesse ligado e pedido desculpas irrestritas por seu comportamento na noite da peça.

Mas eu sabia que, no final, teríamos de voltar para casa. Prometi a Harry em nossas longas caminhadas matinais que eu tentaria descobrir o motivo para a hostilidade do meu pai em relação a ele.

Quando chegamos em Manor House, papai não poderia ter sido mais conciliatório. Tentou explicar por que havia tratado Harry tão mal ao longo dos anos, e minha mãe e Giles pareceram aceitar sua explicação. Mas eu não estava convencida de que ele havia nos contado a história toda.

O que tornou as coisas ainda mais difíceis para mim foi que ele me proibiu de contar a Harry a verdade a respeito da morte do seu pai, pois sua mãe insistia para que aquele fato permanecesse um segredo de família. Eu tinha a sensação de que a sra. Clifton conhecia o verdadeiro motivo para meu pai não aprovar o fato de eu e Harry estarmos juntos, embora quisesse dizer a ambos que nada nem ninguém poderia nos separar. Todavia, tudo se agravou de uma maneira que eu nunca poderia ter previsto.

Eu estava tão impaciente quanto Harry para descobrir se ele havia conseguido uma vaga em Oxford e combinamos de nos encontrar do lado de fora da biblioteca na manhã após a chegada do telegrama com o resultado.

Eu estava alguns minutos atrasada naquela manhã de sexta-feira e, quando o vi sentado no degrau superior da escada com a cabeça entre as mãos, soube que não havia conseguido.

45

Harry se levantou rapidamente e abraçou Emma assim que a viu. Continuou agarrado a ela, algo que ele nunca fizera em público até então, o que confirmava a suspeita de Emma de que as notícias não podiam ser boas.

Sem que trocassem uma palavra sequer, Harry pegou Emma pela mão e a levou para dentro do edifício. Desceram uma escada circular de madeira e atravessaram um estreito corredor de tijolos até chegarem a uma porta com a placa Antiguidades. Espiou lá dentro para ter certeza de que mais ninguém havia descoberto o esconderijo deles.

Os dois se sentaram um na frente do outro, atrás de uma mesinha na qual passaram muitas horas estudando no ano anterior. Harry estava tremendo, e não por causa do frio naquela sala sem janelas e com todas as paredes tomadas por prateleiras com livros encadernados em couro e cobertos de poeira, o que dava a alguns a aparência de estarem fechados há anos. A seu tempo, os próprios volumes se tornariam antiguidades.

Algum tempo se passou antes que Harry falasse.

— Você acha que eu poderia dizer ou fazer alguma coisa que faria você deixar de me amar?

— Não, meu querido — respondeu Emma —, absolutamente nada.

— Descobri por que seu pai tem sido tão resoluto em nos manter separados.

— Eu já sei — disse Emma, abaixando levemente a cabeça — e prometi a você que isso não faria nenhuma diferença.

— Como você pode saber? — perguntou Harry.

— Meu pai nos contou no dia em que voltamos da Escócia, mas nos fez jurar segredo.

— Ele contou a vocês que minha mãe é uma prostituta?

Emma ficou atordoada e demorou um tempo até se recuperar o suficiente para falar.

— Não, ele não disse isso — afirmou ela com veemência. — Como você pode dizer algo tão cruel?

— Porque é a verdade — rebateu Harry. — Minha mãe não trabalha no Royal Hotel há dois anos, como eu achava. Ela trabalha em um nightclub chamado Eddie's.

— Isso não faz dela uma prostituta — argumentou Emma.

— O homem que estava sentado no bar segurando um copo de uísque com uma mão e a coxa dela com a outra não estava esperando uma conversa estimulante.

Emma se curvou sobre a mesa e tocou suavemente o rosto de Harry.

— Sinto muito, meu querido — disse ela —, mas isso não faz, e nunca fará, diferença para o que sinto por você.

Harry conseguiu dar um sorrisinho, mas Emma permaneceu em silêncio, sabendo que não tardaria mais do que alguns instantes para que fizesse a inevitável pergunta.

— Se esse não era o segredo que seu pai pediu para vocês guardarem — disse ele, repentinamente sério outra vez —, o que ele contou a vocês?

Foi a vez de Emma pôr a cabeça entre as mãos, ciente de que não havia alternativa a não ser contar toda a verdade. Como a mãe, ela não sabia fingir.

— O que ele contou a vocês? — repetiu Harry, mais enfático.

Emma se segurou na beirada da mesa tentando se estabilizar. Por fim, reuniu a força necessária para olhar para Harry. Embora só estivesse a poucos centímetros, ele não poderia estar mais distante.

— Preciso fazer a mesma pergunta que você me fez — disse Emma. — Eu poderia dizer ou fazer alguma coisa que faria você deixar de me amar?

Harry se curvou e pegou a mão dela.

— Claro que não — respondeu.

— Seu pai não morreu na guerra — disse ela, baixinho. — E meu pai provavelmente foi o responsável pela morte dele.

Emma segurou a mão de Harry com força antes de revelar tudo o que o pai havia dito no dia em que voltaram da Escócia.

Quando ela terminou, Harry parecia surpreso e não conseguia falar. Ele tentou se levantar, mas suas pernas cederam como as de um boxeador que levara socos demais, fazendo-o cair novamente na cadeira.

— Já sei há algum tempo que meu pai não podia ter morrido na guerra — disse Harry, em voz baixa —, mas o que ainda não entendo é por que minha mãe simplesmente não me contou a verdade.

— E, agora que você conhece a verdade — disse Emma, tentando refrear as lágrimas —, eu entenderia se você quisesse romper nosso relacionamento depois do que meu pai causou à sua família.

— A culpa não é sua, mas nunca vou esquecer o que você me contou — afirmou Harry e fez uma pausa antes de acrescentar: — E não vou conseguir encará-lo quando ele descobrir a verdade sobre a minha mãe.

— Ele não precisa descobrir nunca — disse Emma, segurando novamente a mão de Harry. — Será sempre um segredo nosso.

— Isso não é mais possível — contestou Harry.

— Por que não?

— Porque Giles viu o homem que nos seguiu até Edimburgo em pé diante de uma porta em frente ao Eddie's Nightclub.

— Então, é meu pai que se prostituiu — argumentou Emma — porque, além de ter mentido novamente para nós, já faltou com a palavra.

— Como?

— Ele prometeu a Giles que esse homem nunca mais o seguiria.

— Aquele homem não estava interessado em Giles — disse Harry. — Acho que ele estava seguindo minha mãe.

— Mas por quê?

— Porque, conseguindo provar como minha mãe se sustenta, seu pai esperava convencer você a me deixar.

— Ele conhece muito pouco a própria filha — rebateu Emma — porque, agora, estou ainda mais determinada a não deixar que nada nos separe. E ele certamente não pode me impedir de admirar sua mãe ainda mais do que antes.

— Como você pode dizer isso? — protestou Harry.

— Ela trabalha como garçonete para sustentar a família, acaba se tornando proprietária da Tilly's e, quando a casa de chá é destruída pelo fogo, é acusada de incêndio criminoso, mas mantém a cabeça erguida, pois sabe que é inocente. Encontra outro emprego no Royal Hotel e, quando é mandada embora, ainda se recusa a desistir de tudo. Recebe um cheque de seiscentas libras e, por um instante, acredita que todos os problemas estão resolvidos, mas descobre que, de fato, está sem um tostão exatamente quando precisa de dinheiro para garantir a continuidade dos seus estudos. Desesperada, ela se volta então...

— Mas eu não ia querer que ela...

— Ela sabia disso, Harry, mas, mesmo assim, achava que era um sacrifício que valia a pena.

Outro longo silêncio se seguiu.

— Ah, meu Deus! Como eu pude fazer mal juízo dela? — disse Harry e olhou para Emma. — Preciso que você faça uma coisa para mim.

— Qualquer coisa.

— Você pode ir falar com a minha mãe? Use qualquer desculpa, mas tente descobrir se ela me viu naquele lugar terrível ontem à noite.

— Como eu vou saber, se ela não estiver disposta a admitir?

— Você vai saber — disse Harry, baixinho.

— Mas, se sua mãe viu você, ela certamente vai me perguntar o que você estava fazendo lá.

— Eu a estava procurando.

— Por quê?

— Para dizer que me ofereceram uma vaga em Oxford.

Emma sentou-se discretamente em um banco nos fundos da Holy Nativity e esperou que o culto terminasse. Ela conseguia ver a sra. Clifton sentada na terceira fila, ao lado de uma senhora de idade. Harry pareceu um pouco menos tenso quando voltaram a se encontrar mais cedo naquela manhã. Ele explicou claramente o que precisava descobrir e ela prometeu não extrapolar sua tarefa. Eles ensaiaram todas as hipóteses possíveis várias vezes até ela estar perfeitamente preparada.

Depois da bênção final do velho padre, Emma foi para o centro do corredor e esperou; assim a sra. Clifton não tinha como não vê-la. Ao ver Emma, Maisie não conseguiu esconder sua surpresa, que foi rapidamente substituída por um sorriso acolhedor. Encaminhou-se rapidamente até ela e apresentou a senhora idosa que estava ao seu lado.

— Mamãe, esta é Emma Barrington, uma amiga de Harry.

A senhora abriu um sorriso para Emma.

— Há muita diferença entre ser amiga e namorada dele. O que você é? — perguntou.

A sra. Clifton riu, mas ficou claro para Emma que ela estava tão interessada quanto a mãe em ouvir a resposta.

— Sou a namorada dele — respondeu Emma com orgulho.

A senhora abriu outro sorriso, ao contrário de Maisie.

— Bem, então está tudo certo, não é? — disse a avó de Harry. — Não posso ficar aqui o dia inteiro conversando, tenho de preparar o jantar — acrescentou e começou a se afastar, mas, depois, se virou e perguntou: — Você gostaria de jantar conosco, minha jovem?

Essa era uma pergunta que Harry havia previsto e, para a qual, até havia preparado uma resposta.

— É muita gentileza sua — disse Emma —, mas meus pais estão me esperando.

— Muito justo — anuiu a senhora idosa. — Você sempre deve respeitar os desejos dos seus pais. Até mais tarde, Maisie.

— Podemos caminhar juntas, sra. Clifton? — Emma perguntou enquanto saíam da igreja.

— Claro, minha querida.

— Harry me pediu para vir até aqui e dizer à senhora que ele recebeu a oferta de uma vaga em Oxford.

— Que notícia maravilhosa! — disse Maisie, abraçando Emma. Porém, soltou-a de repente e logo em seguida perguntou: — Mas por que ele mesmo não veio me dar a notícia?

Outra resposta prevista no roteiro.

— Ele está detido — Emma respondeu, esperando não soar ensaiada demais —, copiando trechos de Shelley. Receio que a culpa seja do meu irmão. Sabe, depois de ouvir as boas-novas, Giles contrabandeou uma garrafa de champanhe para dentro da escola e os dois foram pegos comemorando no estúdio dele na noite passada.

— E isso é tão grave assim? — perguntou Maisie sorrindo.

— Ao que parece, o dr. Paget acha que sim. Harry lamenta muito.

Maisie riu tão fragorosamente que Emma não teve dúvida de que ela não fazia a mínima ideia de que o filho estivera no nightclub na noite anterior. A jovem gostaria de ter feito outra pergunta sobre algo que ainda a intrigava, mas Harry não poderia ter sido mais enfático: "Se minha mãe não quer que eu saiba como meu pai morreu, que assim seja."

— Lamento que você não possa ficar para jantar — disse Maisie — porque há algo que eu gostaria de lhe contar. Talvez em uma outra ocasião.

46

Harry passou a semana seguinte esperando que outra bomba caísse. Quando caiu, ele ficou exultante.

Giles recebeu um telegrama no último dia do período letivo lhe oferecendo vaga no Brasenose College, em Oxford, para estudar história.

— *Por um triz* — foi a expressão que o dr. Paget usou quando informou ao diretor.

Dois meses mais tarde, um bolsista, um subvencionado e um pagante integral chegaram na antiga cidade universitária, com diferentes meios de transporte, para iniciar os cursos de graduação com duração de três anos.

Harry se inscreveu na sociedade dramática e no corpo de treinamento de oficiais. Giles se inscreveu na Oxford Union e no clube de críquete, já Deakins se instalou nas entranhas da biblioteca Bodleiana e, como uma toupeira, raramente era visto na superfície. Mas, àquela altura, já havia decidido que Oxford era o lugar no qual passaria o resto da vida.

Harry não tinha tanta certeza de como seria o resto da sua vida, embora o primeiro-ministro continuasse a visitar a Alemanha, voltando finalmente ao aeroporto Heston com um sorriso no rosto, agitando um pedaço de papel e dizendo às pessoas o que elas queriam ouvir. Harry não tinha dúvida alguma de que a Grã-Bretanha estava à beira da guerra. Quando Emma perguntou por que tinha tanta certeza assim, sua resposta foi:

— Você não percebeu que Herr Hitler nunca se dá ao trabalho de nos visitar? Nós é que sempre somos o pretendente inoportuno e, no final, vamos ser rejeitados.

Emma ignorou a opinião dele; como o sr. Chamberlain, ela não queria acreditar que ele talvez tivesse razão.

Emma escrevia para Harry duas vezes por semana, às vezes três, apesar de estar estudando muito para as provas de admissão em Oxford.

Quando Harry voltou a Bristol nas férias de Natal, os dois passaram todo o tempo possível juntos, embora Harry tenha deliberadamente se mantido longe do sr. Barrington.

Emma declinou a oportunidade de passar as férias com o resto da família na Toscana, sem esconder do pai que preferia ficar com Harry.

À medida que a prova de admissão se aproximava, o número de horas que Emma passava na sala de Antiguidades teria impressionado até mesmo Deakins, mas Harry estava chegando à conclusão de que ela estava prestes a impressionar os examinadores tanto quanto seu recluso amigo fizera no ano anterior. Sempre que sugeria isso a Emma, ela lembrava que para cada aluna em Oxford, havia vinte alunos.

— Você sempre pode ir para Cambridge — sugeriu Giles estupidamente.

— Onde eles são ainda mais pré-históricos — respondeu Emma. — Eles ainda não dão diplomas a mulheres.

O maior temor de Emma não era não conseguir uma vaga em Oxford, mas que a guerra já tivesse sido declarada quando ela a aceitasse e que Harry já tivesse se alistado e partido para algum campo no exterior. Durante toda a vida, ela foi lembrada da Grande Guerra pelo número de mulheres que ainda se vestiam de preto todos os dias, de luto pelos maridos, amantes, irmãos e filhos que nunca voltaram do fronte daquela que ninguém mais chamava de "a guerra que poria fim a todas as guerras".

Ela pedira a Harry para não se apresentar como voluntário caso a guerra fosse declarada, mas, pelo menos, esperar até ser convocado. Mas, depois que Hitler invadiu a Tchecoslováquia e anexou a Região dos Sudetos, instalou-se em Harry a certeza inabalável de que o conflito com a Alemanha era inevitável e de que, no dia seguinte à declaração de guerra, ele estaria de uniforme.

Quando Harry convidou Emma para ir ao Baile de Comemoração ao final do primeiro ano, ela resolveu não discutir a possibilidade da guerra. E também tomou uma outra decisão.

Emma viajou até Oxford na manhã do baile e se hospedou no Randolph Hotel. Passou o resto do dia visitando o Sommerville College, o museu Ashmolean e a biblioteca Bodleiana com Harry, que estava confiante que Emma se uniria a ele como aluna de graduação dali a alguns meses.

Emma voltou ao hotel, reservando bastante tempo para se preparar para o baile. Harry havia combinado que passaria para pegá-la às oito.

Ele entrou pela porta da frente do hotel alguns minutos antes da hora combinada. Estava trajando um elegante paletó azul-marinho, presente da mãe quando completou 19 anos. Ligou da recepção para o quarto de Emma para avisar que estava lá embaixo e a esperaria no saguão.

— Já vou descer — prometeu ela.

À medida que os minutos passavam, Harry começou a andar pelo saguão, se perguntando o que Emma quis dizer com "já vou descer". Mas Giles já havia dito muitas vezes que ela aprendera a noção de tempo com a mãe.

Então ele a viu em pé no topo da escadaria. Harry não moveu um músculo enquanto ela descia lentamente a escada com o vestido tomara que caia turquesa enfatizando seu gracioso corpo. Pelas expressões em seus rostos, todos os outros jovens no saguão demonstraram que ficariam felizes em assumir o lugar de Harry.

— Uau! — disse ele quando ela pisou no último degrau. — Quem precisa de Vivien Leigh? A propósito, adorei os sapatos.

Emma sentiu que a primeira parte do seu plano estava dando certo.

Eles saíram do hotel e seguiram de braços dados rumo a Radcliffe Square. Quando cruzaram os portões da faculdade de Harry, o sol começou a se pôr atrás da biblioteca Bodleiana. Ninguém que entrasse em Brasenose naquela noite teria imaginado que a Grã-Bretanha estava a apenas algumas semanas de distância de uma guerra na qual metade dos jovens rapazes que dançaram naquele baile jamais se formaria.

Mas nada poderia estar mais distante dos pensamentos dos alegres e jovens casais que dançavam ao som das canções de Cole Porter e Jerome Kern. Enquanto centenas de alunos de graduação e seus convidados consumiam engradados de champanhe e devoravam montanhas de salmão defumado, Harry raramente perdia Emma de vista, temendo que alguma alma insolente tentasse roubá-la.

Giles se excedeu um pouco no champanhe, comeu ostras demais e não dançou duas vezes com a mesma garota durante toda a noite.

Às duas da madrugada, a Billy Cotton Dance Band começou a tocar a última valsa. Harry e Emma continuaram juntinhos deslizavam ao ritmo da orquestra.

Quando o maestro finalmente levantou a baqueta para o hino nacional, Emma não pôde deixar de notar que todos os rapazes à sua volta, a despeito do estado de embriaguez em que se encontravam, ficaram rigidamente em posição de atenção enquanto entoavam *God Save the King.*

Harry e Emma voltaram caminhando lentamente para o Randolph Hotel, conversando sobre coisas sem importância, desejando que a noite nunca acabasse.

— Bem, pelo menos você estará aqui novamente daqui a quinze dias para a prova de admissão — disse Harry enquanto subiam os degraus do hotel. — Portanto, não vai demorar muito para nos vermos novamente.

— É verdade — concordou Emma —, mas não teremos tempo para distrações até eu terminar a última prova. Quando tudo isso estiver fora do nosso caminho, poderemos passar o resto do fim de semana juntos.

Harry estava prestes a dar um beijo de boa-noite quando Emma sussurrou:

— Você gostaria de subir até o meu quarto? Tenho um presente para você. Não quero que você pense que esqueci seu aniversário.

Harry parecia surpreso, assim como o porteiro, quando o jovem casal subiu a escadaria de mãos dadas. Ao chegarem ao quarto, Emma revirou nervosamente a chave até finalmente abrir a porta.

— Só vou demorar um instante — disse, desaparecendo dentro do banheiro.

Harry se sentou na única cadeira do quarto e tentou pensar no que mais gostaria de presente de aniversário. Quando a porta do banheiro se abriu, Emma estava emoldurada pela penumbra. O elegante vestido tomara que caia havia sido substituído por uma toalha do hotel.

Harry podia ouvir o próprio coração bater enquanto ela caminhava lentamente em sua direção.

— Acho que você está um pouco vestido demais, meu querido — disse Emma enquanto tirava o paletó de Harry e o deixava cair no chão. Em seguida, desatou a gravata-borboleta antes de desabotoar a camisa, e as duas peças tiveram o mesmo fim do paletó. Depois, foi a vez dos sapatos e das meias, antes de ela tirar lentamente suas calças. Emma estava prestes a tirar o único obstáculo remanescente em seu caminho quando ele a pegou no colo e a carregou pelo quarto.

Quando Harry a jogou sem cerimônia sobre a cama, a toalha caiu no chão. Emma havia imaginado muitas vezes aquele momento desde que voltaram de Roma e presumido que suas primeiras tentativas de fazer amor seriam embaraçosas e desajeitadas. Mas Harry foi gentil e atencioso, embora estivesse claramente tão nervoso quanto ela. Depois de fazerem amor, ela permaneceu deitada em seus braços sem querer adormecer.

— Gostou do seu presente de aniversário? — perguntou.

— Gostei, sim — respondeu Harry. — Mas espero que não demore um ano para eu poder desembrulhar o próximo. Isso me faz lembrar que também tenho um presente para você.

— Mas não é o meu aniversário.

— Não se trata de um presente de aniversário.

Ele pulou da cama, pegou as calças do chão e vasculhou os bolsos até encontrar uma caixinha de couro. Voltou até a cama, ajoelhou-se e disse:

— Emma, minha querida, você quer se casar comigo?

— Você está muito ridículo aí embaixo — disse Emma franzindo o cenho. — Trate de voltar para a cama antes que morra congelado.

— Só depois que você responder minha pergunta.

— Não seja tolo, Harry. Eu decidi que nos casaríamos no dia em que você foi a Manor House para o aniversário de 12 anos de Giles.

Harry caiu na risada enquanto punha o anel no terceiro dedo da mão esquerda de Emma.

— Lamento o diamante ser tão pequeno.

— É grande como o Ritz — ela disse enquanto ele voltava para a cama. — E, como você parece ter organizado tudo tão bem — provocou ela —, que data você escolheu para o nosso casamento?

— Sábado, 29 de julho, às 15h.

— Por quê?

— É o último dia do período letivo e, de qualquer maneira, não posso reservar a igreja da universidade depois de sair de férias.

Emma se sentou, pegou o lápis e o bloco de anotações que estavam na mesinha de cabeceira e começou a escrever.

— O que você está fazendo? — perguntou Harry.

— Estou começando a fazer a lista de convidados. Se temos apenas sete semanas...

— Isso pode esperar — disse Harry, abraçando-a novamente. — Estou sentindo um outro aniversário chegando.

— Ela é jovem demais para pensar em casamento — disse o pai de Emma como se ela não estivesse presente.

— Ela tem a mesma idade que eu tinha quando você me pediu em casamento — Elizabeth lembrou.

— Mas você não ia prestar a prova mais importante da sua vida duas semanas antes do casamento.

— É exatamente por isso que me encarreguei de todos os preparativos — retorquiu Elizabeth. — Assim Emma não terá nenhuma distração até o término das provas.

— Certamente seria melhor adiar o casamento alguns meses. Afinal de contas, por que tanta pressa?

— Que ótima ideia, papai! — ironizou Emma, falando pela primeira vez. — Talvez também possamos perguntar a Herr Hitler se ele faria a gentileza de postergar a guerra por alguns meses porque sua filha quer se casar.

— E o que a sra. Clifton acha de tudo isso? — Hugo perguntou, ignorando o comentário da filha.

— E ela lá teria algum motivo para não ficar exultante com a notícia? — Elizabeth perguntou. Ele não respondeu.

Um anúncio do futuro casamento de Emma Grace Barrington e Harold Arthur Clifton foi publicado no *The Times* dez dias depois. Os primeiros proclamas foram lidos no púlpito da igreja St. Mary pelo reverendo Styler no domingo seguinte e mais de trezentos convites foram enviados no fim de semana sucessivo. Ninguém ficou surpreso quando Harry pediu a Giles para ser seu padrinho, com o capitão Tarrant e Deakins como os principais anfitriões.

Mas Harry ficou chocado quando recebeu uma carta do Velho Jack declinando seu gentil convite porque ele não podia deixar seu posto devido às circunstâncias correntes. Harry escreveu novamente implorando que ele reconsiderasse e, pelo menos, comparecesse ao casamento, mesmo que julgasse não poder assumir a tarefa de ser um anfitrião. A resposta do Velho Jack deixou Harry ainda mais confuso: "Sinto que minha presença possa se tornar um constrangimento."

— Do que ele está falando? — questionou Harry. — Ele certamente sabe que todos nós ficaríamos honrados se ele viesse.

— Ele é quase tão teimoso quanto meu pai — disse Emma. — Papai está se recusando a entrar comigo na igreja e diz que nem tem certeza de que vai comparecer.

— Mas você me disse que ele havia prometido nos apoiar mais no futuro.

— Sim, mas tudo isso mudou no momento em que ouviu que estávamos noivos.

— Também não posso dizer que minha mãe se mostrou muito entusiasmada quando dei a notícia — Harry admitiu.

Emma só viu Harry novamente quando voltou a Oxford para prestar os exames e, mesmo assim, só após terminar a prova final. Quando ela saiu da sala de provas, o noivo a esperava no degrau superior da escada com uma garrafa de champanhe em uma das mãos e duas taças na outra.

— Então, como você acha que se saiu? — perguntou ele, enquanto enchia a taça de Emma.

— Não sei — suspirou ela, enquanto dezenas de outras garotas saíam da sala de provas. — Eu não sabia o que enfrentaria até ver todo esse grupo.

— Bem, pelo menos você tem algo com que se distrair enquanto espera o resultado.

— Só faltam três semanas — relembrou Emma. — É tempo mais que suficiente para que você mude de ideia.

— Se você não ganhar uma bolsa de estudos, eu talvez tenha de reconsiderar minha posição. Afinal, não posso ser visto me relacionando com uma aluna pagante.

— E, se eu ganhar uma bolsa de estudos, talvez tenha de reconsiderar minha posição e procurar outro bolsista.

— Deakins ainda está disponível — disse Harry enquanto enchia novamente a taça da noiva.

— Até lá, será tarde demais.

— Por quê?

— Porque o resultado deve ser anunciado na manhã do nosso casamento.

Emma e Harry passaram a maior parte do fim de semana trancados no quartinho de hotel dela, repassando infinitamente os preparativos do casamento quando não estavam fazendo amor. No domingo à noite, Emma havia chegado a uma conclusão:

— Mamãe tem sido magnífica — disse ela —, mas não posso dizer o mesmo do meu pai.

— Você acha que ele vai pelo menos aparecer?

— Ah, vai. Mamãe o convenceu a ir, mas ele ainda se recusa a entrar comigo na igreja. Quais são as últimas notícias do Velho Jack?

— Ele nem sequer respondeu minha última carta — disse Harry.

47

— Você ganhou um pouco de peso, querida? — perguntou a mãe de Emma enquanto tentava fechar o último colchete do vestido de noiva da filha.

— Acho que não — respondeu Emma, olhando para si mesma de forma crítica no espelho de corpo inteiro.

— Lindo — foi o veredicto de Elizabeth ao se afastar para admirar o traje da noiva.

Elas foram a Londres várias vezes para que o vestido fosse ajustado por Madame Renée, dona de uma pequena boutique em Mayfair muito em voga e que, ao que parece, atendia a rainha Mary e a rainha Elizabeth. Madame Renée supervisionara pessoalmente todas as provas, e a renda vitoriana bordada em volta do pescoço e na bainha, algo antigo, se misturava naturalmente com o corpete de seda e a saia rodada estilo império que estava se revelando muito na moda naquele ano. O único comentário do pai de Emma a respeito foi feito quando ele recebeu a conta.

Elizabeth Barrington olhou para o relógio de pulso. Dezenove minutos para as três.

— Não precisa correr — disse a Emma quando alguém bateu à porta. Ela tinha certeza de que havia posto o aviso de "Não Perturbe" na maçaneta e dito ao chofer para não as esperar antes das três horas. No ensaio do dia anterior, a viagem do hotel à igreja demorou sete minutos. Elizabeth queria que Emma chegasse elegantemente atrasada. "Deixe-os esperando alguns minutos, mas não crie motivo para preocupação." Outra batida à porta.

— Eu atendo — disse Elizabeth e foi até a porta. Um jovem carregador com um elegante uniforme vermelho, entregou um telegrama, o décimo primeiro do dia. Ela estava prestes a fechar a porta quando ele disse.

— Disseram-me para informar que esse é importante, madame.

O primeiro pensamento de Elizabeth foi imaginar quem podia ter cancelado no último momento. Ela esperava não ter de reorganizar a mesa principal da recepção. Abriu o telegrama e leu o conteúdo.

— De quem é? — perguntou Emma, ajustando o ângulo do chapéu mais um centímetro e se perguntando se aquilo talvez fosse ousado demais.

Elizabeth entregou o telegrama à filha. Após tê-lo lido, ela caiu em prantos.

— Meus parabéns, querida — disse a mãe, tirando um lenço da bolsa e começando a secar as lágrimas da filha. — Eu a abraçaria, mas não quero amassar seu vestido.

Quando achou que Emma estava pronta, Elizabeth inspecionou por um momento o próprio traje no espelho. Madame Renée havia dito: "Não supere sua filha em seu grande dia, mas, ao mesmo tempo, você não pode se dar ao luxo de passar despercebida." Elizabeth gostou especialmente do chapéu de Norman Hartnell, embora não fosse o que os jovens estivessem chamando de "chique".

— Está na hora — declarou depois de olhar mais uma vez para o relógio.

Emma sorriu ao olhar para a roupa que usaria para partir depois da recepção, quando ela e Harry viajariam até a Escócia em lua de mel. Lord Harvey oferecera aos noivos o castelo de Mulgelrie por duas semanas, com a promessa de que nenhum outro membro da família teria permissão para ficar a um raio de menos de vinte quilômetros da propriedade e, talvez ainda mais importante, de que Harry podia pedir três porções de caldo das Highlands toda noite, sem sugestão de faisão como prato principal.

Emma saiu da suíte atrás da mãe e atravessou o corredor. Quando chegaram à escadaria, ela teve certeza de que suas pernas cederiam. Ao descer a escada, outros hóspedes abriram caminho para que nada impedisse seu avanço.

Um porteiro segurou a porta principal do hotel aberta enquanto o chofer de Sir Walter esperava ao lado da porta traseira do Rolls-Royce para que ela pudesse se juntar ao avô. Enquanto Emma se sentava ao lado dele, arrumando cuidadosamente o vestido, Sir Walter pôs o monóculo no olho direito e declarou:

— Você está muito bonita, minha jovem. Harry realmente é um homem de muita sorte.

— Obrigada, vovô — disse ela, beijando seu rosto. Olhando pela janela traseira, Emma viu a mãe entrando em um segundo Rolls-Royce e, um instante mais tarde, os dois carros partiram rumo ao tráfego vespertino, dando início ao tranquilo percurso até a igreja universitária de St. Mary.

— Papai está na igreja? — perguntou Emma, tentando não parecer ansiosa.

— Foi um dos primeiros a chegar — respondeu o avô. — Acho que ele já está arrependido de ter me dado o privilégio de entrar com você na igreja.

— E Harry?

— Nunca o vi tão nervoso. Mas Giles parece ter tudo sob controle, uma novidade absoluta. Sei que ele passou o último mês preparando o discurso de padrinho.

— Nós dois temos sorte de ter o mesmo padrinho — observou Emma. — Sabe, vovô, li uma vez que toda noiva tem dúvidas na manhã do casamento.

— É bastante natural, minha querida.

— Mas eu nunca tive dúvidas em relação a Harry — disse Emma enquanto eles paravam na frente da igreja universitária. — Sei que vamos passar o resto de nossas vidas juntos.

Ela esperou que o avô saltasse do carro antes de recolher o vestido e se juntar a ele na calçada.

Elizabeth correu para verificar o traje de Emma uma última vez antes de dar permissão para que a filha entrasse na igreja. Entregou a ela um pequeno buquê de pálidas rosas cor-de-rosa enquanto as duas damas de honra, a irmã caçula de Emma, Grace, e sua amiga de escola, Jessica, seguravam a cauda do vestido.

— Você é a próxima, Grace — disse a mãe, curvando-se para ajeitar o vestido da dama de honra.

— Tomara que não — disse Grace suficientemente alto para que a mãe ouvisse.

Elizabeth se afastou e fez um sinal de aprovação com a cabeça. Dois ajudantes abriram as pesadas portas, o sinal para que o organista começasse a tocar a *Marcha Nupcial* de Mendelssohn e a congregação se levantasse para recepcionar à noiva.

Quando pisou na igreja, Emma foi tomada pela surpresa ao ver quantas pessoas viajaram até Oxford para compartilhar da sua alegria. Ela atravessou lentamente o corredor de braços dados com o avô enquanto os convidados se viravam e sorriam na sua direção durante o trajeto até o altar.

Ela notou o sr. Frobisher sentado ao lado do sr. Holcombe do lado direito do corredor. A srta. Tilly, que estava usando um chapéu bastante ousado, tinha vindo lá da Cornualha. Já o dr. Pager abriu o mais caloroso sorriso para a noiva. Todavia, nada se comparava ao sorriso que surgiu no rosto de Emma quando ela viu o capitão Tarrant, com a cabeça abaixada, usando um fraque um pouco justo. Harry devia estar muito satisfeito por ele ter decidido comparecer no final das contas. Na primeira fileira, estava a sra. Clifton, que claramente havia gastado algum tempo para escolher sua roupa, pois estava na última moda. Um sorriso cruzou os lábios de Emma, mas ela ficou surpresa e decepcionada por sua futura sogra não ter se virado para olhá-la enquanto ela passava.

Depois, ela viu Harry, em pé nos degraus do altar, ao lado do seu irmão, ambos esperando a noiva. Emma prosseguiu pelo corredor de braços dados com um dos avôs enquanto o outro estava em pé, empertigado, na primeira fila, ao lado do pai da noiva, que ela achou um pouco melancólico. Talvez ele realmente estivesse arrependido da decisão de não entrar com ela na igreja.

Sir Walter foi para o lado enquanto Emma subia os quatro degraus para se juntar ao seu futuro marido.

— Quase mudei de ideia — sussurrou Emma, curvando-se. Harry tentou não sorrir enquanto esperava o final da provocação. — Afinal de contas, os bolsistas desta universidade não podem ser vistos se casando com alunos inferiores.

— Estou muito orgulhoso de você, minha querida — disse ele. — Parabéns.

Giles fez uma reverência profunda em um genuíno sinal de respeito, e o telefone sem fio começou a correr pela congregação à medida que a notícia passava de uma fila para outra.

A música parou e o capelão da faculdade levantou as mãos e disse:

— Meus caros, estamos aqui sob os olhos de Deus e perante esta congregação para unir este homem e esta mulher nos laços do sagrado matrimônio.

De repente, Emma ficou nervosa. Ela havia decorado todas as respostas, mas não conseguia se lembrar de nenhuma naquele momento.

— Em primeiro lugar, foi ordenado para a procriação de crianças...

Emma tentou se concentrar nas palavras do capelão, mas mal podia esperar para fugir e ficar a sós com Harry. Talvez eles devessem ter ido para a Escócia na noite anterior e se casado secretamente em Gretna Green, muito mais conveniente para o castelo de Mulgelrie, como ela havia dito a Harry.

— Unindo com um laço sagrado essas duas pessoas aqui presentes. Portanto, se alguém tiver algo contra este matrimônio, fale agora ou cale-se para sempre...

O capelão fez uma pausa para permitir que um diplomático intervalo transcorresse antes de pronunciar as palavras "Eu ordeno e exorto que vocês..." quando uma voz clara declarou:

— Eu tenho!

Emma e Harry se viraram para ver quem poderia ter pronunciado aquelas malditas palavras.

O capelão levantou os olhos incrédulo, questionando se tinha ouvido direito, mas, em toda a igreja, cabeças se viravam enquanto a congregação tentava descobrir quem havia feito a inesperada intervenção. O capelão nunca vivenciara uma reviravolta como aquela e tentou desesperadamente recordar o que deveria fazer em tal circunstância.

Emma enterrou a cabeça no ombro de Harry enquanto ele esquadrinhava a congregação alvoroçada na tentativa de encontrar quem causara tamanha consternação. Deduziu que devia ter sido o pai de Emma, mas, quando olhou para a primeira fila, viu que Hugo Barrington, branco como uma folha de papel, também tentava descobrir quem havia causado aquela interrupção prematura na cerimônia.

O reverendo Styler teve de levantar a voz para ser ouvido por cima do crescente clamor.

— O cavalheiro que expressou sua objeção à realização deste casamento poderia, por favor, se apresentar?

Uma figura alta e ereta avançou para o corredor. Todos os olhos permaneceram fixos no capitão Jack Tarrant, e ele se encaminhou até o altar antes de parar diante do capelão. Emma agarrou-se a Harry, temendo que ele estivesse prestes a ser levado para longe dela.

— O senhor quer dizer — disse o capelão — que, na sua opinião, o prosseguimento deste matrimônio não deve ser permitido?

— Exato, senhor — disse o Velho Jack baixinho.

— Então, devo pedir que o senhor, os noivos e os membros de suas famílias imediatas me acompanhem até a sacristia — afirmou o clérigo e, levantando a voz, acrescentou: — A congregação deve permanecer em seus lugares até que eu avalie a objeção e informe minha decisão.

Aqueles que foram convocados seguiram o capelão até a sacristia, seguidos de Harry e Emma. Nenhum deles abriu a boca, apesar de a congregação ter continuado a sussurrar ruidosamente entre si.

Com as duas famílias se comprimindo na minúscula sacristia, o reverendo Styler fechou a porta.

— Capitão Tarrant — começou ele —, devo dizer que apenas eu estou investido de autoridade legal para decidir se este casamento deve ou não prosseguir. Naturalmente, só posso tomar uma decisão após ouvir suas objeções.

A única pessoa no cômodo superlotado que parecia calma era o Velho Jack.

— Obrigado, capelão — iniciou ele. — Primeiro, devo pedir desculpa a todos vocês e, em especial, a Emma e Harry, pela minha intervenção. Passei as últimas semanas lutando com a minha consciência antes de chegar a esta infeliz decisão. Eu poderia ter escolhido o caminho mais fácil e simplesmente encontrado uma desculpa para não participar da cerimonia hoje. Fiquei em silêncio até agora na esperança de que, em seu devido tempo, qualquer objeção se revelasse irrelevante. Todavia, infelizmente, não foi esse o caso, pois o amor de Harry e Emma um pelo outro na verdade cresceu, ao invés de diminuir, ao longo dos anos, e é por isso que se tornou impossível que eu continuasse calado.

Todos estavam tão cativados pelas palavras do Velho Jack que apenas Elizabeth Barrington notou o marido saindo sorrateiramente pela porta dos fundos da sacristia.

— Obrigado, capitão Tarrant — disse o reverendo Styler. — Embora eu aceite de boa-fé sua intervenção, necessito saber que imputações específicas o senhor traz contra esses dois jovens.

— Não trago imputação alguma contra Harry ou Emma, ambos por mim amados e admirados, e que, a meu ver, desconhecem os fatos tanto quanto o resto das pessoas aqui presentes. Não, minha imputação é contra Hugo Barrington, que sabe há muitos anos que é possível que ele seja o pai dessas duas desventuradas crianças.

Todos ficaram sem fôlego enquanto tentavam entender a gravidade daquela afirmação. O capelão nada disse até conseguir recuperar a atenção dos presentes.

— Há alguém nesta sala que possa confirmar ou desmentir a alegação do capitão Tarrant?

— Isso não pode ser verdade — disse Emma, ainda agarrada a Harry. — Deve haver algum erro. Meu pai não poderia...

Foi nesse momento que todos se deram conta de que o pai da noiva não estava mais entre eles. O capelão voltou sua atenção para a sra. Clifton, que estava soluçando baixinho.

— Não posso negar os temores do capitão Tarrant — disse ela de maneira entrecortada. Um certo tempo se passou antes que ela prosseguisse. — Confesso que tive uma relação com o sr. Barrington em uma ocasião — revelou e fez outra pausa. — Uma única vez, mas, infelizmente, algumas semanas antes de me casar... — disse, levantando a cabeça lentamente. — Portanto, não tenho como saber quem é o pai de Harry.

— Devo salientar para todos vocês — interveio o Velho Jack — que Hugo Barrington ameaçou a sra. Clifton em mais de uma ocasião caso ela algum dia revelasse seu terrível segredo.

— Sra. Clifton, eu poderia fazer uma pergunta? — disse Sir Walter com gentileza.

Maisie aquiesceu, embora sua cabeça permanecesse abaixada.

— O seu falecido marido sofria de daltonismo?

— Não que eu saiba — ela respondeu, com um tom de voz tão baixo que mal pôde ser ouvido.

Sir Walter virou-se para Harry.

— Mas você sofre, não é, meu rapaz?

— Sim, senhor — disse Harry sem hesitar. — Que importância tem isso?

— Porque eu também sou daltônico — respondeu Sir Walter. — Assim como meu filho e meu neto. Trata-se de uma característica hereditária que aflige nossa família há várias gerações.

Harry abraçou Emma.

— Juro, minha querida, que eu não sabia de nada disso.

— Claro que não — disse Elizabeth Barrington, falando pela primeira vez. — O único homem que sabia era meu marido e ele não teve a coragem de admiti-lo. Caso o tivesse feito, nada disso precisaria ter acontecido. Papai — disse ela, virando-se para Lord Harvey —, posso pedir que o senhor explique aos convidados por que a cerimônia não vai prosseguir?

Lord Harvey anuiu.

— Deixe comigo, minha garota — disse ele, tocando-a suavemente em um dos braços. — Mas o que você vai fazer?

— Vou levar minha filha para o mais longe possível daqui.

— Não quero ir para longe — interveio Emma —, a menos que seja com Harry.

— Receio que seu pai não tenha nos deixado outra escolha — de clarou Elizabeth, pegando-a gentilmente pelo braço. Mas Emma continuou agarrada a Harry até ele sussurrar:

— Temo que sua mãe tenha razão, minha querida. Mas uma coisa que seu pai nunca vai conseguir é me fazer parar de amar você, e mesmo que leve o resto da minha vida, vou provar que ele não é meu pai.

— Talvez a senhora prefira sair pela porta dos fundos, sra. Barrington — sugeriu o capelão. Emma, relutante, soltou Harry e permitiu que a mãe a levasse embora.

O capelão as acompanhou para fora da sacristia e atravessou um corredor estreito que dava em uma porta que, para sua surpresa, estava destrancada.

— Que Deus esteja com vocês, minhas crianças — disse ele antes de deixá-las sair.

Elizabeth e a filha deram a volta na igreja até chegarem aos Rolls-Royces que estavam à espera. Ignoraram os membros da congregação que haviam saído para tomar um pouco de ar ou fumar um cigarro e que, naquele momento, nem sequer tentavam esconder a própria curiosidade ao ver as duas mulheres entrando sem cerimônia na limusine.

Elizabeth abriu a porta do primeiro Rolls e pôs a filha no banco traseiro antes que o chofer as visse. Ele estava parado ao lado da grande porta, pois só esperava que os noivos saíssem pelo menos meia hora mais tarde, quando um repique de sinos anunciaria ao mundo o casamento do sr. e sra. Harry Clifton. No instante em que ouviu a porta bater, o chofer apagou o cigarro, correu até o carro e sentou-se rapidamente atrás do volane.

— Leve-nos de volta para o hotel — comandou Elizabeth.

Mãe e filha não voltaram a falar até terem chegado à segurança do próprio quarto. Emma jazia na cama, soluçando, enquanto Elizabeth acariciava seus cabelos, como costumava fazer quando ela era criança.

— O que eu vou fazer? — disse Emma, chorando. — Não posso parar de amar Harry de repente.

— Tenho certeza de que você nunca deixará de amá-lo — disse a mãe —, mas o destino decretou que vocês não podem ficar juntos até que seja provado quem é o pai de Harry.

Ela continuou a acariciar os cabelos da filha e até achou que ela tivesse adormecido, quando Emma perguntou baixinho:

— O que vou dizer ao meu filho quando ele perguntar quem é o pai dele?

HARRY CLIFTON

1939-1940

48

O que mais me lembro depois que Emma e sua mãe saíram da igreja é de como todos pareciam estar calmos. Nada de histeria, ninguém desmaiou, nem sequer levantaram a voz. Um visitante poderia nem notar quantas vidas haviam acabado de ser irreparavelmente danificadas, até mesmo arruinadas. Tipicamente britânico, fleumático e tudo o mais; ninguém disposto a admitir que sua vida pessoal havia sido destruída no intervalo de uma única hora. Bem, eu tenho de admitir que a minha foi.

Guardei um silêncio aturdido enquanto os diferentes atores interpretavam seus papéis. O Velho Jack fizera o que ele considerava ser sua obrigação, nem mais nem menos, embora a palidez da sua pele e as rugas profundamente sulcadas em seu rosto sugerissem o contrário. Ele poderia ter optado pela solução mais fácil e simplesmente declinado nosso convite para o casamento, mas os agraciados com a Cruz Victoria não fazem isso.

Elizabeth Barrington era feita daquele metal que, quando submetido a um teste, provava que ela era igual a qualquer homem: uma verdadeira Pórcia, que, infelizmente, havia se casado com um Bruto.

Enquanto eu corria os olhos pela sacristia, esperando que o capelão voltasse, quem me causou maior tristeza foi Sir Walter, que acompanhara a neta pelo corredor da igreja e, em vez de ganhar um neto, perdeu um filho, que, como o Velho Jack havia advertido muitos anos antes, "não era farinha do mesmo saco" que o pai.

Minha querida mãe sentiu medo de reagir quando a abracei e a tranquilizei em relação ao meu amor. Ela certamente acreditava que a culpa fosse só dela por tudo o que havia acontecido naquele dia.

E Giles se tornou um homem quando o pai se esgueirou para fora da sacristia para se esconder embaixo de alguma pedra lodosa, deixando a responsabilidade de suas ações nas costas de outros. Com o tempo, muitos dos presentes se dariam conta de que os fatos que aconteceram naquele dia eram tão devastadores para Giles quanto para Emma.

Por fim, Lord Harvey era um exemplo para nós de como se comportar em uma crise. Depois que o capelão voltou e nos explicou as implicações legais da consanguinidade, concordamos que Lord Harvey deveria se dirigir à congregação em nome de ambas as famílias.

— Eu gostaria que Harry ficasse à minha direita — disse ele, — pois quero que todos os presentes não tenham dúvida, como minha filha Elizabeth deixou bem claro, de que ele não tem culpa alguma.

"Sra. Clifton — disse ele, virando-se para minha mãe —, espero que a senhora tenha a gentileza de ficar à minha esquerda. Sua coragem em meio à adversidade tem sido um exemplo para todos nós e para uma pessoa em especial.

"Espero que o capitão Tarrant fique ao lado de Harry: apenas um tolo culpa o mensageiro. Giles deve assumir seu lugar ao lado dele. Sir Walter, talvez o senhor possa ficar ao lado da sra. Clifton, enquanto o resto da família ocupa seus lugares atrás de nós. Eu gostaria de deixar claro para todos vocês — prosseguiu — que só tenho um propósito nesta situação trágica, ou seja, garantir que todos os que estão reunidos nesta igreja hoje não tenham dúvida alguma sobre a nossa determinação acerca deste assunto, de maneira que ninguém jamais diga que somos uma família dividida."

Sem dizer mais nada, ele conduziu seu rebanho para fora da sacristia.

Quando a congregação, em meio ao burburinho, nos viu voltando à igreja, Lord Harvey não precisou pedir silêncio. Cada um de nós foi para o lugar designado nos degraus do altar como se estivéssemos prestes a posar para uma fotografia de família que, mais tarde, seria colocada em um álbum de casamento.

— Amigos, se é que posso ter a ousadia de chamá-los assim — começou Lord Harvey —, pediram-me para informar a vocês, em nome das nossas duas famílias, que infelizmente o casamento entre minha neta, Emma Barrington, e o sr. Harry Clifton não vai acontecer hoje nem, na verdade, em nenhum outro momento. — O caráter definitivo dessas últimas quatro palavras era assustador quando você era a única pessoa presente que ainda se agarrava a um vestígio de esperança de que, um dia, aquela situação se resolvesse. — Devo pedir desculpas a todos vocês — prosseguiu Lord Harvey — por qualquer eventual inconveniente, pois esse certamente não era nosso objetivo. Permitam-me concluir agradecendo a presença de vocês aqui hoje e desejar a todos uma boa volta para casa.

Eu não sabia ao certo o que aconteceria em seguida, mas um ou dois membros da congregação se levantaram e começaram a sair lentamente da igreja; em instantes, o fluxo aumentou até que, finalmente, só sobramos nós, que continuávamos em pé nos degraus do altar.

Lord Harvey agradeceu ao capelão e apertou calorosamente minha mão antes de acompanhar a esposa pelo corredor e sair da igreja.

Minha mãe se virou para mim e tentou falar, mas foi sufocada pelas emoções. O Velho Jack veio ao nosso auxílio, pegando-a gentilmente pelo braço e levando-a embora, enquanto Sir Walter cuidava de Grace e Jessica. Um dia que mães e noivas não gostariam de lembrar pelo resto de suas vidas.

Giles e eu fomos os últimos a sair. Ele havia entrado na igreja como meu padrinho e, naquele momento, saía se perguntando se não era meu meio-irmão. Algumas pessoas ficam do seu lado no momento mais difícil da sua vida enquanto outras vão embora; só alguns poucos escolhidos vão até você e se tornam amigos ainda mais íntimos.

Após termos nos despedido do reverendo Styler, que parecia incapaz de encontrar as palavras para expressar quanto ele lamentava, Giles e eu atravessamos exaustos o calçamento de pedras do pátio e voltamos à nossa faculdade. Não trocamos uma palavra sequer enquanto subíamos as escadaria de madeira até meus aposentos e afundávamos em velhas poltronas de couro e em um silêncio novo e carregado de sentimentalismo.

Ficamos sentados sozinhos enquanto o dia se transformava lentamente em noite. Conversas esparsas que não tinham sequência, significado nem lógica. Quando surgiram as primeiras sombras compridas, arautos da escuridão que muitas vezes amolece a língua, Giles fez uma pergunta sobre um assunto no qual eu não pensava havia anos.

— Você se lembra da primeira vez em que você e Deakins visitaram Manor House?

— Como eu poderia esquecer? Era seu aniversário de 12 anos e seu pai se recusou a apertar a minha mão.

— Você alguma vez se perguntou por quê?

— Acho que descobrimos o motivo hoje — falei, tentando não parecer insensível demais.

— Não, não é verdade — disse Giles baixinho. — O que descobrimos hoje foi a possibilidade de Emma ser sua meia-irmã. Agora percebo que meu pai manteve a relação com a sua mãe em segredo por tantos anos porque ele estava muito mais preocupado com a possibilidade de você vir a descobrir que era filho dele.

— Não entendo a diferença — afirmei, olhando para ele.

— Então, é importante que você se lembre da única pergunta que meu pai fez naquela ocasião.

— Ele me perguntou quando era meu aniversário.

— Exato. E, quando descobriu que você era algumas semanas mais velho do que eu, saiu da sala sem dizer mais nenhuma palavra. Mais tarde, quando tivemos de ir embora para voltar para a escola, ele não saiu do escritório para se despedir, embora fosse meu aniversário. Só hoje entendi o significado das ações dele.

— Como esse pequeno incidente ainda pode ter alguma importância depois de tantos anos? — perguntei.

— Foi naquele momento que meu pai percebeu que você podia ser seu primogênito e que, quando ele morrer, talvez seja você, e não eu, o herdeiro do título familiar, da empresa e de todos os seus bens terrenos.

— Mas seu pai pode certamente deixar as próprias posses para quem bem entender, e sem dúvida não vai ser para mim.

— Quem dera que fosse tão simples! — disse Giles. — Mas, como meu avô vive me lembrando, o pai dele, Sir Joshua Barrington, foi nomeado cavaleiro pela rainha Vitória em 1877 por serviços prestados ao setor de transportes marítimos. Em seu testamento, ele declarou que todos os seus títulos, escrituras e bens seriam legados ao primogênito sobrevivente, perpetuamente.

— Mas não tenho interesse algum em reivindicar o que claramente não é meu — argumentei, tentando tranquilizá-lo.

— Tenho certeza disso — disse Giles —, mas talvez você não tenha escolha porque, em seu devido tempo, a lei exigirá que você assuma seu lugar como chefe da família Barrington.

Giles me deixou pouco depois da meia-noite para ir de carro para Gloucestershire. Prometeu descobrir se Emma estava disposta a me ver, pois nos separamos sem sequer nos despedirmos, e disse que voltaria a Oxford assim que tivesse notícias.

Não dormi naquela noite. Muitos pensamentos cruzavam minha mente e, por um instante, um único instante, até cheguei a pensar em suicídio. Mas eu não precisava do Velho Jack para me lembrar que aquela era a saída dos covardes.

Não saí dos meus aposentos nos três dias seguintes. Não respondi a batidas suaves à minha porta. Não atendi o telefone quando tocou. Não abri as cartas que foram empurradas por debaixo da porta. Talvez tenha sido falta de consideração minha não responder às pessoas que só tinham bondade no coração, mas, às vezes, a abundância de solidariedade pode ser mais sufocante do que a solidão.

Giles voltou a Oxford no quarto dia. Ele não precisou falar para que eu percebesse que a notícia que trazia não me proporcionaria alívio. Na verdade, foi bem pior do que eu havia previsto. Emma e a mãe partiram para o castelo de Mulgelrie, onde deveríamos estar passando nossa lua de mel, e nenhum parente tinha permissão para ficar a um raio de menos de vinte quilômetros da propriedade. A sra. Barrington instruíra os advogados a dar início ao processo de divórcio, mas eles não conseguiram entrar em contato com o sr. Barrington, pois ninguém o viu desde a sua saída às escondidas da sacristia no dia do casamento. Lord Harvey e o Velho Jack renunciaram ao conselho da Barrington's, mas, por respeito a Sir Walter, nenhum dos dois tornou públicos os próprios motivos, embora isso não impedisse que os bisbilhoteiros se esbaldassem. Minha mãe havia deixado o Eddie's Nightclub e arrumado um emprego como garçonete na sala de jantar do Grand Hotel.

— E quanto a Emma? — indaguei. — Você perguntou a ela...

— Não tive chance de falar com ela — respondeu Giles. — Elas partiram para a Escócia antes que eu chegasse. Mas ela deixou uma carta para você na mesa do vestíbulo.

Senti meu coração disparar quando Giles me entregou um envelope com aquela caligrafia familiar.

— Se você quiser jantar mais tarde, estarei nos meus aposentos.

— Obrigado — eu disse, de modo um tanto vago.

Sentei na poltrona ao lado da janela que dava para o pátio Cobb sem querer abrir uma carta que sabia que não me proporcionaria um lampejo de esperança sequer. Finalmente, rasguei o envelope e tirei as três páginas escritas na bela caligrafia de Emma. Mesmo assim, demorei um tempo até conseguir ler suas palavras.

The Manor House
Chew Valley
Gloucestershire

29 de julho de 1939.

Meu querido Harry,

É madrugada e estou sentada no meu quarto, escrevendo para o único homem que sempre amarei.

O ódio profundo pelo meu pai, a quem nunca poderei perdoar, foi substituído por uma calma repentina; portanto, devo escrever estas palavras antes que a amarga recriminação volte para me lembrar de tudo o que aquele homem traiçoeiro negou a nós dois.

Eu só gostaria que nos tivesse sido concedida a possibilidade de nos separarmos como amantes, e não como estranhos em um cômodo lotado, tendo o destino decidido que nunca poderíamos dizer as palavras «até que a morte nos separe», apesar de ter certeza de que irei para o túmulo tendo amado apenas um homem.

Nunca ficarei satisfeita apenas com a lembrança do seu amor, pois, enquanto houver a menor esperança de que Arthur Clifton seja seu pai, pode ter certeza, meu querido, que permanecerei fiel.

Mamãe está convencida de que, em seu devido tempo, a sua lembrança, como o sol da tarde, esmorecerá e, por fim, desaparecerá, antes de anunciar um novo dia. Será que ela não se lembra de ter me dito no dia do casamento que nosso amor era tão puro, simples e raro que, sem dúvida, superaria a prova do tempo? Mamãe confessou que só podia nos invejar, pois nunca vivenciou tal felicidade.

Mas, até eu poder ser sua esposa, meu querido, estou convencida de que devemos permanecer separados, a menos que seja possível demonstrar que podemos nos unir legalmente. Nenhum outro homem pode ter a esperança de ocupar seu lugar e, se necessário, permanecerei solteira, em vez de me contentar com uma mentira.

Pergunto-me se, algum dia, não estenderei a mão esperando encontrá-lo ao meu lado e se jamais poderei adormecer sem sussurrar seu nome.

Eu sacrificaria de bom grado o resto da minha vida para passar outro ano como o que compartilhamos, e nenhuma lei divina ou humana pode mudar isso. Ainda rezo para que chegue o dia em que possamos nos unir aos olhos desse mesmo Deus e desses mesmos homens, mas, até então, meu querido, serei para sempre sua apaixonada esposa, em tudo menos no nome.

Emma.

49

Quando finalmente reuniu forças para abrir as inúmeras cartas que se espalhavam pelo chão, Harry se deparou com uma missiva da secretária do Velho Jack em Londres.

Soho Square
Londres

Quarta-feira, 2 de agosto de 1939.

Caro sr. Clifton.

Talvez o senhor só receba esta carta quando tiver voltado da sua lua de mel na Escócia, mas estou me perguntando se o capitão Tarrant permaneceu em Oxford após o casamento. Ele não voltou ao escritório na segunda-feira de manhã e não é visto desde então; portanto, fiquei imaginando se o senhor faz alguma ideia de onde eu possa contatá-lo.
Aguardo sua resposta.
Atenciosamente,

Phyllis Watson

O Velho Jack certamente se esquecera de avisar à srta. Watson que passaria alguns dias em Bristol com Sir Walter para deixar claro que, embora tivesse causado o cancelamento do casamento e renunciado ao conselho da Barrington's, ele continuava sendo um amigo íntimo do presidente. Como não havia uma segunda carta da srta. Watson na pilha de correspondência não aberta, Harry deduziu que o Velho Jack devia ter voltado para Soho Square e já estava atrás da sua escrivaninha.

Harry passou a manhã respondendo cada uma das cartas até então negligenciadas; muitas pessoas bondosas manifestavam solidariedade — elas não tinham culpa se o faziam lembrar da própria infelicidade. De repente, Harry decidiu que precisava ficar o mais longe possível de Oxford. Pegou o telefone e disse à telefonista que queria fazer um interurbano para Londres. Meia hora mais tarde, ela ligou de volta e disse que o número estava sempre ocupado. Em seguida, ele tentou falar com Sir Walter em Barrington Hall, mas o número ficou tocando sem resposta. Frustrado por não conseguir contatar nenhum dos dois, Harry decidiu seguir uma das máximas do Velho Jack: *levante o traseiro e faça algo positivo.*

Harry pegou a mala que havia arrumado para a lua de mel na Escócia, foi até a entrada do alojamento e disse ao porteiro que ia a Londres e só voltaria no primeiro dia do período letivo.

— Caso Giles Barrington pergunte onde estou — acrescentou —, por favor, diga que fui trabalhar para o Velho Jack.

— Velho Jack — repetiu o porteiro, anotando o nome em um pedaço de papel.

Na viagem de trem até Paddington, Harry leu no *The Times* sobre os últimos comunicados trocados entre o Foreign Office em Londres e o Ministério do Reich em Berlim. Ele estava começando a achar que o sr. Chamberlain era a única pessoa que ainda acreditava na possibilidade de paz. O *The Times* previa que a Grã-Bretanha podia estar em guerra dali a poucos dias e que o primeiro-ministro não podia ter esperança de continuar no cargo se os alemães desafiassem seu ultimato e invadissem a Polônia.

O jornal ainda sugeria que, naquela eventualidade, um governo de coalizão teria de ser formado, liderado pelo ministro das relações exteriores, Lord Halifax (um homem confiável), e não por Winston Churchill (imprevisível e irascível). Apesar do óbvio descontentamento do jornal em relação a Churchill, Harry não acreditava que a

Grã-Bretanha precisasse de "um homem confiável" naquele momento histórico específico, mas de alguém que não tivesse medo de intimidar um intimidador.

Quando desceu do trem em Paddington, Harry se deparou com uma onda de uniformes de cores diferentes vindo em sua direção de todos os pontos. Ele já decidira em que arma se alistaria no momento em que a guerra fosse declarada. Um pensamento mórbido cruzou sua mente enquanto ele pegava o ônibus para Piccadilly Circus. Se ele morresse servindo ao seu país, todos os problemas da família Barrington estariam resolvidos, exceto um.

Quando o ônibus chegou em Piccadilly, Harry saltou e começou a traçar o caminho por entre os palhaços que compunham o circo do West End, atravessando a região dos teatros e continuando por entre restaurantes exclusivos e nightclubs excessivamente caros que pareciam determinados a ignorar qualquer sugestão de guerra. A fila de refugiados entrando e saindo do edifício em Soho Square parecia ainda maior e mais maltrapilha do que na primeira visita de Harry. Mais uma vez, ele subiu a escada até o terceiro andar e vários refugiados abriram caminho, pensando que era um funcionário. É o que ele esperava se tornar em no máximo uma hora.

Ao chegar ao terceiro andar foi direto para o escritório da srta. Watson. Encontrou-a preenchendo formulários, emitindo ordens de transporte ferroviário, providenciando acomodações e entregando pequenas quantias em dinheiro para pessoas desesperadas. Seu rosto se iluminou ao ver Harry.

— Por favor, diga-me que o capitão Tarrant está com você — foram suas primeiras palavras.

— Não, ele não está — disse Harry. — Deduzi que ele tivesse voltado para Londres, e é por isso que estou aqui. Eu estava me perguntando se vocês talvez não estivessem precisando de mais um par de mãos.

— É muita gentileza sua, Harry — ela disse —, mas a coisa mais útil que você poderia fazer para mim neste momento é encontrar o capitão Tarrant. Este lugar está ruindo sem ele.

— A última notícia que tive foi que ele passaria alguns dias na casa de Sir Walter em Gloucester — informou Harry —, mas isso tem no mínimo duas semanas.

— Não o vemos desde o dia em que ele foi para o seu casamento em Oxford — declarou a srta. Watson enquanto tentava consolar dois imigrantes que não falavam uma palavra de inglês.

— Alguém ligou para o apartamento dele para ver se ele está lá? — perguntou Harry.

— Ele não tem telefone — disse a srta. Watson — e eu mal pus os pés na minha casa nas últimas duas semanas — acrescentou, indicando com a cabeça uma fila que se estendia até onde a vista alcançava.

— Por que não começo por lá e volto a falar com você?

— Você faria isso? — perguntou a srta. Watson enquanto duas meninas começavam a soluçar. — Não chorem, vai ficar tudo bem — ela tranquilizou as crianças enquanto se ajoelhava e as abraçava.

— Onde ele mora? — perguntou Harry.

— Número 23, Prince Edward Mansions, Lambeth Walk. Pegue o ônibus número 11 até Lambeth. Depois você vai precisar pedir informações. E obrigada, Harry.

Harry deu meia-volta e rumou para a escada. Algo estava errado, ele pensou. O Velho Jack nunca teria abandonado o próprio posto sem dar um motivo à srta. Watson.

— Eu me esqueci de perguntar — a srta. Watson gritou. — Como foi sua lua de mel?

Harry achou que estivesse suficientemente fora de alcance para não tê-la ouvido.

De volta a Piccadilly Circus, ele embarcou em um ônibus de dois andares superlotado de soldados. Passou por Whitehall, que estava repleta de oficiais, e seguiu por Parliament Square, onde uma grande multidão de espectadores aguardava que fragmentos de informação pudessem ser divulgados pela Câmara dos Comuns. O ônibus continuou a viagem atravessando a ponte de Lambeth e Harry saltou na altura de Albert Embankment.

Um menino que vendia jornais e gritava *A Grã-Bretanha Espera a Resposta de Hitler* disse a Harry para virar na segunda rua à esquerda e, depois, na terceira à direita, e acrescentou:

— Achei que todo mundo soubesse onde fica Lambeth Walk.

Harry começou a correr como um homem perseguido e só parou quando chegou a um edifício de apartamentos tão dilapidado que ele ficou se perguntando a qual príncipe o nome se referia. Empurrou e abriu uma porta que não sobreviveria muito mais naquelas dobradiças e subiu rapidamente um lance de escada, pisando agilmente entre pilhas de lixo que não eram recolhidas havia dias.

Quando chegou ao segundo andar, parou na frente do número 23 e bateu com firmeza à porta, mas não houve resposta. Ele bateu outra vez, mais alto, mas, novamente, ninguém respondeu. Harry desceu correndo a escada à procura de alguém que trabalhasse no edifício e, quando chegou no porão, encontrou um velho afundado em uma poltrona ainda mais velha, fumando um cigarro enrolado por ele mesmo e folheando o *Daily Mirror*.

— O senhor viu o capitão Tarrant recentemente? — Harry perguntou bruscamente.

— Não nas últimas duas semanas, senhor — disse o homem, levantando-se e quase assumindo uma postura militar quando ouviu o sotaque de Harry.

— O senhor tem uma chave-mestra que abra o apartamento dele? — indagou Harry.

— Sim, senhor, mas não tenho permissão para usá-la, a não ser em emergências.

— Posso garantir que esta é uma emergência — disse Harry, que se virou e voltou a subir a escada às pressas, sem esperar que o homem respondesse.

O homem o seguiu, mas não tão depressa. Quando alcançou Harry, ele abriu a porta. Harry foi rapidamente de um cômodo para outro, mas não havia sinal do Velho Jack. A última porta que encontrou estava fechada. Ele bateu baixinho, temendo o pior. Quando não obteve resposta, entrou cuidadosamente e encontrou uma cama bem-feita e nem sinal do amigo. Ele ainda deve estar com Sir Walter, foi o primeiro pensamento de Harry.

Ele agradeceu o porteiro, desceu novamente a escada e, já na rua, tentou ordenar seus pensamentos. Chamou um táxi que estava passando, pois não queria mais perder tempo em ônibus em uma cidade desconhecida.

— Estação de Paddington. Estou com pressa.

— Todo mundo parece estar com pressa hoje — disse o taxista enquanto partia.

Vinte minutos mais tarde, Harry estava em pé na plataforma 6, mas o trem só partiria para Temple Meads dali a cinquenta minutos. Ele usou esse tempo para comer um sanduíche ("Só tenho de queijo, senhor"), tomar uma xícara de chá e ligar para a srta. Watson para informar que o Velho Jack não estivera no apartamento. Se possível, ela pareceu mais atarefada ainda do que quando ele a deixou.

— Estou a caminho de Bristol — disse ele. — Telefono assim que o encontrar.

Enquanto o trem saía da capital, passando pelos becos poluídos da cidade e entrando no ar puro do campo, Harry decidiu que sua única opção era ir direto ao escritório de Sir Wallace no cais, mesmo que isso significasse esbarrar com Hugo Barrington. Encontrar o Velho Jack sem dúvida era mais importante do que qualquer outra consideração.

Quando o trem estacionou em Temple Meads, Harry sabia os dois ônibus que precisava pegar sem ter de perguntar ao vendedor de jornal que estava em pé na esquina gritando *A Grã-Bretanha Espera a Resposta de Hitler* a plenos pulmões. A mesma manchete, mas, daquela vez, com o sotaque de Bristol. Trinta minutos mais tarde, Harry estava no portão das docas.

— Posso ajudar? — perguntou um guarda que não o reconheceu.

— Tenho uma hora marcada com Sir Walter — disse Harry, esperando não ser questionado.

— Claro, senhor. Conhece o caminho até o escritório?

— Sim, obrigado — disse Harry.

Ele saiu andando devagar rumo ao edifício no qual nunca havia entrado. Começou a pensar no que faria caso desse de cara com Hugo Barrington antes de chegar ao escritório de Sir Walter.

Ficou feliz em ver o Rolls-Royce do presidente estacionado no lugar de sempre, e ainda mais aliviado porque não havia nem sinal do Bugatti de Hugo Barrington. Ele estava prestes a entrar em Barrington House quando olhou para o vagão da ferrovia ao longe. Seria possível? Harry mudou de direção e seguiu rumo ao *wagon lit* Pullman, que era como o Velho Jack costumava descrevê-lo após o segundo copo de uísque.

Quando Harry chegou ao vagão, bateu levemente à folha de vidro da porta como se estivesse em uma imponente mansão. Nenhum mordomo apareceu; então, ele abriu a porta e entrou. Atravessou o corredor até a primeira classe e lá estava ele sentado em sua poltrona de sempre.

Foi a primeira vez que Harry viu o Velho Jack usando a Cruz Victoria.

Harry acomodou-se em frente ao amigo e relembrou a primeira vez em que se sentou ali. Ele devia ter uns cinco anos e seus pés não tocavam no chão. Depois, ele pensou na vez em que fugiu de St. Bede's e o astuto cavalheiro o persuadiu a voltar a tempo para o café da manhã. Lembrou-se de quando o Velho Jack foi ouvi-lo cantar um solo na igreja, no dia em que ele mudou de voz. O Velho Jack minimizou o fato como um insucesso sem importância. Depois, houve o dia em que soube que não ganhara a bolsa de estudo para a Bristol Grammar School, um grande insucesso. Apesar do fracasso, o Velho Jack o presenteou com o relógio Ingersoll que estava usando naquele momento. Deve ter custado todo o dinheiro que tinha. No último ano de Harry na escola, o Velho Jack veio de Londres para vê-lo interpretar Romeu, e Harry o apresentou a Emma. E ele nunca esqueceria o dia do seu discurso final, com Jack sentado no palco como governador de sua antiga escola, assistindo a Harry ser agraciado com o prêmio de inglês.

E, agora, Harry nunca poderia agradecer por tantos atos irretribuíveis de amizade ao longo dos anos. Ficou olhando para aquele homem que ele havia amado e acreditado que nunca morreria. Com os dois ali sentados na primeira classe, a juventude de Harry chegava ao fim, como o sol que se punha no horizonte.

50

Harry ficou observando a maca ser colocada na ambulância. Um ataque do coração, disse o médico antes que a ambulância partisse.

Harry não precisou ir dizer a Sir Walter que o Velho Jack estava morto porque, quando ele acordou na manhã seguinte, o presidente da Barrington's estava sentado ao seu lado.

— Ele me disse que não tinha mais motivo para viver — foram as primeiras palavras de Sir Walter. — Nós dois perdemos um amigo próximo e caro.

A reação de Harry surpreendeu Sir Walter.

— O que o senhor vai fazer com este vagão, agora que o Velho Jack não está mais por aqui?

— Ninguém poderá chegar perto dele enquanto eu for presidente — respondeu Sir Walter. — Para mim, este vagão guarda muitas lembranças pessoais.

— Para mim também — disse Harry. — Passei mais tempo aqui quando criança do que na minha própria casa.

— Ou na sala de aula, pelo que sei — brincou Sir Walter com um sorriso oblíquo. — Eu costumava observar você da janela do meu escritório. Achava que você devia ser uma criança impressionante, já que o Velho Jack passava tanto tempo na sua companhia.

Harry sorriu quando se lembrou de como o Velho Jack encontrou um motivo para ele voltar para a escola e aprender a ler e escrever.

— O que você vai fazer agora, Harry? Voltar a Oxford e continuar seus estudos?

— Não, senhor. Receio que estaremos em guerra até...

— Até o final do mês é o meu palpite — completou Sir Walter.

— Então, vou deixar Oxford imediatamente e me alistar na marinha. Eu já disse ao meu supervisor na faculdade, o sr. Bainbridge, que é isso que planejo fazer. Ele me garantiu que posso voltar e continuar os estudos assim que a guerra terminar.

— Típico de Oxford — disse Sir Walter. — Eles sempre olham para o longo prazo. Então, você vai para Dartmouth para ser treinado como oficial?

— Não, senhor. Fiquei perto de navios minha vida toda. De qualquer maneira, o Velho Jack começou como soldado raso e conseguiu subir de patente; então, por que eu não deveria fazer o mesmo?

— De fato — disse Sir Walter. — Na verdade, esse foi um dos motivos para que sempre fosse considerado melhor do que nós que servimos com ele.

— Eu não sabia que vocês serviram juntos.

— Sim, servi com o capitão Tarrant na África do Sul — declarou Sir Walter. — Fui um dos 24 homens cujas vidas ele salvou no dia em que ganhou a Cruz Victoria.

— Isso explica muitas coisas que nunca entendi — disse Harry. Depois, surpreendeu Sir Walter pela segunda vez. — Conheço algum dos outros homens, senhor?

— O Frob — respondeu Sir Walter. — Mas, naquela época, ele era o tenente Frobisher. O cabo Holcombe, pai do sr. Holcombe. E o jovem soldado Deakins.

— O pai de Deakins? — perguntou Harry.

— Sim. Sprogg, como nós costumávamos chamá-lo. Um ótimo e jovem soldado. Ele nunca falava muito, mas se revelou muito corajoso. Perdeu um braço naquele terrível dia.

Os dois ficaram em silêncio, cada um perdido em suas próprias lembranças do Velho Jack, antes que Sir Walter perguntasse:

— Então, se você não vai para Dartmouth, meu rapaz, posso perguntar como planeja vencer a guerra sozinho?

— Vou servir em qualquer navio que me aceitar, senhor, contanto que estejam dispostos a ir ao encalço dos inimigos de Sua Majestade Britânica.

— Então, talvez eu possa ajudar.

— É gentileza sua, senhor, mas quero entrar para uma nave de guerra, e não para um navio de passageiros ou um cargueiro.

Sir Walter sorriu novamente.

— E é o que você vai fazer, meu caro rapaz. Não se esqueça, recebo informações sobre todos os navios que entram e saem destas docas e conheço a maioria dos capitães. Pensando bem, eu conhecia a maioria dos pais deles na época em que eram capitães. Por que não vamos até o meu escritório e descobrimos quais navios devem entrar e sair do porto nos próximos dias e, sobretudo, se algum deles está disposto a embarcá-lo?

— É muita bondade sua, senhor, mas será que eu poderia visitar minha mãe primeiro? Talvez eu não volte a ter outra oportunidade tão cedo.

— Muito justo, meu rapaz — disse Sir Walter. — E, depois que você visitar sua mãe, por que não aparece no meu escritório à tarde? Assim, teremos tempo suficiente para verificar as últimas listagens de navios.

— Obrigado, senhor. Volto assim que tiver contado à minha mãe o que pretendo fazer.

— Quando você voltar, é só dizer ao homem no portão que tem uma hora marcada com o presidente. Assim, você não terá problemas para passar pela segurança.

— Obrigado, senhor — disse Harry, disfarçando um sorriso.

— E transmita meus cumprimentos à sua querida mãe. Uma mulher notável.

Isso fez com que Harry lembrasse por que Sir Walter era o melhor amigo do Velho Jack.

Harry entrou no Grand Hotel, um magnífico edifício vitoriano no centro da cidade, e perguntou ao recepcionista onde ficava o salão de jantar. Atravessou o saguão e ficou surpreso ao ver uma pequena fila diante da bancada do *maître*, esperando mesas. Ele entrou no final da fila, lembrando como a mãe sempre desaprovou suas visitas à Tilly's ou ao Royal Hotel durante o expediente.

Enquanto esperava, Harry olhou a sala de jantar à sua volta, que estava cheia de pessoas conversando, sem que ninguém aparentemente estivesse esperando que fosse faltar comida ou pensando em se alistar nas Forças Armadas caso o país entrasse em guerra. Comida estava sendo carregada para dentro e para fora das portas batentes em bandejas de prata enquanto um homem vestido de chef empurrava um carrinho de uma mesa a outra, cortando finas fatias de carne, e um outro seguia o seu rastro carregando uma tigela de molho.

Harry não via sinal algum da mãe. Estava até começando a se perguntar se Giles havia simplesmente dito o que ele queria ouvir quando, de repente, ela cruzou as portas batentes com três pratos equilibrados nos braços. Colocou-os na frente dos clientes com tanta habilidade que eles mal notaram sua presença, e depois voltou para a cozinha. Logo em seguida, retornou carregando três pratos de legumes. Quando chegou à frente da fila, Harry já havia se lembrado de onde saíra sua energia infinita, seu entusiasmo acrítico e aquele seu espírito que não admitia derrota. Como poderia um dia recompensar aquela mulher notável por todos os sacrifícios que fez...

— Lamento tê-lo feito esperar, senhor — disse o *maître*, interpretando seus pensamentos —, mas não tenho uma mesa disponível no momento. O senhor gostaria de voltar em vinte minutos?

Harry não disse que não queria uma mesa, e não apenas porque sua mãe era uma das garçonetes, mas porque não tinha como pagar nenhum dos itens do menu, exceto, talvez, o molho.

— Volto mais tarde — disse ele, tentando parecer desapontado. Daqui a uns dez anos, ele pensou, quando minha mãe provavelmente será o maître. Ele saiu do hotel com um sorriso no rosto e pegou um ônibus de volta para as docas.

Harry foi levado direto até o escritório de Sir Walter pela secretária e encontrou o presidente debruçado sobre a escrivaninha, estudando os cronogramas do porto, horários e mapas oceânicos que cobriam toda a superfície da mesa.

— Sente-se, meu caro rapaz — disse Sir Walter antes de fixar o monóculo no olho direito e encarar Harry com austeridade. — Tive um tempinho para pensar sobre nossa conversa desta manhã — prosseguiu com ar muito sério — e, antes de seguirmos adiante, preciso estar convencido de que você está tomando a decisão certa.

— Estou absolutamente seguro — disse Harry sem hesitação.

— Pode ser, mas eu estou igualmente seguro de que Jack teria aconselhado você a voltar para Oxford e esperar até ser convocado.

— É bem provável que ele tivesse dito isso, senhor, mas não teria seguido seu próprio conselho.

— Como você o conhecia bem! — disse Sir Walter. — De fato, era exatamente isso que eu esperava que você dissesse. Deixe-me contar o que consegui verificar até agora — prosseguiu, voltando a atenção para os papéis que cobriam a escrivaninha. — A boa-nova é que o navio de guerra da Marinha Real HMS *Resolution* deve atracar em Bristol daqui a cerca de um mês, quando será reabastecido e ficará aguardando novas ordens.

— Um mês? — disse Harry, sem tentar esconder sua frustração.

— Paciência, rapaz. O motivo pelo qual escolhi o *Resolution* é porque o capitão é um velho amigo e estou confiante de que você poderá embarcar como taifeiro de convés, contanto que a outra parte do meu plano dê certo.

— Mas será que o capitão do *Resolution* aceitaria assumir alguém sem nenhuma experiência de navegação?

— Provavelmente, não, mas, se tudo sair como planejado, quando embarcar no *Resolution*, você será um velho lobo do mar.

Lembrando-se de uma das homilias favoritas do Velho Jack, *Acho que não aprendo muito enquanto estou falando*, Harry decidiu parar de interromper e começar a ouvir.

— Bem — continuou Sir Walter —, identifiquei três navios que devem partir de Bristol nas próximas 24 horas e voltar daqui a três ou quatro semanas, dando a você tempo mais do que suficiente para se alistar como taifeiro de convés no *Resolution*.

Harry queria interromper, mas não o fez.

— Vamos começar com minha primeira opção. O *Devonian* vai para Cuba com um manifesto de vestidos de algodão, batatas e bicicletas Raleigh Lenton, e deve voltar a Bristol daqui a quatro semanas com uma carga de tabaco, açúcar e bananas.

"O segundo na minha lista é o SS *Kansas Star*, um navio de passageiros que zarpará para Nova York amanhã cedo. Foi requisitado pelo governo dos Estados Unidos para transportar cidadãos americanos de volta para casa antes que a Grã-Bretanha esteja em guerra com a Alemanha.

"O terceiro é um petroleiro vazio, o SS *Princess Beatrice*, que está voltando para Amsterdã para ser reabastecido e voltará a Bristol carregado antes do fim do mês. Todos os três capitães estão cientes de que precisam estar de volta com segurança ao porto o mais rápido possível, pois, se a guerra for declarada, os dois navios mercantes poderão ser atacados, ao passo que só o *Kansar Star* estará a salvo dos submarinos alemães que estarão à espreita pelo Atlântico, esperando a ordem para afundar qualquer coisa com uma bandeira vermelha ou azul.

— De que tipo de tripulante esses navios precisam? — perguntou Harry. — Eu não sou exatamente superqualificado.

Sir Walter vasculhou a escrivaninha novamente até pegar outra folha de papel.

— O *Princess Beatrice* está precisando de um taifeiro de convés, o *Kansas Star* está procurando alguém para trabalhar na cozinha, o que geralmente significa um lavador de pratos ou garçom. Já o *Devonian* precisa de um quarto-oficial.

— Então esse pode ser removido da lista.

— Por mais engraçado que pareça — disse Sir Walter —, esse é o posto para o qual você está mais qualificado, a meu ver. O *Devonian* tem uma tripulação de 37 pessoas e raramente vai para o mar com um oficial em treinamento; portanto, ninguém esperaria que você fosse nada além de um novato.

— Mas por que o capitão me aceitaria?

— Porque eu disse que você era meu neto.

51

Harry atravessou o cais rumo ao *Devonian*. A pequena mala que carregava fez com que se sentisse como um menino de escola no primeiro dia do ano letivo. Como seria o diretor? Será que iria dormir em uma cama ou ao lado de um Giles ou de um Deakins? Será que encontraria um Velho Jack? Haveria um Fisher a bordo?

Embora Sir Walter tivesse se oferecido para acompanhá-lo e apresentá-lo ao capitão, Harry achou que aquela não seria a melhor maneira de ganhar a estima dos seus novos colegas de tripulação.

Ele parou por um instante e olhou com atenção para a velha embarcação na qual passaria o mês seguinte. Sir Walter disse que o *Devonian* fora construído em 1913, quando os oceanos ainda eram dominados por veleiros e um navio de carga motorizado era considerado a última novidade. Mas, 26 anos mais tarde, não demoraria muito até ser desativado e levado para uma parte das docas na qual velhos navios eram desmantelados e suas peças vendidas como sucata.

Sir Walter também havia acenado que, como o capitão Havens só tinha mais um ano de serviço antes de se aposentar, os armadores talvez decidissem desativá-lo junto com o navio.

Os contratos de trabalho do *Devonian* mostravam uma tripulação de 37 pessoas, mas, como em muitos cargueiros, esse número não era muito preciso: um cozinheiro e um lavador de pratos embarcados em Hong Kong não apareciam na folha de pagamento, assim como um ou dois taifeiros de convés ocasionais que estavam fugindo da lei e não queriam voltar para os seus países de origem.

Harry subiu lentamente a passarela. Quando pôs os pés no convés, só se mexeu após receber permissão para embarcar. Depois de tantos anos circulando pelas docas, ele conhecia bem o protocolo dos navios. Olhou para o passadiço e presumiu que o homem que estava dando ordens devia ser o capitão Havens. Sir Walter dissera que o principal oficial de um cargueiro era, na verdade, um arrais, mas que deveria ser sempre chamado de capitão a bordo. O capitão Havens tinha pouco menos de um metro e oitenta e parecia estar mais perto dos cinquenta do que dos sessenta anos. Era parrudo, com um rosto marcado e bronzeado e uma barba escura bem-aparada que, por ele estar ficando calvo, o fazia parecer com Jorge V.

Ao ver Harry esperando ao final da passarela, o capitão deu uma ordem seca ao oficial que estava ao seu lado no passadiço, antes de descer até o convés.

— Sou o capitão Havens — disparou ele. — E suponho que você seja Harry Clifton — completou e apertou calorosamente a mão de Harry. — Bem-vindo a bordo do *Devonian*. Recebi ótimas indicações a seu respeito.

— Devo salientar, senhor — iniciou Harry —, que esta é minha primeira...

— Estou ciente — disse Havens, abaixando o tom de voz —, mas eu não revelaria isso a ninguém se não quisesse que minha estadia a bordo fosse um inferno. E, a despeito do que estiver fazendo, não mencione que você esteve em Oxford porque a maioria dessa gente — ele disse, indicando os marinheiros que trabalhavam no convés — vai achar que se trata do nome de um outro navio. Siga-me. Vou lhe mostrar os aposentos do quarto-oficial.

Harry seguiu o capitão, ciente de que uma dúzia de olhos desconfiados estava observando todos os seus movimentos.

— Há dois outros oficiais no meu navio — disse o capitão quando Harry o alcançou. — Jim Patterson, o engenheiro-chefe, passa a maior parte da sua vida lá embaixo, na casa de máquinas; portanto, você só vai vê-lo, quando muito, na hora das refeições. Ele trabalha comigo há 14 anos e, francamente, duvido que esta velha barcaça ainda fosse capaz de atravessar o Canal da Mancha, para não falar do Atlântico, se ele não ficasse lá embaixo cuidando dela. Meu terceiro-oficial, Tom Bradshaw, está no passadiço. Ele só está comigo há três anos; portanto, ainda não pagou pela passagem. Bradshaw não é de falar muito, mas quem o treinou sabia o que estava fazendo, pois é um ótimo oficial.

Havens começou a desaparecer descendo uma escada que levava até o convés inferior.

— Esta é minha cabine — disse enquanto prosseguia pelo corredor — e esta é a do sr. Patterson — depois, parou em frente ao que parecia um almoxarifado. — Esta é sua cabine.

Ele empurrou a porta, que só abriu alguns centímetros antes de bater em uma estreita cama de madeira.

— Não vou entrar, pois não há lugar para nós dois. Você encontrará algumas roupas sobre a cama. Depois que se trocar, procure-me no passadiço. Vamos zarpar em menos de uma hora. A saída do porto será provavelmente a parte mais interessante da viagem até atracarmos em Cuba.

Harry se esgueirou pela porta semiaberta e teve de fechá-la atrás de si para ter espaço suficiente para trocar de roupa. Verificou as peças que haviam sido deixadas, perfeitamente dobradas, sobre a cama: dois suéteres grossos azuis, duas camisas brancas, dois pares de calças azuis, três pares de meias de lã azuis e um par de sapatos de tecido com espessas solas de borracha. Era como estar de volta à escola. Todos os itens tinham uma coisa em comum: pareciam ter sido usados por várias outras pessoas antes de Harry. Ele vestiu rapidamente seu traje de marinheiro e desfez a mala.

Como só havia uma gaveta, Harry pôs a pequena mala, com seu vestuário civil, embaixo da cama, a única coisa na cabine que encaixava perfeitamente. Abriu a porta, esgueirou-se de volta para o corredor e saiu à procura da escada. Depois de localizá-la, emergiu novamente no convés. Muitos outros pares de olhos desconfiados acompanhavam seu progresso.

— Sr. Clifton — disse o capitão quando Harry pôs os pés no passadiço pela primeira vez —, esse é Tom Bradshaw, o terceiro-oficial, que conduzirá o navio para fora do porto assim que recebermos a permissão das autoridades. A propósito, sr. Bradshaw — observou Havens —, uma das nossas tarefas nesta viagem será ensinar a esse novato tudo o que sabemos para que, ao nosso retorno a Bristol daqui a um mês, a tripulação do HMS *Resolution* o confunda com um velho lobo do mar.

Se o sr. Bradshaw teceu algum comentário, suas palavras foram abafadas por dois barulhentos toques de uma sirene, um som que Harry ouvira muitas vezes ao longo dos anos, indicando que os dois rebocadores estavam em posição, esperando para acompanhar o *Devonian* para fora do porto. O capitão pôs um pouco de tabaco em seu carcomido cachimbo de urze-branca enquanto o sr. Bradshaw respondia ao sinal com dois toques da sirene do navio para confirmar que o *Devonian* estava pronto para partir.

— Prepare para zarpar, sr. Bradshaw — disse o capitão Havens, acendendo um fósforo.

O sr. Bradshaw removeu a capa de um comunicador de latão que Harry não havia notado até aquele momento.

— Todos os motores, marcha à vante lenta, sr. Patterson. Os rebocadores estão a postos e prontos para nos acompanhar para fora do porto — acrescentou, revelando um leve sotaque americano.

— Todos os motores, marcha à vante lenta, sr. Bradshaw — respondeu uma voz da casa de máquinas.

Harry olhou para baixo pela lateral do passadiço e observou a tripulação executando as tarefas designadas a cada um deles. Quatro homens, dois na proa e dois na popa, estavam desenrolando grossas cordas dos cabrestantes no cais. Dois outros estavam recolhendo a passarela.

— Fique de olho no piloto — disse o capitão entre pitadas de cachimbo. É dele a responsabilidade de nos guiar para fora do porto e nos levar com segurança até o Canal da Mancha. Depois que ele tiver feito isso, o sr. Bradshaw vai assumir o timão. Se você se revelar bom nisso, sr. Clifton, talvez receba permissão para substituí-lo daqui a um ano, mas só quando eu tiver me aposentado e o sr. Bradshaw assumido o comando.

Como Bradshaw não abria nem uma nesga de sorriso, Harry ficou em silêncio e continuou a observar tudo o que acontecia à sua volta.

— Ninguém tem permissão para sair com a minha garota à noite — continuou o capitão Havens — a menos que eu tenha certeza de que não vai tomar liberdades com ela.

Mais uma vez, Bradshaw não sorriu, mas talvez já tivesse ouvido aquele comentário.

Harry ficou fascinado com a suavidade com que toda a operação foi realizada. O *Devonian* afastou-se tranquilamente do molhe e, com a ajuda dos dois rebocadores, foi saindo devagar do porto, descendo o rio Avon e passando sob a ponte pênsil.

— Você sabe quem construiu aquela ponte, sr. Clifton? — o capitão perguntou, tirando o cachimbo da boca.

— Isambard Kindgom Brunel, senhor — respondeu Harry.

— E por que não sobreviveu para vê-la pronta?

— Porque o conselho local ficou sem dinheiro e ele morreu antes que a ponte fosse finalizada.

O capitão franziu a testa.

— Agora, você vai me dizer que ela foi batizada em sua homenagem — disse, pondo o cachimbo de volta na boca. Ele só voltou a falar novamente quando os rebocadores alcançaram Barry Island, deram mais dois longos toques de sirene, soltaram os cabos e voltaram para o porto.

O *Devonian* talvez fosse uma velha embarcação, mas logo ficou claro para Harry que o capitão Havens e sua tripulação sabiam exatamente como manejá-la.

— Assuma o comando, sr. Bradshaw — ordenou o capitão enquanto outro par de olhos aparecia no passadiço, com seu dono carregando duas canecas de chá quente.

— Haverá três oficiais no passadiço durante a travessia, sr. Lu; portanto, não se esqueça de trazer uma caneca de chá para o sr. Clifton.

O chinês anuiu e desapareceu na coberta.

Quando as luzes do porto desapareceram no horizonte, as ondas foram ficando cada vez maiores, fazendo com que o navio balançasse de um lado para outro. Havens e Bradshaw, em pé, de pernas abertas, pareciam estar colados no convés, enquanto Harry vez por outra tinha de se segurar em algo para não cair. Quando o chinês reapareceu com uma terceira caneca de chá, Harry optou por não dizer ao capitão que ela estava fria e que sua mãe geralmente acrescentava uma colher de açúcar.

Quando Harry estava começando a se sentir um pouco mais confiante e a quase gostar da experiência, o capitão disse:

— Não há muito mais que você possa fazer esta noite, sr. Clifton. Por que não desce e tenta dormir um pouco? Estaremos de volta ao passadiço às 7h20 min para assumir a vigia do café da manhã.

Harry estava prestes a protestar quando um sorriso apareceu no rosto do sr. Bradshaw pela primeira vez.

— Boa noite, senhor — disse Harry antes de descer os degraus até o convés. Depois, seguiu lentamente, cambaleando, até a escada estreita, sentindo, a cada passo, estar sendo observado por mais olhos ainda. Uma voz disse em um tom suficientemente alto para que ouvisse:

— Deve ser um passageiro.

— Não, é um oficial — disse uma segunda voz.

— Qual é a diferença?

Vários homens riram.

De volta à cabine, Harry se despiu e subiu na cama de madeira. Tentou encontrar uma posição confortável sem cair nem bater na parede enquanto o navio balançava de um lado para outro e saltava para cima e para baixo. Caso passasse mal, ele nem sequer tinha uma bacia ou uma escotilha para vomitar.

Deitado, mas ainda acordado, seus pensamentos se voltaram para Emma. Harry ficou imaginando se ela ainda estava na Escócia ou se havia voltado para Manor House, ou, então, talvez já estivesse se estabelecendo em Oxford. Giles estava se perguntando onde ele estava ou será que Sir Walter havia contado que tinha ido para o mar e se tornaria parte da tripulação do *Resolution* assim que voltasse a Bristol? E será que sua mãe estava se perguntando por onde andava? Talvez ele devesse ter quebrado a regra de ouro dela, interrompendo-a no trabalho. Por fim, Harry pensou no Velho Jack e, de repente, sentiu-se culpado quando se deu conta de que não estaria de volta a tempo para o seu funeral.

O que Harry não tinha como saber era que seu próprio funeral aconteceria antes do enterro do Velho Jack.

52

Harry acordou com o som de quatro badaladas de sino. Pulou da cama, batendo com a cabeça no teto, vestiu apressadamente as roupas, esgueirou-se para o corredor, disparou pela escada acima, atravessou correndo o convés e subiu às pressas os degraus até o passadiço.

— Desculpe o atraso, senhor. Devo ter perdido a hora.

— Não precisa me chamar de senhor quando estivermos sozinhos — disse Bradshaw. — Meu nome é Tom. E, na verdade, você está quase uma hora adiantado. O capitão obviamente se esqueceu de dizer que são sete badaladas para a vigia do café da manhã e quatro para a vigia das seis horas. Mas, já que você está aqui, por que não assume o timão enquanto vou tirar água do joelho?

Para Harry, o choque foi perceber que Bradshaw não estava brincando.

— Mas certifique-se de que a seta na bússola esteja sempre apontando para su-sudoeste, assim você não tem como errar muito — acrescentou com seu sotaque americano soando mais forte.

Harry pegou o timão e olhou compenetrado para a pequena seta negra enquanto tentava manter o navio singrando as ondas em uma clara linha reta. Quando olhou para o rastro, viu que a clara linha reta que Bradshaw conseguira com tamanha facilidade aparente fora substituída por curvas de um tipo mais associado a Mae West. Embora Bradshaw tenha se ausentado por apenas alguns minutos, Harry raramente se sentira tão satisfeito por ver alguém voltar.

Bradshaw assumiu o comando, e a linha reta ininterrupta rapidamente reapareceu, embora ele estivesse com apenas uma das mão no timão.

— Lembre-se: você está manejando uma dama — disse Bradshaw. — Não se agarre a ela, mas a acaricie suavemente. Se você conseguir fazer isso, ela vai andar na linha. Tente novamente enquanto marco no mapa do dia nossa posição no momento das sete badaladas.

Quando um sino tocou 25 minutos mais tarde e o capitão apareceu no passadiço para render Bradshaw, a linha de Harry no oceano talvez não estivesse totalmente reta, mas, pelo menos, não parecia mais que o navio estava sendo dirigido por um marinheiro bêbado.

No café da manhã, Harry foi apresentado a um homem que só podia ser o primeiro engenheiro.

Devido à sua tez fantasmagórica, Jim Patterson parecia ter passado a maior parte da vida embaixo de conveses, e aquela sua barriga protuberante sugeria que passava o resto do tempo comendo. Ao contrário de Bradshaw, nunca parava de falar e logo ficou claro para Harry que ele e o capitão eram velhos amigos.

O chinês apareceu, carregando três pratos que podiam estar mais limpos. Harry evitou o bacon gorduroso e os tomates fritos em favor de uma fatia de torrada queimada e uma maçã.

— Por que você não passa o resto da manhã explorando o navio, sr. Clifton — sugeriu o capitão depois que os pratos haviam sido retirados. — Você até poderia ficar com o sr. Patterson na casa de máquinas e ver quantos minutos consegue sobreviver lá embaixo.

Patterson caiu na risada, pegou as duas últimas fatias de torrada e disse:

— Se você acha que isto aqui está queimado, espere até ter passado alguns minutos comigo.

Como um gato que foi deixado sozinho em uma casa nova, Harry começou a vascular a parte externa do convés, tentando se familiarizar com seu novo reino.

Ele sabia que o navio tinha 145 metros de comprimento e uma largura máxima de 17 metros, e que podia atingir uma velocidade de 15 nós, mas não fazia ideia de que havia tantos nichos e reentrâncias que, sem dúvida, tinham algum propósito que, com o tempo, aprenderia. Harry também notou que não havia nenhuma parte do convés que não pudesse ser observada pelos olhos atentos do capitão desde o passadiço; portanto, não havia escapatória para um marinheiro ocioso.

Ele desceu a escada até o convés intermediário. Na proa ficavam os aposentos dos oficiais; a meia nau, ficava a cozinha; e, na proa, ficava uma grande área aberta com redes penduradas. Como alguém conseguia dormir naquilo estava além da sua compreensão. Em seguida, notou meia dúzia de marinheiros, que deviam ter terminado o período de vigia da madrugada, balançando suavemente de um lado para outro ao ritmo do navio e dormindo felizes.

Uma estreita escada de aço levava ao convés inferior, onde os caixotes de madeira que continham as 144 bicicletas Raleigh, mil vestidos de algodão e duas toneladas de batatas estavam presos com segurança, só sendo abertos depois que o navio atracasse em Cuba.

Por fim, ele desceu uma estreita escada de mão que ia dar na casa de máquinas, o domínio do sr. Patterson. Abriu com dificuldade a pesada escotilha de metal e, como os personagens bíblicos Sadraque, Mesque e Abede-Nego, marchou impávido até a feroz fornalha. Parou e ficou observando meia dúzia de homens atarracados e musculosos, com regatas sujas de fuligem negra e suor escorrendo pelas costas, jogando com suas pás o carvão para dentro de duas bocarras abertas que precisavam ser alimentadas mais do que quatro vezes por dia.

Como o capitão Havens previra, poucos minutos se passaram até que Harry voltasse cambaleante para o corredor, suando e arquejando. Demorou um tempo até se recuperar o suficiente para conseguir subir até o convés, onde caiu de joelhos e respirou com avidez o ar fresco. Harry ficou imaginando como aqueles homens conseguiam sobreviver em tais condições, tendo que cumprir três turnos de duas horas por dia, sete dias por semana.

Após se recuperar, Harry subiu novamente para o passadiço, armado de uma centena de perguntas, desde qual estrela do Arado apontava para a Estrela Polar, até quantas milhas náuticas o navio conseguia percorrer em média em um dia e quantas toneladas de carvão seriam necessárias para... O capitão respondeu alegremente todas as perguntas, sem nunca parecer exasperado pela insaciável sede de conhecimento do jovem quarto-oficial. Na verdade, o capitão Havens comentou com o sr. Bradshaw durante a pausa de Harry que o que mais o impressionava era que o rapaz nunca fazia a mesma pergunta duas vezes.

Nos dias seguintes, Harry aprendeu como cotejar a bússola em relação à linha tracejada no mapa, como determinar a direção do vento observando as gaivotas e como fazer com que o navio atravessasse o intervalo entre duas ondas e ainda assim manter um curso constante. Ao final da primeira semana, recebeu permissão para assumir o timão toda vez que um oficial fizesse uma pausa para as refeições. À noite, o capitão lhe ensinava os nomes das estrelas, que, assegurou, eram tão confiáveis quanto uma bússola. Porém, seu conhecimento se limitava ao hemisfério norte, pois o *Devonian* nunca havia cruzado o Equador em seus 26 anos de alto-mar.

Depois de dez dias no mar, o capitão estava quase torcendo por uma tempestade, não apenas para interromper as perguntas infinitas, mas também para ver se havia algo que pudesse desviar a atenção daquele jovem. Jim Patterson já avisara que o sr. Clifton havia sobrevivido por uma hora na casa de máquinas naquela manhã e estava determinado a completar um turno antes que eles atracassem em Cuba.

— Lá embaixo, pelo menos, você será poupado de suas perguntas infinitas — observou o capitão.

— Esta semana — respondeu o engenheiro-chefe.

O capitão Havens ficou se perguntando se chegaria um momento em que ele aprenderia algo com o seu quarto-oficial. Foi o que aconteceu no 12º dia da viagem, logo após Harry ter completado seu primeiro turno de duas horas na casa de máquinas.

— O senhor sabia que o sr. Patterson coleciona selos? — perguntou Harry.

— Sabia, sim — respondeu, confiante, o capitão.

— E que sua coleção já conta com mais de quatro mil itens, inclusive um Penny Black sem picotes e um cabo da Boa Esperança triangular sul-africano?

— Sabia, sim — repetiu o capitão.

— E que a coleção atualmente chega a valer mais do que sua casa em Mablethorpe?

— É apenas um chalé, ora bolas — disse o capitão, tentando não perder as estribeiras e, antes que Harry pudesse fazer a pergunta seguinte, acrescentou: — Eu ficaria mais interessado se você pudesse descobrir tantas coisas sobre Tom Bradshaw quanto você parece ter conseguido arrancar do meu engenheiro-chefe. Porque, francamente, Harry, sei mais sobre você depois de 12 dias do que sobre meu terceiro--oficial depois de três anos e, até agora, nunca considerei os americanos um povo reservado.

Quanto mais Harry pensava sobre a observação do capitão, mais notava que também conhecia muito pouco de Tom, apesar de ter passado muitas horas com ele no passadiço. Ele não fazia ideia se o colega tinha irmãos ou irmãs, no que seu pai trabalhava, onde os pais moravam ou até mesmo se tinha uma namorada. E só o sotaque revelava o fato de ser americano, mas Harry não sabia de que cidade, ou nem mesmo de que estado, ele provinha.

Sete badaladas soaram.

— Você poderia assumir o timão, sr. Clifton — disse o capitão —, enquanto janto com o sr. Patterson e o sr. Bradshaw? Não hesite em me avisar se avistar alguma coisa — acrescentou ao sair do passadiço —, especialmente se for maior do que nós.

— Sim, senhor — disse Harry, feliz por estar no comando, mesmo que apenas por quarenta minutos, embora esse intervalo estivesse se estendendo a cada dia.

Foi quando Harry perguntou quantos dias faltavam para que chegassem em Cuba que o capitão Havens percebeu que o jovem precoce já estava entediado. Ele estava começando a sentir uma certa pena do capitão do HMS *Resolution*, que não sabia no que estava se metendo.

Harry começara recentemente a assumir o timão após o jantar para que os outros oficiais pudessem se divertir jogando algumas partidas de baralho antes de voltar para o passadiço. E toda vez que o chinês levava a caneca de chá para Harry, ela estava pelando, e com uma colherzinha de açúcar, como pedido.

Uma noite, o sr. Patterson disse ao capitão que, caso o sr. Clifton decidisse assumir o comando do navio antes de voltarem para Bristol, não sabia ao certo de que lado ficaria.

— Está pensando em incitar um motim, Jim? — perguntou Havens enquanto servia mais uma dose de rum para o engenheiro-chefe.

— Não, mas devo avisar, capitão, que o jovem revolucionário já reorganizou os turnos na casa de máquinas. Portanto, sei de que lado meus rapazes vão ficar.

— Então, o mínimo que podemos fazer — disse Havens, servindo um copo de rum para si mesmo — é ordenar que o comandante de esquadra mande uma mensagem para o HMS *Resolution* avisando o que os espera.

— Mas nós não temos um comandante-de-esquadra — observou Patterson.

— Então, vamos ter de prendê-lo com grilhões — disse o capitão.

— Boa ideia, capitão. Pena não termos nenhum grilhão.

— Que pena! Lembre-me de comprar alguns assim que estivermos de volta a Bristol.

— Mas parece que o senhor está se esquecendo de que Clifton vai nos deixar e se juntar ao *Resolution* assim que atracarmos — disse Patterson.

O capitão tomou um gole de rum antes de repetir:

— Que pena!

53

Harry se apresentou no passadiço alguns minutos antes das sete badaladas para render o sr. Bradshaw, de maneira que ele pudesse descer e jantar com o capitão.

O intervalo durante o qual Tom o deixava encarregado pelo passadiço estava se estendendo a cada vigia, mas Harry nunca reclamava porque gostava da ilusão de que, durante uma hora do dia, o navio estava sob seu comando.

Ele verificou a seta da bússola e manobrou para o curso que fora traçado pelo capitão. Os superiores até o encarregaram de marcar a posição do navio no mapa e redigir o diário de bordo antes do fim do turno.

Sozinho no passadiço, com a lua cheia, um mar calmo e mil quilômetros de mar à sua frente, Harry deixou sua mente vagar de volta até a Inglaterra. Ficou pensando no que Emma estaria fazendo naquele momento.

Emma estava sentada em seu quarto no Sommerville College, em Oxford, sintonizando o rádio no Home Service para ouvir o sr. Neville Chamberlain falar à nação.

Esta é a BBC de Londres. Transmitiremos agora um pronunciamento do primeiro-ministro.

Falo com vocês da sala do Conselho de Ministros, em Downing Street, número dez. Esta manhã, o embaixador britânico em Berlim entregou ao governo alemão uma nota final, declarando que, a menos que soubéssemos até as onze horas que eles estavam prontos para uma retirada imediata de suas tropas da Polônia, um estado de guerra seria instaurado entre nós. Agora devo dizer a vocês que não recebemos nenhum comunicado nesse sentido e que, por conseguinte, este país está em guerra com a Alemanha.

Mas, como o rádio do *Devonian* não conseguia captar a BBC, todos a bordo deram prosseguimento às próprias tarefas como se fosse um dia normal.

Harry ainda estava pensando sobre Emma quando o primeiro deles zuniu diante da proa. Ele não sabia ao certo o que fazer. Estava relutante em incomodar o capitão durante o jantar com medo de ser repreendido por desperdiçar seu tempo. Harry estava bem atento quando viu o segundo e, daquela vez, não teve dúvida do que era. Observou o objeto longo, delgado e brilhante deslizar abaixo da superfície em direção à proa do navio. Instintivamente, virou o timão para boreste, mas o navio rumou para bombordo. Não era exatamente o que ele quis fazer, mas o erro lhe deu tempo suficiente para soar o alarme, porque fez com que o objeto passasse pela proa, desviado do alvo por vários metros.

Daquela vez, ele não hesitou e apertou a palma da mão contra a buzina, que, imediatamente, emitiu um sinal alto. Momentos depois, o sr. Bradshaw apareceu no convés e começou a correr para o passadiço, seguido de perto pelo capitão, ainda vestindo o paletó.

Um a um, o resto da tripulação saiu correndo das entranhas do navio e rumou direto para os seus postos, achando que se tratava de um treinamento anti-incêndio não programado.

— Qual é o problema, sr. Clifton? — perguntou o capitão Havens calmamente enquanto punha os pés no passadiço.

— Acho que vi um torpedo, senhor, mas como nunca vi um antes, não posso ter certeza.

— Pode ter sido um golfinho aproveitando nossos restos de comida? — sugeriu o capitão.

— Não, senhor, não foi um golfinho.

— Eu também nunca vi um torpedo — admitiu Havens enquanto assumia o timão. — De que direção estava vindo?

— Nor-nordeste.

— Sr. Bradshaw — disse o capitão —, toda a tripulação para as posições de emergência e preparar para baixar os barcos salva-vidas ao meu comando.

— Sim, senhor — disse Bradshaw, que escorregou pelo corrimão até o convés e começou imediatamente a organizar a tripulação.

— Sr. Clifton, fique de olhos abertos e me avise assim que avistar alguma coisa.

Harry pegou os binóculos e começou a varrer lentamente o oceano. Ao mesmo tempo, o capitão gritou no comunicador:

— Todos os motores a ré, sr. Patterson, todos os motores a ré, e aguarde novas ordens.

— Sim, senhor — disse um engenheiro-chefe assustado que não ouvia aquela ordem desde 1918.

— Outro — disse Harry. — Nor-nordeste, vindo direto na nossa direção.

— Estou vendo — disse o capitão, virando o timão para a esquerda. O torpedo passou a poucos centímetros do navio. Havens sabia que não conseguiria fazer aquela manobra novamente.

— Você tinha razão, sr. Clifton. Não era golfinho algum — disse Havens corriqueiramente. E acrescentou sussurrando: — Devemos estar em guerra. O inimigo tem torpedos e tudo o que eu tenho são 144 bicicletas Raleigh, uns poucos sacos de batata e alguns vestidos de algodão.

Harry mantinha os olhos bem abertos.

O capitão permaneceu tão calmo que Harry quase não sentia a iminência do perigo.

— Número cinco vindo direto em nossa direção, senhor — disse ele.

— Nor-nordeste novamente.

Havens tentou corajosamente manobrar mais uma vez, mas o velho navio não respondeu suficientemente rápido e o torpedo entrou rasgando a proa. Poucos minutos mais tarde, o sr. Patterson relatou que um incêndio irrompera e que seus homens estavam achando impossível combater as chamas com as primitivas mangueiras de espuma do navio. Não foi preciso dizer ao capitão que estava diante de uma tarefa sem esperança de sucesso.

— Sr. Bradshaw, preparar para abandonar navio. Toda a tripulação deve se posicionar ao lado dos barcos salva-vidas e esperar novas ordens.

— Sim, senhor — berrou Bradshaw do convés.

Havens gritou no comunicador:

— Sr. Patterson, tire seus homens daí imediatamente. Repito, imediatamente. E dirijam-se aos barcos salva-vidas.

— Estamos a caminho, capitão.

— Mais um, senhor — avisou Harry. — Nor-noroeste, rumo a boreste, a meia-nau.

O capitão girou o timão mais uma vez, mas sabia que, daquela vez, não seria capaz de aguentar o tranco. Segundos mais tarde, o torpedo penetrou no navio, que começou a adernar para um lado.

— Abandonar o navio! — gritou Havens, procurando o megafone. — Abandonar o navio! — repetiu várias vezes, antes de se virar para Harry, que ainda estava esquadrinhando o mar com os binóculos.

— Encaminhe-se para o barco salva-vidas mais próximo, sr. Clifton, e depressa. Não faz sentido alguém permanecer no passadiço.

— Sim, senhor — respondeu Harry.

— Capitão — veio uma voz da casa de máquinas —, o porão número quatro está com a escotilha emperrada. Estou preso na coberta com cinco dos meus homens.

— Estamos a caminho, sr. Patterson. Tiraremos vocês daí rapidamente. Mudança de planos, sr. Clifton. Siga-me.

O capitão desceu correndo as escadas, seus pés mal tocando os degraus, com Harry poucos centímetros atrás dele.

— Sr. Bradshaw! — gritou o capitão enquanto se esquivava das labaredas alimentadas pelo óleo que haviam alcançado o convés superior. — Ponha os homens nos barcos salva-vidas rapidamente e abandone o navio.

— Sim, senhor — disse Bradshaw, que estava agarrado à amurada.

— Preciso de um remo. E certifique-se de que temos um barco salva-vidas de prontidão para tirar o sr. Patterson e seus homens da casa de máquinas.

Bradshaw pegou um remo de um dos barcos salva-vidas e, com a ajuda de um outro marinheiro, conseguiu passá-lo para o capitão. Harry e o capitão pegaram uma extremidade cada um e saíram cambaleando pelo convés rumo ao porão número quatro. Harry estava intrigado com o uso que um remo poderia ter contra torpedos, mas aquele não era o momento de fazer perguntas.

O capitão seguiu em frente, passando pelo chinês, que estava ajoelhado, com a cabeça abaixada, rezando para o seu Deus.

— Trate de ir para o barco salva-vidas agora, seu cretino! — gritou Havens. O sr. Lu se levantou desequilibrado, mas não se mexeu. Enquanto passava cambaleando, Harry o empurrou na direção do terceiro-oficial, fazendo com que o sr. Lu tropeçasse e quase caísse nos braços do sr. Bradshaw.

Quando o capitão chegou à escotilha sobre o porão número quatro, enfiou a parte mais fina do remo em um gancho com forma de arco, pulou em cima da haste e jogou todo o seu peso sobre a lâmina. Harry rapidamente se uniu a ele e, juntos, conseguiram fazer alavanca sobre a maciça placa de ferro até abrir um vão de cerca de trinta centímetros.

— Puxe os homens para fora, sr. Clifton, enquanto tento manter a escotilha aberta — disse Havens enquanto duas mãos apareciam no vão.

Harry deixou o remo, ajoelhou-se e engatinhou até a escotilha aberta. Enquanto pegava os ombros do homem, uma onda o cobriu e entrou no porão. Ele puxou o marinheiro para fora e gritou para que fosse imediatamente para os barcos salva-vidas. O segundo homem era mais ágil e conseguiu sair sem o auxílio de Harry. Já o terceiro estava em tal estado de pânico que se precipitou pelo orifício e bateu com a cabeça na porta da escotilha antes de sair cambaleando atrás dos colegas. Os dois seguintes saíram logo depois e foram engatinhando em direção ao último barco salva-vidas disponível. Harry esperou que o engenheiro-chefe aparecesse, mas não havia sinal dele. O navio adernou ainda mais e Harry teve de se agarrar ao convés para não cair de cabeça no porão.

Ele olhou lá para baixo em meio à escuridão e viu uma mão estendida. Pôs a mão no vão e se esticou o máximo que podia, evitando cair lá dentro, mas não conseguiu alcançar os dedos do segundo-oficial. O sr. Patterson tentou pular várias vezes, mas, a cada tentativa, seus esforços eram atrapalhados pela quantidade cada vez maior de água que caía sobre ele. O capitão Havens conseguia ver qual era o problema, mas não podia ajudá-los porque, se largasse o remo, a porta da escotilha esmagaria Harry.

Patterson, que já estava com a água pelos joelhos, gritou:

— Pelo amor de Deus, tratem de ir vocês dois para os barcos salva-vidas antes que seja tarde demais!

— Sem chance — disse o capitão. — Sr. Clifton, desça até lá e empurre o filho da mãe para cima e, depois, suba.

Harry não hesitou. Desceu para dentro do porão de costas, primeiro os pés, segurando-se na borda com as pontas dos dedos. Finalmente se soltou e caiu na escuridão. A água marulhante, oleosa e gelada interrompeu sua queda e, depois de recuperar o equilíbrio, se agarrou às laterais, entrou na água e disse:

— Suba nos meus ombros, senhor; assim conseguirá alcançar.

O engenheiro-chefe obedeceu ao quarto-oficial, mas, quando se esticou, ainda faltavam alguns centímetros até o convés. Harry usou toda a força em seu corpo para empurrar Patterson mais para cima até ele conseguir alcançar a borda da escotilha e se pendurar com a ponta dos dedos. A água entrava com força no porão à medida que o navio adernava. Harry pôs as mãos embaixo de cada uma das nádegas do sr. Patterson e começou a empurrá-las como um halterofilista até a cabeça do engenheiro-chefe aparecer no convés.

— É bom ver você, Jim — gemeu o comandante, continuando a pressionar o remo com cada grama do seu peso.

— Você também, Arnold — respondeu o engenheiro-chefe, içando-se para fora do porão.

Foi nesse exato momento que o último torpedo atingiu o navio seminaufragado. O remo se partiu ao meio e a porta da escotilha caiu com todo o seu peso sobre o engenheiro-chefe. Como a acha de um carrasco medieval, cortou com um único golpe sua cabeça e fechou-se provocando um estrondo. O corpo de Patterson caiu de volta no porão, indo parar na água ao lado de Harry.

Harry agradeceu a Deus por não conseguir ver o sr. Patterson na escuridão que, naquele momento, o circundava. Pelo menos a água havia parado de invadir o porão, apesar de isso também significar que não havia rota de fuga.

Com o *Devonian* começando a tombar, Harry deduziu que o capitão também deveria ter morrido ou certamente estaria batendo na escotilha, tentando encontrar uma maneira de tirá-lo dali. Deixando o corpo cair na água, Harry pensou na ironia que seria morrer como seu pai: sepultado no fundo oco de um navio. Em seguida, agarrou-se à lateral do porão em uma última tentativa de enganar a morte. Enquanto esperava que a água fosse subindo um centímetro após o outro até submergir seus ombros, seu pescoço e sua cabeça, uma miríade de rostos surgiu diante de seus olhos. Pensamentos estranhos tomam conta da sua mente quando você sabe que só tem poucos instantes de vida.

Sua morte, ao menos, resolveria problemas para muitas pessoas que amava. Emma seria libertada da promessa de renunciar a qualquer outro pretendente até o fim da vida. Sir Walter não teria mais que se preocupar com as implicações do testamento do seu pai. Em seu devido tempo, Giles herdaria o título familiar e todos os bens do pai. Até Hugo Barrington talvez sobrevivesse agora que não precisaria mais provar que não era o pai de Harry. Só sua querida mãe...

De repente, houve uma tremenda explosão. O *Devonian* se partiu em dois e, segundos mais tarde, as duas metades empinaram-se como um cavalo assustado antes que o navio partido afundasse sem qualquer formalidade no oceano.

O capitão do submarino ficou observando através do periscópio até o *Devonian* desaparecer sob as ondas, deixando em seu rastro mil vestidos de algodão coloridos e inúmeros corpos boiando no mar, cercados de batatas.

54

— Você pode me dizer seu nome?

Harry olhou para a enfermeira, mas não conseguiu mexer os lábios.

— Você está me escutando? — perguntou ela. Outro sotaque americano.

Harry conseguiu mover ligeiramente a cabeça em sinal de aprovação e ela sorriu. Depois, ouviu uma porta se abrindo e, embora não pudesse ver quem havia entrado na enfermaria, percebeu que a enfermeira saiu imediatamente do seu lado, devendo ser alguém com autoridade. Apesar de não poder vê-los, ele conseguia ouvir o que estavam dizendo. Harry se sentiu como um bisbilhoteiro.

— Boa noite, enfermeira Craven — disse a voz de um homem mais velho.

— Boa noite, dr. Wallace — respondeu.

— Como estão nossos dois pacientes?

— Um está demonstrando sinais claros de melhora. O outro ainda está inconsciente.

Então, pelo menos dois de nós sobreviveram, pensou Harry. Ele queria comemorar, mas, embora tenham se mexido, seus lábios não emitiram nenhum som.

— E ainda não sabemos quem são?

— Não, mas o capitão Parker veio mais cedo ver como estavam e, quando mostrei o que sobrou dos uniformes, não teve muita dúvida de que eram oficiais.

O coração de Harry deu um pulo ao considerar a possibilidade de o capitão Havens ter sobrevivido. Ele ouviu o médico ir até a outra cama, mas não conseguiu virar a cabeça para ver quem estava lá deitado. Alguns instantes depois ouviu:

— Pobre coitado, ficarei surpreso se sobreviver a esta noite.

Então, você obviamente não conhece o capitão Havens, Harry queria dizer. Você não vai liquidá-lo tão facilmente.

O médico voltou até a cama de Harry e começou a examiná-lo. Harry só conseguia enxergar um homem de meia-idade com um rosto sério e pensativo. Depois de terminar o exame, o dr. Wallace se virou e sussurrou para a enfermeira:

— Estou muito mais esperançoso com este aqui, embora as probabilidades ainda não sejam maiores do que cinquenta por cento depois de tudo o que passou. Continue lutando, meu jovem — disse ele, virando o rosto para Harry, embora não tivesse certeza de que o paciente pudesse ouvi-lo. — Faremos todo o possível para manter você vivo.

Harry queria agradecer, mas tudo o que conseguiu fazer foi mexer ligeiramente a cabeça outra vez antes que o médico fosse embora.

— Se algum deles morrer durante a noite — Harry ouviu o médico sussurrar para a enfermeira —, você conhece o procedimento correto?

— Sim, doutor. O capitão deve ser informado imediatamente e o corpo deve ser levado para o necrotério lá embaixo.

Harry queria perguntar quantos dos seus colegas de tripulação já estavam lá.

— E eu também gostaria de ser informado — acrescentou Wallace —, mesmo que já tiver me recolhido.

— Claro, doutor. Posso saber o que o capitão decidiu fazer com aqueles pobres coitados que já estavam mortos quando os tiramos da água?

— Como todos eram marinheiros, deu ordens para que fossem atirados ao mar ao raiar do dia.

— Por que tão cedo?

— Ele não quer que os passageiros percebam quantas vidas foram perdidas ontem à noite — o médico acrescentou ao se afastar. Harry ouviu uma porta se abrir. — Boa noite, enfermeira.

— Boa noite, doutor — respondeu a enfermeira, e a porta se fechou.

A enfermeira Craven voltou e se sentou ao lado do leito de Harry.

— Não me importam as probabilidades — disse ela. — Você vai sobreviver.

Harry olhou para a enfermeira, que embora escondida em seu uniforme engomado e seu chapéu branco, deixava transparecer uma ardente convicção em seus olhos.

Quando Harry acordou novamente, o quarto estava todo escuro, exceto por uma luz fraca na outra extremidade, provavelmente vinda de outro quarto. A primeira coisa em que pensou foi no capitão Haven, lutando pela vida na cama ao lado. Harry rezou para que sobrevivesse e os dois pudessem voltar juntos à Inglaterra, quando o capitão se aposentaria e Harry se alistaria em qualquer embarcação da Marinha Real que Sir Walter pudesse arrumar.

Seus pensamentos se voltaram para Emma mais uma vez e como, para a família Barrington, sua morte resolveria muitos problemas, que agora voltariam a assombrá-los.

Harry ouviu a porta se abrir novamente e alguém com um passo desconhecido entrou na enfermaria. Embora não conseguisse ver quem era, o som dos sapatos sugeria duas coisas: tratava-se de um homem e ele sabia aonde estava indo. Outra porta se abriu na extremidade oposta do quarto e a luz se tornou mais forte.

— Oi, Kristin — disse uma voz masculina.

— Olá, Richard — respondeu a enfermeira. — Você está atrasado — ela disse brincando, e não com raiva.

— Lamento, doçura. Todos os oficiais tiveram de ficar no passadiço até a busca por sobreviventes ter sido finalmente abandonada.

A porta se fechou e a luz esmoreceu novamente. Harry não tinha como saber quanto tempo havia se passado até a porta ter voltado a se abrir — meia hora, uma hora talvez — e ouviu as vozes dos dois.

— Sua gravata está torta — disse a enfermeira.

— Isso não vai dar certo — respondeu o homem. — Alguém pode descobrir o que estamos fazendo.

Ela riu e ele começou a se dirigir para a porta. De repente, parou.

— Quem são esses dois?

— Sr. A e sr. B. Os únicos sobreviventes da operação de resgate da noite passada.

Eu sou o sr. C, era o que Harry queria dizer enquanto caminhavam até sua cama. Harry fechou os olhos, não queria que pensassem que ficara ouvindo a conversa. Ela mediu as pulsações dele.

— Acho que o sr. B está ficando mais forte a cada hora. Sabe, não aguento a ideia de não salvar pelo menos um deles.

Ela deixou Harry e foi até o outro leito.

Harry abriu os olhos e virou ligeiramente a cabeça. Viu um jovem alto trajando um elegante uniforme branco com dragonas douradas. De repente, a enfermeira Craven começou a soluçar. O jovem a abraçou gentilmente e tentou consolá-la. Não, não, Harry queria gritar, o capitão Havens não pode morrer. Vamos voltar juntos para a Inglaterra.

— Qual é o procedimento nessas circunstâncias? — perguntou o jovem oficial, soando bastante formal.

— Devo informar o capitão imediatamente e, depois, acordar o dr. Wallace. Quando todos os papéis tiverem sido assinados e as autorizações dadas, o corpo será levado para o necrotério e preparado para o serviço fúnebre de amanhã.

Não, não, não, Harry gritou, mas nenhum dos dois o ouviu.

— Peço a qualquer Deus — continuou a enfermeira — que os Estados Unidos não se envolvam nessa guerra.

— Isso nunca vai acontecer, doçura — disse o jovem oficial. — Roosevelt é esperto demais para se envolver em outra guerra europeia.

— Foi o que os políticos disseram da última vez — Kristin relembrou.

— Ei, por que você ficou assim? — Ele parecia preocupado.

— O sr. A tinha mais ou menos a sua idade — disse ela. — Talvez ele também tivesse uma noiva.

Harry percebeu que não era o capitão Havens que estava na cama ao lado, mas Tom Bradshaw. Foi aí que tomou sua decisão.

Quando acordou novamente, Harry ouviu vozes vindo do quarto ao lado. Momentos mais tarde, o dr. Wallace e a enfermeira Craven entraram na enfermaria.

— Deve ter sido angustiante — disse a enfermeira.

— Não foi nem um pouco agradável — admitiu o médico. — De certa maneira, foi ainda pior porque todos foram lançados ao mar como indigentes, embora tenha de concordar com o capitão: é assim que um marinheiro gostaria de ser sepultado.

— Alguma notícia do outro navio? — perguntou a enfermeira.

— Sim, eles tiveram um pouco mais de sorte do que nós. Onze mortos, mas três sobreviventes: um chinês e dois ingleses.

Harry ficou pensando se era possível que um dos ingleses fosse o capitão Havens.

O médico se curvou e desabotoou a camisa do pijama de Harry. Encostou um estetoscópio frio em várias partes do seu peito e auscultou cuidadosamente. Depois, a enfermeira pôs um termômetro na boca de Harry.

— A temperatura baixou bastante, doutor — disse a enfermeira depois de ter verificado a faixa de mercúrio.

— Excelente. Você pode tentar dar um pouco de sopa para ele.

— Sim, claro. O senhor vai precisar da minha ajuda com algum dos passageiros?

— Não, obrigado, enfermeira. Sua tarefa mais importante é garantir a sobrevivência deste aqui. Voltamos a nos falar daqui a algumas horas.

Quando o médico fechou a porta, a enfermeira voltou até a cama de Harry, sentou-se e sorriu.

— Está conseguindo me ver? — perguntou ela. Harry fez que sim com a cabeça. — Consegue me dizer seu nome?

— Tom Bradshaw — respondeu.

55

— Tom — disse o dr. Wallace depois de ter examinado Harry. — Será que você pode me dizer o nome do seu colega oficial que morreu ontem à noite? Eu gostaria de escrever à mãe dele, ou à esposa, se é que era casado.

— O nome dele era Harry Clifton — disse Harry com uma voz que mal se ouvia. — Ele não era casado, mas conheço a mãe dele bastante bem. Eu havia planejado escrever para ela.

— É muita bondade sua — disse Wallace —, mas, mesmo assim, eu gostaria de enviar uma carta. Você tem o endereço?

— Tenho, sim — respondeu Harry. — Mas talvez seja mais apropriado se ela receber a notícia de mim, e não de um estranho — sugeriu.

— Se é o que você acha... — disse Wallace, não parecendo nada convencido.

— É, sim — disse Harry, com um pouco mais de firmeza. — Você pode postar minha carta quando o *Kansas Star* voltar a Bristol. Isso se o capitão ainda estiver planejando voltar a Bristol agora que estamos em guerra com a Alemanha.

— *Nós* não estamos em guerra com a Alemanha — disse Wallace.

— Não, claro que não estamos — disse Harry, corrigindo-se rapidamente. — E tomara que a situação não chegue a esse ponto.

— Concordo — disse Wallace —, mas isso não vai impedir que o *Kansas Star* faça a viagem de volta. Ainda há centenas de americanos presos na Inglaterra, sem nenhuma outra maneira de voltar para casa.

— Isso não é meio arriscado? — perguntou Harry. — Especialmente pensando no que acabamos de vivenciar?

— Não, acho que não — opinou Wallace. — A última coisa que os alemães vão querer é afundar um navio de passageiros americano, o que certamente nos arrastaria para o conflito. Sugiro que você durma um pouco, Tom, porque espero que amanhã a enfermeira consiga levar você para dar um passeio no convés. Para começar, só uma volta — enfatizou.

Harry fechou os olhos, mas não tentou dormir, começando a pensar na decisão que havia tomado e em quantas vidas afetaria. Ao assumir a identidade de Tom Bradshaw, ele dera a si próprio uma pequena folga para pensar no futuro. Quando soubessem que Harry Clifton havia morrido no mar, Sir Walter e o resto da família Barrington se livrariam de qualquer obrigação e Emma ficaria livre para começar uma nova vida. Uma decisão que, na opinião de Harry, o Velho Jack teria aprovado, embora suas implicações plenas ainda não tivessem sido sentidas.

Todavia, a ressurreição de Tom Bradshaw sem dúvida criaria seus próprios problemas e Harry teria de permanecer constantemente em guarda. O fato de ele não saber quase nada sobre Bradshaw não ajudava, de maneira que, toda vez que a enfermeira Craven perguntava sobre o seu passado, ele inventava alguma coisa ou mudava de assunto.

Bradshaw se revelara muito hábil em se esquivar de questões que não queria responder e, sem dúvida, havia sido um solitário. Ele não pisava no próprio país havia pelo menos três anos, possivelmente mais; portanto, sua família não tinha como saber do seu retorno iminente. Assim que o *Kansas Star* chegasse em Nova York, Harry faria planos para voltar à Inglaterra no primeiro navio disponível.

Seu maior dilema era como evitar que sua mãe sofresse desnecessariamente achando que havia perdido o único filho. O dr. Wallace ajudou a resolver esse problema quando prometeu que enviaria uma carta a Maisie assim que voltasse à Inglaterra. Mas Harry ainda precisava escrever tal carta.

Ele passou horas redigindo o texto em sua mente, de maneira que, quando estava suficientemente recuperado para pôr os pensamentos no papel, já sabia o roteiro quase que de cor.

Nova York,
8 de setembro de 1939.

Minha querida mãe,

Fiz todo o possível para garantir que você receberia esta carta antes que alguém pudesse dizer que morri no mar.

Como a data desta carta comprova, não morri quando o Devonian *foi afundado em 4 de setembro. Na verdade, fui resgatado do mar por um navio americano e estou bem vivo. No entanto, surgiu uma oportunidade para que eu assumisse a identidade de outro homem, e foi isso o que fiz, na esperança de aliviar tanto você quanto a família Barrington de todos os problemas que, ao que parece, causei involuntariamente ao longo dos anos.*

É importante que você saiba que meu amor por Emma não diminuiu de forma alguma, pelo contrário. Mas acho que não tenho o direito de esperar que ela passe o resto da vida agarrada a uma esperança vã de que, em algum momento no futuro, eu possa provar que Arthur Clifton, e não Hugo Barrington, é meu pai. Desta maneira, ela pode pelo menos pensar em um futuro com outro homem. Eu o invejo.

Planejo voltar à Inglaterra em breve. Caso você receba alguma comunicação de um tal Tom Bradshaw, saiba que é minha.

Entrarei em contato assim que puser os pés na Inglaterra, mas, por enquanto, devo implorar que a senhora guarde meu segredo com a mesma firmeza com que guardou o seu por tantos anos.

Com amor, do seu filho,
Harry.

Ele releu a carta várias vezes antes de colocá-la em um envelope com as palavras "Estritamente privado e confidencial". Endereçou-a à sra. Arthur Clifton, 27 Still House Lane, Bristol.

Na manhã seguinte, entregou a carta ao dr. Wallace.

— Você acha que está preparado para tentar uma breve caminhada em volta do convés? — perguntou Kristin.

— Certeza — Harry respondeu, experimentando uma das expressões que havia ouvido o namorado dela usar, embora ainda achasse forçado usar a palavra *doçura*.

Durante aquelas longas horas passadas na cama, Harry escutara cuidadosamente o dr. Wallace e, toda vez que ficava sozinho, tentava imitar seu sotaque, que ouvira Kristin descrever para Richard como "da costa leste". Harry agradeceu pelas horas passadas com o dr. Paget, aprendendo habilidades vocais que achava que só seriam úteis no palco. Ele estava no palco; no entanto, ainda tinha problemas em lidar com a curiosidade inocente de Kristin em relação à sua família e à sua educação.

Harry foi ajudado por um romance de Haratio Alger e outro de Thornton Wilder, os únicos dois livros que haviam sido deixados na enfermaria. A partir dessas obras, ele conseguiu inventar uma família fictícia que vinha de Bridgeport, Connecticut, composta de um pai que era gerente de uma agência do banco Connecticut Trust and Savings em uma cidade pequena, uma mãe dona de casa dedicada e que, quando jovem, ficou em segundo lugar no concurso de beleza anual da cidade, e uma irmã mais velha, Sally, feliz em seu casamento com Jake, que era dono da loja de ferragens local. Harry sorriu para si mesmo ao se lembrar da observação do dr. Paget: com a sua imaginação, era mais provável que se tornasse escritor do que ator.

Harry, hesitante, pôs os pés no chão e, com a ajuda de Kristin, se levantou. Depois de vestir um roupão, segurou o braço da enfermeira e seguiu vacilante rumo à porta, subindo em seguida um lance de escada até chegar ao convés.

— Há quanto tempo você não vai para casa? — perguntou Kristin enquanto iniciavam a lenta caminhada em volta do convés.

Harry sempre tentava se ater ao pouco que de fato sabia a respeito de Bradshaw, acrescentando uns detalhes da vida de sua família fictícia.

— Pouco mais de três anos — disse. — Minha família nunca se queixa porque sabe que eu, desde muito novo, queria ir para o mar.

— Mas como você acabou servindo em um navio britânico?

Ótima pergunta, pensou Harry. Quem dera ele soubesse a resposta! Ele tropeçou para ganhar um pouco mais de tempo e inventar algo convincente. Kristin se curvou para ajudá-lo.

— Estou bem — disse ele, depois que Kristin segurou seu braço novamente. Em seguida, começou a espirrar sem parar.

— Talvez esteja na hora de você voltar para a enfermaria — sugeriu Kristin. — Não podemos correr o risco de você se resfriar. Podemos tentar novamente amanhã.

— Você é quem manda — disse Harry, aliviado por Kristin não ter feito mais perguntas.

Depois de ela o ter posto na cama como uma mãe a um filho pequeno, ele rapidamente caiu em um sono profundo.

Harry conseguiu dar onze voltas no convés na véspera da entrada do *Kansas Star* no porto de Nova York. Embora não pudesse admitir para ninguém, estava bastante empolgado com a perspectiva de ver os Estados Unidos pela primeira vez.

— Você vai voltar direto para Bridgeport quando atracarmos? — perguntou Kristin durante a volta final. — Ou planeja ficar em Nova York?

— Não pensei muito nisso — disse Harry, que, na verdade, havia pensado bastante a respeito. — Acho que vai depender da hora em que atracarmos — acrescentou, enquanto tentava prever a pergunta seguinte.

— É que, se você quisesse pernoitar no apartamento de Richard no East Side, seria ótimo.

— Eu não gostaria de incomodar.

Kristin riu.

— Sabe, Tom, às vezes você parece mais inglês do que americano.

— Acho que depois de tantos anos servindo em navios britânicos você acaba sendo corrompido pelos marujos ingleses.

— É por isso também que você não conseguiu dividir seus problemas conosco?

Harry parou de repente; um tropeção ou um espirro não iam salvá-lo daquela vez.

— Se você tivesse sido um pouco mais sincero, teríamos ficado felizes em resolver o problema. Mas, dadas as circunstâncias, não tivemos alternativa a não ser informar o capitão Parker e deixar que ele decidisse o que deveria ser feito.

Harry se jogou na espreguiçadeira mais próxima, mas, como Kristin não fez tentativa alguma de ajudá-lo, percebeu que havia chegado ao fim da linha.

— É muito mais complicado do que você pode imaginar — começou. — Mas posso explicar por que não quis envolver mais ninguém.

— Não é necessário — disse Kristin. — O capitão já nos ajudou. Mas ele queria perguntar como você pretendia encarar o problema mais a sério.

Harry baixou a cabeça.

— Estou disposto a responder qualquer pergunta que o capitão queira fazer — disse, sentindo quase alívio por ter sido descoberto.

— Como o restante de nós, ele queria saber como você vai descer do navio sem ter uma peça de roupa ou um centavo em seu nome.

Harry sorriu.

— Imaginei que os nova-iorquinos pudessem achar um roupão do *Kansas Star* bastante alinhado.

— Francamente, poucos nova-iorquinos notariam, mesmo que você cruzasse a Quinta Avenida de roupão. E os que notassem provavelmente achariam que é a última moda. Porém, caso tenham outra opinião, Richard arrumou duas camisas brancas e um paletó esportivo. Pena que seja muito mais alto do que você, senão poderia fornecer uma calça também. O dr. Wallace pode doar um par de sapatos marrons, um par de meias e uma gravata. Continuamos com o problema das calças, mas o capitão tem uma bermuda que não serve mais — disse Kristin. Harry caiu na risada. — Tomara que você não fique ofendido, Tom, mas a tripulação também fez uma vaquinha — acrescentou, entregando a ele um espesso envelope. — Acho que você encontrará aí mais do que o suficiente para voltar para Connecticut.

— Como posso agradecer? — disse Harry.

— Não é necessário, Tom. Estamos todos muito felizes por você ter sobrevivido. Eu só gostaria de também ter salvado seu amigo Harry Clifton. Mesmo assim, você vai gostar de saber que o capitão Parker instruiu o dr. Wallace a entregar sua carta pessoalmente para a mãe dele.

56

Harry estava entre os primeiros passageiros que se dirigiam para o convés naquela manhã, cerca de duas horas antes do horário previsto para o *Kansas Star* entrar no porto de Nova York. Passaram-se quarenta minutos até o sol raiar e, àquela altura, já havia planejado exatamente o que faria em seu primeiro dia nos Estados Unidos.

Harry já se despedira do dr. Wallace, depois de tentar agradecer por tudo o que ele havia feito. Wallace garantiu que postaria a carta para a sra. Clifton assim que chegassem em Bristol e, relutante, aceitou que talvez não fosse prudente visitá-la, após Tom ter insinuado que era um pouco nervosa.

Harry ficou comovido quando o capitão Parker entrou na enfermaria para entregar uma bermuda e desejar-lhe boa sorte. Depois que o capitão voltou para o passadiço, Kristin disse com firmeza:

— Está na hora de você ir para a cama, Tom. Você vai precisar de todas as suas forças se quiser viajar para Connecticut amanhã.

Tom Bradshaw teria gostado de passar um ou dois dias com Richard e Kristin em Manhattan, mas Harry Clifton não podia perder tempo agora que a Grã-Bretanha havia declarado guerra à Alemanha.

— Quando você acordar de manhã — continuou Kristin —, tente subir para o convés dos passageiros antes do amanhecer para ver o sol raiar enquanto entramos em Nova York. Sei que você já viu isso muitas vezes, Tom, mas sempre fico emocionada.

— Eu também — observou Harry.

— E, depois de atracarmos — prosseguiu Kristin —, por que você não espera por mim e Richard? Assim podemos desembarcar juntos.

Vestindo o paletó esportivo e a camisa de Richard, um pouco folgados demais, a bermuda do capitão, um pouco comprida demais, e os sapatos e meias do médico, um pouco apertados demais, Harry mal podia esperar para pôr os pés em terra firme.

O intendente do navio havia telegrafado de antemão para avisar o Departamento de Imigração de Nova York que eles tinham um passageiro extra a bordo, um cidadão americano chamado Tom Bradshaw. A imigração respondera dizendo que o sr. Bradshaw deveria se apresentar a um dos oficiais e que se encarregariam de tudo em seguida.

Assim que Richard o deixasse na Grand Central, Harry planejava ficar na estação por um tempo antes de voltar ao porto, onde pretendia se apresentar diretamente no escritório do sindicato e descobrir quais navios partiriam para a Inglaterra. Não importava para que porto se dirigiam, desde que não fosse Bristol.

Depois de identificar uma embarcação adequada, ele se candidataria a qualquer vaga. Não importava se tivesse de trabalhar no passadiço ou na casa de máquinas, lavando o convés ou descascando batatas, contanto que voltasse para a Inglaterra. Se não houvesse nenhum emprego disponível, ele reservaria a passagem mais barata. Harry já havia verificado o conteúdo do volumoso envelope branco que Kristin lhe dera, e havia mais do que o suficiente para pagar por uma cabine que não podia ser menor do que o almoxarifado em que dormia no *Devonian*.

Entristecia Harry o fato de, ao voltar para a Inglaterra, não poder contatar os velhos amigos; teria de ser prudente mesmo quando fosse estar com a mãe. Mas, no momento em que pisasse em solo britânico, seu único objetivo seria se alistar em um dos navios de guerra de Sua Majestade para travar combate contra os inimigos do rei, embora soubesse que, quando esse navio voltasse, teria de permanecer a bordo como um criminoso em fuga.

Os pensamentos de Harry foram interrompidos por uma dama. Ele ficou olhando admirado quando viu pela primeira vez a Estátua da Liberdade pairando à sua frente em meio à bruma matinal. Ele havia visto fotografias daquele marco emblemático, mas elas não retratavam com fidelidade o tamanho daquele monumento que se erguia sobre o *Kansas Star*, dando boas-vindas aos visitantes, imigrantes e cidadãos dos Estados Unidos.

À medida que o navio seguia o caminho rumo ao porto, Harry se debruçou na amurada e olhou para Manhattan, decepcionado porque os arranha-céus não pareciam mais altos do que alguns dos edifícios de Bristol que guardava na memória. Mas, minuto a minuto, iam crescendo cada vez mais até dar a impressão de se erguer até o céu, e Harry teve de proteger os olhos do sol para admirá-los.

Um rebocador da Autoridade Portuária de Nova York saiu para ir recebê-los e guiou o *Kansas Star* com segurança até seu ancoradouro na doca número sete. Quando Harry viu a multidão entusiasmada, começou a se sentir apreensivo pela primeira vez, embora o jovem que estava chegando em Nova York naquela manhã fosse muito mais velho do que o quarto-oficial que deixara Bristol havia apenas três semanas.

— Sorria, Tom.

Harry se virou e viu Richard olhando pelo visor de uma câmera Kodak Brownie Box. Ele estava enquadrando uma imagem invertida de Tom com o *skyline* de Manhattan ao fundo.

— Você certamente será um passageiro que não vou esquecer rapidamente — disse Kristin indo em sua direção para que Richard pudesse tirar uma segunda fotografia deles juntos. Ela havia trocado o uniforme de enfermeira por um elegante vestido de bolinhas acompanhado de cinto e sapatos brancos.

— A recíproca é verdadeira — disse Harry, esperando que nenhum dos dois percebesse como estava nervoso.

— Está na hora de desembarcarmos — disse Richard, fechando o obturador da câmera.

Os três desceram a larga escadaria até o convés inferior, onde vários passageiros já estavam saindo do navio para reencontrar parentes aliviados e amigos ansiosos. Enquanto desciam a passarela, Harry ficou mais animado com a quantidade de passageiros e tripulantes que queriam apertar sua mão e lhe desejar boa sorte.

Assim que puseram os pés no cais, Harry, Richard e Kristin se encaminharam para a imigração, onde entraram em uma das quatro longas filas. Os olhos de Harry dardejaram em todas as direções e ele queria fazer muitas perguntas, mas todas revelariam que aquela era a primeira vez que pisava em solo americano.

A primeira coisa que chamou sua atenção foi a colcha de retalhos de diferentes cores que compunham o povo americano. Ele só vira um negro em Bristol e lembrava que havia parado para observá-lo. O Velho Jack dissera que aquilo era falta de educação e consideração, acrescentando:

— Como você se sentiria se todo mundo parasse e ficasse olhando só porque você é branco?

Mas foi o barulho, a agitação e o ritmo de tudo à sua volta que mais impressionaram Harry, fazendo Bristol parecer uma cidade do passado.

Harry já estava começando a se arrepender de não ter aceitado a oferta de Richard para pernoitar em seu apartamento e talvez passar alguns dias em uma cidade que estava achando empolgante antes mesmo de sair do porto.

— Que tal eu passar primeiro? — disse Richard enquanto se aproximavam do início da fila. — Assim, posso pegar meu carro e encontrar vocês dois do lado de fora do terminal.

— Boa ideia — concordou Kristin.

— Próximo! — gritou um funcionário da imigração.

Richard foi até a mesa e entregou o passaporte para o funcionário, que olhou rapidamente para a foto antes de carimbá-lo.

— Bem-vindo, tenente Tibbet. Próximo!

Harry avançou, incomodamente ciente de que não tinha passaporte nem identificação, e que estava usando o nome de outra pessoa.

— Meu nome é Tom Bradshaw — disse com uma confiança que não sentia. — Acho que o intendente do SS *Kansas Star* telegrafou de antemão para avisar que eu estaria desembarcando.

O funcionário da imigração olhou atentamente para Harry, depois, pegou uma folha de papel e começou a estudar uma longa lista de nomes. Por fim, marcou um deles antes de se virar e fazer um gesto com a cabeça. Pela primeira vez, Harry percebeu dois homens em pé do outro lado a barreira, usando ternos e chapéus cinza idênticos.

O funcionário da imigração carimbou um pedaço de papel e o entregou a Harry.

— Bem-vindo, sr. Bradshaw. Faz muito tempo.

— Com certeza — disse Harry.

— Próximo!

— Vou esperar você — disse Harry enquanto Kristin avançava até a mesa.

— Não vou demorar — prometeu ela.

Harry passou pela barreira e entrou nos Estados Unidos da América pela primeira vez.

Os dois homens de terno cinza deram um passo à frente. Um deles disse:

— Bom dia. O senhor é Thomas Bradshaw?

— Sou eu mesmo — disse Harry.

As palavras mal haviam saído de sua boca quando o outro homem o agarrou e virou seus braços para trás, enquanto o primeiro o algemava. Tudo aconteceu tão depressa que Harry nem sequer teve tempo de protestar.

Externamente, ele permaneceu calmo, como se já houvesse aventado a possibilidade de que alguém tivesse descoberto que não era Tom Bradshaw, e sim um inglês chamado Harry Clifton. Mesmo assim, deduzira que o máximo que fariam era emitir uma ordem de deportação e mandá-lo de volta para a Grã-Bretanha. E, como isso era exatamente o que havia planejado, Harry não opôs resistência.

Harry viu dois carros esperando ao lado da calçada. O primeiro era um carro preto da polícia, com a porta traseira sendo aberta por outro homem sério de terno cinza. O segundo era um carro esportivo vermelho com Richard sentado no capô, sorrindo.

No momento em que viu que Tom estava algemado e sendo levado embora, Richard deu um pulo e começou a correr em sua direção. Ao mesmo tempo, um dos policiais começou a ler ao sr. Bradshaw seus direitos, enquanto o outro continuava a segurar o ombro de Harry com firmeza.

— Você tem o direito de permanecer em silêncio. Qualquer coisa que disser pode e será usada contra você em um tribunal. Você tem direito a um advogado.

Logo em seguida, Richard estava ao lado deles. Ele olhou para os policiais e disse:

— Que diabos vocês acham que estão fazendo?

— Se não puder arcar com os custos, um advogado será nomeado para representá-lo — continuou o primeiro policial enquanto o outro simplesmente ignorava aquele intruso.

Richard ficou claramente atônito com a tranquilidade de Tom, quase como se não estivesse surpreso por ter sido preso. Mas continuava determinado a fazer todo o possível para ajudar o amigo. Deu um pulo para frente, bloqueando o caminho dos policiais, e disse com firmeza:

— Qual é a acusação contra o sr. Bradshaw?

O detetive mais velho parou, encarou Richard e disse:

— Homicídio qualificado.

Impresso no Brasil pelo
Sistema Cameron da Divisão Gráfica da
DISTRIBUIDORA RECORD DE SERVIÇOS DE IMPRENSA S.A.
Rua Argentina 171 – Rio de Janeiro, RJ – 20921-380 – Tel.: 2585-2000